U0925857

漳州民间故事丛书

闽地多雄杰

漳州历史名人传说（下）

卢奕醒　郑炳炎　编

吉林出版集团有限责任公司

图书在版编目（CIP）数据

闽地多雄杰：漳州历史名人传说：全 2 册 / 卢奕醒，郑炳炎编. -- 长春：吉林出版集团有限责任公司，2014.5
（漳州民间故事丛书）
ISBN 978-7-5534-4321-8

Ⅰ. ①闽… Ⅱ. ①卢… ②郑… Ⅲ. ①民间故事－作品集－漳州市 Ⅳ. ① I277.3

中国版本图书馆 CIP 数据核字 (2014) 第 067291 号

书名：闽地多雄杰：漳州历史名人传说（下）
Mindi Duo Xiongjie: Zhangzhou Lishi Mingren Chuanshuo
编　　写　卢奕醒　郑炳炎
策　　划　大龙树（厦门）文化传媒有限公司
责任编辑　李婷婷
责任校对　金依莎
封面设计　陈氏设计室 chen-design.com
插　　图　黄灶顺
开　　本　880mm × 1092mm　1/32
字　　数　110 千字
印　　张　6.375
版　　次　2014 年 5 月第 1 版
印　　次　2014 年 5 月第 1 次印刷
出　　版　吉林出版集团有限责任公司
发　　行　吉林出版集团有限责任公司
地　　址　长春市人民大街 4646 号
　　　　　邮编：130021
电　　话　总编办：0431-86029858
　　　　　发行科：0431-88029836
印　　刷　金玺彩印有限公司
ISBN 978-7-5534-4321-8　　　上下册定价：45.00 元

目　录

一、开台王颜思齐的传说

颜思齐（1589—1625 年），字振泉，海澄人。明万历四十年（1612 年）遭官宦家欺凌，怒杀监税官，逃往日本平户为缝工。后渐富，仗义疏财，广交故国志士，远近知名。天启四年（1624 年）六月与杨天生、洪升等二十八人结盟，参加反对德川幕府的斗争。事泄逃离日本抵台湾，以诸罗山为据点，辟土伐木，构筑寮寨，与原住民划分疆界，相安无事。不久接纳郑芝龙等家族，数次回漳州招收

贫民数千户，分居十寨，致力开发山海，发展经济，进行海上贸易。又在笨港（嘉义新港）建井字形街道，分九区而成首府，中区筑大高台，被推拥为开台王，是开拓台湾的先驱。1625年率众上山打猎，不幸染上恶性伤寒去世，终年仅三十七岁。

颜思齐飘洋渡海离开漳州老家已经有几百年的时光，但是家乡人都没有忘记他，一提起他，人们都会竖起大拇指，称赞他“开台王”，并且深情地回忆起他作为开拓台湾先驱的业绩。

1. 拜师学艺

明神宗万历年间，颜思齐出生在漳州府海澄县。自幼资质聪颖，勤奋好学。五岁时，他父亲颜清就带他到武馆拜师学艺。拳师见他骨骼匀称清奇、四肢矫健，且神态机灵，很乐意收他为徒。从此，从家里，到私塾，再到武馆，几乎成为他生活的全部。时光飞逝，他的拳技日渐精进，白鹤拳练得舒展大方、手法多变、吞吐浮沉、刚柔并济。

有一天，他家来了一位姓苏的表亲，是位裁缝师傅。他父亲设宴招待时，心想：赐子千金不如授子一艺。他和盘托出想让颜思齐拜师，学一门裁缝手艺的

想法。苏师傅满口答应。自此，颜思齐就一心以裁缝为业。三年满师，就在海澄月港码头的闹市区租了一处店面，开了一间“颜记裁缝店”。

明代的月港十分繁荣，享有“小苏杭”的美誉，是中国开展与南洋等地海外贸易的中心，人口稠密，商贾云集。颜记裁缝店经常有一些船员水手和生意人出出入入，其中陈衷纪、杨天生、杨经等人，经常运载货物到日本的平户，他们不时带回一些异国他乡的新布料和服装饰物的最新款式给颜记裁缝店。颜思齐就利用它们设计制作出许多又新又美的服装出售，做工精细，广受欢迎。数年光景，他的裁缝店就远近闻名，生意红火。

2. 怒杀柯海

颜记裁缝店附近，有个官府设置的“月港督饷馆”，是负责对南来北往于月港的船只所运载的货物收捐课税的，专门征收水饷、陆饷和引税。它的门口天天熙熙攘攘、人群涌动。

有一天，颜思齐正在自己的店里和好友杨天生聊天，忽然听见街上人声鼎沸、吵吵嚷嚷，他急忙走出店外看个究竟。只见税监官柯海正当街行凶，几个巴掌把邻街货栈的一个女店主打得鼻眼红肿、口流鲜血。

这个女店主是裁缝店的常客，与颜思齐有数面之缘。他就走上前询问缘由。女店主说，税监柯海收了税，未见红包，竟诬陷她的货物是走私来的，不仅要处以高额罚款，还要没收货物。她与他理论，就被大打出手、猛揍一番。

颜思齐路见不平，气死闲人。他当即责问柯海：“要课税就不能没收，要没收就不能课税，有哪一条规定要剥两层皮？这样做还有天理吗？”

“在这里，我的话就是天理！你别多管闲事！”柯海转身对颜思齐高声吼叫，还挥拳打来。

颜思齐的性格一向豁达开朗，为人刚强正直，不畏强暴，好打不平。他见柯海强词夺理、无理取闹，当即怒火中烧。他以盘龙绕步避开柯海的恶拳，柯海恼羞成怒，咄咄逼人，继续进攻。颜思齐以柔克刚，连退几步，只轻轻飞起一脚，就把柯海踢翻在地。柯海爬起来又猛冲过来，颜思齐迎着其胸前重重地猛击一拳，柯海倒退几步跌倒在地，后脑勺碰到围墙下的大石块，血流不止，两眼翻白，一命呜呼。

柯海和他手下一帮人在月港一贯专横跋扈，贪婪成性，仗势欺压老百姓，无恶不作。他的死，月港人无不齐声叫好，拍手称快。杨天生见状，急忙把颜思齐拉进裁缝店，对他说：“你惹祸了！你岂不知道现在官官相护，你闹出了人命，官府定会很快派人前来缉捕。好汉不吃眼前亏，你还是尽快先暂避风头，走为上策！”

在好友的帮助下，颜思齐火速匆匆收拾细软包袱，趁着朦胧月色，匆匆地跑到港口，用银两买通泊在月港的日本货船老板，随杨天生躲进船舱里。当官府捕快奉命到裁缝店抓他时，已是人去店空，他乘坐的货船早已远离了月港码头，驶往日本去了。

3. 举义事泄

颜思齐逃到日本后，据说在肥前平户避难。起初，他为了生活重操裁缝旧业。不久，在朋友们的帮助下，他开始从事中日两国间的海上贸易，逐渐发达起来。他一向好交朋友，仗义疏财，深受旅日华人的拥戴。日本平户当局就委任他担任管理华人的甲螺（小头目）。

日本元和六七年间（1620—1621 年），德川幕府第三代将军德川家光施行苛政，百姓十分贫穷，苦不堪言。农民除了交纳地租外，还要领做各种苦役，没有人身自由，因此农民被迫起义反抗。许多留居在日本的闽南人，很同情日本百姓的苦难处境，不满幕府的封建专制统治。他们经常与思齐往来，意气相投。

有一次，他们众兄弟相聚叙谈时，颜思齐感叹说：“人生如朝露，若不能扬眉吐气，虚度岁月，羞做丈夫。”陈衷纪、陈勋说：“弟等亦有此感，只恨无人带头提调。大哥德高望重，素为众人钦仰，共扶为主，愿意

听你约束。”

明天启元年（1621 年）六月，颜思齐与杨天生、陈衷纪、张弘、洪升、陈勋、杨经、林福、李英、郑芝龙、刘宗、庄桂、黄昭、方胜等二十八人结盟为兄弟，众人共推颜思齐为盟主。

颜思齐提出要参与日本农民、町人（居民）推翻幕府统治的斗争，大家一致赞同这一义举。经过一番商议谋划后，决定开始购买武器，联络各地志同道合的闽南同乡和日本町人，在八月十五日上午起义，先攻占幕府兵营和长崎政府所在地。

起义的前两天——八月十三日，正好是杨经的寿诞，诸位盟兄弟个个备礼前往庆贺，大家在杨家开怀畅饮。李英饮得酩酊大醉而归，那天晚上，他对妻室王氏吐露了起义真情。翌日，王氏告诉其弟王六平。王六平本来就与李英不和，得讯后立即出首报官，幕府接获消息，立即派人缉捕。幸好郑芝龙的丈人翁翌皇的日本妻子得到消息，及时告知郑芝龙、颜思齐等人。

十四日拂晓，在幕府缉捕官兵未到之前，正逢退潮，颜思齐等众兄弟和许多参加起义的中国人，分乘十三艘帆船，趁退潮顺风而行。幕府官兵在岸上发炮轰击，由于距离较远，帆船没有被打中，大家有惊无险地及时逃离了日本。

4. 开拓台湾

大海茫茫，水天一色。颜思齐等人在海上漂流，跌宕了数天，本来打算直接驶向浙江舟山岛，但众人意见分歧，思齐只好命令船夜泊九洲西海岸的外岛——洲仔尾，就何去何从展开讨论。陈衷纪竭力主张驶向台湾。他说："吾闻台湾为海上荒岛，势控东西，地肥饶可霸。"多数人也认为这是一条出路。颜思齐就采纳了陈衷纪的建议，带领船队向台湾进发。

经过几昼夜的航行，同年八月二十三日他们在台湾西岸的笨港登陆。大家看见一片榛莽杂芜的蛮荒景象，茫无人烟，就一路上互相鼓励，披荆斩棘，逐步进入到今嘉义市的诸罗山区。

有一天，他们在诸罗山上忽然听见"嗖、嗖、嗖"的声响，几支箭从他们身旁飞过。颜思齐急忙叫大家迅速隐蔽在大树后面，然后再仔细观察搜索，发现原来这山上有土著人居住。颜思齐向他们摇手，示意不要射箭，并和陈衷纪一起，走过去同土著人谈判。

言语不通，怎么办呢？他们用手势比划，在地上画图，耐心地表达意思。经过协商后，双方同意彼此划界，互不侵犯。于是，颜思齐才放心地安排大家就地筑寨屯居、耕猎垦殖，与土著平埔族人和睦为邻，并逐步沟通思想和语言，向他们传授生产技术。

不久，颜思齐派人返回福建的漳泉故里，招募一大批贫民到台湾开垦荒地，发展生产。先后有三批青壮年计三千多人应募来到了台湾。颜思齐领导他们以诸罗山为根据地，开疆拓土，建起了十个村寨，各寨设有寨主，建立寮寨管理制度，他被众人拥立为“开台王”。

颜思齐组织大家种植水稻、甘蔗和果树，并挑选有航海经验的渔民，用原有的十三只帆船进行海上贸易，解决岛上生产和生活所必需的物资和资金。他们又在笨港东南面的广阔平坦的田野建成了井字形的街道，分成九个区，中区筑起大高台，为“开台王府”，东区设读书堂，西区立天妃祠，南区为军营，北区是仓库，形成了一个像模像样的“首府”。

据传说，颜思齐在台湾的登陆之地，原名海湾，因为“湾”内有“台”，“台”外有“湾”，所以先民们将这荒岛称为“台湾”，这就是台湾地名的由来。

天启五年（1625 年）九月，颜思齐与部属们一起到诸罗山上去捕猎野兽，回来时欢饮过度，感染风寒，医治无效，数日后就去世了，年仅三十七岁。这年的十二月，各寨的寨主推选郑芝龙为首领，继续带领开拓事业。

颜思齐去世后葬于诸罗山三界埔，即今嘉义县水土乡与中埔乡交界处的尖山山巅。后来郑成功抗击荷兰侵略者收复了台湾，曾亲临颜思齐的墓前拜谒，并用剑在碑上刻下一道剑痕，这剑痕至今犹在。

颜思齐是最早组织移民大规模垦殖台湾的领袖。台湾人民永远铭记他的开拓功绩，在台湾北港乡文化路口的环岛处，建有一座颜思齐先生开拓台湾登陆纪念碑；在新港乡天妃妈祖庙前，兴建了一座五层楼高的“思齐阁”，充分表达了台湾人民对这位“开台王”的崇敬之情。

（以上均由龙海市章志讲述，郑灿整理）

二、阿里山之神吴凤的传说

吴凤（1699—1769年），字元辉，清康熙卅八年（1699年）正月十八日生于平和县乌石村（今大溪乡壶嗣村）。五岁时随父母渡海去台；二十四岁时因“熟谙番侣语言，接人诚谨，为番人所敬重”，被官民同推为阿里山通番理事，职掌山胞与汉人贸易管理、山地赋税征收和实施文化教育等事宜。任职后，公正不阿，废陋习、订规章，修订贸易规矩，教山胞耕种、为其诊病，排解内部纷争，治绩卓著，威望极高，山胞“爱若父母”，历四十八年之久。后因山胞坚持“粟祭”陋习，苦劝无效后毅然决然舍身启发蒙昧以唤醒山胞革除陋习。高风亮节感天地、泣鬼神，令人永远怀念。

为护同胞自杀身，三年赴约以成仁。
自抛眷属生前爱，即把仇雠死后伸。
从此汉村光日月，而今达社劈荆臻。
余威百代罗山在，俎豆馨香庙貌新。

这是赞扬台湾阿里山之神，又称阿里山忠王——吴凤舍身取义、破除高山族同胞“出草”杀人恶俗、不惜献出宝贵生命的动人事迹的一首诗。

吴凤，是闽南的平和县乌石社人，康熙三十八年正月十八日出生。自幼读书明理，聪明过人，先生常教学生礼义道德，他一一认真记住。他的祖父来往于台湾海峡做买卖，年纪大了，行动不便，就让儿子吴珠去台湾经商；后来闽南灾荒失收，哀鸿遍野，吴凤就跟着父亲吴珠和母亲蔡氏从平和老家迁到台湾，居住在嘉义县的阿里山下。

吴凤长到二十多岁，开始与阿里山的高山族山胞做买卖，逐渐熟悉山胞语言、性情和风俗习惯，因而关系十分融洽。吴凤做生意时不像有的奸商，以劣充优，偷斤减两，专门敲榨山胞；他总是老少无欺，公平买卖，谦恭诚实，极受山胞的尊重和爱戴。

那时，阿里山的汉人与山胞杂居，语言、风俗、习惯各自不同，常常引起误会和争执，而地方官又不能妥善解决，致使民族之间纷争不断，常常兵刃相见、杀人割头。后来，清朝为了安抚山胞，欲招募通晓山胞语言习惯、办事灵活、心地诚实的人担任理番通事，作为沟通两族的桥梁。朝廷和百姓不约而同地选中了吴凤，这时他才二十四岁。

本来，吴凤做买卖比当官稳当，但为了使汉族和高山族和睦团结，不再你争我斗、流血厮杀，他欣然答应。

通事是县府中的一种小官，主要是管理山地赋税、文化教育、市场贸易等，历来被当作“肥缺”。况且两族争斗，从中做些手脚，还能从中谋利得到很大的好处。但是，自从吴凤接任通事后，他做每件事都从老百姓的利益出发，像父母一样爱护山胞，像师长一样教育山胞，像兄弟一样帮助山胞，从来不摆官架子，不滥施官威。他教山胞耕种，为他们看病，帮助解除家庭争吵和邻居纠纷，为他们排忧解难。在耕种方法原始、无医无药的山胞们的眼中，吴凤是他们的“神农”“神医”。因此，山胞们敬重吴凤如父母，称他为“吴大人”。

但山胞有个恶劣旧俗，每年秋收祭神时，一定要割一颗或数颗异族的人头来奠祭神灵和祖先，叫做“出草”，以求神灵祖先的庇佑。这也是以往常常引起民族之间互相厮杀的一个原因。吴凤为革除这种陋俗，苦口婆心地开导山胞，但这种风俗流传时日已久，根深蒂固，好像铜墙铁壁，牢不可破，只能想一个变通的办法。他问山胞众位酋长：“朱一贵起义时，你们跟从响应，杀了原来的贪官、通事和一些汉人，得到不少首级，现在那些人头骨（骷髅）还在吗？”

山胞们回答：“还有四十多个人头骨，放在公屋里的架子上。”吴凤严肃地告诫他们：“杀人是要偿命的，这是朝廷明文所定，所以绝对不许你们再杀人祭神。你们既然一时无法革除旧俗，我就暂且准许你们用所存的这四十多个人头骨，每年祭祀一个，若再杀人，朝廷会派兵来剿灭你们的！”

由于吴凤在高山族同胞中享有很高的威望，所以山胞各社酋长就听从他的意见，每年秋收时节只拿出一个头颅来祭祀。同时，吴凤也必定杀猪宰羊，备办五牲大礼，奉上美酒、布匹与山民同祭，借以感化山胞，因此，四十多年山胞就再也没有“出草”杀人。

到了乾隆三十一年（1766 年），那些骷髅祭祀完了。山胞们又请求恢复“出草”。吴凤声泪俱下，晓之以理，山胞们才答应延迟到来年。但明年复明年，到了第四个年头，天旱加上水灾，饥荒遍地，瘟疫横行，山胞们误认为这是几年来没有“出草”祭神，神明降罪所造成的，所以再也不听吴凤的劝阻了。眼看四十多年的心血就要付之东流，吴凤心里非常难过。他哭着对山胞们说：“我虽不才，但从担任通事至今，黑发已变成白头，辛辛苦苦为你们办事已经有四十多年了，自觉没有做一件对不住你们的事。我劝你们不要杀人，也是为了你们好，为了你们不再与汉族人引起纠纷，也不要做朝廷条文所不允许的事。现在，你们一定要‘出草’杀人，这是我的德望不高、教育不周所致。我只好最后再答应一次你们的要求：明天上午，在山洼地附近，会有一个穿红袍、戴红帽的人经过，你们把他杀了就是，今后不准再杀人，如若不听劝阻，天上的神一定会发怒、一定会降罪给你们，朝廷也一定要派兵剿灭你们。”

山胞们一听明天又可以“出草”了，呼啸一声，欢天喜地的回去准备武器了。

到了第二天，也就是乾隆三十四年（1769 年）八月初十，高山族山胞拿着大刀，带着弓箭，埋伏在阿里山山洼周围，只见一个戴红毡帽、身穿红长袍的人骑着高大的白马从村边远远走过来。一时几十支弓箭一齐发射，那个人身中数箭，跌落马下。为首的山胞手舞大刀冲到那个人面前，翻过脸来正要砍下去取下首级时，突然惊呼起来："哎呀！这不是我们的吴通事大人吗？"他的大刀从手中坠落了下来，后面的人冲上来，也想夺头功，不料被白马踢倒，撞上大刀而被刺死。大家近前一看，果真是大家平日所最敬爱的吴通事。他微微张开双眼，向围拢在跟前的人们说："你们以后别再杀……杀……"话没说完就断气了。许多山胞亲眼看到这位令人尊敬的老人倒在自己的面前，羞愧得无地自容，扑上去痛哭。有的山胞自知有罪，迅速汇集了四十八社长老，在提母捞社议决，永远废除"出草"杀人祭神的恶俗，并在各社前埋石勒碑："公灵在上，吾族从今不举人祭，举则灭族。"

为了学习吴凤牺牲自己、取义成仁的精神，高山族山胞尊吴凤为"阿里山之神"，立祠祷祀，把千年秋收祭神恶俗改为祭祀阿里山之神——吴凤。嘉庆廿五年（1820 年）在台湾嘉义县东堡社口庄建起了吴凤庙，当地改名为吴凤乡。每年吴凤忌日，十一月初二（现改为公历 11 月 12 日）当地百姓都要在吴凤庙举行盛大祭典，至今延续不衰，并已成为台湾人民的风俗。

后人有诗为证：

酬君当奉人心果，
寿世应同阿里山，
仁者爱人无不爱，
牺牲岂止为台湾。

（云霄县台胞高先进医师讲述，芗城区沈顺添整理）

三、戚继光的传说

戚继光（1528—1588 年），字元敬，号南塘，晚号孟诸。嘉靖七年（1528 年）生于山东登州（今蓬莱市）。初任登州卫指挥佥事，嘉靖三十四年（1555 年）调往浙江招募新军进行训练，创立攻防兼宜的鸳鸯阵；1562 年受命入闽剿倭，先后荡平宁德城外的横屿、福清牛田、林墩等三

大倭巢，取得台州、横屿、平海卫和仙游等战役的胜利，为扫除东南沿海倭患作出很大贡献；1566 年与俞大猷合力剿灭诏安山贼吴平；1568 年调往蓟州，1583 年调往广东，后罢归登州，不久病卒。他以捍卫边疆为己任，屡克强敌，战功卓著，著有《纪效新书》《练兵实纪》《止止堂集》。是明朝杰出的军事家，中国历史上著名的民族英雄。

1. 平倭竹篙兵

明朝期间，月港是东南沿海沟通东、西洋贸易的重要门户，一下子成了富甲一方的“小苏杭”。但是，以日本浪人为主的海盗也开始在这一带活动。开头只在海面上抢劫过往船只，后来公然成群结队上岸烧杀、掳掠。明朝派戚继光、俞大猷率兵征剿倭寇，保境安民。戚继光在闽南沿海，特别是月港一带狠狠痛击入侵海盗，保障了人民生命财产安全，留下了许多动人传说。

据说戚继光和他的三千戚家军在长乐、福清、兴化等县痛歼海盗后，人不卸甲、马不停蹄地向闽南进发，在同安王仓坪、漳浦蔡巫岭又打了两次大胜仗，军威大震。倭寇一听“戚家军来了”就闻风丧胆，疲于奔命。

有一回，倭寇探马打探到戚家军回师漳州府，估计在一段时间里不可能重返东南海隅的确讯，他们就从

浯屿驾船倾巢而出，随潮而上，至浮宫登岸，绕至东厝岭，妄图抢劫月港。倭寇长驱直入，逢人便杀、见厝就烧、一直抢到虎渡桥。

突然，前头一队人马拦住去路，抬头一看，他们吓得浑身发抖。原来火光中隐约可见军旗上一个“戚”字。难道戚家军能掐会算不成，要不怎会从天而降？几个贼头商议了一阵，认为可能是海澄守兵假借“戚家军”的旗号来吓唬他们的，要不装备怎会那么差呢？众倭寇仔细一看，这支队伍每个士兵都只手执一杆长长的竹篙为武器，他们都不禁哈哈大笑。你说倭寇笑什么呢？原来他们手中的东洋刀锋利无比，对一般兵器都能砍削如泥，怎么会怕眼前这些竹篙兵呢！

于是，众倭寇呼哨一声纷纷猛扑上去。

这时，对方旗门开处，拥出一员大将，身穿金甲，手持金刀，立马阵前大喝道：“倭奴休得无礼，我戚大将军在此。”声如霹雳，有些倭寇早已两腿发抖，纷纷后退。

倭寇们这才发现他们中了戚继光的计。原来戚家军佯装退兵，目的就是要诱敌深入；如今狭路相逢，正像俗语说的：“棺材扛上山，不烧也得埋。”但仗着他们手中有锋利的东洋刀，只好硬着头皮打！

谁料到这戚家军手中的竹篙确实厉害：敲、扫、挑、戳，变化自如，让敌人根本接近不了。稍一疏忽，

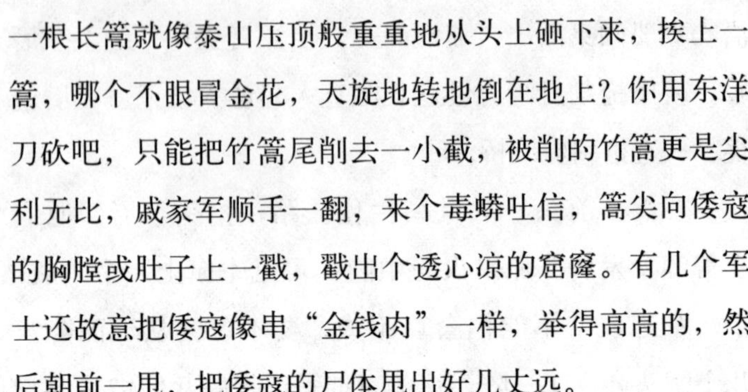

一根长篙就像泰山压顶般重重地从头上砸下来，挨上一篙，哪个不眼冒金花，天旋地转地倒在地上？你用东洋刀砍吧，只能把竹篙尾削去一小截，被削的竹篙更是尖利无比，戚家军顺手一翻，来个毒蟒吐信，篙尖向倭寇的胸膛或肚子上一戳，戳出个透心凉的窟窿。有几个军士还故意把倭寇像串“金钱肉”一样，举得高高的，然后朝前一甩，把倭寇的尸体甩出好几丈远。

这一仗，倭寇被敲破头颅、戳穿胸腹，死的非常多。倭寇本是乌合之众，见阵势不利，就四散逃窜而去。倭寇吃了大亏，从此远远看见持竹篙的兵，就双腿发抖，转身就跑，边跑边喊：“竹篙兵、竹篙兵追来了!”

从此，戚家军的竹篙兵威名远扬。月港百姓给编了一个顺口溜说：

戚家军，像神兵，手里竹篙鬼神惊。
倭寇一见忙逃遁，跑得慢些就送命！

（龙海市黄紫云讲述，玉兰馨整理）

2. 人人都是飞毛腿

民谣：“戚家军，展神威，人人都是飞毛腿，日行三千夜八百，杀寇靖边陲。”

在民谣中所说到的“飞毛腿”并非虚言，而是实情，这是怎么回事呢？原来戚家军平时操练时，不论官、兵，人人腿上都绑着铅甲码。甲码从少到多，天天增加，练到双腿绑着十来斤甲码，行走起来还能跟平常人一般。一旦行军打仗，把腿上甲码解下，走起路来个个身轻如燕、步履快捷如飞。

倭寇本是些乌合之众、无赖之徒，打得赢就抢，打不赢就跑；打也打得猛，跑也跑得快。谁知戚家军追得更快，他们跑不了多远就让戚家军截杀无遗。

有一次，倭寇洗劫大泥一带，戚家军闻讯及时赶到。一场剧烈的搏杀拼斗，戚家军为了保卫百姓，人人奋勇、个个争先。倭寇头头眼看占不了便宜，呼哨一声，倭寇们立即像鸟兽般四散溃逃。特别狡诈的是，他们纷纷冲下海滩，往烂泥塘里逃命。他们以为戚家军不敢下到海滩里来，即使敢下来，在烂泥上也跑不动、跑不快，不像他们天天在烂泥里摸爬滚打，早就练出了快速奔跑的功夫。

谁知戚家军早就有防备了，他们人人背上都带有二片一掌宽、半人高的薄竹片，中间装有铁环，拿在手上可以当武器，乘船时可以当桨划，下海滩追倭寇时，套在脚上，就像北方人的雪橇，快捷如闪电，奔走如飞。

戚家军一见倭寇逃进海滩，就人人套上夹板，如流星闪电般在烂泥塘上驰骋截杀。倭寇哪能跑得赢？只落得陈尸海滩的可悲下场，无一幸免。

后来，倭寇中传说，戚家军个个会念符咒，神出鬼没，行走如飞，是天兵天将，是飞毛腿，惹不得。打仗时，一听是戚家军来了，早就像吓掉了魂、丢掉了魄一般，掉转头没命地跑。

自此，戚家军威名震四方，倭寇闻风丧胆。

（龙海市黄瑞明讲述，玉兰馨、玉宁馨搜集整理）

3. 巧摆斗笠阵

倭寇吃了几回败仗之后，精起来了。他们龟缩在浯屿岛，利用宽阔的海域做天然的防线。

戚家军也追到了斗美村。怎样安全渡过海面攻打倭寇呢？戚将军想呀想，他毕竟是文韬武略兼备的杰出将领，很快就想出了一条妙计来。

那时正是梅雨季节，连日细雨蒙蒙，浯屿岛笼罩在雨雾之中，五步开外就看不清人影。

傍晚，站在船头放哨的倭寇，突然惊讶地乱喊："戚家军来了！飞毛腿又追来了！"弄得所有倭寇都心惊胆战，吃饭的顾不上吃饭就撂下饭碗，睡觉的顾不上穿衣，慌慌张张挤向船头。

只见海面上有两三个戴斗笠的戚家军凫游而来。倭寇将长钩、套绳、船竿都动用起来。待那两三个"斗笠兵"靠近船边时，长钩钩起一看，这才发现上了当。原

来那斗笠下并没有人，只绑着一个圆不溜秋的陶罐。陶罐口用木塞子塞住、用斗笠盖住，浮在水面上就像人在凫水一样。倭寇把这两三个圆不溜秋的东西都钩了上来，有人用铁钩一敲，陶罐破了，里头飞出了一大群虎头蜂。这些虎头蜂在陶罐里闷了大半天，一飞出来，就“嗡嗡嗡”乱飞乱闯，逢人便叮。这虎头蜂是毒蜂，被它螫到了，你不仅会痛得哇哇直叫，而且还要肿个大疙瘩。几个陶罐里的虎头蜂在船头乱飞乱叮，叮得倭寇抱头鼠窜、叫爷哭娘，差点就把贼船闹翻了。

又过了半个时辰，天暗下来了，灯影下，海面上又浮来了许多“斗笠兵”，三五成群，密密麻麻，顺风顺潮漂流过来。倭寇又紧张了好一阵子，这次他们不敢把那圆不溜秋的东西钩上船，只是在水面上各各击破。罐子里头那些虎头蜂、黄蜂……照样飞上船来，螫得倭寇们东躲西闪，无处躲藏，直往底舱里钻，还是躲不过。

倭寇没办法，只好下命令，不许将陶罐子钩上船，也不许敲破陶罐子，听任它漂流过去就行。这样子才稍微好一些，倭寇兵才能再探头挤在船头，看戚继光除了摆“斗笠阵”，还能有啥新的花样？看一阵子，没啥动静，才各干各的事去，没人再理那些陶罐子了。

不料，再过半个时辰，有只贼船的司舵大声喊叫起来，说：“唉呀，底舱漏水了！”接着各贼船也都叫苦连天，只只底舱都船破漏水了！倭寇们七手八脚忙着堵

漏洞，可堵了后舱，前舱又漏了，堵来堵去，整个舱底都快成马蜂窝了。这时倭寇觉得奇怪，怎么一下子都漏了呢？莫非……啊，他们冷静下来，仔细一听，才发现船下有“嘭、嘭、嘭”的敲击声。“船下——有人——”

“我们让戚家军暗算了！”

倭寇船上又大乱起来，有的收拾东西，有的找武器……可怎么堵也堵不住了，船一进水，本来就会往下沉，加上满船人乱走乱窜，就沉得更快。

这时，戚家军乘着艨艟大舰顺风顺潮赶来了。贼船想跑，漏水摇不动；想拼，所有的倭寇早已心慌意乱、无心恋战。

这一役，龟缩在浯屿岛上的倭寇全部被歼灭，一个也没留。

原来这是戚继光将军想的妙计，先用夜壶、斗笠和毒蜂布疑兵。估计倭寇会把夜壶敲破，就让倭寇先尝一尝毒蜂螫叮的滋味。慢慢地，又让一些水性特别好的“水鬼”，带上凿子、铁锤，戴上斗笠，潜入水中，先破坏贼船，让倭寇跑不掉。最后才出动艨艟大船，刀枪耀眼，剑戟如林，猛扑过来。戚家军来势迅猛异常，倭寇只好乖乖地做戚家军刀下的无头鬼了！

（龙海市黄瑞明讲述，玉兰馨、玉宁馨整理）

4. 戚继光与大鼓凉伞舞

大鼓凉伞舞是漳州人民所喜爱的一种民间舞蹈，每当喜庆吉祥的日子，一听到那欢快热烈、粗犷有力、动人心魄、扣人心弦的鼓点，人们都会放下手中的活计，高兴地挤上街头，一睹为快。

人们为什么那么喜爱大鼓凉伞舞呢？原来这舞蹈不但让人看后心胸开阔、激情澎湃，而且它还和人们敬爱的抗倭名将戚继光将军密切相关呢！

据说在明朝末期，民族英雄戚继光将军率领着“戚家军”日行百里，秋风扫落叶一样，一路追击，猛攻猛打倭寇。队伍凯旋，路经漳州时，漳州老百姓扶老携幼，抬着瓜果猪羊，到城外很远的官道上去夹道欢迎和犒劳戚家军，一些好动的小青年用彩带把双面大鼓挂在胸前，敲打着欢快的鼓点，和着有节奏的舞步，也出城来为戚家军庆功助威。

这时，戚继光和他的“戚家军”浩浩荡荡地来到漳州城下，老远就看到那些胸前系着大鼓、敲着欢快鼓点的“少年家”（小伙子）兴致勃勃地在盛夏的骄阳下，正跳得满头大汗。戚继光立即回转头，命令战士和侍女们迅速地撑伞，上前去为这些小伙子们遮荫蔽日；大鼓队边走边舞，舞到哪里，凉伞就紧跟到哪里、遮到哪里。满城的老百姓都亲眼目睹了这种感人的场面，谁不

称赞戚将军体恤百姓的一片心意！

后来，为了纪念戚将军的抗倭功绩，人们对大鼓与凉伞的表演形式进行了艺术加工，整理成大鼓凉伞舞：男鼓手们挂着大鼓边打边舞；身边增加了凉伞伴，把原来拿凉伞的男士兵换成了美貌的腰系短裙、手舞彩绸凉伞的妙龄少女，让她们边舞边为鼓手遮凉，与刚健勇壮、赤膊上阵的鼓手们双双成对，四对一组翩翩起舞，舞姿优美，节奏明快，艺术感染力极强。前头还有挑着茶担的劳军的老婆仔，更加赏心悦目，受到人们的热烈欢迎。

随着闽南人移居台湾，大鼓凉伞舞也传到台湾，被称为“唐山舞”，寄托了台湾同胞对戚继光将军和闽南故土的怀念。

（龙海市黄步文讲述，金宗整理）

四、郑成功及其部将的传说

郑成功（1624—1662 年），名森，字明俨，幼名福松，后诣明末大儒钱谦益改字大木，南明隆武帝赐姓“朱”，赐名“成功”，世称“郑赐姓”“郑国姓”“国姓爷”。因南明永历帝封其为延平郡王，故又称“郑延平”。先世由河南荥阳入闽，原籍南安石井（今晋江安海），出生于日本九州平户藩。六岁时由父接回福建老家，后送金陵求学。1645 年父郑芝龙降清，率父旧部在东南沿海抗清，是南明后期

主要军事力量之一。1651 年下半年，郑军在闽南小盈岭、海澄等地战斗获胜，收复平和、漳浦、诏安、南靖等地。1652 年取得江东桥战役胜利，攻下长泰，包围漳州超半年之久。后战斗失利，退守厦门。1653 年取得海澄战役胜利。1656 年取得闽东北护国岭战役胜利。后因黄梧降清，受到巨大打击。1661 年率军横渡台湾海峡，击败荷兰殖民者，1662 年 2 月 1 日，迫使荷兰总督揆一王投降，收复宝岛台湾，开启明郑时期，不久病逝，台湾民间广设庙宇祭祀，称他是伟大的英雄。

1. 郑成功激战海澄城

清顺治十年（1653 年），郑成功率领部将坚守在闽南沿海，进行反清复明的斗争。他在海澄县城用灰石砌起二丈多高的城墙，安上大、小铳炮，外围开挖护城壕沟，城内屯积大批粮草军械，建成一处进可攻、退可守的军事据点，像一只铁拳，直插清军心脏，迫使清军不敢轻举妄动。

这年五月，清顺治皇帝下了狠心，派固山金砺为将，要不惜一切代价攻下海澄城。固山金砺也在皇帝跟前立了军令状，率领强悍健壮的马步骑兵五万人，加上十县民夫，抬运几百门大龙贡（火药炮），浩浩荡荡来

到海澄城外安营扎寨。

固山金砺初来乍到，不知郑成功的厉害，倚仗着自己手中兵多、炮多，把整个海澄城围得鸟飞不出、水流不入，大、小龙贡日夜轮番轰击。三天后，海澄城外郑军营寨木棚全被击毁；五天后，连石条砌基、三合土夯成的墙垣也被轰塌了好几处。这时，闽南总督刘清泰也奉旨率领闽浙清兵前来听候差遣。

固山金砺望着海澄城外到处是黑压压、密麻麻的清兵，好不威风。他想，郑军经过连续几天的炮火轰击，定是伤亡过半，已经没有什么抵抗能力了，不趁现在攻城，还待何时？于是，他下令众军士饱餐一顿，开始猛攻，并许下诺言："谁先攻入城内，活捉郑营将领，官升一级，赏银三百两。"俗话说："重赏之下，必有勇夫。"清兵一听此令，不顾死活地向前冲去，如蚂蚁一样乱哄哄地越过护城壕，有的已经抢架云梯，就要爬上城墙了。

这时，只见郑成功站上城楼将台，将令旗朝东连摇三下，一阵轰隆巨响，浓烟弥漫护城河，正在爬墙的清兵纷纷陷入火海烟雾之中，辨不清方向，找不到逃路，互相践踏，有的断手折臂，有的被活活烧成焦炭，还有的跌进护城河里被活活淹死……

郑成功把令旗朝南挥动三下，一阵风卷过城前，无数身穿铁甲，手舞刀斧的虎卫亲兵，像天兵神将从天而

降，如同砍瓜切菜一般，把清兵杀得丢盔弃甲，尸首狼藉，血流遍野……

固山金砺见强攻不下，就将火力集中，一时间把城墙上的将台打得硝烟弥漫，挂着帅旗的旗杆也被炮火炸成两截。郑成功身披盔甲，腰佩宝刀，气宇轩昂地站在台上继续观察敌情、指挥战斗。部将甘辉一见形势危险，急忙把他拉了下来。说时迟、那时快，刚一离开，将台就被清军的炮火击中，“轰”的一声炸个粉碎。

固山金砺像输红了眼的赌徒一样，暴跳如雷，不断增派援兵，里三层、外三层地把海澄县城团团围住，并派水军堵截海路，妄图切断郑成功和厦门大本营的联系，把他困死在海澄城。

郑成功一面选派精兵，星夜突围，驰赴厦门告急，一面通令城内三军，上自主帅，下至士兵百姓，一律节衣缩食，抓紧时间挖筑蔽身的地窖坑道，在前沿壕沟埋上火药。

日子一久，城内的粮秣即将告罄。郑成功和大家一样，每天只喝一点稀粥，白天到前沿阵地巡视，晚上和部将们商议破敌之计，深夜到各处据点关卡查哨，回到营寨往往独自枕戈待旦，彻夜不眠，熬尽心血思考对策。他双眼布满血丝，脸庞日益消瘦。侍卫们特意煮点好吃的东西给他吃，都被他分给大家共享。守城的将士虽然饥馑疲惫，但见主帅跟大家同甘共苦，深受鼓舞，个个振作精神，坚守战斗岗位。

有一天中午，郑成功在西门一带巡视，忽然听到前面欢声四起，夹杂着一阵“呷、呷、呷……”的鸭叫声，他正要打发侍卫前去查看，只见一个士兵提着两只鸭母兴冲冲地跑来，说：“国姓爷，这是大家的一点心意，请你收下！”

“鸭子？”郑成功威严地对士兵说，“弟兄们，咱们已经三令五申了，不准动用百姓一草一木；如今被困数月，军民更应同甘共苦，你怎能违犯军纪，捉拿老百姓的鸭子呢？”

士兵连忙辩解：“国姓爷，这不是老百姓的鸭子，是在那边的壕沟里捉的。”

“是呀，这是在壕沟内捉来的野鸭子。”一道前来的士兵、百姓都异口同声地说。

“从壕沟里捉来的？”郑成功一听，疑惑不解，把手一挥：“走，看看去！”

大家把郑成功带到西门壕沟边。这时正是涨潮时分，一股江水从城墙脚的涵洞里哗哗地涌了出来，过不到一刻工夫，果然又有一只鸭子被冲出来，几个士兵忙卷起裤管，走到深可没膝的水中，把它逮住。一名士兵把它提到郑成功跟前，说：“国姓爷，你看，这鸭子确是在这壕沟里捉的。”

郑成功忙派几名士兵到附近群众家里去查询，也证实没有发现哪家百姓丢失鸭子。大家见郑成功沉思无言，就纷纷进言："国姓爷，这回你该相信了吧！为了全城人民的生命财产安全，你不分日夜，呕心沥血，我们实在过意不去。这两只鸭子你就带回去补养身体吧！"

郑成功轻轻抚摸着鸭子，心里为大家的深情厚意所感动，久久说不出话来。人们以为他已同意收下鸭子了，有的开始散开，有的回到壕沟继续捉鸭子。突然，郑成功用洪亮的声音喝了一声："兄弟们，回来！"

大家闻声围聚过来。郑成功威严地宣布："捉到的鸭子，一律不准宰杀，全部集中喂养，不得有误。"大家一听都怔住了，这是为什么？郑成功又叫来一个军需官，令他用干饭米糠等将所有的鸭子喂得饱饱的，趁退潮时，再把鸭子送出城外。同时，他还叫几个士兵捕捉螃蟹，让大家先把蟹肉吃净，留下完整的蟹壳，装上鱼刺肉渣，趁着潮退也让它们从涵洞浮流出去。

大家都感到奇怪，有的暗暗地议论："我们已经很久没有吃过一顿干饭了，好不容易才捉到几只鸭子，为什么不让大家改善一下？还要用好饭好菜把它喂肥，送给敌人吃？国姓爷是不是饿昏了头脑，下错了命令？"

郑成功的侍卫们也苦苦请求："国姓爷，再这样下去，你的身体就是铁打的也要垮的，就留一只补养补养身体吧！"郑成功斩钉截铁地说："不行，一根鸭毛也不许动！"

他觉察到大家很不乐意、有情绪，就捉过一只鸭子高高地提了起来，说："弟兄们，这些鸭子都是敌军派来的探子，千万不要上当！"这话使大家更感到丈二和尚摸不着头脑，不知道国姓爷葫芦里卖的什么药，一个个目瞪口呆，都想从中找出答案。

只听郑成功又说："清军多次攻城不下，想把我们困死城里，他们没法打听到我们城里的虚实，就利用鸭子来当探子。你们看，鸭子的肚子里都是空空的，如果我们把鸭子宰了吃掉，就等于告诉敌人，说城里已经弹尽粮绝。现在，我们把鸭子喂饱了再送出去，敌人就无从探得我们的真实情况了。"

一番话说得大家豁然开窍。郑成功道："兄弟们，你们说，这鸭子能吃吗？"人群响起了会心的笑声，大家异口同声地应道："不能吃！"说罢，大家争着多搅拌饲料，喂饱鸭子，再从涵洞把它们送了出去。

固山金砺自以为想出一招高明的妙计，洋洋得意，亲自到前沿监督士兵放鸭子，直等到鸭子全部游进了城墙的涵洞，他才心满意足地回到营寨。挨到傍晚，一个士兵手提一只鸭子跑来晋见："报告主帅，捉到从城里游回来的鸭子！"

固山金砺一听大喜，急忙传令："快提上来！"他迫不及待地亲手拿起一把利刀，剖开鸭腹，翻开肠肚一看，竟发现里面全是干饭米糠；他心里有点不信，又叫士兵再提一只鸭子，剖开后，还全是干饭米糠！接连杀了几只，肚里都是干饭米糠！

他不禁深受震惊，神情懊丧地坐了下来，心想：郑成功真厉害，困城数月，他竟还有这么充足的粮秣养鸭子，这要如何是好？他浑身突然一阵颤抖。众部将不明底细，邀他饮酒作乐，还挨了他的一顿臭骂。正当这时，又传来朝廷圣旨，限时破城，如再延误，从严惩处。固山金砺坐立不安，无计可施，只好硬着头皮下令准备强攻。

初六日晚上，清军集中所有铳炮，猛烈向城中齐射，整夜炮声隆隆，如雷震耳，响个不绝，直轰得城里多处起火，映红了半边天，城垣营垒尽被轰平。郑成功命令士兵百姓执戈披甲，隐藏在事先挖掘的地窖坑道内。

次日清晨，天刚蒙蒙亮，固山金砺见海澄县城已成一片废墟，残垣断墙，空无一人，心中大喜，传令发起总攻。清军一窝蜂倾巢而出，从四面八方朝海澄县城涌进，一路上没有遇到抵抗。大家越加大胆，越过护城壕沟，爬上城头，正想朝街巷纵深冲去，突然，从眼前的地底下跃出许多郑军将士，犹如天兵天将，个个精神抖擞，手执刀枪，勇猛地砍杀过来。清军猝不及防，惊慌失措，交手不到几个回合就死伤过半，剩下的都争先恐后、互相残踏地败退下来。固山金砺气急败坏，摇旗呐喊，再次组织进攻，刚要越过护城壕沟，埋伏在城头上

的郑军居高临下，拉弓射箭，矢如雨下，又一次击退了清军的进攻。

这一天，经过三进三退，固山金砺像斗输了的公鸡一样，瞪着血红的双眼，孤注一掷，他亲自带领剩下的后备队伍，气势汹汹地掩杀过来，准备决一死战。郑成功在城墙高处看见，立即传令全体官兵退入城壕地窖，等待清军全部越过壕沟、刚要登上城头时，立即发出信号，让各处士兵点燃导火线，引爆埋设在各处的炸药。一时间，炮声隆隆，天崩地裂，黑烟滚滚，遮天蔽日，把正在登城的清军炸得人仰马翻，只剩下固山金砺带着几个士兵落荒而逃。

郑成功带领全体军民胜利地捍卫了海澄县城。

（龙海市柯松茂讲述，洪都农整理）

2. 龙海桥国姓爷吟诗

龙海市石码镇东南隅有一座钢筋水泥小桥，名叫龙海桥。据传说，这座桥是英雄郑成功于顺治九年（1652年）抗击清军、屯兵石码时所建的。当年是石墩木板面，旁设护木栏杆，全长 38.3 米，宽 1.8 米。由于日晒雨淋，桥面木板几经修换，直到新中国成立后才改为水泥桥。这里地处龙溪和海澄两县的交界，九龙江西溪分支流的汇合口，故名为“龙海桥”。

据说，国姓爷郑成功的水师，大小船只数百艘，当时就驻扎在这桥下，连营数里，樯桅林立，旗幡耀日。八月十八，正是大潮席卷而来之时，郑成功像平日一样，正立马桥头指挥水师操练。中军号旗高擎，鼓声大震，大小战船依次进进退退。篙桨击浪，逆水飞舟，纵横驰骋，喊杀之声，威震两岸，气势非凡。

突然，右军喧哗，升旗报警。郑成功即派哨船火速飞探。片刻之后，哨船还报：右军正演练分兵合围之际，一小木筏乘潮而来，横冲入阵，已扣下木排上一名艄公，请令定夺。

两边一声呐喊，不多时，哨卒引一艄公上桥而来。那艄公一路走一路喊叫："救命啊，救命，我要找国姓爷为我报仇！"

郑成功低头一看，马前站着一位五十开外，渔民打扮，衣衫褴褛，脸色焦黄的人，背上还用布围裙背着一个三四岁的小男孩。

郑成功和蔼地问道："你是何人？为何喊救命？又为何冲击我的水军！"

老渔民说："我有紧急的军情，要面陈国姓爷。"

郑成功一怔，立即微笑说："我就是郑国姓，你有何军情就直说吧！"

那老渔民抬头把郑成功上下仔细打量一番，再抬头看看飘扬在桥头上空的"郑"字旗，这时，他才"扑

通”一声跪伏在马前喊道：“国姓爷，快救救我们沿海渔民的命吧！”

“老丈请起。”郑成功立即跳下马来，双手扶起那老渔民，“有话慢慢讲。”

原来，老渔民一家六口人，在太武山下、九龙江边打鱼为生，谁知清兵为了抵御国姓爷军队的进攻，采取“空其土而徙其民，寸木片板不许下海”的政策，强迫沿海渔民内迁，层层设卡防守。老渔民的儿子被清兵抓去当差，女儿、媳妇被掳入清营糟踏，迄今杳无消息。老婆子为了保护女儿、媳妇，当场被清兵所杀，渔船被清兵抢走了，老渔民无奈背着孙儿逃命。听说国姓爷在石码驻扎，他便乘木筏顺潮而上，投奔国姓爷来了。

听了老渔民的哭诉和他背上小孩子的悲啼，郑成功和周围的将士无不潸然泪下。

老渔民还请求说：“国姓爷，海澄以下十八道水上关卡，我都把它们摸探过了，水路我也很熟，我可以当向导。”说后，老渔民从怀里掏出一张纸，纸上用木炭画着曲曲折折的圆圈，标明清兵关卡、暗礁的位置，他还把一路上得来的情况，也一一告诉了国姓爷。郑成功叫兵士带老渔民到军营先住下。

国姓爷领着诸将立马龙海桥头，遥看下游烟波迷茫处，慷慨激愤地吟道：

神州鼎沸横胡虏，衣冠禽兽痛伪朝；
十万健儿天讨至，雄心激似大江潮。

其余部将听后，莫不深受感动，争着吟诵这首诗。国姓爷龙海桥观潮吟诗，也就成了一桩佳话流传至今。

（龙海市黄茂盛讲述，金宗整理）

3. 国姓鞋

闽南龙海、东山、漳浦一带的农民，上山挑担都穿上一种特制的草鞋。这种草鞋与其他地方的草鞋不一样，松软、轻便，穿了脚上不起泡，上山爬坡如走平地。农民说，这种草鞋叫“国姓鞋”，可以日行千里、夜走八百，是三百年前国姓爷郑成功抗清复明时流传下来的。

传说，郑成功带兵围攻漳州那一年，有一次他的一小队士兵被围困在漳州东门外的鹤鸣山上的千人洞。郑成功派他的虎将之一万礼化了装，带着两位士兵，挑着军鞋，要穿过封锁线，去为鹤鸣山解围。他们从后山小路爬坡，忽然，从山崖上滚落下许多地瓜，掉在万礼他们的头上，他们以为是清兵用石头要打伤他们，抬头一看，才知道是山崖上有个农民摔倒了。他们急忙跑上前去，把他扶了起来。这位农民脚划破了，草鞋也丢了。

他们就拿出一双草鞋，让他穿上。看看他的伤势不太严重，才和他告别，继续赶路，上山解围。

这个农民叫林春生，他母亲听了这件事后说："你穿上了天兵天将的草鞋，今年一定会交上好运的。"果然，林春生穿上这双鞋子感到非常舒适，挑担走路也十分平稳。春生妈按照这双草鞋的样子，每天从早到晚都会认真编织几双，交给春生带到附近圩场去卖，每次都是很快就被抢购一空。春生母子也因此赚了不少钱。

直到现在，闽南农村的农民还喜欢制作和穿用这种草鞋，并且把它称为"国姓鞋"。

（龙海市黄素琴讲述，黄步文整理）

4. 郑成功虎渡桥退敌

在漳州东门外四十多里处，有一座古桥，是建筑史上有名的石拱桥，名叫"江东桥"，也有人叫它"虎渡桥"。它不仅是漳州陆路的交通要道，也是历史上兵家必争的重要隘口。三百年前，英雄郑成功曾在这里跟清王朝的军队打了好几十战，留下了许多动人的传说。

就说 1652 年的那一次战斗吧。

那时，郑成功攻下海澄城不久，三月间，他就派甘辉为先锋，带领五千精兵向长泰县进军。甘辉从海澄城出发，当天就打到了江东桥，赶走了守桥的清兵副将王进，夺下了军事要隘——江东桥。

王进逃进漳州城，向总督陈锦求救，他丢失江东桥要隘，理应斩首。但是陈锦担心受到牵连，只让他戴罪立功，答应如果夺回江东桥就让他将功折罪。陈锦不得不把二万五千清兵全部调动起来，准备与郑成功在桥西平原决一死战，以报鹿石山全军覆灭的耻辱。

第二天中午，陈锦亲自带着各路军队，备齐粮草、马匹，向江东桥进发。路上，他猛然想起，鹿石山失败，主要是败在不了解地形，中了郑成功“反客为主”之计。兵法上说：“知己知彼，百战不殆”，这回可别莽莽撞撞再上了郑成功的当。

他派人到前头唤来了王进，仔细了解商量一番。他听说“江东桥”又名“虎渡桥”，就引起了特别的注意。原来江东桥横跨万松关、瑞竹岩东面的溪流上，春季阴雨中常有老虎从桥下泅过。八百年前建桥时，桥墩大石坠下随时被湍急江流所冲走，后来找到老虎背囝过江的停歇处，才利用江中大石做桥墩座，建起石拱桥。陈锦问：“这么说，江东桥附近经常有老虎出没？”

“那当然，有时候，大白天老虎下山来，叼不着牲畜，就连人都叼走了。”王进故意夸张地说。陈锦一听，吓了一跳，还好先了解一下情况，要不然撞到虎口上自己还不知道呢。于是，他传下命令，行军时要注意，两边山上有老虎。

那甘辉第二天正准备向长泰长驱直进，哨探却来禀报，漳州府正在调运粮草，总督陈锦尽起手下两万五千军兵，准备来夺江东桥。甘辉急忙派人赶往海澄城禀报郑成功，请他派兵驰援。

傍晚，郑成功亲自赶来了。甘辉见他只带了潘伯亮及十多个随行护卫，疑惑地问："大军何时到达？"

郑成功只是撚着胡须微笑。潘伯亮插嘴说："凭国姓爷虎威，退他陈锦两万五千兵，就像三个指头拾田螺，还用重兵么？"甘辉只是将信将疑。

郑成功一到江东桥，察看了地形，又跟潘伯亮商议了一会儿，就开始调兵遣将，做好迎战准备。

傍晚开始，初春寒风夹带着纷纷的细雨，纷纷扬扬开始落下。陈锦、王进率领大队人马冒着细雨挨挨挤挤，终于在二更左右赶到万松关下。哨马来报，桥上并无重兵把守，桥头上只有三五骑人马走动。

陈锦忙约束军队，在万松关下平原处摆开阵势，然后带着王进拍马近前观看。桥头上，果然只有三五骑，郑成功勒马按剑站在当中，左有甘辉、右有潘伯亮，背后两名将士高挑两盏灯笼，旌旗上大书一个"郑"字。

陈锦心中暗想：郑成功今夜唱的是什么戏？难道也学诸葛亮唱空城计么？正在惊疑、猜测之时，只见郑成功远远地大声喝问："陈将军，你今夜特地来送死么？欢迎，欢迎！"话音才落，只见桥头暗处伸出了两支长号“嘟——嘟——”地吹响。不知是空谷回声，还是惊动了两岸山头上的虎群，只听见从万松关前至瑞竹岩上及至西山峰顶，连绵群山虎啸狼嚎，“呜——呜——”地吼叫。

清兵中，不知是谁大喊一声：“老虎下山了，快跑！”顿时，所有清兵的阵脚全乱了套，大家纷纷掉转头撒开腿就跑。黑暗中，骑兵踩着步兵，步兵堵住骑兵，你打我，我踩你，乱哄哄的。陈锦、王进想制止，喊破喉咙却没有一点作用，越喊大家越乱。就在这时，瑞竹岩一带山头上喊声震天，火炮齐鸣，大石纷纷滚下，雁翎箭成束射来，跑得慢些早已被射中，被乱军踩成肉饼；没被射中的，也被火炮打死。一个个清兵只恨爹娘少生两只腿，谁也顾不了谁，没命地往回跑。跑着跑着，听见远处山头上喊杀声，还以为是老虎在吼叫或郑军杀来了，有的跑得上气接不了下气，竟倒在路上，被乱兵踩死了。

陈锦、王进也被卷进乱军中。王进据说被乱军踩死，而陈锦在黑暗中也不知被谁扎了一枪，负着重伤跑回漳州城。

这一仗，陈锦又一次几乎全军覆没，且身负重伤，交不了差，只得悄悄跑掉，不知躲到什么地方去了，再也不敢出来。

后人说到这次战斗时，无不翘起大拇指，称赞郑成

功的“虎威”了不起。据说，有些民间的说书艺人还把它编成：“江东桥，郑成功虎威退敌；万松关，清朝兵失魂落魄”的故事，广为传说。

（龙文区林跃生搜集整理）

5. 哑谜招贤

传说国姓爷郑成功二十三岁时，为反对父亲郑芝龙降清，在孔庙焚烧青衣，率领部下九十多人乘船下海。后来为了扩充“反清复明”的实力，曾亲自到泉州西门外不远处的一座木板浮桥以哑谜招贤。

怎样以哑谜招贤呢？原来他在这座桥头竖立一面大旗，上书“招贤”二字，旗下摆一只方桌，放一只青瓷碗，碗里盛着半碗清水，碗前放一束香、一对打火石；桌前再贴一张招贤榜，说射中哑谜者可授予军职。

哑谜招贤确实非常新鲜。人们一传十、十传百，来投军的人非常多，但是过了三个三天，还没有谁能猜射中款！

几位亲信劝说国姓爷，是否改用别的方式选考将军呢？郑成功只是微笑着说：“闽国多雄杰，岂无真英才？”

到了第十二天，招贤桥上走来了两个外乡人。走在前头的五短身材，双眼炯炯有神，后边是一个壮实大汉，气宇不凡。两人走到方桌前端详了一下，那五短身材的汉子随即上前揭下“招贤榜”，车转身来，端起青瓷碗，反扣在桌上，任清水流落地上，然后敲击打火石、点亮香束，高声唱道：“反清复明，万众同心。”

周围许多报名投军的青壮年这才恍然大悟，明白国姓爷哑谜的含义。掌管招贤处的两名国姓爷的亲信，急忙上前拉着这一高一矮的庄稼汉：“请问壮士高姓大名。”

这两壮士正要通报姓名，人群中忽然有人喊道：“国姓爷来了！”大家忙让开路。只见国姓爷满脸笑容，匆匆跑来，脚下只穿着布袜，远远就抱着拳致意，上前拉着那两个人问：“请教壮士高姓大名？”那高个汉子先开言道：“我叫林泗，漳浦东山人；这是我结义拜把兄弟，姓甘名辉，海澄县人，特来投靠国姓爷的。”

国姓爷喜出望外，忙把甘辉、林泗请入招军房里畅谈。

国姓爷为什么只穿布袜呢？原来甘辉猜中哑谜时，早有人先报告国姓爷，国姓爷一听大喜，来不及穿鞋，就冲出门外来相迎。国姓爷仔细听了甘辉所谈的“反清复明”的见解，十分赞赏，只恨相见太晚。甘辉献策，要国姓爷以漳浦东山为基地，进兵漳州，再逐步向浙、粤发展。国姓爷请甘辉任将军，林泗也留在军中重用。

泉州西门外的这座桥，后来人们就叫它“招贤桥”。国姓爷设哑谜招贤遂成佳话，传遍闽南一带。

（东山县林阿海讲述，潘三夏整理）

6. 海生伯领航

铜山岛城关的海边有座小小的武庙，附近就是著名的旅游景点“铜山风动石”。三百年前，英雄郑成功曾在这里征集、训练强大的水师，去收复宝岛台湾。铜山渔村的许多渔民就在这儿投军、参加收复台湾战役的。

有一天，郑成功在练兵场上接见一位老渔翁。老渔翁头发已经斑白了，身体却还挺硬朗的，带着他的孙子一起要来投军。他的孙子是个健壮的小伙子，自然一眼看过就被录取了，可是海生老渔翁年纪那么大，郑成功一时不能不感到为难。

他笑着问：“老阿伯，你多大年纪了？”

老翁拍拍胸膛说：“快六十了。莫看我年纪大，海上行船我可是老手！”

过后，郑成功就扬其所长，请海生老人报海情、说航路，虽然不算是正式的士兵，可却常常来往、出入于水师的帅船上，有时海上训练，还请他领航。郑成功的士兵，对他十分尊敬，都称他“海生伯”。

海生伯从小在海里生浪里长，当了几十年船老大，对东山、古雷、金门一带水域的明岛暗礁了如指掌，他闭着眼睛也能把船带到要去的地方。

有一次，郑成功的水师出海远航，来不及告诉海生伯就走了。经过三天三夜，水师才在这天夜晚要从古雷半岛返回东山港。

这一夜，海上乌墨一样，只听海水“哗哗”地响。这条水路海底礁石多，海浪又急，船队进港好像穿针一样，一不小心，就会碰个粉碎，再前进就会有风险。这时，郑成功只好下令：“吹螺号，抛锚停船！”

船队一只又一只抛锚了。怎么办？大家正苦思良策，这时，只听见海面上传来“呜呜——呜——”的海螺声，随之一星渔火，忽明忽暗地摇晃而来。

船队的士兵们，一个个都被这摇晃的灯光吸引住了，究竟是谁？有什么军情？

灯光近了、近了，隐约可看出一个老渔翁摇着一只小船正像鸡蛋壳一样在海上飘浮，随时都有沉船的危险。

将士们大声喝问：“你是何人？冒险来这儿干什么？”

老人答道：“铜山渔民海生，来带国姓爷的水师进港！”

一听到海生伯到来，每个士兵都高兴地跳起来。郑成功说：“好个海生伯，海上一条龙！来得太好了！他怎么知道我们的船队今晚要进东山港？”

海生伯说：“我心里想的。你们船队出航三天三夜了，今夜一定该进港了，刚才又听到螺号声，可是等了许久，不见船队，我估计你们返航有困难！”

郑成功说：“谢谢海生伯冒险赶来领航！”

海生伯答：“不用谢了，国姓爷的事，也是铜山渔民的事。”

螺号声声，船队起锚了，飞桨击浪，国姓爷的水师

在海生伯领航下，安全地返回铜山港。

（东山县文万春讲述，田秀夏整理）

7. 国姓井

东山县澳角村后海湾有一口水井，名叫“国姓井”。

明代末期，英雄郑成功在闽南一带沿海操练水师。这里海滩平坦、水流缓慢，是理想的练兵场所，因此也驻扎着一营水兵。此时，正值三伏季节，气候炎热，这里三面环海，仅有的一条从山坑里流下来的水泉也即将干涸，在烈日下刻苦操练的郑家将士们的饮用水已经十分稀少了。

一天，郑成功巡视各营水军队伍，来到了澳角营地，看到将士唇干舌燥、干渴难耐，他想：淡水接济不上，兵士们可要渴死了，水军不精，大业可就难以建成。他伫立海滩，心潮起伏。突然，他慧眼一亮，“好”字脱口而出。原来，他想到这座大海环抱的大山，蜿蜒曲折，犹如出水蛟龙，蟠龙卧处，必有水脉。

于是，他认真地察看地形，循着山势，来到海水漫及的山脚下，左挑右选，相准一个地方，拔出宝剑，画一了圈，命令军士动手挖掘。众军士岂敢怠慢，七手八脚就挖了起来，大约挖了一丈深，一股清泉就突然奔涌而出。郑成功接过兵士们捧上的一碗泉水，仰天祝告：

"托大明朝洪福，谢天助我成功！"

然后，他仰首一饮而下！"甘甜！甘甜！实乃龙泉之液也！"只见他喜形于色，连声赞道。

从此以后，每当涨大潮，海水溢及井台。这井里的水始终充沛、甘甜沁脾。国姓井也成了澳角村的观光胜景之一。

（东山县林生志讲述，许海松整理）

8. 郑成功借殿跨海征番（五则）

（1）思台

郑成功自从督师北伐失利后，撤军退守铜山、厦门、金门诸岛。他不敢苟安于一时，仍旧加紧整训忠贞军，一心一意要驱逐清寇，恢复故土。这时清军大将军达素早已挥师南下，尾随郑成功的军队追赶到福州，而闽浙总督李率泰正坐镇在泉州，他立刻知照大将军达素、提督马得功、海澄公黄梧、同安总兵施琅，约定同时出师，合攻铜山、金厦三岛；又知照两广总督李栖凤、碣石总兵苏利、南洋总兵许龙、饶平总兵吴六奇；还调来宁波、温州、台州各港所属舰只，形成南北两支铁钳合击之态势，趁国姓军喘息未定、立脚不稳之时，妄图一举围歼，永绝后患。

形势十分严峻。郑成功紧急召集各提镇、参军计议对策。国姓爷两道浓眉微锁，沉重地说："鞑虏趁我在江南失利之机，妄图南北夹击、围攻我军，这没有什么可怕，等到他们整船调兵，布置停当，已经拖到五月份了，那时南风正盛，江、浙的船只谅必未敢出港。我只顾虑粤东水师，倘若真敢蠢动，令我腹背受敌，这该怎么办？"

右武卫周全斌智勇双全，见解超人，他朗朗笑道："藩主请宽心，粤东之敌不必怕它，他们的船只尽是六槽、八橹的背时货，只配驻守港口，不利于海上作战。至于碣石的苏利和南洋的许龙，这些没有骨气的懦夫降将，都是些恋栈的驽骀，为了保存各自实力，他们必然会采取阳奉阴违的态度，怎敢远离自己的巢穴前来送死呢？如果只有漳、泉敌人的水师来进犯，只稍分头御之，必可各个击破。黄梧、施琅狐鼠之辈，岂是我藩主的对手？"

这一番分析，说得头头是道，国姓爷听了连连点头，称赞说："你说的对，只是今后若只苦守在这几个弹丸大的岛屿上，恐难抗御清军，光复故土。如能得到一块沃土，进可攻占，退可据守，岂不是上上策？"将校们听了，不明白藩主的用意，谁敢乱发议论呀？

郑成功环视四周，坦然说道："本藩听故老（指郑成功的父亲郑芝龙）说过，有个台湾岛，离这里不远，现我辈若整师去夺而取之，踞此以为中兴大业，诸位意下如何？”众将校听了，丈二金刚摸不着脑袋，谁都没有到过台湾，情况不明，一时不知说什么才好。

这时宣毅后镇吴豪挺身上前，躬身进言道：“藩主切不可轻易决定攻取台湾岛，那本是荒蛮之地，当年已故太师虽然曾想寄身那里，但如今红毛番已侵占多年。听说红毛番还在岛上筑有两座城池，一在赤嵌，一在鲲身，都是临水建筑的城堡，坚厚异常，上有炮台，火炮凶猛，港澳里又炸沉许多夹板船，设下重重障碍，外船如想要驶进鹿耳门港，必须从番人的炮台前面经过，要想越界行驶，船舰就会触撞夹板而破沉。红毛番的炮火如此猛烈，台湾的地形如此险恶，我们纵使有奇谋也无法施展，欲奋勇也不能显示神威，白白浪费人力物力，劳而无功，望藩主三思而行。”

吴豪这一番直言不讳的慷慨陈辞，说得确凿明白，国姓爷听了心里虽然不痛快，也只能默默不语。各路将校也都拥护南北固守的对策，打红毛番、占领台湾的建议，只好暂时作罢。

（2）献图

南明永历十五年（亦即清顺治十八年，1661 年），这一年是辛丑岁，元宵过后，有一天，国姓爷正站在厦门鼓浪屿的水操台上，挥动红色令旗，擂响军鼓，操练水师。忽然瞥见一艘渔船，涨满风帆，从南面海上乘风

破浪，箭一般地飞驶入阵脚，搅乱了水师的操练。国姓爷知道必有紧急情况发生了，立刻下令召见渔船上的来人。只见走进中军帐的是一位白发苍苍的老渔翁，他径直走到国姓爷面前。双膝跪倒尘埃，恭恭敬敬地磕了几个响头，而后说道："台湾渔民何斌拜见国姓爷！"国姓爷连忙还礼说："义士请起，有何见教，请坐下叙述。"这位老渔翁站立起来后，双目有神，炯炯如流星，回顾左右，然后低声说道："请国姓爷摈退左右，容小民独自向藩主禀告详情。"

原来这位何斌本来是台湾通事（就是翻译官），因为得罪了红毛番主揆一王，害怕遭他暗算，就趁着元宵夜，热兰遮城（今安平城）里大张花灯、大放烟火、演竹马戏热闹狂欢之际，化装为渔民，趁夜半退潮时机，驾起双帆船，逃离了台湾，投奔郑成功来了。

于是，国姓爷恭请何斌进入密室内说话。何斌环顾左右无人了，才从背囊中的竹筒里取出一幅台湾海图来，双手捧上，跪献给郑成功，说："国姓爷，我何斌受台湾全岛乡亲之托付，历尽艰难风险，绘制出这幅台湾海图，冒死前来呈献，恳请主帅迅速跨海征番，驱逐红毛，光复故土，拯救乡亲于倒悬困境！"说罢，老泪纵横，伏在地上恸哭。

郑成功见状，连忙搀扶起何斌老人，接过海图，请他一旁就座。郑成功展开海图仔细观看，只见整张图上画着密密麻麻的线条，标明了山川、港湾、道路、城池、要塞、炮台，十分详尽，令人一目了然。何斌又从旁一一加以解说，使得郑成功心胸豁然开朗起来。何斌进一步解释说：“台湾是宝岛，沃野千里，气候适宜，物产丰富，实在是霸主的基业。国姓爷要是能占领这宝岛，可以建立强国，使民耕种，可以丰衣足食。鸡笼、淡水盛产硫磺，可以制作炸药；船舶能够通航南洋群岛，铜铁也不忧乏用。只要分兵驻守各港口，进可攻退可守，足以跟中原抗衡。十年生聚，十年教养，国可富，兵可强，到那时北伐中原，光复故土，中兴大业，岂不是易如反掌吗？”

郑成功听了何斌这番话，仔细观看海图，台湾地形了若指掌。他像六月盛暑畅饮冰水一般，一股清新之气沁入心脾，思绪顿时明晰起来。他激动地抚着何斌的背说：“您大概是老天爷赐给我的军师吧！成功岂敢苟安于弹丸小岛？本藩意旨已决，誓必驱逐红毛，光复台湾，来报效众乡亲，决不辜负重托。”

第二天，国姓爷升帐，对众将校介绍了军师何斌，并下令道：“本藩久已着意收复台湾宝岛，使之连接铜山、金厦而抚诸岛，建立泱泱大邦，然后通商南洋诸邦，富国强兵。希望将来进可征战而光复中原，退则可固守宝岛而无内顾之忧。现在有军师何斌冒风险来进献台湾海图，助我成此大业，本藩意决矣，毋庸置疑。

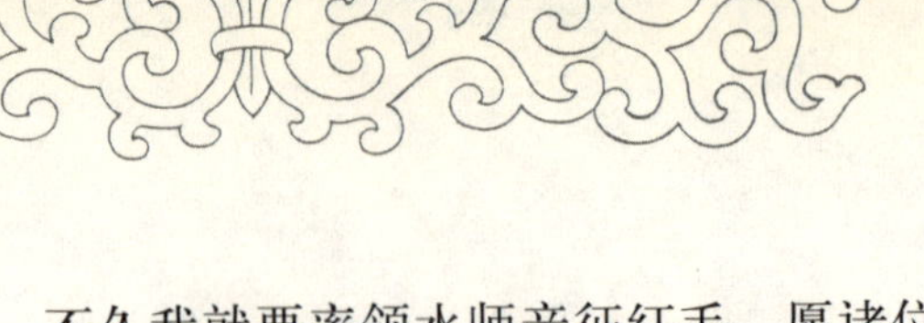

不久我就要率领水师亲征红毛，愿诸位与我同心合力，光复故土，切不可心存疑虑，离心离德，否则定如此案！”说罢，郑成功挥剑将案几砍下一角。众将校看见这一举动，一起跪下，同声高呼 :“吾等誓随藩主挥师东渡，跨海征讨红毛番，驱逐荷夷，光复台湾宝岛，誓死不变心！”

（3）借殿

大计已定，于是国姓爷命令工官冯澄世日夜兼程赶造百艘渡海战舰，限半月之内造成。这一命令可害苦了工官和众工匠们。时间紧迫还可以日夜赶工，只是铜山和金门、厦门岛上少有巨木良材可以充作船舰龙骨，这可怎么办呢？巧妇难为无米之炊呀！可是军令如山，到时候造不出百艘战舰，脑袋搬家是小事，贻误了战机，可就坏了复国强邦的大业呀！工匠们个个愁眉苦脸，人人无计可施。有人就难免说起怪话，发起牢骚来了 :“谁能请来济公活佛，求他从古井中给我们运来一批巨木良材，我们就得救了。”大家听了，真是又好气又好笑，都什么时候了，还有心思讲活佛济公的神话来寻开心，光天化日之下，到哪里去找这种活佛神仙呢？

“要说还真是有神仙哩。我们家乡大道公吴真人就非常灵验，有求必应，普济众生。”一个家住海沧乡青礁村的小军校灵机一动，脱口就说出这番话来。他眉飞色舞、比手划脚地说个不完："我们青礁的慈济东宫，新建有五座皇宫一样的大殿堂，都是良材巨木建造的，要是拆一两座殿堂，就足够建造百艘战舰了。"

大家一听说，要拆大庙来造船舰，就异口同声地咒骂起这个小军校来："胡说什么，找死！要割掉你的舌头。大道公是神灵，可以随便开玩笑和侮辱的吗？谁敢拆神庙来造船？那打起仗来，神明一定不会保佑的，准得打败仗，人和船都会一起沉没海底的。"可这位小军校却十分嘴硬，一直争辩地说："大道公普惠济世，是菩萨心肠、胸怀宽大无边，若去求他，许个愿，有借有还，信守诺言，将来收复了台湾宝岛，再运木材来，重新修建一座大殿还给神灵，大道公一定是不会怪罪的！"

先跟尊神商借，拆大殿造船，这倒是个没有办法的办法，可以试试看。工官冯澄世万般无奈，也只好打定这个主意了。他立刻向藩主面禀。国姓爷为官本来十分通情达理、体贴下情，当他知道造船缺少巨木良材，就答应亲自去青礁慈济宫，向神道吴真人商借两座大殿，用良木来造船舰。

这一天，国姓爷率领文武百官乘船渡海，来到青礁慈济东宫，用大礼祭祀大道公。尊神俗家姓吴名夲（音"滔"），是北宋时期的民间神医。他曾经治愈宋仁宗母后的乳癌，后来仁宗皇帝亲口御封他为"妙道真人"，到了南宋，历代皇爷都有追封，从侯爵晋升为公爵，到

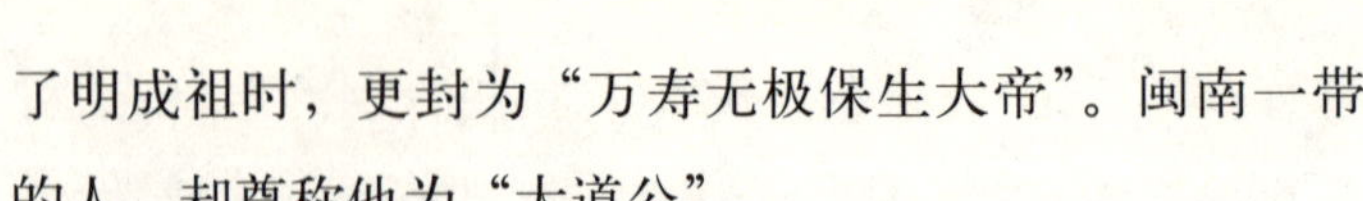

了明成祖时，更封为“万寿无极保生大帝”。闽南一带的人，却尊称他为“大道公”。

国姓爷下船后，举目四望，只见青翠如屏的东鸣岭下，迎面巍然耸立一座金碧辉煌的大牌楼，匾额上书写“洞天胜境”四个金色大字，洞观牌坊内景，只见松篁簇簇，楼台观阁，层层深入，真正是“灵区高殿，巍巍壮似蓬莱景；福地真堂，隐隐清如化乐宫。”五进宫殿，红墙绿瓦，雕梁画栋，富丽堂皇，气象万千！国姓爷看罢，不觉点头暗自赞叹道：“真乃一座仙家观宇啊！”

迈步进入三清宝殿，上供三尊神像，中间是元始天尊，左边是灵宝天尊，右边是道德天尊。两旁分列着三官、九曜、十二元辰、二十八宿、罗天诸宰。国姓爷恭恭敬敬地拈香注炉，三匝礼拜，然后再进入中殿。这里供奉的才是保生大帝吴真人的神位，只见神像红面堂堂，五绺须髯，旒冕龙袍，凛然庄严！

国姓爷于是率领众将校膜拜在丹墀之下，焚香虔诚祷告道：“成功痛恨中原陆沉，不敢偷安，请命恢复，重兴故土，伏祈大帝神灵庇佑。今欲率师东渡，跨海征番，驱逐红夷，光复台湾，赶造战舰，惟欠良材，敢请尊神允诺，暂借两殿良材，以应军需，班师归来之时，定然重建两殿。成功盟誓，天人共鉴，神果许诺，祈赐圣杯。”果然，连掷三杯都是上杯，众将校山呼“万岁”。

既蒙大道公允诺，事不宜迟，当天国姓爷就下令拆除前面两座大殿，取良材巨木赶造百艘战舰。不久，战舰造成了，将校们又虔诚地雕塑大道公的神像，恭恭敬敬地请上舰船，庇佑将校士卒渡海征战。

（4）东征

战舰造成后，东征事宜万事俱备，由于东南信风关系，国姓爷就移师集结于铜山港。在水操台旁，正有一座关帝庙，气象十分壮观，只见阶级峻绝，五宫巍巍，翠飞鸟革，矢棘跂翼，里面是中肃阃门，宝殿壮严，廊腰缦回，僧舍翼然。

国姓爷观罢，不由得肃然起敬，只因东征即将开始，心中还不踏实，便向关帝神像拈香祷告，预卜前程，帝君赐一“上已”戳，签诗曰：“百千人面虎狼心，赖汝干戈用力深；得胜回时秋渐老，虎头城里喜相迎。”竟是上吉好签，首句指斥红毛番，二句赞扬国姓东征，三句预兆凯旋时机，末句暗示班师地点。国姓爷见签诗大喜，像吃了定心丸。

当年辛丑岁二月初一，国姓爷祭祀海神后举行誓师大典。初三日午时三刻，国姓爷举旗鸣炮，水师齐出料罗湾，当晚放洋，开始横渡台湾海峡。初四上午抵达澎湖马公，检查全体舰只都已到齐，无一损失。初七日，国姓爷号令：“明天冲鹿耳门，攻赤嵌楼。你们从征诸提镇、营将要看本藩的舰首所向，衔尾递进，就能万无

一失了。”

初八未刻，舰队已能遥望鹿耳门了，国姓爷命设下香案，叩祝道：“成功矢志恢复故土，念切中兴家邦。前者出师北讨，恨尺土之未得；既而舳舻南还，恐孤岛之难居，故甘冒波涛风险，欲辟不服之区，暂寄军旅，养晦待时；非为贪恋海外，苟延安乐。自当竭诚祷告皇天并达列祖，假我潮水，行我舟师，俾船首所向，可直入无碍，庇护三军将校从容登陆。”

祝毕，命令舟子在斗头用竹篙探水之深浅。舟子惊喜地回报道：“是藩主洪福，水比昨日加涨许多。”国姓爷一听大喜道：“究竟加涨了多少？”舟子回禀道：“加涨有一丈多深！”于是，国姓爷下令，放炮擂金鼓，向台南总攻。又密令何斌坐在斗头，按图迂回导航，教探水人点篙，徐徐照应，转舵扬帆，军士们齐声呐喊，千帆竞渡，向鹿耳门鱼贯而入。

驻守赤嵌城的酋长猫唯实叮见状大惊，命令开炮拦截，可是万炮齐喑，点火不着，军士们手忙脚乱，不知因何缘故。正在这时，双方军士都看见一位金甲尊神站在巨鲸背上，乘风破浪地从鹿耳门迂回游荡而进，后面跟随着国姓舟师鱼贯而行。此时此刻，国姓舟师万炮轰鸣，旌旗飘扬，郑字大旗高树主舰旗杆之上，迎风猎猎飞扬，众舰只尾随首舰奋勇前进，忽而向东，忽而转北，都按照首舰航道而行，尽不从炮台旁边经过。猫唯实叮大为诧异道："这些港路从来泥沙淤积，今天唐船何以通行无阻呢？岂不怪哉？"他已知道这次对方有天神助战，不可抗拒，就心甘情愿地献出赤嵌城，束手投降了。

但是，红毛番的揆一王，还妄想凭借热蓝遮城池坚固、火炮厉害、粮食充足，执意负隅顽抗。被国姓爷的忠贞军围困了八个月后，吃了几场败战，伤亡惨重，揆一王大为伤脑筋。有一天，何斌在城下用荷夷语喊话："台湾非你荷兰所有，乃我太师练兵之所，我唐人祖居之地。今藩主前来，是为光复故土。此地离你们国家遥远，而今弹尽援绝，安能持久？藩主宽大为怀，不忍加害于你，否则万炮齐轰，管教你玉石俱焚。如今藩主开恩，网开一面，放你们回国，凡仓库里的财物不许擅用，其余你们的私人积蓄、金银珠宝之类随身物件，准予载归。如果还执迷不悟，明天我们就要环山围海，尽用油薪磺柴积垒齐放，定教你船毁城破，后悔莫及。"

何斌这一番话，说得揆一王毛骨悚然，不寒而栗，终于愿意停战投降，请求国姓爷高抬贵手，放他们携妻儿老小平安回国，再也不敢来侵犯台湾岛了。

（5）还愿

郑成功光复台湾后，就祭告山川神明，改台湾为东都。他正要准备筹划给青礁慈济东宫还愿，组织军校们

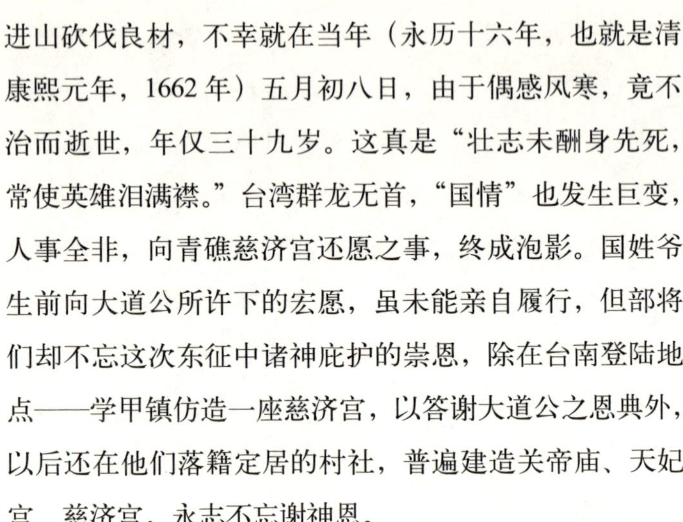

进山砍伐良材，不幸就在当年（永历十六年，也就是清康熙元年，1662年）五月初八日，由于偶感风寒，竟不治而逝世，年仅三十九岁。这真是“壮志未酬身先死，常使英雄泪满襟。”台湾群龙无首，“国情”也发生巨变，人事全非，向青礁慈济宫还愿之事，终成泡影。国姓爷生前向大道公所许下的宏愿，虽未能亲自履行，但部将们却不忘这次东征中诸神庇护的崇恩，除在台南登陆地点——学甲镇仿造一座慈济宫，以答谢大道公之恩典外，以后还在他们落籍定居的村社，普遍建造关帝庙、天妃宫、慈济宫，永志不忘谢神恩。

（龙海市颜明远讲述，芗城区啸华整理）

9. 刘国轩的传说（四则）

（1）洪塘村大败贝勒王

漳州南门外七八里处有个洪塘村，村前有片荔枝林，荔枝林南边半里路处是片良田。盛夏季节，人们总喜欢坐在这浓荫蔽日的荔枝林下乘凉，听老人家讲国姓爷的军师刘国轩在这儿用弓箭射杀贝勒王的故事。

原来，当年国姓爷派兵攻占漳州后，清廷大为震动，清朝皇帝急急忙忙派遣贝勒王统领八旗大军十万人马，日夜兼程赶赴漳州，扬言要“踏平漳州城，活捉郑成功”。

贝勒王是清朝八旗军乌拉部落中一员不很著名的亲王。他倚仗着父亲是当朝皇帝的弟弟赖塔亲王作靠山，平素狂妄自大，曾带过几回兵与异邦打仗，总是损兵折将，大败而回。只有一次带兵围攻草逢山山民起义，打了胜仗。这次进攻漳州，满以为郑成功兵力不过三万，战将只数十员，怎敌得过他自己手下雄兵十万，战将数百员？活捉郑成功就像是三个指头拾田螺——手到稳拿。贝勒王骑在马上，一路上尽做他的美梦，只想旗开得胜，马到成功，拿下漳州城，珠宝、美女满载而归，高兴得差点儿从马上栽了下来。

贝勒王驱赶大军，走了九九八十一天，来到漳州城外要隘——万松关下，派出去的三六一十八名流星探马跑来回禀："漳州城外四周未见郑军活动的踪影。"贝勒王哪里肯信？勒马关前亲自四周探看，果然山上山下连个人影也没有。跟在身后的亲随将领傅成奉承他说："大王军威远震，郑军闻风逃跑了。"贝勒王听罢纵声大笑，随即命大军驻扎在万松关前，中军设在瑞香亭，准备休整数日，再向漳州城进兵。

谁知营还未扎完，饭尚未煮熟，先锋营前一片喧哗，探马来报："郑成功派将前来讨战。"贝勒王急忙披挂上马，率兵列阵，策马到阵前举目一看，不觉哈哈大笑。

贝勒王笑什么呢？原来他看到来者只是个身材矮小的将军，骑一匹白头马驹，手提一把平常鞑刀，身后跟

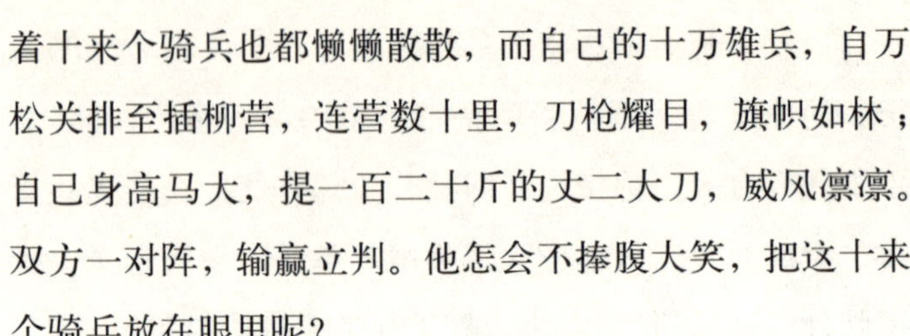

着十来个骑兵也都懒懒散散，而自己的十万雄兵，自万松关排至插柳营，连营数十里，刀枪耀目，旗帜如林；自己身高马大，提一百二十斤的丈二大刀，威风凛凛。双方一对阵，输赢立判。他怎会不捧腹大笑，把这十来个骑兵放在眼里呢？

殊料对阵的那个矮小将军突然驱马突入阵来，手起刀落，贝勒王身边的副将傅成早已人头落地。贝勒王这才收敛笑容，拍马舞刀正想迎敌。哪知对方也不打话，呼哨一声，十余骑兵便放马向漳州城东门方向驰去。贝勒王被激怒了，命令擂鼓进军追击。

前边十数骑策马疾逃，后边贝勒王统率十万大军，旌旗蔽日，鼓角齐鸣，喊声震天，漫山遍野追去。贝勒王紧追，前边十数骑跑得更快，贝勒王慢慢追，前边十数骑也故意纵马缓行。气得贝勒王“哇哇”怪叫，恨不得一刀把对方劈成两半。

你道前边来搦战的矮小将军是谁？原来，他就是郑成功手下五虎之首，封号国公的甘辉。为什么只带来懒懒散散的十来骑呢？原来，这是按军师刘国轩的锦囊妙计，先“引鬼入宅”，然后再“关门打狗”呢！

贝勒王是个“金头苍蝇臭肚子”，有勇无谋，好大喜功，自恃手下十万雄兵，满不在乎地挥师追去。甘辉退至漳州城东门前时，返身与贝勒王交战数合，又佯败绕城而走。退至南门外，便纵马落荒而去。贝勒王不知

是计，驱马猛追。

就这样，甘辉把贝勒王的人马引到洪塘村前“乌翅飞不起”的烂泥地里来了。

这块地还有段传说呢。据说从前有只喜鹊在烂泥田边觅吃，一只乌鸦赶来抢吃。两只鸟就在烂泥田地斗起来了，斗着，斗着，由于乌鸦力气大，嘴巴尖，喜鹊瘦小嘴短，喜鹊斗不过乌鸦，被啄得浑身伤痕，羽毛散落，没命地逃窜到烂泥地的草丛中。乌鸦得意洋洋展翅凌空寻找喜鹊踪影，寻着寻着，突然对准喜鹊躲藏的草丛俯冲下去，想一口气把喜鹊啄死，但由于乌鸦用力过猛，一头栽进烂泥里，扑打着翅膀挣扎着，越挣扎就越陷越深，眼睛被粘得睁不开，脑袋糊满烂泥，嘴插进泥里拔不出来，一时，连翅膀也被粘住泥浆里，湿漉漉，飞不起，挣扎不动了。喜鹊趁机钻出草丛，对准乌鸦的眼睛，左一啄，右一啄，乌鸦的双眼被啄出来了，血水混着泥浆往下滴。喜鹊胜利了，乌鸦活活淹死在烂泥田里。人们顺口给这块烂泥地起名叫“乌翅飞不起”。要是谁不小心，误踏进去，一下子就淹到膝盖上，再一转动挣扎，就非陷到胸部不可。

甘辉领着十几骑，跑到烂泥地边，沿着小道小心驱驰。贝勒王带着数十员骁将，追到这里，抬头一看，甘辉就在草地的那一面。北方人不懂得烂泥地的厉害，以为那是湿草地，抄近路直冲过去。贝勒王和他手下几十

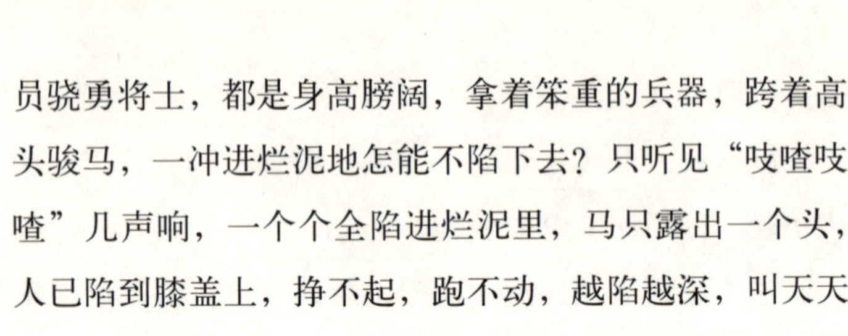

员骁勇将士，都是身高膀阔，拿着笨重的兵器，跨着高头骏马，一冲进烂泥地怎能不陷下去？只听见“吱喳吱喳”几声响，一个个全陷进烂泥里，马只露出一个头，人已陷到膝盖上，挣不起，跑不动，越陷越深，叫天天不应，喊地地无声。只有那战马挣扎着咴咴哀鸣，贝勒王急得哇哇叫，可是能有什么办法呢？

这时，白云山上号炮震天响，烂泥地四周的果林蔗园里，早已埋伏着的国姓爷军队，应声冲将出来，万箭齐射，不一会就把贝勒王和他的几十员骁勇战将，射成一团刺球。十万清兵，蛇无头而不行，只得互相践踏，抱头鼠窜，死的死，伤的伤，没死的拼命朝水头和古县两个方向逃窜。号角声中，甘辉和万礼分别率领两队虎卫亲兵，一人一把大刀，勇猛无比，以迅雷不及掩耳之势，冲杀过来。刀起之处，人头滚落地。没有挨刀的，早已丢下刀枪，乖乖地当了俘虏。十万清军不消半日，全军覆灭。这叫做：刘国轩巧施妙计，贝勒王洪塘丧生。

（龙海市柯松讲述，文汉瑞整理）

（2）火烧埔计赚贝勒夫人

贝勒王在漳州全军覆灭的消息不久传到京城。清朝皇帝刚在进午膳，听黄衫太监传报，大吃一惊，手里的御碗“当啷”一声掉到地上，跌个粉碎。

贝勒夫人克氏得到消息，一把眼泪、一把鼻涕哭上殿来，口口声声要为贝勒王报仇。清朝皇帝被吵得没法子，只好又调几路清兵，凑了十万兵马，由贝勒夫人亲自挂帅，再次攻打漳州。

贝勒夫人阴险、奸诈、多疑。早年嫁给贝勒时，有一次，贝勒无意中夸赞了她的贴身丫环几句，克氏就怀疑丫环与贝勒有私情，立即暗中把丫环毒死。这次克氏带着十万大军，浩浩荡荡杀向漳州，表面上威风凛凛、杀气腾腾，实际上却是提心吊胆、战战兢兢。

克氏夫人早就听说郑成功手下有个刘国轩善于用兵。她恐怕落入刘国轩的包围圈，行军时走太前怕遭伏击，走太后又怕受包抄，因此她命令先锋与殿后队伍要与自己的中军保持半里距离，扎营也不能拉得太远。

路上行军十分顺利，进入漳州府界，先锋渡过江东桥，克氏即传令，备好刀枪、弓箭，准备厮杀。谁知道，等到先锋登上万松关，派出的探马即来报，关上并无一兵一卒，也未发现什么刀光剑影。克氏夫人怀疑，刘国轩一点防备也没有，肯定玩弄什么诡计。

这时，派往漳州的探马来报，漳州城四门洞开，六街三市照常，老百姓自由进出，没有军队活动的踪影。一连三四起的探马来报，都说没发现郑军。郑成功的军队会到哪里去了呢？克氏夫人越想，疑心越重、心中越

不安，赶紧命令大队人马排成三足鼎立的阵势，迅速向漳州城进军。

大队人马来到漳州东门外时，果然见到城门洞开，城内静悄悄的，只有个青暝仔（盲人）乞丐，坐在城墙下，边弹月琴边唱《英台哭墓》，歌声凄楚、哀怨。几个小孩子围在旁边听得入迷。

克氏夫人感到奇怪，郑成功和他的军师一向小心谨慎，岂有大军压境，四城门洞开之理？况且尚未开战，也不必像诸葛亮那样，冒险唱什么“空城计”，这不是明白告诉人们，这里有伏兵么？但不知道小小的漳州城，里里外外能埋伏多少人马呢？她踌躇不决，进不得、退不成……想起丈夫死在“鸟翅飞不起”的烂泥地，说不定那儿没有准备，不如先把这小小的洪塘村收拾了再说。于是，她立即传令，全军向洪塘村开进，要把洪塘村踏成平地，鸡犬不留。

当贝勒夫人率领大队人马杀气腾腾来到洪塘村前，一件意外的事情出现了，使克氏夫人大为惊奇，没有立即下令包围村子。

原来，这时从村子里吹吹打打拥出一阵人，为首的一个老头，白须白发，头戴瓜皮帽，身穿长衫马褂，双手托着一只红漆木盘，高高举过头顶，后面是八对年轻村姑捧着一瓶瓶美酒，再后又是十六对精壮后生扛着猪羊，最后是吹吹打打八音乐队。他们一到克氏夫人跟前，

老头便趴地跪下，口称："洪塘村村民恭迎夫人大驾。"

克氏坐在马上，勒马横刀喝道："你是何人？谁叫你来的？"

那老头跪在地上回答道："小人是洪塘村族长洪仁杰，奉贝勒爷的手谕，特来迎接夫人。"

"贝勒爷？"克氏不禁一楞，"哪个贝勒爷？"

老头跪在地上，叩头如捣蒜地禀告："请夫人息怒，贝勒王爷并未战死，现在，他的手谕放在红漆盘里，请夫人过目。"

克氏大为意外，贝勒没死？她目示身后紧跟的丫头。那丫头即滚鞍下马，上前取过手谕，跪送给克氏。

克氏一看，果然是丈夫贝勒王的亲笔书信。信中大意说，他在上次战役危急中，幸遇白云山了凡禅师拯救上山，看破红尘，已削发入禅门，昨夜算定夫人今日将至，特写下亲笔手谕告知，因俗缘未尽，还有一面之缘……

克氏匆匆看完信，突然柳眉一竖，举起手中鞑刀，怒喝道："呔，你这狗头，是谁教你来欺哄老娘的？如不实说，老娘将你劈为两片！"

那老头依然俯伏在克氏马前，诚惶诚恐地说道："夫人息怒。小老儿岂敢欺哄夫人？这手谕确实是贝勒爷亲笔所写，贝勒爷还托小老儿带来他的顶戴和剃度时留下的俗根为信，请夫人验看。"

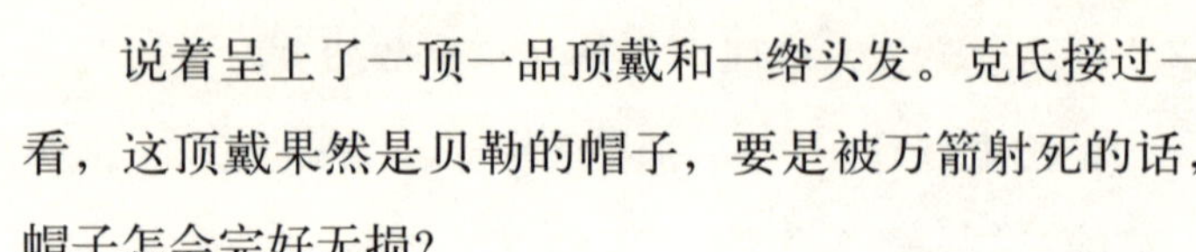

说着呈上了一顶一品顶戴和一绺头发。克氏接过一看，这顶戴果然是贝勒的帽子，要是被万箭射死的话，帽子怎会完好无损？

老头儿见克氏捧着顶戴沉吟，又说："禀告夫人，贝勒爷说，既已出家本不应相见，念夫妻一场，定于明天，十五日上午在白云山上再会一面。请夫人万勿错过。"

克氏一听怒火中烧。好个贝勒，撇下我母子不管，躲到山上去图清净，害得老娘为你牵肠挂肚，千里驱驰……

老头儿看看是时候了，又说道："夫人，只要明天上白云山和贝勒爷一见，一切不就明白了么？"

"贝勒爷果然还活着？"

"小老儿岂敢欺骗夫人！"

克氏咬着牙哼了一声，然后说："好，如若欺骗老娘，明天踏平洪塘村，鸡犬不留，扫帚头也得挨三刀！"她回头吩咐中军把"为夫报仇"的素纛放下，选个高阜处安营扎寨。

直到这时，跪在马前自称洪塘村族长的洪仁杰老头儿才从地上站了起来，恭恭敬敬地献上美酒、猪羊、白云山特产好茶、漳州的好糕点等等，慰劳克氏十万大军。

克氏一下马，老头儿还亲自带她到处察看地势。当克氏来到"鸟翅飞不起"的烂泥地时，老头儿说："这是山灵水秀之地，是洪塘村风水宝地，有个'螃蟹出水'

的活穴，终年不干枯。在这宝地上，有福有德的人是不会死的。像贝勒爷这般大富大贵的人，自有吉星高照。”

洪仁杰指着对面那座高耸入云的大山说：“那叫白云山，唐代高僧虔诚禅师在这里卓锡、虔诚禅师的佛法传到了了凡大师。了凡大师已经有一百一十五岁了，六十年来只收一徒，直到去年说是与贝勒爷有师徒之缘，特地下山，用禅杖化青龙，从万军中救渡贝勒爷上山。现今贝勒爷在山上餐云饮露、诵经念佛，已会屈指掐算，能知过去未来。平常贝勒爷是不见俗人的，昨天却命小和尚传小民上山，面授信物，夫人明天上山，就可知道小民是不敢欺骗夫人的。”

克氏将信将疑，喜一阵悲一阵，心中暗骂贝勒寡情薄义。当晚，她传下军令，十里连营，人不卸甲，马不离鞍，全军枕戈待旦，以防郑成功偷营劫寨。

晚饭时，克氏想到明天也许能见到丈夫一面，有些高兴，因而多喝了两盅，微微有点醉意。坐在中军帐中，恍恍惚惚之间，忽然听见歌管弦乐之声，只见那自称洪塘村族长的老头儿，带着十二对童男童女，十二对菜姑，举香诵佛为前导，自己不知不觉也跟着上了石阶，一级一级地登上白云山。爬着爬着，到了白云禅院了，只见禅院十分宽大，寺内香火旺盛，雕梁画栋、金碧辉煌。只见贝勒爷剃光头颅，穿着金闪闪的袈裟站在山门前。克氏一见丈夫，又喜又悲不顾一切扑了上去，

拉着贝勒的袍裾呜呜咽咽地哭了起来。谁知贝勒却冷若冰霜，回头看了看克氏，淡淡地说："我已经离俗出家了，你不要用俗气冲我。"克氏急忙抱着他的手臂，苦苦哀求他："看在夫妻的份上，还俗回京去享受那荣华富贵。"

谁知话未说完，被贝勒衣袖一甩，不觉身子向后仰倒，跌落下万丈悬崖，克氏拼命呼救，可声音却喊不出来。她好不容易抓住了悬崖上一块突出的石笋，不料石笋被她扳离了峭壁、滚动着向她身上压来，她拼着全身力气，大喊了一声："救命啊！"却被周围轰轰隆隆的爆炸声震醒了。举目一看，自己仍坐在虎皮交椅上。刚才是做了一场噩梦，而四周却火光冲天，轰轰的爆炸声和清兵哭爹叫娘声，乱成一团。

原来，克氏已经中了国姓爷郑成功的埋伏，安营扎寨在地雷阵上，十万军队在轰隆隆的爆炸声中完蛋了。克氏正想逃命，只听喊声四起，一彪人马冲进帐来，为首一将挥舞大刀，看来有点眼熟。克氏怎么跑得了呢？几把兵器直抵到她的胸前。她吓得脸色煞白，四肢无力，不由自主地跪下哀求饶命。

只见那将领笑着说："还认得老族长洪仁杰吗？"

克氏抬头一看：啊！这不就是白天跪在马前的那个老头吗？他的白胡子怎么没有了呢？再细看他的背后，一把军旗上大书"刘"字，克氏一惊，莫不是真的遇上了郑成功的军师刘国轩？这一惊非同小可，克氏顿时浑身无力，口喊："我的夫啊……"就不知东西南北地昏倒在地了。

清廷派贝勒夫妇进攻漳州，用了整整二十万大军，还赔上了一对贝勒夫妇，损兵折将，有来无回。

（龙海市柯松讲述，文汉瑞整理）

（3）刘国轩猜谜闹漳州

顺治九年（1652 年），郑成功攻占长泰城，西据万松关，挟制九龙江，大战江东桥，把清军打得落花流水，福建总督陈锦狼狈逃窜。郑部得胜之后挥师围困漳州城前后两年时间。后来，漳州千总刘国轩做了内应，献了城，并由林晋庵推荐，得到郑成功倚重，被封为护卫后镇，驻守思明城（厦门）。

第二年，郑成功率兵进攻广东揭阳。据守漳州石码海澄一带的大将黄梧趁机叛变降清，受封获得"一品海澄公"的官爵。

郑成功命刘国轩讨伐黄梧，担任中路统领，率左右两翼，迅速夺回海澄、石码，直至漳州城外万松关；甘辉再次占据长泰城。

黄梧连家眷都住在漳州，因而下死命令据守。由于漳州城里河沟纵横，小舴船畅通无阻，通过东闸口秘密

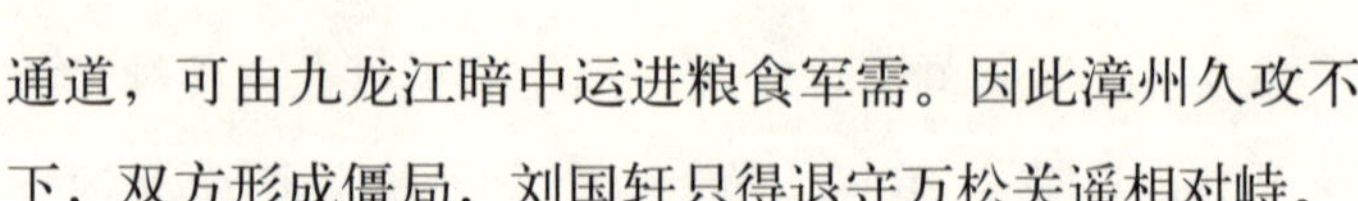

通道，可由九龙江暗中运进粮食军需。因此漳州久攻不下，双方形成僵局，刘国轩只得退守万松关遥相对峙。

黄梧惧怕刘国轩有胆有识，谋略胜过自己，便朝思暮想，想设计捉拿刘国轩。

他深知刘国轩酷爱猜灯谜。上元灯节来临，按旧风俗，普天同庆、官民欢乐度良宵。漳州城遍地烽烟，兵临城下，他估计刘国轩必定以为他不敢举办灯会，决定以张灯悬谜为由，诱他进城，以便瓮中捉鳖。

于是，他下令全城开禁，大放花灯；还特意在王府旁侧会馆门前，搭起一座金碧辉煌的鳌山彩灯，在灯的四周点缀着五颜六色的灯谜字条。在会馆前院，布置一套专门勾引刘国轩的活谜；后院埋伏强兵悍卒，严阵以待。

活谜的布置，是在前院中摆设一座纸糊祠堂，前面放一口古铜鼎，旁边竖起一尊铜钱扎成的人像，眼睛嵌着金钱。要猜破这档活谜，就必定有毁谤王府的动作和语言，一般老百姓是不敢猜的。黄梧满有把握交代两名马快说："有人敢来猜谜，就立即拿下。"他心想：刘国轩胆敢来虎口拔牙，就叫你成为"阶下囚。"

刘国轩在万松关听到探马报告"城里大放花灯"的消息，猜谜的癖瘾油然而生；但想到黄梧原来气量狭窄，敢在两军对垒之时放灯悬谜，必定是诱他入城的圈套，若不进城去便被小看了，何不将计就计，混进城里去侦察一番呢？于是，他挑选一名得力的偏将作随从，化装成龙江渔夫，身着斗笠蓑衣，各背一只鱼篓，篓里装满铁蒺藜。再唤出两名精悍小校，四个人分乘四匹快马，绕道到南峰山侧下马，交代小校立即转到东郊外诗浦村树荫下等待接应。

一更将尽，刘国轩带着随从，混在乡民当中过了旧桥，细心观察河沟水道，关卡哨楼，暗暗记下。他看到溪边泊着不少舴船，就明白了黄梧能长期据守，就靠这些舴船运输粮秣军器。进城之后，从南向北沿街走进去，一会儿，不觉来到公府大街，只见灯光耀眼，鳌山彩灯光艳夺目，周围已经围了几层赏灯猜谜的百姓。这边叫喝："周郑交质，猜'王伯当'"，那边呼唤："昔年亲友半凋零，打个'睹'字。"

刘国轩两人挤进人群里，抬头望去：见灯谜花笺"金乌玉兔"，猜七言唐诗一句；另一条"座上客常满"，猜三字经一句，心里猜出谜底是"万古云霄一羽毛"和"为东汉"。可不明黄梧底细，不敢造次，便故意乱猜，先来个"投石问路"。遂说："金乌是日，玉兔是月。这条猜个'明'字行吗？"管灯谜的书吏瞪了刘国轩一眼，骂着说："我公爷最忌'明'字，让他听到，准把你抓起来！"随从也凑兴说："我猜'座上客常满'是'酒肉朋友'。"书吏又骂："庸夫俗子不懂文章，你们只懂捉鱼摸虾。喂！打鱼的，现在月色清朗，赶快出城去

捉几条鲈鱼送来，公爷正在后堂请客，一定会重赏你。”

“鲈鱼要到江东去捉才有，那里被刘国轩占去了，去不得呀！”

“你敢散布贼情？快走！”书吏们把他俩人赶走。

刘国轩两人顺水推舟走出人群，转身走到王府会馆去窥探动静。他见到院子里的活谜时，已是心猿意马、蠢蠢欲动；周围一些人只是静观而已；那两名看守谜场的马快，无聊地打着瞌睡。刘国轩再仔细一看，立即双眉倒竖，无名火烧三丈高。原来黄梧挂出一条横幅，口气傲慢地写着“匹夫敢揭三隐语，敝台当奉一千金。”他怒不可遏，一跃上前，飞起一脚踢翻百来斤重的古铜鼎，撞碎纸祠堂，口中大喊：“迁其重器，毁其宗庙”(四书二句)；顺手一拳把马快打倒在地，转身拔起“钱人”，顺手丢下一张白柬帖，随口说：“黄梧卖主求荣，就是这个谜底‘目金钱作人’(俗语一句)。就让你们相依为命吧！”随从亮出鱼叉，把另一名马快打倒在地，用脚踏着说：“回去给黄梧说，我们来了，要较量请出东关。”这一打，惊动了观灯的百姓呼爹唤儿四散奔逃，公府街顿时乱成一团。刘国轩两人趁乱飞奔出城，沿途把两鱼篓铁蒺藜撒得遍地繁星。一到东关口外，会合二小校，四匹快马风卷残云似地回万松关去了。

再说黄府的两名马快，惊魂稍定，从地上捡起白柬帖，如丧考妣地跑到后院报告黄梧。黄梧气得两脚乱踪，急忙调动马兵，朝东关大道追赶。但马队一上路就踩着铁蒺藜：先行的，人仰马翻；后面的，东颠西倒，互相残踏、乱作一团。等到调换战马，扫清铁蒺藜，时间已过去半个多时辰。追到东关路口，只见皓月当空，烟尘渺茫，远方疏林之间，隐约有人马跃动；欲再追赶，又怕中了埋伏。只好收住辔头，望月兴叹。黄梧此时想起白柬帖来，打开一看，只见十六个字："文章千古，刀剑无情，国祈正气，轩昂丈夫。"分明是藏头谒语"刘国轩"三个字。他不由得羞愤交集，把马快们臭骂一顿解气。

（长泰县徐登灿讲述，黄贵整理）

（4）"漳州军饷"

在海上花园鼓浪屿的"郑成功纪念馆"里，陈列着两枚闪闪发光的银币，正面有"漳州军饷"四个大字，背面铸有"郑成功"字样。这银币是当年郑成功在漳州铸造的，漳州城的大街小巷，至今还流传着这样一首感情真挚的童谣：

"月光光，秀才郎，骑白马，打宝宫，宝宫走去觇（藏），银锭充军饷……"秀才郎是指郑成功，那宝宫是谁呢？这故事要从三百多年前说起。

传说，漳浦县鹿溪畔的梅花村有个李宝宫，是个刻

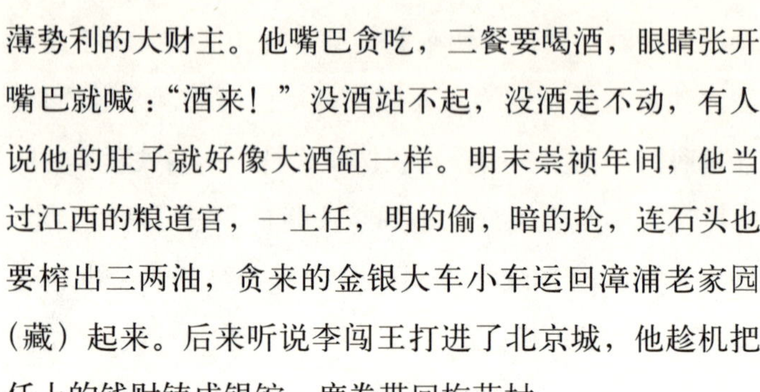

薄势利的大财主。他嘴巴贪吃，三餐要喝酒，眼睛张开嘴巴就喊："酒来！"没酒站不起，没酒走不动，有人说他的肚子就好像大酒缸一样。明末崇祯年间，他当过江西的粮道官，一上任，明的偷，暗的抢，连石头也要榨出三两油，贪来的金银大车小车运回漳浦老家园（藏）起来。后来听说李闯王打进了北京城，他趁机把任上的钱财铸成银锭，席卷带回梅花村。

等到清兵打到闽南，李宝宫这只老狐狸觉得大明不行了，立即摇身一变，马上变成清朝的顺民，连夜叫人赶制长衫马褂、碗帽，拖着一把长发辫，坐着八人抬的大轿到漳州来迎接清兵。清朝皇上知道李宝宫是个有名的钱串子，就派人到漳浦请他去北京当官，让他出马替清朝皇帝捞钱。

这李宝宫鬼着呢！他算一算，自己捞到的银子恐怕三代也花不完，已经六十多岁了，何苦千里迢迢，跑到皇帝身边去冒风险？还是在自己的家里清闲自在，他就久久不去上任。

国姓爷郑成功率兵打到漳州时，李宝宫这老狐狸还像七月半鸭子不知死哩！他拉了一批亡命之徒搞了个"民团"，强迫村里的穷百姓为他修城堡，扬言要与郑成功较量到底。

哪知这些亡命之徒，杀人放火抢银钱，个个是猛人，可是一遇到国姓爷的兵马，个个变成了草鸡。民团与郑成功五虎将之一的万礼一战，死伤大半，剩下的那些人没半天就吓得各奔东西。

李宝宫一看老本输光了，又怕郑成功的队伍来找他算账，急忙灌了两碗烧酒，换了套破烂衣衫就往鹿溪畔跑去，谁知等了半天不见一只船。这时国姓爷的兵马却像鹿溪涨潮一样往村里涌。李宝宫只好躲进村边的茅厕，由于多喝了酒，心里又慌，一不小心，两脚一滑，就掉进茅坑里了。

万礼奉国姓爷的将令，一打进梅花村，就下令打开粮仓，让穷佃户们都来领粮。在李宝宫家里搜了半天，却没有搜到什么贵重的东西。这时，有人来报，一个哑巴站在李家后花园桃树下，比手划脚，不肯离开，不知什么意思。万礼就亲自走到后花园去看他。

哑巴看见万礼，用手指着天指着地，又指着他自己，最后用脚在地上踩了三下，"咿咿哑哑"地喊着。连续比划了三次，万礼等人却不知他讲什么，只好立即派人去请刘国轩，一会儿，刘国轩骑着白马走来了。万礼叫哑巴再次比划了一遍手势。刘国轩笑着说："他讲，天知，地知，我知，这件秘密在我心里。"哑巴又用脚在地上踩三下。刘国轩说："挖地三尺，有宝贝哩！"哑巴大笑起来，对刘国轩竖起大拇指，夸他聪明。

万礼听完，命人立即挖地三尺，果然挖到四窖银锭，每锭银子都有五六斤重。这四大窖的银锭足足搬

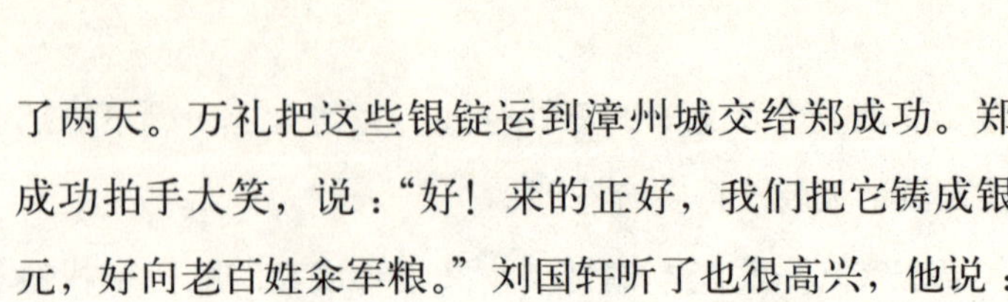

了两天。万礼把这些银锭运到漳州城交给郑成功。郑成功拍手大笑，说："好！来的正好，我们把它铸成银元，好向老百姓籴军粮。"刘国轩听了也很高兴，他说："好！好！铸成银元既可籴粮，又可发给将士当军饷。"

于是，郑成功下令出告示，招募银匠铸军饷。漳州城内外四村八乡许多银匠得到消息，都放下手中的活计，赶来帮着铸"大洋"，这就是现在留存下来的"漳州军饷"这种银元。

（漳浦县刘捷瑞讲述，文吉人整理）

10. 甘辉的传说（三则）

甘辉是明末英雄郑成功的五虎将之一，官至中提督，敕封崇明伯，号国公。关于甘辉，至今在他家乡还流传着几则故事。

（1）窥师学艺

传说甘辉自幼父母双亡，生活无依无靠，只好到财主甘三爷家放牛度日。

这甘三爷为人刁钻刻薄，他有两个儿子，老大叫甘文，老二叫甘武，取文武双全的意思。儿子和老子一样，小小年纪就为非作歹，常常欺侮穷孩子。有一次，甘文兄弟俩要将甘辉作马骑，甘辉不肯，被吊在门环上，打得皮破血流。可是，甘辉咬紧牙关，就是不肯就范。

转年开春，甘三爷从外地雇来一位老拳师，教两个儿子学武艺。一天早上，甘三爷命甘辉打扫后园，甘辉把场地收拾好，将各种兵刃，擦得锃亮锃亮的，摆了出来。试练前，甘三爷见甘辉还站在旁边，摆手道："小奴才，还不快滚出去！"甘辉真想学点武艺，舍不得走开，就说："老爷，他们练拳，我在一旁伺候吧！"甘三爷鄙夷地说："你也想学艺，白日做梦！"

甘辉只好很失望地走开了，心想：听说这位老拳师是泉州少林寺的俗家弟子，拳脚功夫十分过硬，十八般武艺件件娴熟，我一定要趁此机会学几路拳脚，以便防卫自身。主意拿定，他便偷偷地爬上后园墙边的一株龙眼树上，借着密麻麻的树叶遮掩，窥探老拳师教拳舞刀。甘辉看在眼里、记在心里，每天凌晨提早来到后园练试场，照老拳师所教的招式，先练一遍拳，后舞一回刀，才收拾好场地，摆好兵器。就这样，甘辉偷师学艺整三年，竟神不知鬼不觉。

有一天，甘三爷带着两个儿子去白水赴喜宴，临走时命甘辉看护家院。甘辉见他们走后，就独自来到后园，趁无人在场，提起大刀演练起来，一招"立劈华山"、一式"关公拖刀"，越练越带劲。

就在这时，两个少爷顷刻转来，他们见甘辉在练拳舞刀，招式和师父所教的一模一样，不由得又惊又气，拉开架势，照定甘辉面门打来。甘辉身子一闪，翻腕一勾，甘文跌了个“趴地虎”。甘武见状，气势汹汹地往甘辉心窝揍去。甘辉矮身避过，一招扫堂腿，甘武也被打了个“狗吃屎”。

甘文爬起来，气急败坏地招呼道：“拿枪去！扎死这狗奴才！”说时迟、那时快，兄弟俩抢上一步拔出长枪。甘辉见势愣了一下，只听甘文叫声：“奴才看枪！”甘辉情急中凌空跃起避开这一枪。甘辉脚跟还没落地，甘武持枪从后脑门恶狠狠地袭来，甘辉闻风一招“银蛇翻滚”躲过，又一个“鲤鱼打挺”跳将起来。兄弟俩见两枪捌空，恼羞成怒，肩并肩逼迫过来。甘辉手无兵刃，只好绕着刀枪架与他们周旋。三个人走马灯似地来回追逐，正当危急关头，大门外有人大喝一声：“住手！”三人同时回头一看，原来是老拳师。他早在门口看了半天，看见甘辉无师自通，功夫比两个少爷犹胜一筹，心里又惊又喜。就在甘辉遇险时，喝住了他们。甘辉非常感激老拳师出面相救，于是便跪下来向老拳师说了真话。

甘文、甘武气得嗷嗷直叫，恨不得立即打死甘辉，只是碍于师父的面，才不敢贸然动手。甘文怒喝道：“小奴才，从今以后，不准你走进后园一步！”

一天晚上，甘辉来到老拳师房里倒茶，见四下无人，“扑”地跪下：“师父，你就收下我这个徒弟吧！”

老拳师双手扶起甘辉，打量眼前这个短小精悍的英俊少年，打心眼里喜欢，微笑着说："好吧，你每晚三更到峨山坡，我把武艺传给你！""谢师父！"甘辉赶忙叩头谢恩，认下师父。从此，甘辉夜夜三更起，跟师父学艺。由于他天资聪颖，一学就会，一点就通，老拳师喜不自胜，遂将平生所学倾囊（悉数）传授。

过了一夏，老拳师期满回家，临走嘱咐甘辉道："艺会靠学，艺精靠练。下得苦功夫，方为人上人。"甘辉牢记师父教导，天天练拳习刀，从不间断。甘辉早年窥师学艺，后来又跟随郑成功南征北战，立下了汗马功劳。

（2）大病不死

甘辉身材短小，但膂力过人，惯使一柄八十斤重的大刀，喜开二百余斤重的铁弓，且百发百中，箭无虚发。甘辉怎么有这么大的力气呢？传说，是他吃了一条"化骨鳝"的缘故。有一年，干旱炎热，甘辉不幸背上生了个碗口粗的"背剑痈"，发高烧，打寒战，疼痛难当，昏昏沉沉。隔壁林婶婆细心照料，但敷药喂汤也不见效，病情越来越严重。

也是甘辉命不当绝。他祖家溪霞房村有一条长 500 米、宽 30 米、深 10 米的小河。河水长年不断，百年不干。那一年，因连续干旱九十九天，河水干涸了，河底烂泥里钻出一条鳝头蛇尾、眼睛血红、全身金黄、背有

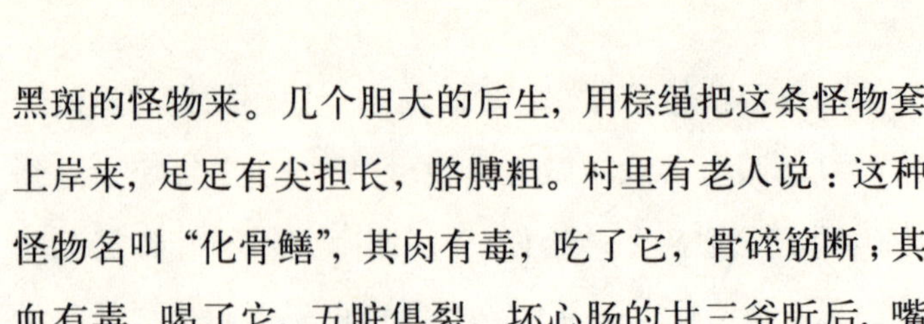

黑斑的怪物来。几个胆大的后生，用棕绳把这条怪物套上岸来，足足有尖担长，胳膊粗。村里有老人说：这种怪物名叫"化骨鳝"，其肉有毒，吃了它，骨碎筋断；其血有毒，喝了它，五脏俱裂。坏心肠的甘三爷听后，嘴角浮现一丝阴笑，心怀鬼胎地叫儿子把"化骨鳝"拖走。

再说甘辉因毒痈疼痛昏睡了三天三夜，浑身热得烫手，满口净说胡话。林婶婆请人去挖回一大捆凤尾草，煎了一大锅药茶让他灌下，他还一直喊口渴。林婶婆急得像热锅上的蚂蚁——团团转。

正在这时，甘三爷把"化骨鳝"拖来，阴笑着说："这是条宝物，一百年才出一条，它的血和肉可治毒症恶疾。你就以血代茶，以肉代饭，煮给甘辉吃吧，说不定吃了以后，他背上那个背剑痈就会好的。"他嘴上这么讲，心里却盘算着用这条"化骨鳝"毒死甘辉。

林婶婆是个老实善良的老人，她哪知甘三爷凶神装菩萨——假慈悲。眼见甘辉奄奄一息，她也顾不上多想，举刀砍下"化骨鳝"的头，一股殷红的血汩汩淌下，足足装了一大碗。接着，她左手托起甘辉，右手拿着粥勺，一勺一勺地给甘辉喂下。

说也奇怪，甘辉喝了"化骨鳝"的血，就不再叫口渴了，迷迷糊糊地又睡了四天四夜。林婶婆有些心慌，摸摸甘辉的胸口，心跳却强劲有力，又观察他的脸色，苍白慢慢已转成红润，干枯的嘴唇，湿润生泽。突然听见他大叫一声："热死我也！"背上那个"背剑痈"也"扑哧"一响，像鞭炮炸开，臭不可闻的黄色脓液流了一地。片刻，他忽地坐起身来，顿觉腹中似有一团火球在猛烈燃烧，但过不多时，手脚却已行动如常。背上的恶痈，像鬼拿刀剜去一般，不痛也不痒。

甘辉大病痊愈，噙着泪水叩头道："谢阿婆救命之恩！"林婶婆喜泪盈眶，搀起甘辉，指着瘫在地上的"化骨鳝"说："你是喝了它的血才得救的。"甘辉走过去，提起"化骨鳝"，感叹说："甘辉大病不死，天助我也！"霎时，他顿觉腹中饥饿异常，遂将"化骨鳝"砍成十几段，叫林婶婆煮烂，狼吞虎咽般地吃个净光。这也难怪，他已经有七天七夜没有进食了。

甘辉自从吃了这条"化骨鳝"，全身力气激增。甘氏祠堂前有只三百余斤重的石狮子，甘辉一声叫力，脸不改色、粗气不喘，双手就把石狮子举过头顶，绕着祠堂埕走三圈才放下。

（3）卖艺投军

传说甘辉武艺超群，为人耿直，喜抱不平，因而得罪了甘姓族长，被甘三爷逐出族门。

甘辉只身出走，四处流浪。一天，他在月港圩摆场卖艺。圩上赫赫有名的泼皮曾棍，见占了他的地盘，分开众人，嘿嘿冷笑："卖艺的，为何不向三爷我先打个

招呼，你懂不懂规矩？”

甘辉知道他是来敲竹杠的，便忿然答道：“甘某不懂什么规矩！”说着收拾器械，就要离去。

“哪里走！”曾棍恼羞成怒，挥拳往甘辉胸口打来。甘辉见真要动武，不由怒从心头起，倏地侧身一闪，左手一挡，右掌闪电般朝着曾棍胸膛打去，只听见曾棍像猪似的一声嚎叫，四脚朝天仰跌地上，豆大的汗珠从额上滚落下来，呲牙咧嘴，爬不起来。

人群顿时大乱，甘辉正自愣神，突然一只毛茸茸大手拉着他的胳膊，说声：“快走！”把甘辉带到一家僻静的酒店，要了一桌饭菜，请他吃喝。那人说：“甘壮士，你已打伤人了，还不快跑，愣着干啥？”

甘辉打量眼前这位大汉，膀阔腰粗，络腮胡子，约摸三十开外。他心想：此人气概不凡，定是条好汉。当下拱手作揖：“多谢兄台指点。”

“岂敢！”那人谦逊一番问：“甘壮士一身武艺，为何卖艺谋生？”甘辉遂将自己的遭遇说了。

那人环顾四下无人，悄悄地说：“吾闻漳州林泗，聚集四方义士，劫富济贫，壮士既然有家难归、无亲可投，何不去投他？”

甘辉早有听说林泗一伙行侠仗义，便问道：“敢问兄弟，可知林泗行踪？”

那人拱手道：“实不相瞒，在下正是林大哥的拜把

兄弟，甘壮士如愿入伙，兄弟我自当引荐！”

甘辉携带那人书信，到漳州投靠林泗，结为同伙，聚众起义。后来，郑成功在厦门募兵时，甘辉就和林泗一起投奔郑成功，成为郑成功的一员得力战将。

（以上三则由龙海市甘铭德讲述，甘成德整理）

11. 吴田攻古县

漳州南乡古县社出过一员虎将，名叫吴田。他年幼时，父母就双双死去，孤苦伶仃，依靠叔父抚养长大。到十多岁时，吴田已经懂人事了，看到忠厚老实的叔父生活困难，又要养他，他感到很过意不去，就拜别叔父，独自到漳州新桥头谋生。可是，他年纪小，不会做什么事情，只好和同伴柯彩、蓝理、陈龙、许凤等人凑在一起，帮助点心摊、店铺劈柴、烧火、洗碗、洗菜，混一点吃的糊口度日，衣服破了也无法添补，过着“五个人共穿三条裤”的苦日子，有裤子的人先出去觅食，没裤子的人暂时躲在破庙内，等别人回来再轮流换班出去讨吃。

挨过了几个年头，他们却染上赌博的坏习惯：看到古县的赌博盛行，什么花会、四枝仔、十二枝仔、八面仔、辇宝……花样百出，吴田也常回去赌博。但输多赢少，常挨打受气，正像人们所说：“输是你好狗命，赢，

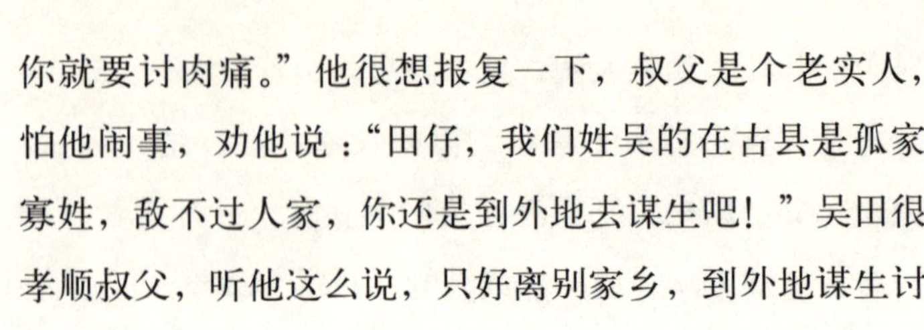

你就要讨肉痛。”他很想报复一下，叔父是个老实人，怕他闹事，劝他说：“田仔，我们姓吴的在古县是孤家寡姓，敌不过人家，你还是到外地去谋生吧！”吴田很孝顺叔父，听他这么说，只好离别家乡，到外地谋生讨吃去了。

有一天，吴田流落到安徽凤阳府地面，找到了一家有名的武馆拜师学艺，准备报仇。武馆老师父见他很有诚意，答应收他做徒弟。他进入武馆的第一日，按照规例行拜师礼。师父们齐集大厅，各人坐定一把交椅，等待接收徒弟。老师父对他说：“吴田啊！厅上这些神像每尊都代表一位师父，你要拜哪个为师，自己去挑选吧！”

吴田听罢，环视了一遍众神像，有的面貌很斯文，有的很凶恶。他想：将来要报仇，一定要拜一位武艺高超的才好。他看到一尊神像凶神恶煞，估计一定武艺超强，便倒身就拜，认做师父。想不到站出来收徒的，却是一位二十多岁的大姑娘。吴田的心凉了半截。他想：完了!报仇没望了!但又想，能在凤阳府地面坐上一把交椅收徒的，定非等闲之辈，既然拜了，就跟她学下去吧!

师父领他到一个房间里，叫他住下，然后，又拿一大把用带子捆绑着的小竹子给他当扁担，叫他每天用一对橄榄形的尖底水桶去挑水浇菜。第二天，吴田挑起水桶到很远的溪边去挑水，因为水桶是尖底的，回来路上不能歇息。他只好咬紧牙关，坚持一口气挑到师父指定的地方，把桶放在预先挖好的土坑上，才去浇菜。浇完菜，师父才教他练功。每挑一趟水，师父还要从竹把中抽去一枝竹子，一次抽一根，最后只剩下一条带子了，就叫他用带子当扁担继续去挑水。最后，吴田终于练成用双手提着水桶能奔走如飞的本事，有几百斤的臂力。

吴田在武馆里学了三年，武馆门口摆着一个灵巧而厉害的大铜人，没有练好武功，就没有办法打倒或避过这个“铜人”，就不能出师。有一日早餐后，由于报仇心切，急于回家，他在浇菜时，趁师父不在，偷偷地从狗洞里爬了出去，想要逃跑。跑了一段路，肚子饿了，停在路旁买碗粥充饥。刚拿起筷子，只听耳后一阵风响，发现有一物件向他飞来。说时迟、那时快，他把头一偏，用筷子夹住那个东西，一看，是一粒铁橄榄。回头一看，师父已经站在他的面前了。吴田连忙跪在地上求饶，要求师父放他回家。师父见他虽然没有打倒铜人，却能接住致命的铁橄榄，功夫也算过得去了，就放他回乡。

吴田回到漳州，常坐在新桥的栏杆上，盯着过路人，只要是挑粪桶的古县人，他就口含绿豆对准粪桶喷射过去，把桶打穿，让屎尿流掉。挑粪的人一生气，抽起扁担大骂：“狗眼也不认一认我是古县人，敢捉弄我！”朝吴田打去。吴田赶快往桥边一躲，说：“你是

古县人？扁担头要染个红色的记号才好！”这下，古县人上当了。他们真的个个把扁担头染红，让吴田更好报仇了。

有一日，吴田的叔父也用红头扁担到漳州来挑屎尿，在桥上也被吴田打破了尿桶，叔父见是吴田干的好事，就大骂一顿。吴田说：“你为什么把扁担染红呢？”他叔父说：“我也是古县人呀！”从此，吴田只得把这玩意儿收起来。过了不久，吴田回到古县来探望叔父，被古县的青年人看见了，许多人马上纠集起来，带着木棍，到吴田家中来“算账”。

吴田本想趁机教训他们一下，但他的叔父怕他惹出事端，再三劝他千万不要动手，吴田也怕连累叔父，只好把背靠在墙上，施展功夫，任凭那些古县人殴打，不还一手。古县人打了一阵以后走了，叔父就叫吴田赶快离开古县。

吴田离开了古县，正苦闷着没地方去，听说郑成功在厦门招兵买马，抵抗清朝，他就到厦门去投军。在郑成功部下，他很快就当上了大将。消息传到漳州，柯彩、陈龙、许凤等三个兄弟一高兴，也跑到厦门去找吴田。到军营外，柯彩先进去，见面就说：“吴田啊！你还记得我们在新桥头过着‘五人三条裤，经常饿腹肚’的日子吗？今天你做官了，该拉我们一把呀！”

本来，吴田一听到患难兄弟来了，很高兴。但听柯彩说了这些不光彩的话，没等他把话说完就叫士兵把他赶了出去。柯彩大骂吴田无情无义。陈龙笑道："好了！谁叫你讲话不看场合，当众人讲了那些不光彩的话呢！让我去一趟。"陈龙进到里面，一见吴田，就说："吴将军啊！你可记得当年我们在漳州，烈火攻破磁州城，五虎擒拿豆将军，幸亏蕉将军来救援，要不，我们的性命就难保的情况吗？现在，你升官了，该拉我们一把才是呀！"吴田听出他说的是，当年在漳州用破罐片煮豆子，烈火烧裂了破罐子，大家用手去抓豆子，用蕉叶去盛豆子的情景，高兴地连忙让他把三位兄弟都请了进来，叫军士带他们去洗澡、换衣服，又带他们去参见郑成功，留在军中当营将。

郑成功见到四面八方的英雄好汉都来投靠他，军士的操练也差不多了，就叫吴田当先锋，准备攻打漳州城。吴田说："我来投军，为的是要报仇！请让我先攻打古县，报了仇再攻打漳州城。"郑经答应了他的要求。

吴田要攻打古县，风声很快传到古县，古县人非常害怕。后来，大家想出了一个解救的办法：选出几个郑姓家长，带着猪羊美酒，到厦门去慰劳郑成功的军队，又和郑成功认亲，要求郑成功不要让吴田来攻古县，救救古县人的性命！郑成功感到很为难，想出了一个两全的办法：一方面对古县家长说，已经答应吴田了，军中无戏言，不能改变，要家长回古县做好防御的准备；一

方面尽量缩短时间，要吴田“傍晚从厦门出兵，鸡啼要回来缴令。”这样既满足吴田攻古县的要求，又帮助古县人度过难关！吴田认为古县的地方不大，在一两个小时内尽可踏平，也就答应了。那一天，他按照军令，傍晚出兵，一路上快马加鞭，来到古县，已经是下半夜了，古县人早已做好准备，躲在大楼内，一时攻打不下来，一会儿，就听到鸡啼了。吴田是个守信用的人，一听到鸡啼，立即下令收兵回厦门缴令去了，古县这才得以保全！

郑成功的部将黄梧献海澄城降清，带兵挖过南安石井郑成功的祖坟。吴田带兵帮助郑成功攻下漳州，就找到黄梧之子黄芳度的尸首，把他烧成灰，研成末，用风柜扬散，报了黄梧降清的仇。

后来，吴田奉命去镇守泉州湾边的蚶江。清兵大举进攻，郑成功军事失利，退守厦门岛。柯彩、陈龙、许凤等相继投降清朝，这时候又发生海啸，从台湾来的运粮船到半海遇风沉没，但吴田坚守蚶江孤军奋战。清将探得吴田军士已断粮三天的消息，就故意叫士兵端上干饭和猪肉在阵前吃，并高声招呼吴田的士兵一起吃，想引诱他们投降。吴田看到这种情况，就对他的士兵说：“为了活命，要降的听便，你们去吧！我是决不投降的！”说完，他提刀上马，冲入清营，一连斩杀了三员清将，然后挥刀自尽，为国尽忠、尽节！将士们看了他

的壮烈举动，都很受感动，个个奋勇杀敌，全部壮烈牺牲，没有一个投降清军。这是康熙十六年（1677 年）的事了。

（龙海市郑调麟搜集整理）

12. 柯彩和陈龙“抢灰输棺材”的故事

相传在明末清初，清兵大举入关，剿灭明朝遗臣，南下福州时，郑芝龙投降了清兵。而他的儿子郑成功却亲自带领水军，东渡大海，到台湾去赶走了强占我国领土的荷兰侵略者，并将台湾岛作为根据地，招兵买马，立志要反清复明。

当时郑成功的部下有五员虎将，其中柯彩和陈龙是漳州人。柯彩家在北桥街柯衙内；陈龙家在公爷街。他们两人在没有从军之前，是漳州城有名的“鲈鳗”和“卷煎”（比喻刁狡不务正业的人），是东溜西荡、不务正业的“浪荡团”（浪子、游手好闲之辈），还是个“赌鬼”，喜欢赌博。赌赢时，花天酒地，把钱开了了（花得精光），一镭（铜钱）也不剩；赌输时，只好忍饥受寒过着苦日子。

柯彩的母舅在东门浦头街的咸鱼市当鱼行掌柜，家境优裕，生活富足。柯彩没钱花时，常常编一些没影话（假话）去求母舅接济。一而再，再而三，他母舅也渐

渐知道柯彩并不是把钱拿回家作为家庭生活费用，而是大部分耗费在赌场内，很感失望，渐渐就不肯再给他钱花了。

有一次，柯彩确实没有钱花了，陈龙就替他想办法出主意，想出了一条妙计。他问柯彩："你阿舅和谁的感情最深？"柯彩说："当然是我的老母亲啦！"陈龙说："好！那你就到你阿舅那里报个假信，说你老母亲昨天晚上突然得了急病死了，现无钱去坮（收埋）。你阿舅出于姊弟之情，是不会不加以救济的。"

柯彩果然按照陈龙的办法去做。老掌柜不知内情，听到噩耗，像晴天霹雳，当场流下悲伤的目滓（眼泪）。他给了柯彩很多钱，说："你立即回家料理丧事，我随后就赶来！"柯彩接过钱，心中暗喜，没想到陈龙兄弟的办法真正灵验，老阿舅这么容易就上当受骗了！

老掌柜穿上了白长衫，交代了家事，就出门到北门姐姐家奔丧去了。一路上，他边走边滴目滓，想到姊弟俩多年的骨肉深情，哭得眼皮都肿起来了。等他赶到北桥柯家，见姊姊却安然无恙，玉体安康，欢欢喜喜地出来迎接他。他才知道是柯彩骗了他，气得话都说不来，与姊姊匆匆告别后就忿忿回家。

凑巧的是，过了几天，柯彩的老母亲在半暝（深夜）时真的死了。柯彩透暝（连夜）到香烛店拍门（敲门）买香烛和寿金纸（冥钞），但当时漳州民俗，商店夜间是不开门只开个小缝的，手勉强才能伸得进去，防止抢劫。店头家（店东）将香烛、寿金纸从门缝里递出来，柯彩接过手，就拗蛮（蛮不讲理）地不给钱、掉头就跑，因为他已经身无分文。等到店头家开门追赶，他已溜回家中了。

平日里，柯家是不点灯的，这一暝要守灵，不点不行。怎么办？他悄悄地到附近路边的几个厕所里去偷油。第二日，柯彩硬着头皮，去向母舅报丧求助。这一回，不管柯彩怎样哀号悲啼，老掌柜就是不信，只当没听见、没看见，置之不理。柯彩哭得死去活来，鱼行的老板与其他伙计看了过意不去，纷纷开口帮助求情，劝说："做好做歹，你也是他的母舅，这一次就可怜可怜他吧！"

阿舅无奈，只好再给柯彩十多吊钱，说："快快回去把你老母亲抬（葬）了吧！"

柯彩回到家里后，立即找陈龙商量："这些钱最多只够买一副棺材；没有石灰怎样埋葬？"两个人想了又想，还是陈龙想出了办法："既然这样，我们不如把这些棺材本钱拿到赌场去再赌一次，托你老母亲阴灵保庇，说不定能赢大钱！赢了，不但不怕没有钱买石灰，其他什么后事也都好办了。"柯彩听信他的话，说："好！只好这么办啦！"

两人一起来到赌场，想碰碰运气，捡些石灰本回来。不料一注、二注赌下去，用不着第三注，已经把棺

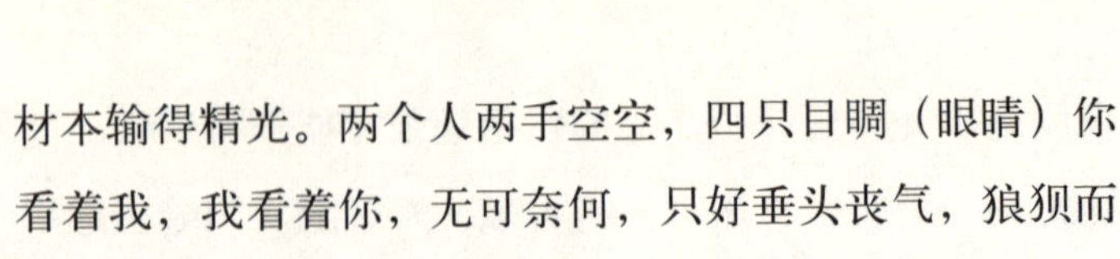

材本输得精光。两个人两手空空，四只目睭（眼睛）你看着我，我看着你，无可奈何，只好垂头丧气，狼狈而归。后来人们将他们的这种做法叫做“抢灰输棺材”。

柯彩在陈龙的帮助下，悄悄地用破草席卷起老母亲的遗体，趁暝（夜）间路上没有人时，神不知鬼不觉地抬到南院后山，想草草埋葬算了。刚到山脚，突然狂风大作，雷电交加，一道道刺目的闪电、一阵阵惊心的雷声，把他们两人吓得手脚觳觳颤（颤抖），把尸体随便往路边的树下一丢，就急忙忙地跑到南山寺内去避雨了。等到雨过天晴，他们再回到放尸体的树下，只见尸体已被山坡崩塌下来的泥土埋没了。

到了第七天，按民间的俗例要收灰时，柯彩不得不向母舅乱讲一通：讲棺木是用杉木做的，寿衣穿了七八重。母舅特地请一位地理师来察看风水。地理师详细地看了看该处的地形地貌、来龙去脉，还认真地排了罗庚（罗盘），说：“这处是螃蟹穴，不能用石灰，否则会把螃蟹腌死了。最好还不能用棺木，只用草席裹葬，将来子孙必定显贵。”母舅听了长叹柯彩命运不好，不能为母亲找一个好风水。这时，柯彩才面露笑容，把实情告诉母舅。母舅听了，又气又恼，笑骂柯彩一顿，也不再强调要柯彩找母亲的身尸了。

后来，柯彩和陈龙一起投奔到郑成功的麾下，都像变成另一个人一样，聪明机智，作战勇敢，立了许多战

功，还步步提升，很快受封为将军，成为下五虎的著名战将。很久以后，柯母墓还一直留在南院后山路边的大树下，墓前竖立着柯彩树立的两根石笔为记。而“抢灰输棺材”却成为一句比喻单凭空想而因小失大的俗语和颇有趣味的民间传说，一直流传至今。

（龙海市杨澍讲述，芗城区卢奕醒整理）

13. 张要造反

郑成功部下有五员打仗十分骁勇的战将，人称“五虎将”。万礼就是其中的一员，其实他不姓万，也不叫礼，他的原名叫张要，是平和县小溪人。

明末崇祯年间，平和县遭了灾，从惊蛰开始整整六个月未见一滴雨，田地、池塘都龟裂出许许多多大口子，锄头一挖火星四溅，别说五谷，就连杂草、树木都快要枯死了；好不容易盼到八月，寒露前下起细雨，淅淅沥沥的，大家奔走相告、互相庆贺。谁知这雨不来就全年不下，一来却又没完没了，足足下了三天三夜，琯溪被山洪灌满，涨破了河堤，田地淹在洪水里，村庄屋子淹在洪水里，没来得及跑的人畜都被洪水冲走了。

等到洪水退尽，人们回到村里一看，完啦！哪里还有家，房子倒塌在烂泥里，家具杂物都被洪水冲走了，只好先在干燥处搭排草寮避避风雨。

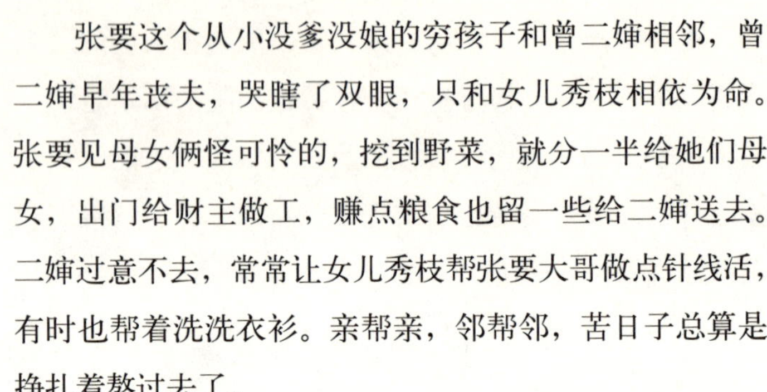

张要这个从小没爹没娘的穷孩子和曾二婶相邻，曾二婶早年丧夫，哭瞎了双眼，只和女儿秀枝相依为命。张要见母女俩怪可怜的，挖到野菜，就分一半给她们母女，出门给财主做工，赚点粮食也留一些给二婶送去。二婶过意不去，常常让女儿秀枝帮张要大哥做点针线活，有时也帮着洗洗衣衫。亲帮亲，邻帮邻，苦日子总算是挣扎着熬过去了。

没想到大寒这一天，财主吴仁堂派了二掌柜来催租。穷佃户一年没收成，哪来粮食交租呢？这二掌柜是有名的“活剥皮”，没粮交租，把破锅烂铁全部抢走，把草房子封起来抵押。

二掌柜刮完地皮，前脚才跨出村，县老爷带着他的贴心衙役“催命鬼”等七八个人，后脚就踩进村来。县官来干什么？因为闹了灾，灾民“刁顽”不缴捐，县老爷哪里去捞钱？只好亲自带兵来收捐，顺便捞点“野味”解解灭愁（馋）。县老爷见二婶母女坐在被封了的草房前哭泣，三角眼一瞄秀枝，老鼠须一捋，嘀！这查某囡仔（女孩子）真美！回头就问“催命鬼”：“这家老太婆该交多少捐？”“催命鬼”终年跟在县官老爷的屁股后面转，从县官老爷的眼神，他早已猜个八九不离十了。算珠子一拨，三得三，四得四，三四称它一十五。他说：“回老爷，这曾二家的老婆子母女今年该缴捐银三两伍钱正。”这曾二婶连草房都被封了，哪来的银子呢？

“没银子，用人抵捐！”县官老爷心里早已有谱了，喝令衙役拉走秀枝姑娘。二婶一听，就像晴天霹雳。这，不是白日里强抢民女么？抢走了秀枝，我瞎老婆子怎么活？哭着喊着摸索着扑了上去。正好扑在县老爷的身上。县老爷的朝服早被二婶的眼泪鼻涕给沾湿了一大片。县老爷哪容得如此无礼！劈里啪啦，左右开弓，狠狠甩了二婶两巴掌，就势伸腿一蹬：“去你娘的！”只听得二婶“哎哟”一声惨叫，口角流血直挺挺倒在血泊中死去了。

衙役们如狼似虎，扯着连哭带骂的秀枝姑娘，簇拥着县官扬长出村去了，邻里们睁着眼不敢讲一句话。俗话说：“不怕官，只怕管。”县老爷谁惹得起呢？

大家正在焦急时，人群中有人喊：“张要回来了！”“张要大哥回来了！”

大家回头一看，张要大哥担着一担柴回来了。张要拨开众人一看，二婶死在血泊里，秀枝姑娘呢？乡亲们七嘴八舌地把事情头尾经过向张要说了。这一血气方刚的硬汉子怎能容得那些坏蛋横行呢？他放下柴担说：“财主催租封房，狗官追捐杀人，我们穷人还有活路吗？难道我们穷人比一条虫还不如么？”

“可人家拿着刀把子，有什么办法？”人群中有人叹息说。

“这年头，穷人缩头也是死，伸颈也是死，咱们就

只有睁眼等死吗？”

“对，不能等死，把狗官抓来给二婶偿命！”张要“刷”地一声，抽出柴担上的尖扁担，喊一声：“追！”

张要领着乡亲们冲出了村口大路。县官看村里追出一群男男女女，黑压压一大帮，心想：“我就不信你这帮穷小子能翻天。”索性叫衙役等在大路上。

秀枝姑娘眼尖，远远就看着跑在前面的是张要大哥，就大声呼喊：“张要大哥！快来救救我！”

县官一听，好呀！你这姓张的小子倒管起闲事来，就摆着官架子说：“你们想干什么？”

“我们要你回去给二婶偿命！”

“你小子姓张，跟他曾家何缘何故？再敢惹是生非，把你抓进监牢送死。”

张要一听，狗官还想吓唬人呢！一步上前一手提着尖扁担，一手扭着县官说：“狗官，自古以来，杀人偿命，你身为县官，知法犯法，罪加一等！”

“嘿！你这姓张的小子倒管得宽，本官办事也要你管吗？”

“老子今天改姓万，万家穷百姓都是亲堂，你狗官敢逞凶，老子就敢管。”

“打！打死这个狗官，为受害穷百姓报仇！”

县官倚仗着他身边还有七八个如狼似虎的衙役，大声喊叫：“来人啊！给我把这穷小子抓……”还没喊完，

张要早已气得憋不住，用手中的尖担一捅，“嘎吱”一响，担尖的铁锥子早已把县老爷的肚皮子戳了个窟窿，县官连“唉哟”一声也没喊出口就给挑在尖担上。

七八个衙役早已吓得脸色蜡黄、双脚发软，谁敢用肚皮顶尖担？俗话说：“日头赤炎炎，逐（各）人顾生命”，他们早已扔下秀枝，跑的跑，溜的溜，那“催命鬼”一看不妙也想逃，哪想到平日作恶太多，乡亲们早已把他包围住，你一拳我一脚，一会儿就像被夹子卡住的老鼠，暴出双眼、七孔流血，软瘫瘫地死在县官的身边。

杀了县官和衙役，事情可闹大了。一不作二不休，杀头不过留个碗大的疤，张要索性跳上路边石头上说：“乡亲们，财主、狗官都不把我们当人看，我们倒不如痛痛快快地反了！把狗官、财主都杀光！”

“对！造他娘的反，杀尽财主、狗官，为所有受苦的穷人报仇伸冤！”

这时，人群中挤出个白眉毛、白胡子的老汉来，他说：“俗话说，蛇无头难行，鸟无头不能飞，张要，你就领个头，带领大家造反吧！”

“对！张大哥，你就领穷哥儿们造反吧！”

就这样，张要领着穷哥儿们造了反，并改名万礼，以万为姓，代表万家百姓，礼字当名，对穷人百姓有礼有义。

万礼领着穷哥儿们，举着尖担、锄头、开山斧头、

柴刀起义了，劫富济贫，活跃在诏安、平和交界的乌山和沿海一带。等到郑成功队伍一来，万礼就率领大家加入郑成功的义军，立下许多功劳。

（平和县沙彬讲述，欧阳春风整理）

五、蓝理的传说

蓝理（1648—1719 年），字义甫，号文山，漳浦张坑（今赤岭）人。生于清顺治五年，幼时家贫，性情孤僻，强悍不羁。后投军，膂力过人，勇猛异常。清康熙二十二年（1683 年）随靖海将军施琅出征澎湖、台湾，拖肠血战，英勇顽强，累官总兵、提督，皇帝御书“勇壮简易”“所向无前”赏他。晚年遭诬陷，仍彰大义，协助穆尔赛出征平定西疆阿喇布坦的叛乱。康熙五十八年病故于北京，享年七十一岁。

1. 投军

蓝理，是漳浦县赤岭乡畲族人，石椅村“种玉堂”苗裔，由于家境一贫如洗，寡母无力培养他入学。他生就一副健壮的体魄，真像说书人形容的“虎背熊腰，膂力超人”，因而他就专意练武。据说有回他飞步追上奔马，用力抓住马尾巴，奔马倒退。这样的神力，何等了得！但他整天只跟族中不务正业的“鲈鳗”（比喻刁狡不务正业的人）们鬼混，没日没夜地酗酒聚赌，穷极无聊时也干些偷鸡摸狗的事，遭到族亲冷眼蔑视，后因事逃到外乡谋生。

蓝理在外地闯荡了几年，成人后，深悔以往所为，重返赤岭故里，做起染布生意。靠他那蛮牛般的体魄和力气，做粗重活，本不算费事，只是每天面对染缸、染布、晾布，双手靛蓝，他感到丧气，空有一身熊虎劲，却无处施展武功之地。

有一天，他的七叔公抽着长旱烟悠闲地走来，站在作坊前吞云吐雾，看着他染布，过了一刻仔久，才干咳一声，似乎有话说。蓝理正憋着一肚皮的气，一直埋头忙着搅拌布料，对七叔公不理不睬。

七叔公见他这么不礼貌，也气上心头，用长烟杆敲敲染缸，哑着嗓门训道：“我说你这囡仔（孩子），过去没出息，现在仍然没出息。男子汉、大丈夫，空有一身本领，不去为国家效力、却甘愿在此埋头苦干。人生自古谁无死？驰骋在战场上，即使是马革裹尸还，也是光宗耀祖的事。你难道就甘心这样庸庸碌碌地度过一生吗？”说完，长叹了一口气，摇头晃脑地踱着方步走了。

七叔公平白无故地的训斥，使蓝理憋着的一肚子气顿时消掉了许多。因为七叔公骂他没出息，正是他自己感到最苦恼的事。真的，空有一身本领，若不去为国立功，效命沙场，活着还有什么用？想到这里，他突然搬起石头朝染缸砸去，“哗”地一声，缸破水流，他反而感到轻松自在，立志要干一番事业了。

这晚，他找来十几个情投意合的小兄弟聚议道：“人活着不是光图吃饭，要去建功立业，才不至于白白活过这一生。”小兄弟们眨着眼睛听着，可怎么听也听不懂，“怎么建功立业呀？”蓝理说：“去报效国家。”“可官府会要我们吗？”

蓝理说：“不怕。我有个主意，先立个功，官府知晓我们有本领，就会录用的。”

“那么，到哪里立功呢？”

蓝理说：“我听说海边有股海盗，为首的是闹海龙李三，他们打家劫舍，干尽坏事。我们去把他抓来，送给官府办罪，这样不就立功了吗？”这倒是个直截了当的好办法，小兄弟们都同意了。

就这样，他们到处打听海盗的行踪。终于，蓝理几个人有一天找到海盗的巢穴，闹海龙李三率领一百多个喽罗，摆开阵势跟蓝理对阵。

蓝理先晓以大义，劝李三率部投诚，否则，把他们全部逮捕归案，那时后悔就晚了。李三一听哈哈大笑，指着蓝理说：“你们这几个细囝仔（小孩子），不知天高地厚，也敢来招降？真是吃了豹子胆，还不知自己死到临头了。”众喽罗在身后吹哨起哄，挥动手里的家伙乱叫乱嚷、助威壮胆。李三把刀一举，叫声：“上！”

蓝理毫无惧色，挥手喝道：“你们听说过，‘来者不善，善者不来’吗？我们既然敢身入虎穴，手中家伙不是吃素的，只是效法流氓打斗，胜之不武。若不听好言相劝，定要分个高低，我提议单打独斗。要是在下获胜，你们就得听我的；若是李大王得胜，我们凭你处置，你看如何？”

李三有恃无恐地说：“也好，过几招玩玩。”

蓝理脱掉长衫，把辫子绕在脖子上，盯住对手，摆定架势。李三可不讲什么礼数，一上来双掌齐发，擒、拿、劈、打、点、戳、勾、抓，两只手掌便如一对厉害的兵器一般，欲先声夺人，制人于死地。蓝理小心谨慎，沉着应战，施展小巧腾挪功夫，连拆二十余招。一对高手比武，紧凑异常。围观的人连声喝彩，为自己头目助威。

李三想不到拳逢对手，打得眼红。他急于求成，便

使出怪招来，只见左手划个圈子，右拳从圈中直击出去。蓝理一时不明拆法，便先退了一步。等右足在地下一蹬，身子向左弹出，他便似脚底装了机关，突然飞起，双脚在半空中急速踢出，正好踢中李三后背，使他摔了个狗吃屎。蓝理趁势跳出圈外，抱拳致歉道："承让，承让。"

李三爬起来，却不肯善罢干休。他恼羞成怒，从喽罗手中接过一对双钩，钩头映着阳光，蓝光闪闪，寒气逼人。他说："姓蓝的，你爸跟你拼了，不是你死，就是我活，来吧！"

左钩一起，一招"手到擒来"，迅速向蓝理左肩钩落。蓝理脸色微变，左颊上的肌肉牵动了几下，随即向右略闪。李三左钩落空，左腕随即内勾，钢钩拖回，右钩便向蓝理后心钩去。蓝理蹲身避开，纵身到一名喽罗面前喝道："把你的剑给我！"这个喽罗矮矮胖胖的，不怀好意地说："好，给你！"剑起中锋，"嗤"的一声，向蓝理的小腹直刺过去。蓝理眼疾手快，左手快捷出手，从侧面抓住了他右腕，轻轻一扭，便将他手中长剑夺过。这一扭，矮胖家伙的右腕已经脱臼，蓝理立即飞脚将他踢了个跟斗。

这时，李三双钩使得如同一团雪花，滚杀过来。蓝理大喝一声，跃起半空，长剑从空中劈将下来，只听"当"的一声响，火光四射。这一剑双钩都如疾风骤雨般地向对方攻击，可是蓝理的内力雄厚，剑法精妙，毕竟技高一筹，这时他力与神会，劲由意生，已把李三笼罩在剑光之下，逼使李三以双钩护在身前，只有招架之功，而无还手之力了。这其间，蓝理瞧个空子，长剑以斜切藕势，把双钩削成两截，顺势将李三削成两截。

这一场恶战，直杀得众喽罗心惊胆战，脸如土色，眼看主将已死，一声呼哨，喽罗们一大半四处逃走，剩下二十几个小头目跪下请求蓝理做他们的大王。蓝理叫他们都站起来，好言劝告说，还是跟我到漳浦县投案自首吧！

谁知漳浦县这个狗县官，平日里作威作福，鱼肉百姓，却奈何不了闹海龙李三这伙海盗。今日见蓝理一伙提着李三的首级，押了二十多个海盗头目来投案自首，他怎么想也不会相信，蓝理有这样能耐？唯恐蓝理和海盗套约假投降，攻占县城，三角眼转几圈，就有了主意：他一面假装把蓝理褒奖一番，许诺海盗自新，把众人引入衙内，设宴款待，派差役们竭力劝酒，把蓝理他们个个灌醉，然后铐上五十斤重的脚镣手铐，打入死牢，听候处理。一面上表进奏，自我吹嘘一网打尽李三海盗，沿海升平了。

等到蓝理酒醒了，才知道上了狗官的当，真是呼天不应，叫地不灵，骂哑了嗓门也没用，实在无可奈何。狱卒们虽然同情这些好汉无辜受罪，含冤受屈，也是爱

莫能助。

幸亏不久，吴三桂勾结耿精忠谋反，耿精忠暗中招降纳叛，把各县狱中死囚尽行释放，收归己用。蓝理的小兄弟们被释放后，都灰心泄气，信不过官府，不想去建功立业，而想回家务农去。蓝理却不甘心，他认准的道路定要走到底，于是他只身走江西，去迎接清廷平叛大军。在上饶他晋见了统帅亲王，自愿为向导；在平定三藩叛乱中，他骁勇善战，屡建奇功，被提升为千总。后来靖海将军奉旨征台澎，听说蓝理是一名勇将，刀枪剑戟，无不精通，就奏请随师领先锋印。澎湖一役，蓝理拖肠血战，以首功加封左都督，累官至福建提督，被誉为"一代虎将"。

（漳浦县蓝海亮口述，芗城区啸华整理）

2. 拖肠血战

康熙时，蓝理率领先锋水师攻打台湾，一路旗开得胜，收复了不少的岛屿。六月二十二日，抵达澎湖群岛。此时郑经已死，由幼子郑克爽继位，郑克爽派大将军刘国轩率兵两万多人、战船两百余只死守澎湖。

刘国轩见清军到来，令部将曾遂迎战。蓝理所乘的一只乌船，正面遇上郑军曾遂的战船，双方愈战愈勇，自辰时战到午时，这时，忽然有颗炮弹碎片斜飞过来，击中蓝理的腹部，顿时肠部血流不止。曾遂见蓝理中弹倒下，喜出望外地大声呼叫："清将蓝理死了！"

说时迟、那时快，蓝理的二弟蓝瑶赶忙从背后把蓝理扶起来，蓝理一见敌人嚣张，气得两眼发红。他忍住剧烈疼痛，握着拳头比划着，大声吼道："清将蓝理在这里！"说着，又从部下手中接过那把金晃晃的钢刀，大声呼叫道："弟兄们，冲啊！杀啊！"喊声如雷，敌船受到极大震动。清军将士精神振奋，个个冲锋陷阵，无不以一当十。

蓝理见士兵们个个龙腾虎跃地向敌船冲杀过去，忘记伤口剧痛，也想冲杀过去，他的堂弟蓝法赶忙拉住他。他的四弟蓝瑗、五弟蓝珠又赶快用布包扎住他的伤口，帮他穿好衣服。蓝理咬紧牙关、任他兄弟救治后，眼见敌人节节败退，他就顿脚大喊道："冲啊！冲啊！"命令部下向敌船抛掷火箭、火龙、火罐等，顿时烟焰弥漫海面。后援的部队见敌人撤退了，又用一支支铁钩钩住敌船，士兵们见势冲杀过去。一霎间，敌船被击沉几十艘，死伤不计其数，曾遂见势不妙抛下满海面的尸体和伤兵，溃退数十里，澎湖收复了。

蓝理伤愈后，又和施琅商议轻师骚扰敌人的策略。敌军屡战屡败，郑克爽见大势已去，只好向清军投降，台湾也收复了。

（漳浦县张兆基讲述，何荣林整理）

3. 报恩

蓝理自小顽皮，圣人文章一概不通，但身强力壮，武艺超群，也经常干些穷极无聊、争狠斗勇的事情。有一次，村中有穷哥儿们跟他说："楚霸王力能拔山举鼎，你蓝理能举起祠堂门前的石狮子吗？"他拍拍肚皮，大声说："当然能！"于是一些子弟就起哄着，簇拥蓝理到祠堂前。只见他从容不迫地把宽腰带扎紧，盘起辫子，深吸了一口气，暗中运劲，浑身肌腱块块饱绽，喝一声"起"，双手举起石狮子绕着石埕走了一圈，再放在旗杆前。大家看得过瘾，不由得吹口哨、鼓掌，喊声震天。而蓝理脸不红、气不喘，洋洋得意地站在人圈中傻笑。这时族中长辈闻声出来看歹囝仔们吵闹什么，一看是石狮子移位了，气得胡子都翘起来了，举着长烟杆大喝道："反了、反了，你们这些孽子歹囝，竟敢在祖宗祠堂前胡闹，难道你们都不怕王法、族规吗？"蓝理他们伸伸舌头，赶快溜走。

族里长辈们连夜在祠堂里议事，怎样处置歹囡仔蓝理？一致同意，把蓝理抓来沉入池塘处死，杀一儆百，以儆效尤，永绝后患。

可怜蓝理还蒙在鼓里，不知大祸即将临头，他仍旧跟狐朋狗友在小庙中聚赌豪饮到深夜才回家。他的老母已听见风声，急得像热锅上的蚂蚁，等到蓝理醉醺醺地进了家门，母亲将事说了，叫他赶快离家出走。蓝理说什么也不信，他也不怕，他说他没犯法，何必逃走？再说能逃到哪里去呢？

母子俩正纠缠不清，谁也说服不了谁时，这时隔壁好心的守寡堂嫂跑来通风报信，说：“真的，族长决定，明天要按族规将你沉入池塘。好兄弟，快逃吧！”她拔下头上银簪一只，给蓝理做路费。蓝理这才哭着拜别了老母，感谢过堂嫂，趁天未亮就出发走了。

刚走到村口，他的婶婆叫住了他，老人噙着眼泪，从锅里拿出两个大番薯，塞给蓝理，挥挥手叫他赶快逃跑。

蓝理没出过门，不知到哪里谋生好。他知道自家姑母嫁到漳州，住在岳口街，于是他决定先到漳州府去找她。谁知道，他姑母也穷得四壁空空，家无隔夜粮，床上仅有一条旧被子，还是附近车马店租来的。姑母一见侄儿到来，非常欢喜，赶快招呼他坐下，可是家里没钱也没吃的，她连忙出门向左邻右舍借粮。

蓝理等了半天，不见姑母回来，心中不免狐疑起来，看来姑母家徒四壁，也没有什么油水可捞，顺手把旧棉被一卷，溜出家门，交给当铺得了几文钱，就在漳州城里混过第一天。

后来他流落到浦头大庙，和几个结拜兄弟过着“五人共三条裤”的紧日子。以后加入浦头港的帮派，违禁私宰耕牛，向泊港商船强行摊派什税，赚到钱就到好汉街上挥霍。

所谓好汉街，就是两排背靠背的矮房屋，一排门向新行街，一排门对浦头港，后楼上窗户洞开，江湖好汉们在此活动，倘若官差来抓人，只要越过后窗，便可从另一头逃跑了。好汉街的机关就在这里，迄今遗址还残存着一部分。

有一回，蓝理出事了，成群官府差役来抓他。他见势不妙，“嗤”地一声，飞身跃上好汉街的屋顶，沿屋脊轻身奔跑，最后抱一叠瓦片，跃下平地，向浦头港奔去。身后众捕快吆喝着追赶过来，蓝理回身笑嘻嘻地招呼：“来吧！到水里玩玩。”说罢，他手中甩出一瓦片，飞身踏上，没等瓦片沉入水中，他又甩出一片，就这样借助瓦片，使轻功从水面上飞跃过浦头港，众差役无可奈何，只有望水兴叹了。

后来蓝理去投军了，在施琅将军麾下当先锋，在平定台澎的战役中屡建奇功，官至福建提督。蓝理衣锦还乡日，“种玉堂”高悬着康熙皇帝御笔题写的匾额“勇壮简易”“所向无前”。两边还有康熙皇帝赞蓝理的御制楹联：“铜柱海疆曾著绩，铁衣戎略夙知名。”

那天，蓝理高坐在“种玉堂”主座上，家族中长辈都鹄立两旁刮目相看，胆颤心惊地侍候着。蓝理叫人抬出两只装着一只只大银锭元宝的大箱，摆在供案上，满面春风地高声说道：“众位族亲，我蓝理当年不肖，长辈们唯恐我辱没家声，今日里，我衣锦返乡，总算能光宗耀祖了。皇帝恩宠，令‘种玉堂’蓬荜增辉，我肝胆涂地，誓死报效皇恩。对于众族亲，我也知恩必报，案上银锭，聊表心意。只要说出往日于我蓝理有一饭之恩者，即可上前随意领取。”

蓝理说完，这些长辈们只是你看我，我看你，大眼瞪小眼，谁也不敢吭一声，堂上静悄悄的。片刻，围观人群中挤出一个大嫂来，她开声说：“大兄弟，那年，嫂子送一只银簪给你做路费，你还记得吗？”蓝理一看，连忙离座，向堂嫂施礼，道：“嫂嫂大恩，蓝理没齿难忘。若非嫂嫂连夜来通风报信，蓝理早已沉溺池塘做了水鬼，哪能还有今日！”赶快取两大锭元宝相赠。

这时，一位拄着拐杖的老妇人也来看望蓝理，她颤巍巍地上前说：“理仔，那时我塞给你两块大番薯，想不到有今天……”蓝理一看老婶婆还健在，赶紧扶住老人，请她坐下，说：“婶娘，我可想你呐，那两块番薯可真甜哪，要不是填饱了肚子，我怎能有力气逃到漳州去呢？”也送给两锭大银。

他姑母从漳州赶来，蓝理一见姑母，禁不住热泪盈眶，连忙跪下向姑母请罪道：“不肖侄儿，不念姑母的好心，反起歹意，卷走您的棉被，叫您挨饿受寒了。”他加倍地送给姑母四锭大银。

蓝理对卷走姑母棉被一事，一直感到内疚，所以后来皇帝钦赐为蓝理立“勇壮简易”“所向无前”的牌坊

时，他就选定建在姑母家的前面，以显光耀，藉以报答姑母之恩。

蓝理对浦头大庙中“五人三条裤”的艰苦生涯也记忆犹新，他出资修建大庙，还亲自练笔学书法，写下“江汉以濯”四个大字，制成匾额，悬挂在大殿上，以表敬仰关夫子的心意。

他还疏通了浦头港，修建了浦头街，可见，他是个知恩必报的硬汉子，难怪浦头大庙中，人们还给蓝理设置神位，把他当伽蓝神一样看待。

（漳浦县蓝海亮讲述，芗城区王雄铮整理）

4. 肚子吃炮弹

蓝理每次进京或在皇帝南巡时接驾，见到康熙，都很受宠爱，常常得到封赏。他每次陈奏，侃侃指画，手舞足蹈，康熙帝不但不责怪他无礼，还经常呵佬（夸奖）他爽直率真的性格，经常向诸公、大臣述说蓝理在出征澎湖台湾时拖肠血战的情况，公开夸赞他是“破肚总兵”。

有一次，康熙带蓝理去晋见太后，太后赐给他御酒。康熙一时高兴，问蓝理道：“蓝卿，朕听说你的腹肚（肚子）能吃炮弹，那一次，你出征台湾时，被炮弹打中，肠子流出来你都没在意，也不碍事，是真的吗？”

“这……”蓝理还未答话，太后又赐给他第二杯御酒，夸赞说：“蓝卿生得虎头燕颔，眼圆耳大，非常福相，难怪不怕弓箭刀枪和炮弹。”

皇帝和太后如此吹捧，把他讲得神乎其神，蓝理哪敢否认或申辩？他只是一再鞠躬叩头道：“多谢太后和皇上的玉语金言。”

没料到就在这个时候，皇帝和太后却做出一个惊人的决定，要他第二天在校场上当众表演肚子吃炮弹。

这可不是好事，凶多吉少！这天夜里，蓝理思潮滚滚，寝食难安，躺在床上整夜没合眼。他回想一辈子坎坷曲折，九死一生，好不容易才过上几天太平日子，皇帝和太后不知为什么却要这样把他往死里推，这一次，定然是只有十死没有一生了。然而君无戏言，哪能违抗？因此，他只好十分悲伤地与妻子告别，交待了后事。

第二天，校场上人山人海，四面八方的人们闻风而来，争着要看蓝理将军腹肚吃炮弹的表演。这时，只见校场上一头摆着一只檀木玉石做的靠背椅，对面二百米处架着一门铮铮发亮的钢炮，边侧的台上坐着太后、康熙、诸王公和众大臣们。

蓝理心情沉重地坐在靠背椅上，头微抬，眼睛注视前方。事到如今，他只好强作镇静，只等炮声一响，自己被炸得血肉横飞。

演试要开始了，指挥官摇响了铜铃，炮手猛推炮弹入膛，只听指挥官下令："预备——放！"然而，炮哑弹噎，连续三次，都是如此。

康熙见状，眉飞色舞，他欣然下旨："炮弹确实惧怕蓝卿，赐蓝卿起座。"

蓝理在昏沉沉中听见康熙皇帝赐他离座，他像触电一般地立即跳起来，谢过皇帝和太后，就迅速离开校场。他刚走，校场内突然响起三声巨响：蓝理刚才坐的那只檀木玉石靠背椅立即被掀向天空。原来这一切都是皇帝为测试蓝理的胆量而事先安排的。

人们不知就里，校场顿时爆发出一阵阵惊叫声和喝彩声，从此，蓝理名声就更大更好了。

（漳浦县黄石基讲述，何荣林整理）

5. 蓝理学书法

蓝理一生最敬仰的是山西夫子关云长，敬仰他"义薄云天"，襟怀"忠义"的为人。

他青年时，曾躲在漳州东关浦头大庙里，过着"五人三条裤"的紧日子。那时，五个结拜兄弟，穷得每天只有三个人能够穿裤子出门干活，剩下两个人只好躲在关帝爷的供案下，免得露丑。

蓝理征战归来，贵为福建提督，当年的兄弟早已各奔西东，不知去向。他出巨资重修关帝大庙，并想亲自书写大字，做一块匾额，悬挂在大殿上，以表明心迹。可他是个大老粗，使刀弄枪还算内行，舞文弄墨却用不上力，请人代写，又显得不虔诚。思来想去，最后他只好下定决心：自己苦练。

于是，他诸事不理，闭门谢客，吃过饭就躲在家里练写字。一天、两天、三天，写得实在吃力，涂鸦满纸，自己看了都脸红；十天、半月以后，字体稍为有些骨架子了。俗话说："字无百日功。"他坚持苦练，练久了总会进步的，何况他只一直练写四个大字："江汉以濯"。

终于，他写的斗方大字，铺满一地，收集起来一大叠，足足有三四尺厚。他叫师爷从中挑选出几个字，再叫人送去制成匾额，找个好日子，极其庄严隆重地把它高高挂在浦头庙的大殿上。

说不上那是什么字体，然而，铁骨铮铮，刚劲有力，确实有着武夫的架势。

（芗城区叶国庆讲述，啸华整理）

6. 戏谑乡绅

蓝理的老母过世，朝廷准他任中守制。他回故乡后，回忆起以前颠沛流离的情景，心中感慨万千。蓝理家乡有几个乡绅，平素奉承权贵、欺侮贫贱，势利十

足。蓝理还未出身时，他们不但瞧不起他，而且还经常诬陷他“偷瓜盗豆”。蓝理衣锦还乡，他们便又换了一种嘴脸，争着来巴结讨好，蓝理非常厌恶鄙视这些人，他就想要用一个办法来惩戒惩戒他们。

有一天，蓝理特地邀请这几个乡绅来家赴宴，寒暄后就让他们在大厅干等，从早上坐等到晌午，未见开筵，已感到肚饿透背了。这时，从后厅厨房里不时传来“嗤嗤”的炒菜声，飘出阵阵香味，更让他们感到嘴馋。蓝理看在眼里，就借口催促进内房去了。

这时，一个饿得发昏的乡绅，忽然发现厅堂左角边上，摆着一大盆香喷喷的煮熟的番薯（地瓜）。他如获至宝似地大叫起来：“太好了！真解憋（馋）！”不管三七二十一，抓起来就吃。其他乡绅不甘落后，一个接一个围过来抢抓番薯吃，饥不择食，吃得津津有味，不一会儿，一大盆番薯就被吃得精光。

这时，一盆盆、一盘盘山珍海味、美味佳肴陆陆续续地端上来了，蓝理这才慢步走出来宣布开宴，乡绅们你看我，我看你，一个个摇头叹气、目瞪口呆，他们捧着饱胀的肚子叫苦不迭。蓝理再三催促：“快吃啊，别客气！”他们指着大厅边那盆番薯皮苦笑。蓝理站起来，假意埋怨道：“哎呀，那些番薯是喂猪的，你们怎能吃那种猪食呢？”一句话，说得乡绅们一个个惭愧地低下头。

临别时，蓝理故意指着大门口的石阶问道："你们说，这条石板够平直吗？"众乡绅异口同声地忙回答说："是的，是很平直的。"

蓝理加重语气又说："不，你们乱说，我看这条石板有点弯。"众乡绅见提督脸色一变．便看风使舵，立即改口道："不错，不错，不是太平直的，是有点弯的、有点弯！"

蓝理又大声道："你们胡说八道！这条石板明明是直的，你们怎么说是弯的？"众乡绅慌忙又改口，齐声应道："是的，是的，是很平直的。"

蓝理这才冷笑道："你们这些人啊，平时就是趋炎附势，逢迎拍马，见风使舵。今日我奉劝你们，为人要正直，不能东倒西歪！"众乡绅个个点头哈腰，连称："是，是，是！"

（漳浦县黄石基讲述，何荣林整理）

7. 报恩义父

蓝理少时家境贫寒，生活坎坷，被族人鄙视。有一次，寒冬腊月，霜风凛冽，蓝理举目无亲，沿途漂泊乞讨，来到官浔，无处栖身。他走进妈祖灵慈宫，只见香烟缭绕，案桌上摆着茶料果品，便取食充饥，肚饱身暖后，倒在宽敞的殿前，呼噜入睡。

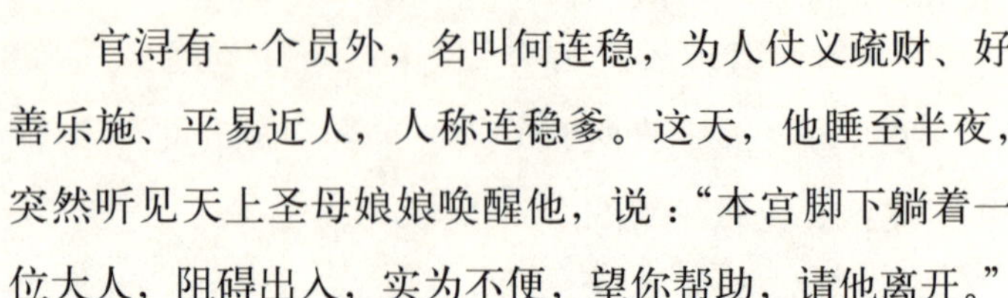

官浔有一个员外，名叫何连稳，为人仗义疏财、好善乐施、平易近人，人称连稳爹。这天，他睡至半夜，突然听见天上圣母娘娘唤醒他，说："本宫脚下躺着一位大人，阻碍出入，实为不便，望你帮助，请他离开。"

连稳爹醒来，竟是一梦，心觉蹊跷，急披衣下床，打起灯笼，直奔灵慈宫。进了宫门，跨上后殿，只见一位衣着褴褛的少年，蜷缩着睡于殿前，哪有什么衣冠楚楚的"大人"？那时正是数九严寒，他看到这位少年衣衫单薄，有可能被冻死，就叫醒少年，问明姓名后，他便将蓝理带回家中。

次日，蓝理"扑通"一声跪在连稳爹面前，叩起响头来，口口声声称连为"大恩人"。连稳爹十分同情蓝理的遭遇，收他为螟蛉之子。以后蓝理经常去官浔，就居住在义父家。

后来，蓝理征战有功，受封提督，衣锦还乡，他时刻不忘少时经历的艰辛，日夜思念患难救助他的义父何连稳，经常登门探望义父。有一次，他去义父家，看到义父正到田里拔草，他便急忙脱下官靴，卷起裤管，走进田里，远远地就大声呼叫："义父，我来帮你。"连稳老爹见他一下田便俯身低头拔草，便急忙双手拉住："义子深明大义，孝诚之心可见，请回寒舍叙谈。"连稳爹带蓝理在西门大塘洗完脚，高高兴兴地回家。

为报答义父的大恩，后来蓝理特地为义父在家里建

造了七层石椅，让义父享用。如今这石椅尚保留在官浔镇西北村西门这地方呢！

（漳浦县何海周讲述，何木整理）

六、高东溪获鹿感鱼

高登（1104—1159年），字彦先，号东溪，漳浦人。北宋崇宁三年生于今杜浔镇宅兜村，十一岁丧父，靠母亲辛勤劳作读书。年少勤奋，日诵书数千言。稍长，则尽心钻研儒家理学。北宋宣和五年（1123年）进汴京为太学生。数次与误国奸臣蔡京等人展开激烈斗争，被罗织罪名，屏斥回乡。绍兴二年（1132年）考中第五甲进士，先后任贺州学官、广西古县令等职，以“廉、谨、公、仁”四字自警，属下无法欺诈。否决为秦桧父亲建祠，被迫以母病为由请求离职，被陷害入狱，后昭雪又因言获罪，贬广西容州，授徒数百人。平生学问以“慎独不欺”为本，著有《家论》《忠辨》及《东溪集》若干卷。

民间都称高东溪为高夫子，他是个穷书生，曾与陈东等十人上过请诛蔡京、童贯等六个卖国贼的奏章，后被秦桧陷害，“编管”广西容州。高夫子有坚贞爱国、尊爱师长的品德，人民为纪念他，在漳浦县城的南门建一座东溪祠，祠里供着他的塑像，还有朱熹撰并书的木刻楹联：“获鹿感鱼千秋称孝子，朋东仇桧万古识忠臣。”

至今，漳州民间还流传着“获鹿感鱼”这样的故事。

有一次高母病了，很想吃鹿肉汤，这时高夫子无钱买鹿肉，焦灼得整夜不眠。次日清早，雄鸡刚啼，高夫子忽见门外有一只小鹿，气喘喘地闯进屋内，走到高母

床前，呦呦悲鸣。高母见这可爱又可怜的小鹿，就问高夫子："清晨哪来的鹿？"高夫子说："老虎衔来放在门口，想是赠给老母作醒神汤的。"老母想了想说："我见其生，不忍见其死，闻其声不忍食其肉。"便叫高夫子把小鹿好好养在家里。

这鹿机警异常，每当高夫子上市买东西，它总是形影不离地跟随，后来能替主人到街上买东西，只要把物名、数量写在纸上，把钱放在篮里，将竹篮挂在鹿角上，商家一看，便知道这是高夫子的家鹿，公公道道地按纸上所写的物品放入篮内，从来没有出现过差错。至今漳浦县府前街与西大街交界处有个"鹿布头"，就是这个由来。

某年，高夫子到江苏省松江县去，松江鲈鱼天下闻名，高夫子每逢吃鲜美的松江鲈鱼时，心里总想要把鲈鱼寄回家乡给母亲尝一尝。松江到漳浦远隔千里，交通不便，寄鲜鱼容易腐烂，实在难办。后来他想了一个办法，买了一条活的鲈鱼，把家书装入竹筒内密封，系在鲈鱼鳃上，然后把鱼再放进松江里，待不见水上涟漪后，才安心地离开。

后来，这条鲈鱼由江而入海，由海而入港，一日又一日，一月又一月过去了，鲈鱼竟然带着高夫子的家书游到漳浦的杜浔港，让一个老渔翁捕获了。渔翁一看到高夫子的家书，不敢怠慢，马上连鱼带信送交高母。高

母一见家信，明白高夫子的心意，很是高兴，便对老渔翁说：“松江鲈鱼是漳浦所无，我舍不得吃它，让它在杜浔港繁殖，以造福乡亲才是。劳你老大驾，把它放回抓到的地方去吧!”渔翁听了连连点头赞同，照着高母的话去做。从此，漳浦杜浔就有如松江特有的那种鲈鱼了。

“获鹿”和“感鱼”在民间传说已有几百年了，明万历二十七年（1599 年）漳浦知县王犹在《重修东溪祠堂记》里就写有：“先生之精诚能感鱼，能获鹿，而不能开昏君之惑，弭秦桧辈之奸，未尝不废卷于邑！”

（漳浦县林庆余讲述，林威廉整理）

七、数学家庄亨阳的传说

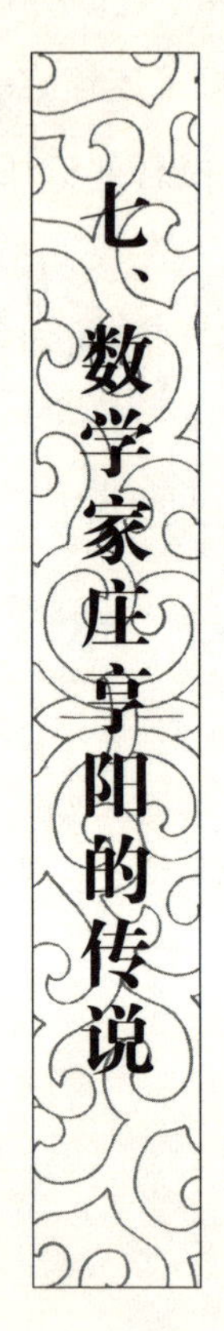

庄亨阳（1686—1746 年），乳名天钟，字元仲，号复斋，南靖县奎洋（龟洋）乡人。他出身贫寒，自幼勤读诗书，十九岁中秀才，二十六岁中举人，三十三岁中进士，殿试二甲第八名。雍正元年（1723 年）首任山东莱州潍

县知县。次年母病故，回乡服丧，期满到漳州芝山书院任教。乾隆元年（1736 年），入国子监讲解经义。乾隆四年（1739 年）升任吏部验封司主事，先后任汉阳府同知、德安府同知、知江南徐州府，后官至按察司副使。他为官清廉，能诗工文，精通数学、历法，长期经理河防，成绩显著，是清代有影响的水利专家。殉职于淮徐海道任内。逝世时，身无长物、两袖清风，令人感慨。著述甚丰，除《秋水堂算法书（庄氏算学）》八卷外，还有《河防算法书》《秋水堂集》等。

1. 云间鸣天钟

庄亨阳的生母，娘家姓叶，取名梦坡，是南靖金山乡下涌村人。一个乡村的查某团（女儿家），为什么会取这个雅名呢？据传这是由于亨阳的外婆怀孕时，梦见大诗人苏东坡恭身入室，外公是个饱学秀才，就给这个婴仔（小孩）取这雅致的名字。

梦坡后来嫁给上龟洋村的璞园庄氏家。第二年，她妊娠十个月，已经快生团了，但是，水尾保生大帝庵庙举行建成开光盛典，娘家下涌庵做闹热，母亲想念女儿，就招梦坡回娘家去看戏。

从前民间风俗，出嫁的女子是不允许回娘家生团的，据说这会把娘家的福贵气带走。秀才公正主持庙会大事，忙得很，看见大腹便便的女儿回到娘家来看戏，很不高兴，板着脸色，赶女儿立刻回龟洋去。

做母亲的不忍心让女儿透暝（连夜）回去，硬是瞒着父亲，叫她看完戏，等待明天再走。哪知道，当夜梦坡刚走到庵庙时，肚子就剧痛起来，很快就把婴仔生下来了。当时，庵庙的上空突然放射出灿烂的红光，云朵间天钟响了，“噌空——噌空”地十分响亮，庙里庙外，人们都不知道出了什么事，十分惊讶。亨阳的阿爸很机灵，担心要是让下涌人知道了，非把这个囡仔活埋在庙里不可。他立即脱下上衣，包裹好细囝，慌慌张张地搀扶着产妇，透暝逃回家去。外婆十分担心记挂，戏散后，她还一直望着窗外，自言自语道：“查某囝这时不知走到家未？”秀才公才知道当暝真的出事了，叹口气说：“这是命中注定的，庵庙的贵气也该给梦坡得去的。”

秀才公说这话是有原因的。当初下涌村建这座庵庙时，风水先生就说过，这座庵庙地理好，会出贵人。后来庵庙上梁时，要叫查某人（妇女）用衣裾兜土放到梁上。当时，梦坡的大兄刚结婚，秀才公呒（不）甘心叫新媳妇去兜土上梁，唯恐冲了煞气；梦坡尚未出嫁，就叫她去干这事。事后，风水先生问：“这个查某人是谁家的媳妇？”别人回说是秀才公的女儿。风水先生就摇头叹气说：“这庙的福贵气都被他的女儿得去了。”

后来，外公给外孙取名叫天钟，这是庄亨阳的乳名。

2. 公王加三级

庄亨阳小时候，家境清寒，父亲天天在地里劳动，母亲在家纺纱织布，有时还得上山砍柴、照顾亨阳的小弟，手从来不得空闲。亨阳小时读书，一直缺乏父母的关心照料。

上龟洋有三座公王庙，亨阳家的茅屋后面山上的庙宇就是其中之一，供的神明就是公王，叫埔山岬公王，据说十分灵感。小亨阳每天在庙里读书写字，据说似乎常有人替他供茶送水；三伏盛暑，还会送来阵阵凉风，驱赶蚊虫，让亨阳专心致志、安心读书。

秋收后，村里有做“冬福”的习俗，也就是要庆丰收、谢神祇的意思。公王庙里总是热闹非凡，村里的士绅家长都要来祭拜神明，按老一辈人立下的规矩，祭神时辰要卜杯求签由神明决定；神明赐予上杯，才可以开始。

这天，小亨阳也随着父母来上供，他看见案桌上摆的三牲供品中有一副大猪腰，小眼珠滴溜溜地盯着，非常喜欢，心想要是能拿回家炒来吃，滋味肯定非同一般。他馋得嘴里衔着大拇指，悄悄地拉着妈妈的衣裾说：“阿母，等一会儿，就分这副猪腰给我吃吧。”他母亲听了，拧了他一把，瞪眼斥责：“死囡仔（孩子），贪嘴，这是敬公王的供品，甭乱讲。”上完供，她就急忙拖着亨阳回家去了。

这里的绅士们见良时已到，就开始卜杯，可是无论怎么卜，神明都不给上杯，急得大家以为犯了忌讳，让神明不高兴了。有人说：“莫非刚才亨阳这小子要吃猪腰，不清心，亵渎了神明？”家长听了立刻求签卜杯，神明表示“不是”。“那么是不是神明以为，应先让亨阳吃了猪腰再开始祭祀呢？”谁知道，一下就立即得了上杯，再三询问，连掷上杯，神意已明，家长立刻派人把猪腰送到亨阳家的茅屋去，让家里立刻炒给亨阳尝鲜。

事后，亨阳母亲感激涕零地带儿子来答谢埔山岬公王。后来，亨阳中进士做官后，每次返乡总要来埔山岬公王庙答谢公王，而公王也总是备下清茶请亨阳喝。

当亨阳在徐州担任淮徐海道按察副使时，曾将埔山岬公王灵感神迹报请皇上敕封，获准后，特制一个大型铁王冠，放置在庙前覆鼎上。乡民都说：“埔山岬王公最灵感，亨阳公封神见官大三级。”以后春秋祭祀时，其他两个公王庙要等待埔山岬公王庙先放三响火铳，才能接着放火铳、开始举行祭祀活动。

3. 庄亨阳喜书

庄亨阳童年十分好玩，曾一度停学在家帮助家务。后来，母亲耐心劝导后，又送他入学继续读书。老师也谆谆教导，他慢慢地对书发生兴趣，经常抱书久读，爱

不释手，甚至忘了吃饭。

有一年春节，他随同母亲到离家四十多里的舅舅家去作客，看到舅舅家里有许许多多的书，欢喜极了，忘了访亲会友，整天躲在房间里看书，看了一本又一本，时而大声朗读，时而默默沉思，简直走火入魔。好几次，阿妗催他吃饭，他手捧书本，头也不抬，只口中喃喃地应说："我不饿，我不饿！"

第四天早晨，母亲准备回家，他吵着闹着，说还有好多书没看完，要母亲多住几天。第五天清早，他悄悄地早早起床，拿起几本书，干脆躲进山里的一座破祠堂里如饥似渴地读起来。母亲发现他不见了，到处寻找，阿舅阿妗也都急得团团转，村前村后找了好几遍，到处找不到。午饭前，表哥好不容易才从破祠堂里把他拖回家。舅舅摇摇头苦笑地说："以前贪玩，如今却嗜书如命！"

母亲不能再等下去，要回家了，阿舅阿妗为他们母子饯行。阿舅递过一个红包，他不收，母亲说："天钟啊，快收下，不要辜负阿舅的一片好意！"庄亨阳却说："我不要红包，我要那本书！"阿舅从桌头拿起一本书递给他时，庄亨阳立即笑了，站起来用双手接过来，笑嘻嘻地说："多谢阿舅！"

（南靖县庄浪搜集整理）

4. 玉井出水硿

庄亨阳小时候读书的“秋水堂”旁边有一口水井，井水十分清澈，即使大旱天也不会干涸，要是喝一口，冰凉直透心脾，跟蜜水一样甜，乡里人都称其为“玉井”。

有一年，一个来自晋江安海的过路人，从这里经过，喝了玉井里的水，觉得甘甜可口，感到惊讶：“这井水怎么这等好喝呀？”他是个专门盗宝的贼人，懂得地理，于是就徘徊在井边，左瞧瞧，右看看，坐在井栏上想了又想，他终于发现了玉井的秘密，原来井底石缝间嵌着一颗特大的宝珠，银光熠熠，一直在涌出泉水。过了几天，他又来了，不知道用什么鬼办法，神不知人未觉的，盗走了玉井里的宝珠，不久，玉井就干枯了。

庄亨阳在这里读书，口渴找不到水喝，就在坎头顶上一块大石上，用红朱笔画一圈，再戳一下，石缝中就流出一股清泉，跟原先玉井的泉水一样清澈、冰凉、可口。大家都说这泉水是从出水硿流出来的，是亨阳公的饮用水。

5. 鹅仙洞祈梦

清康熙戊戌年（1718 年），庄亨阳三十三岁，只身进京赶考。他离开家乡奎洋，取道和溪到漳州，途经金山，他顺道来到远近闻名的名胜古迹——鹅仙洞。这

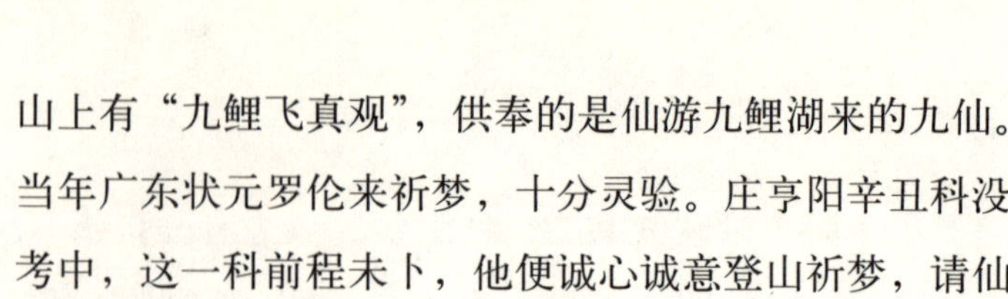

山上有“九鲤飞真观”，供奉的是仙游九鲤湖来的九仙。当年广东状元罗伦来祈梦，十分灵验。庄亨阳辛丑科没考中，这一科前程未卜，他便诚心诚意登山祈梦，请仙祖给予启示。

当晚住在观内，焚香祷告后睡觉，果得一梦。只见眼前空濛一片，不见一物，但听得耳旁有人诵诗句，反复三遍，醒来时余音在耳，犹记得：

“功名、功名，戊戌两字皆非成。洛阳桥畔见分明，毕竟可以别耶！”

下山后，他一路上心中纳闷，总感觉此梦不吉利：我是来求功名的，今年正是戊戌科，而“戊”与“戌”两个字，似“成”字又非成，那就肯定不成了。既然冬科又不中，还千里迢迢进京去干什么？可是仙祖又说：“洛阳桥畔见分明。”和洛阳桥何干呢？他想起自己有个亲堂庄印潭，正好在泉州府做官，只好去泉州一趟，向他请教，方能见分晓。

到了漳州，他索性雇把轿子，坐到泉州去，吩咐在洛阳桥下轿。一路上，他情思恍忽，反反复复地叨念着签诗，百思总不得其解。一连两三天，总是唉声叹气，长吁短叹，弄得两个轿夫莫名其妙。他们抬过许多客官，别的举子都是趾高气昂、信心十足地去赶考，从没人像他这样整天愁眉苦脸，不知犯了何事？两个轿夫私下商量，一定要问个水落石出，免得这位举人一时想不开，做出傻事来。

这一天，来到泉州，轿夫告知庄亨阳，洛阳桥到了，他闷不出声地下轿，付给轿银。两轿夫齐声说不收钱，庄亨阳惊讶地问："为什么？"轿夫说："不为什么，只因你心事重重，难以排解，小人斗胆问一声，若肯相告，也许能帮帮你的忙。"

庄亨阳被他们的热心关怀所感动了，也就坦诚地对他们说："承蒙两位老哥关心过问！这次我到金山九鲤飞真观求梦，仙祖显示说：'功名、功名，戊戌两字皆非成。'我感到非常不吉利，看来戊戌这一科，我是考不成了，事关我们读书人的功名大事，所以叹气。"

一个轿夫急着问："仙祖还说什么？"

庄亨阳说："下面一句说，'洛阳桥畔见分明'。"两轿夫听了，更像丈二金刚摸不着脑袋，同声说道："咦，现在正在洛阳桥上，要怎样见分明呢？"

庄亨阳摇头叹气说："看来，我在这洛阳桥上是见不了分明的，我只好进城去，找个堂兄弟问个分明。"一个轿夫坚定地说："仙祖既然显示'洛阳桥畔见分明'，就一定会给你见个分晓，何必进城里去问呢？"

另一个轿夫又问说："仙祖还说了什么？"庄亨阳无奈地说："最后一句是'毕竟可以别耶！'"

两个轿夫一听，笑得跳了起来道："这就对了，我名叫毕，他的名叫竟，我们俩正好给您见个分明。恭喜

老爷、贺喜老爷，今科一定会高中的！”亨阳一听也恍然大悟了，说：“托福，托福！感激老哥吉口良言，亨阳此番应可遂心如愿了。”

亨阳一扫心中蒙盖多天的乌云，欢天喜地地告别了两个轿夫，满怀信心地进京赴考，果然高中二甲第八名进士。

6. 金殿试英才

戊戌科（1718年），庄亨阳虽然考中了进士，但是名次很低，榜上位列第一百二十名。他的恩师李光第在朝为官，不相信他的好学生文章不如别人，叫庄亨阳把三篇策论誊稿送上。

李光第一读，果然是字字珠玑，掷地可作金石响，怎么会评得那么低呢？难道这些考官个个都是瞎子、笨蛋吗？一问才知道，考后主考官曾派小吏在众举子间游说，说他有门路，只要能孝敬少则几百两、多则上千两的银子，则可买通考官笔下开恩提拔超生、给个好名次。庄亨阳一听就怒火上升，黑着脸不哼不理来人。他心想：考场凭真才实学，何用走捷径？何况自己是个穷书生，进京赶考已是勉为其难了，哪还有闲钱去孝敬考官呢？

当时官场风气很坏，考场舞弊屡禁不止，朝廷也无可奈何，只好睁一眼、闭一眼，装着不知道，由他去了。李光第义愤填膺，但没抓到真凭实据，贿赂人和受贿官私下交易，两厢情愿，谁肯揭发呢？但是，李光第还是上朝面君，把庄亨阳的策论呈上，请圣上御览。皇上阅罢，也知监考官有舞弊行为，批卷不公，但不便张扬出去，只得降旨传庄亨阳上殿面试。三篇策论做完后，皇上出一上联命对。

上联是："雪为观音，日晒观音归南海"。庄亨阳仰面观天，略加思考，便对出："云做罗汉，风吹罗汉上西天。"皇帝龙心大悦，庄举子果然才思敏捷，御笔钦点庄亨阳为二甲第八名进士。

7. 龟山寺续联

奎洋，原名龟洋，因有龟山而得名。龟山上有座古寺，叫"圣龙宫"，奉祀的是慈济东宫的保生大帝吴真人。当地老辈人向外人介绍时都说："阮（我们）这里庄姓人，都拜保生大帝，神明真灵感。"这庙被看作是庄姓的祖庙，通称"龟山寺"。

寺里流传有七世祖玄龟公留下的半条对联，直到一百多年后，第十四代子孙庄亨阳出仕了，才对上下联，这件事也传为佳话。

据说庄姓首富庄玄龟，是勤俭起家的，早年以放

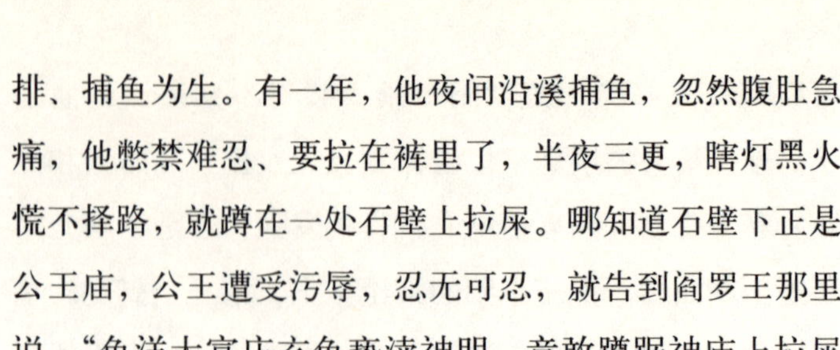

排、捕鱼为生。有一年，他夜间沿溪捕鱼，忽然腹肚急痛，他憋禁难忍、要拉在裤里了，半夜三更，瞎灯黑火慌不择路，就蹲在一处石壁上拉屎。哪知道石壁下正是公王庙，公王遭受污辱，忍无可忍，就告到阎罗王那里说：“龟洋大富庄玄龟亵渎神明，竟敢蹲踞神庙上拉屎侮辱小神，请阎罗天子严加惩办。”阎罗一听，也勃然大怒，立即派牛头马面到阳间，把庄玄龟灵魂勾来治罪。

经过几番审问，公堂对质，玄龟老老实实招供，只是坚持说，他是半夜腹肚痛，黑地里乱拉屎，不是有意亵渎神明。阎罗认为不知者不怪，情可宽宥。公王也无话可说，自认晦气。最后，阎王同情玄龟蒙冤被勾来地府走一趟，就派判官陪他去逛游地府，让他也知道今后如何祛恶扬善。逛完地府，判官忠告玄龟说：“此间所闻所见，切不可对阳世之人乱说，只能心里知道、肚里明白，泄露天机，必遭重罚，切记！”

玄龟死去七天七夜，只因心口未凉，家人不敢入殓。他返魂回来后，对家人说：“我到阴间，去过很远很远的地方。”只说到这里就停住了。

过了好多年，玄龟公已经聚财发迹，成为全乡首富，他亲自主持整修龟山寺。等到龟山寺焕然一新后，寺里先要他亲笔撰写楹联，他抓耳挠腮地想了好几天，凭他那放排、打鱼为生的文化水平，他想不出一副好对联来。忽然间，他记起了阎王殿上有一联很好，于是就

提笔写了上联："胎生卵生，生生不已"。

刚写完上联，家人仓皇急报，大公子暴死！他大吃一惊，泄露天机，必遭重罚，他吓出满身冷汗，什么也不敢说，忍痛去料理儿子的后事。

庄姓子孙总对只有半联感到十分遗憾，但是没人敢对下联，也没人能对上这下联。这半联流传一百多年，直到庄亨阳当了观察淮徐海道时，那年又重修龟山寺，他刚好回乡省亲，族中长辈请他续联。他略加思索，眼珠一转，命笔疾书，写下："人道天道，道道无穷。"

真乃对仗工整，天衣无缝，不知阎罗殿上的下联是否则此？

直到现在，圣龙宫中还有庄亨阳亲笔题写的另一副对联，这是：

大道无私，博也，原也，高也，明也；
真人有像，瑟兮，僩兮，赫兮，喧兮。

另一巧联，传说也是庄亨阳所撰：

静听木鱼，下下醒人，觉、觉、觉；
闲敲皮鼓，声声唤尔，通、通、通。

8. 庄老爷吃田狗

庄亨阳初到山东莱州某地当知县时，有一天，乡民们械斗，双方打得头破血流，互相拖拖拉拉、吵吵嚷嚷地到公堂来投诉。庄老爷惊堂木一拍，喝声“静下！”开始审问原、被两告争论何事。

原告控诉被告道：“他存心不良，在光天化日之下，竟敢在田里一边薅草，一边把捉到的田狗，一只只都摔到我家田里来，故意糟蹋我的庄稼。”

被告分辩说：“是他家先这么做的，这些田狗原是生长在他家田里，昨天他家薅草，通通偷偷地扔到我这边来，我才公开地扔回去给他。”

证人们都说，田里生长的田狗太多了，这家摔过来，那家扔过去，摔过来扔过去，就惹起怨恨成为冤家了，打起架来，这种官司是打不完的。

庄亨阳听了觉得莫名其妙，什么样的田狗？有如此厉害？就命令道：“明天，你们都去把田狗抓来给本官看看，到时自有公断。”

第二天，双方各抬一篓田狗上公堂来，请青天庄老爷明断。庄亨阳离座走下堂来，仔细观察竹篓里的田狗是何等丑陋的凶相。他抓起一只田狗一看，不由得抚掌哈哈大笑起来。

原来那里叫田狗的东西，竟是我们南方人称为“水

鸡”的田蛙。当下他心中有数了，庄老爹命令告状的人全退下堂去，在府外等候，待本县“审”完田狗再宣判。

庄老爹叫衙役们把两篓田狗抬进内衙，让自家随身带来的老仆，把这些水鸡用上好佐料，烹制成一盘盘红烧水鸡、黄焖水鸡、清炖水鸡，庄老爹说，今天要在大堂上请客。

庄老爹再次升堂，在衙役吆喝堂号声中，原、被告以及证人鱼贯上堂，这时已近午时光景。

庄老爹叫众人站立两旁听判：“众位乡亲，古人云，亲不亲故乡人，谁不知乡音最亲切，乡里人最知心。同生一土地，同饮一江水，理应睦邻友好，何故因小事争斗，打得头破血流，视为仇敌，差一点闹出人命案来？本县主张和为贵，息事宁人，彼此忍让，切莫以邻为壑。现在时已当午，官司打得误了午饭，本县特备点心，南方小菜，请乡亲们品尝，聊表心意。”

说完，他命令端上点心，一人一碗黄焖水鸡、清炖水鸡、红烧水鸡，喷香喷香的，引得众人流口水，人人吃后都说比菜馆里的山珍海味还好吃。

庄老爹问：“这是本县家乡的风味小吃，可口吗？”众人直伸大拇指，赞不绝口。庄老爹和蔼地说：“这叫水鸡，也叫田鸡，长在水田里，其肉比鸡肉还鲜嫩，南方菜馆列为名菜。这田鸡么，就是你们讲的田狗，名称不一样，实在是同一样东西。不过，本县不主张大吃田

鸡，因为它虽好吃但对庄稼有益，它会帮助吃害虫，不会糟蹋庄稼的，是我们庄稼人的朋友。今天本县大开杀戒，杀了两篓田鸡请乡亲品尝，下不为例。以后你们应该知晓保护田狗。从今以后，不许你摔过来、他扔过去。知道吗？退堂。”

这场官司就这么结束了，山东的乡亲们都称赞庄老爹体察民情，不打不骂不罚，还请吃山珍海味，真是个青天大老爷。

9. 闽省地瓜免赋

庄亨阳在江西吉安做知府时，江西鄱阳湖是鱼米之乡，水产丰富，官府要对捕捞鱼虾的渔民课税，江西人不服，纷纷上告，说福建官管江西不公，福建山免税，江西水有捐。

有一回，庄亨阳晋京述职，面圣时，康熙皇帝偶然记起这事，便问庄亨阳道：“朕闻福建山中种满百姓赖以为生的好吃东西，何以不课税？”庄亨阳一听这话，眼圈便红了，悲声回说：“福建山多田少，哪里有江西富裕？卑职自幼生长在山区，家乡父老都是挖树根、拣野菜度饥荒的，哪有好吃的食物可填腹呢？圣上若不信，可派钦差大臣下去，亲自察访民情，实地勘察福建山区百姓吃的是什么。”

康熙准奏，立即派钦差大臣专查此事。庄亨阳回家后，立刻派人照会当地同寅：钦差大臣若来本地询问民食，切勿进献地瓜，应以“芝榔”充代。芝榔跟地瓜相似，同是薯根，只是味道大不一样，芝榔又苦又麻，难入口，民间是染渔网用的。

果然，钦差大人来后，一尝芝榔，感到实在难以下咽，便连连摇头说：“福建山区老百姓，天天吃这种东西，实在太苦太难吃了。”回京交旨时，大臣就奏请圣上准予福建薯类免赋。

（以上八则由南靖县庄泰丰讲述，溥静整理）

10. 枫树不落叶

“枫叶红于二月花”，是赞美枫叶美丽。枫叶一到秋天就变红，会落叶，片片树叶漫天飘舞，引人注目。可是，枫树也有不落叶的。

南靖上洋村埔山秋水堂的枫树就是不落叶的，为什么呢？秋水堂是建在埔山坡上，依山面水，风光秀丽，那里的三棵枫是庄亨阳亲手种的，从埔山山峰移植过来后，枫叶一到秋天，叶子一样也会变红，落叶乱飘乱舞。庄亨阳每天早晨在树下读书，树叶的沙沙飘落，影响他的读书。

庄亨阳的爷爷很勤劳，每天都拿着竹扫，打扫这些

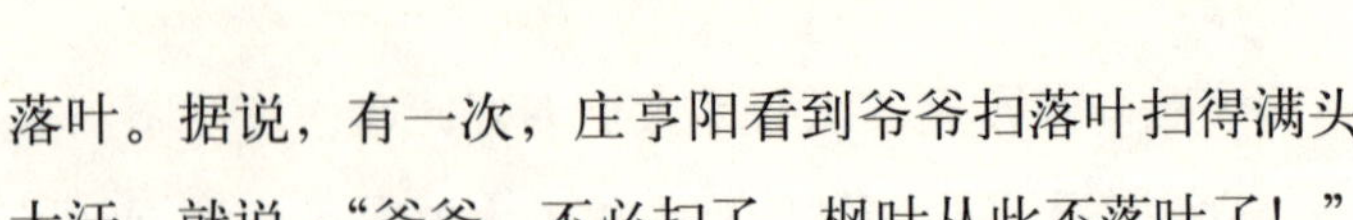

落叶。据说，有一次，庄亨阳看到爷爷扫落叶扫得满头大汗，就说："爷爷，不必扫了，枫叶从此不落叶了！"

真的，庄亨阳的话果然灵验，秋水堂的三棵枫叶从此以后枝繁叶茂，夏绿秋红，就是不落叶。到底为什么？谁都说不清楚。

11. 亨阳算枫叶

庄亨阳的著作《秋水堂算法书》是用家乡他的读书处命名的。这是一部内容相当丰富的数学专著。因为许多算法都是从实践中来，通俗易懂，图表准确，用题清楚，对水利工程测量人员很有帮助。

有一次，庄亨阳做官后回乡省亲，在秋水堂旁的枫树下品茶谈天。一位老友说："人称亨阳兄算术过人，我没有亲眼见过，今天好几个人在场，不如算一算这棵枫树有多少叶子？"

大家说："好啊！亨阳哥哥算算看。"

庄亨阳被大家说得不好意思，他想："这些老兄弟、好朋友今天怎么忽然考起我来了？一棵枫树，叶子有何难算哩！"他站立起来，笑着说："好，我算——"

这棵枫树是他亲自栽种、亲自培植长大的，他打量着茁实的树干和树上的叶子，顺着时针方向走三圈，又正走三步。

他计算出来了，笑着说："这株枫树总共有叶子三个一和两个二。"

老友说："你说的是五位数，那就是一万一千一百二十二，对吗？"

庄亨阳心中有数地说："是的。"

老友马上叫来几个灵巧的少年，让他们爬上枫树，一个人算二三支树枝，结果算出总和是一万一千一百二十四叶。因四张半叶，合为二叶，数字相当准确。

怎样算出来？大家不知道，但都不得不佩服，点头呵佬（夸奖）说："亨阳兄确实是个天才的数学家。"

（以上两则由南靖县庄泰峰讲述，龙海市洪都农整理）

12. 拒贿迎钦差

清朝乾隆年间，乾隆皇帝派六亲王贝勒爷为钦差大臣，代皇上出巡江南七省。走过福建、浙江之后，最后是山东的徐州府，然后转回北京。徐州府的大小官员都十分心惊，为什么呢？因为这六亲王贝勒爷是乾隆的叔叔，他肚大嘴馋，一路走一路收贿银，恐怕可装满一船了。他自恃是皇亲国戚，盛气凌人，好不威风。每到一地，文武官员列队五里外迎送，一定要搭彩棚，上不见天下不见地，不是绫罗绸缎就是花团锦簇，各地昏官又各显神通，你捞一把、他也捞一把，浪费金钱不计其

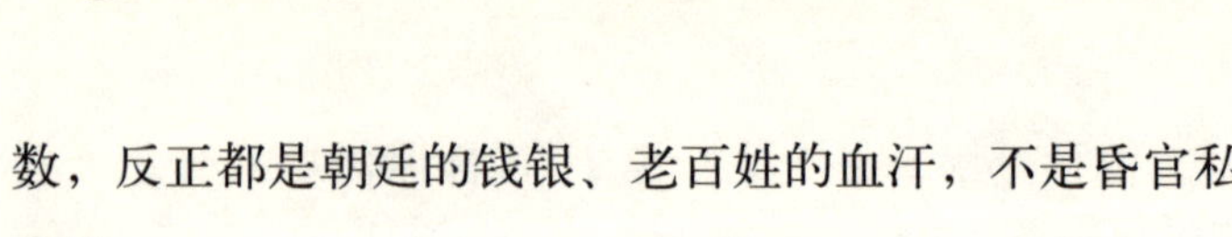

数，反正都是朝廷的钱银、老百姓的血汗，不是昏官私房钱。

六亲王即将来到徐州府，早有主事官通报知府庄亨阳。这乾隆的叔叔，非同小可，不行贿送礼，怕过不了这一关，各级官员叫苦连天，怨声载道。徐州府连年受水灾，千里荒芜，老百姓连三餐也顾不上，哪来的钱送礼呢？徐州府的官员个个急得像热锅上的蚂蚁，束手无策。只有庄亨阳心中有数，他不怕权贵，泰然自若。他对主事官说："这只不过是家常便饭，我自有安排，你们不必惊慌。"他对主事官耳语一番，大家马上高兴地分头准备迎接钦差大臣。

这一天，贝勒爷在礼炮锣鼓声中进入徐州地面，他好不威风地乘着十六人抬的大轿，全副执事护卫，徐州府文武官员排两列长蛇阵跪地迎接，这日正是六月天中午，赤日炎炎，人人穿着官服，汗流浃背。六亲王在轿中得意洋洋，含笑地看着轿外。他自语道："人说庄亨阳刚正不阿，爱民如子，可是在我面前还不是乖乖地听我摆布吗？"

可是走了一段路之后，他听见"地毯"上有"沙沙、沙沙"的声音，把头伸出轿帘一看，"啊"地一声，他看到他坐的原来是茅草加芦苇搭的凉棚，地上铺是粗糠加木屑的路面。他下轿时，庄亨阳快步走来，风趣地说："六亲王大人，这就是上不见天，下不见地啊！"

六亲王虽是钦差，一时也答不出话来，只说："是是是。"尽管既羞又怒，也没办法找出把柄来。

当晚，要是在其他地方，大开宴会为六亲王接风，葡萄美酒夜光杯，各级官员都来参加，花掉几千两、几万两银子那是小事，送礼行贿的红包多多益善。可是，徐州府水灾刚过，老百姓日食难度。庄亨阳只用简单的四菜一汤接待钦差大人，晚餐后只开简单茶会，让各官员参见钦差大人。第二天要走时，仅交代送两担徐州府的土特产。

这贝勒王爷，正值壮年，肥头大耳，一脸络腮胡子，他不甘心，两只眼珠骨溜溜一转，计上心来。他自语道："好！好个你庄亨阳，竟敢用喂鸡鸭的粗糠铺地，用搭牛棚的茅草遮天，这样来迎接钦差大人，你心中还有皇上吗？轻视巡按大人就是轻视皇帝，待我回朝禀告皇上，看你庄亨阳的官还能当吗？"

可正是庄亨阳简单的礼仪和两担土特产救了六亲王，不然，他将被革职查办。为什么呢？原来，这六亲王一路走一路搜刮地皮，他的随员挑走了一担又一担不是金银就是珠宝，早引起各地官员的不满，有人早已上告到皇帝那里，再加上六亲王看到堂妹生得美丽，就用强硬手段把堂妹搞到手，皇帝也正要追究他。

未料王爷诡计多端。回京后，皇上派人到他府上检查，打开担子，不是金银财宝，而是山东的土特产香梨、红枣等水果。第二天在朝廷里，皇帝问他为什么一路搜刮地皮，要上不见天下不见地，浪费国家钱财？他狡辩说：“上不见天、下不见地，只是用茅草、粗糠、木屑之类最省钱的东西，根本没有浪费国家的钱银。人家迎接我只用四菜一汤的粗茶淡饭……”

乾隆皇帝说：“此话当真？”

贝勒王爷答：“在皇上面前，我不敢欺君。”，

皇帝问：“你可叫谁来证明？”皇帝以为他一定会哑口无言，没想到，他眼珠一转，又圆滑地答道：“徐州府知府庄亨阳可以证明。”

皇上立刻下旨，宣山东徐州府知府庄亨阳进京面圣。庄亨阳在皇帝面前如实证明这个事实。

贝勒王爷终于逃过一劫，他怎能不感谢庄亨阳呢？庄亨阳因此还官升三级哩。

（南靖县庄泰峰讲述，芗城区刘汉宗整理）

13. 禁赌罚兄弟

清乾隆四年（1739 年）仲秋，庄亨阳的弟弟庄亨德，因为父母相继去世，家贫如洗，无法生活，只好告别妻小，跋山涉水，千里迢迢到徐州府去向哥哥求助。他相信哥哥担任徐州知府，治理淮河有功，皇帝器重，百姓拥护，名利双收，家财万贯，定会助他一臂之力。

见到哥哥、嫂嫂后，他痛哭流涕，把父母相继亡故、草草收埋的情况详细讲述一遍。哥哥、嫂嫂边听边拭泪，十分伤心。庄亨阳狠狠地捶着自己的胸脯长叹道："我长年在外，生不能奉养父母，死不能给他们带孝送终，遗憾啊！"

庄亨德在哥哥家里住了十多天，他见哥哥为官清廉，办事公正，经常早出晚归，颇受感动；又见哥哥家里粗菜便饭，日子过得平淡朴素，很有感触。有一天晚上，他和哥哥、嫂嫂拉完家常，就说："哥哥，嫂嫂，我打算后天就回去。你们得为我准备些路费，再说还要整理一下爹妈的坟墓。"

庄亨阳沉默了许久，说："弟弟，哥虽然当了官，钱却不多呀！"

庄亨德埋怨说："人家做官的，亲戚朋友都沾了光。你做这么多年的官，却还是老样子。"

庄亨阳感慨地说："做官不为百姓，只图私利，不如回家种田。"

"哼，你说得好听，吃亏还是你自己。"

庄亨德启程回家时，哥哥给他凑了二十两银子，大家挥泪告别。

庄亨德默默地走了一程，越走越没劲头。这二十两银子，回去要怎样对妻小交代？乡亲们会怎样议论呢？来之前，乡亲们不是都说，只要见到哥哥面，我下半

生就不要摸田土了吗？他双腿似有千斤重，走不动了。唉，干脆到酒店里喝一杯，休息休息再走。

他只要来一盘花生，一碗烧酒，喝得脸红心跳。忽然，听见楼上的吆喝声，他立即从昏沉沉中醒过来，赶到楼上，啊，一堆人在开“花会”（赌博）。漳州民谣唱的：“花会廿九钉，尪也兴，某也兴，米糕透暝蒸，梆仔底沿路钉。”

庄亨德心里痒痒的，何不试试看，反正有本钱，如果运气好，可以大捞一把。他踌躇了一阵，才抓一把银子，叫喊一声：“我也来！”第一次他紧紧押“合同”，开押果是合同。第二次胆更大，押“日山”，开押又是“日山”。他果然赢了，啊！赵公元帅显灵了，第一次赢了六十多两，第二次赢三百多两，他找个借口溜之大吉。

太阳下西山了，庄亨德心想不能再赶路了，于是，又回到了哥哥家里。他哥哥正在生气，他派衙役去抓“花会”，人家说，有一个福建来的少年家，为何不抓？啊，原来自己的亲弟弟、老实的庄亨德也去参加赌“花会”，赢了三百六十多两银子。庄亨阳听到这个消息，目瞪口呆。他喃喃地说：“我身为知府，上沐皇恩，下为黎民，三令五申，这怎能严禁赌博呢？”

庄亨德见哥哥怒容满脸，就说：“哥，我这次远离家乡来找你，为的是钱呀。可你是个清官，只给我二十两银，除了路费，能剩下多少呢？我回乡后怎样对父老乡亲交代呢？哥，我赌‘花会’是迫不得已呀！”庄亨阳一拂袖子，深深地叹一口气，说：“你先去睡觉，明天再说吧！”

夜深了，庄亨阳辗转反侧，不能入眠。夫人温和地劝道：“小叔子头一回违法，又是福建外地人，就原谅他这一次吧。何况公公婆婆的丧事都由他料理。不看僧面看佛面，手足之情呀！”

庄亨阳烦躁地说：“今天赌‘花会’的统统抓到了，都要处罚，因为是自己的弟弟就不处罚，行吗？处罚吧，确实是手足之情啊，不处罚嘛，如何向平民百姓交代呢？赌博的歪风能刹住吗？当官难啊。”

庄亨阳通夜未眠，大清早就来到弟弟房间，严肃地说：“现在宣布对你的处理：拿出赌款，全部归公，张贴悔过书四张，以诫平民百姓。”

庄亨德火冒三丈，破口大骂：“哪一个当官的像你——六亲不认！你对我冷面无情，我就当作没有你这个哥哥！”他气冲冲地往外走。

“站住!”庄亨阳喝道:“若不听处理，就到衙门里见!”

夫人见状，忙对庄亨德说：“小叔子，你就顺从你哥哥吧！他的脾气从来如此。”

庄亨德垂下头来，交出所有的赌款，眼里含着泪水。庄亨阳上公堂之前，交代夫人代亨德抄写悔过书。庄亨德一气之下，不与哥哥道别就走了。走之前，他嫂

嫂拿出她的私房钱四十两银子给他当路费。

徐州府街头巷尾，人们这里一群那里一群，围观着城墙上的悔过书，议论纷纷。有人大为感动地说：“庄太爷真是铁面无私，连胞弟也处罚了！”

（南靖县庄泰丰讲述，庄浪整理）

八、蓝鼎元的传说

蓝鼎元（1680—1733年），字玉霖，号鹿洲，漳浦县长卿里（今赤岭张坑）人，生于清康熙十九年（1680年）。祖父蓝继善，博学多识，隐居家乡。父蓝斌，是县里秀才。蓝鼎元十岁丧父，母许氏年仅二十九岁，做女红度日，吃番薯拌菜粥，生活困苦。他年幼力学，在山中读书，月仅带一罐白盐佐膳，屡受讥讽。十七岁从厦门出海，考察闽浙沿海。文才受漳浦县令陈汝咸嘉赏，却九次乡试落选。康熙四十六年（1707年）应福建巡抚张伯行之召，到福州鳌峰书院纂订儒家前辈著作。次年念及七旬祖父及体弱寡母辞职回家，苦读十一年。康熙六十年（1721年）夏，随堂兄、南澳总兵蓝廷珍征台，撰《平台记略》，提治台十九策。雍正元年（1723年）以优贡入选进京，校书内廷，分修《大清一统志》。六年后授广东普宁知县，治盗、治讼师、平冤狱，重视教育，反对迷信，秉公办案，刚正不阿，深受拥戴。后受命署广州知府，但到任才一个月，壮志未酬，便于雍正十一年（1733年）遽亡，年仅五十四岁。著有《鹿州初集》二十卷、《女学》六卷、《东征集》六卷、《平台纪略》一卷、《棉阳学准》五卷、《鹿州公案》二卷、《修史试笔》及所编《潮州府志》等，均刊行于世。

1. 写训词

清朝雍正年间，漳浦县湖西出了一个严肃法纪、清正廉明的知县蓝鼎元，民间老百姓称他为“南包公”。

有一次，一对文武秀才兄弟分家，为争夺祖业财产，互不相让，各自以庭院内一株古树为借口，明争暗斗。兄文秀才沈仲仁，认为这是千年古树，应该保留；弟武秀才沈仲义，自以为武艺高强，坚决要砍掉。兄弟两人争执不下，都到知县那里告状去了。

蓝鼎元审阅诉状后，叹道：“可惜，可惜！可惜兄弟是文武秀才。”说罢便提笔批上训词，词曰：“丹凤呼儿，乌鸦反哺；鹿得草而成群，蚁得食而共聚；蜂有君臣之义，雁有列行之序；鹊巢低而多风，蛙声闹而致雨；鸡未晓而不啼，燕非时而弗至。山禽鸟虫尚知如此，何况人乎！今汝兄弟失爱，不顾手足之情，沈仲仁很不仁，沈仲义真不义。兄通经史，无敦弟之心；弟精武略，有害兄之意。兄不兄，弟不弟，损害日月之风光，不仁不义灭天地之元气，劝汝兄弟莫伤和气。”

兄弟俩接读训词后，面红耳赤，感到人不如禽兽，分财产时互相推让，古树也不砍了。从此以后，兄弟和好团结，互助友爱，生活美满。

（漳浦县黄石基讲述，刘两全整理）

2. 写平台策

清康熙年间，台湾爆发了漳州长泰人朱一贵反对当地酷吏横征暴敛的农民起义，没几天就发展到三十多万人，攻陷了全台湾，声势浩大，朱一贵被推拥为中兴王。清政府如临大敌，从福建、浙江调兵，由蓝鼎元的堂兄、南澳总兵蓝廷珍统领水陆大军，率领战船四百多艘、将弁一百二十员、官兵一万二千多人渡海前往镇压。蓝鼎元也随军出征，帮助赞划军政，起草文告书檄。

平定台湾后，他又随蓝廷珍招抚降众和逃亡百姓，绥靖"番社"。他曾建议垦复官庄。他说："官庄如古代公田一样，并不侵害人民。查台北有竹堑埔，沃衍百余里，可开辟良田千顷，又当孔道要冲，因为以前丢弃不管，遍地荆榛，所以野番敢于出没。只是地大需人，非民力所能开垦。不如令全台文武各官，分地开辟，各人捐集资本，自备牛、种、田器，结庐招佃开垦，永为本衙门恒产，不但是一时之利，还是万世之利。"

他还说："台湾土地素来肥沃，随垦随收，一年所获，足敷其本，二三年后，食用不完。以天地自然之利，作为臣子养廉之资，而又可除却番害，增加国赋，满足民食，是一举多得的事。"他的建议被当时的官府所采纳。

他在台湾住了一年多。返回故里后，他撰写了《平

台纪略》，记述平台经过和论述治理台湾的策略，很受重视。后来，他更为台湾道条上十九事，这就是：

“信赏罚，惩讼师，除草窃，治客民，禁恶俗，儆吏胥，革规例，崇节俭，正婚嫁，兴学校，修武备，严守御，教树畜，宽租赋，行垦田，复官庄，恤澎民，抚土番，招生番。”

后来，许多管治台湾的人都是按这个方法去做。

3. 严治盗

蓝鼎元在担任广东普宁知县时，该县与邻县潮阳、揭阳一带，连年闹饥荒，盗贼们白日杀人抢劫，民不聊生，他便严为教约。当时有一个王士毅，盗尸诬告好人，蓝鼎元查明事实真相后，就严肃处理，予以“反坐”，还惩办了主谋的讼师，满城的人都说他办案如神。

过了一个月，他被调摄潮阳县事。原先那里的豪绅役吏互相勾结，抗交、拖欠或侵吞赋税，以致五营兵丁半年没发粮饷。他就责成豪绅带头缴纳，同时严禁吏役弄虚作假，侵吞挪用。按通例，每交纳一石赋谷要加耗粮一斗，他就给予宽减。当地有船四百条，按旧例新县令一到任，每船要交银四两换新照，他即严令废除。那

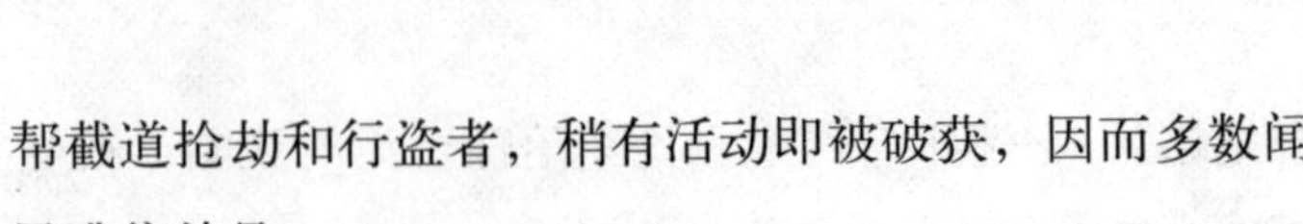

帮截道抢劫和行盗者，稍有活动即被破获，因而多数闻风逃往外县。

有一次，他接到南澳镇的公文，要普宁县协助逮捕两名海盗，他认为能出洋行劫，人数一定不止两人。经调查，那两人并非海盗，便立即释放，因此查得四十八名海上惯盗的姓名。下属认为那些人不是普宁人，不用管，他却认为盗贼虽属外县，但却威胁水道商旅通行，不能不管！他分别照会潮阳、揭阳等县协同缉拿归案，按律问罪。他还智捕潮阳、揭阳交界处的葫芦地的盗首十八人，大快民心。

4. 平冤打假

蓝鼎元非常善于断狱，许多冤案在他手里得到平反。

有一次，有个叫龙湫埔的地方发现一具尸体，经查死者叫王元吉，王元吉的弟弟王煌立控告冤家姓杨的是杀人凶手。蓝鼎元见王煌立神色慌张，心里怀疑，便设计以言词惊动王煌立的约保人，让他们如实交代。

蓝鼎元决定亲往龙湫埔调查王元吉的死因。夜间路过石埠潭乡时，男女老幼执火炬列队迎送他，说："我们被盗贼害苦了，望大人着手狠狠整治。"言谈中，他了解到龙湫埔有恶贼五人，王元吉是其中之一，因行盗拒捕，伤重身亡，乡人将其尸体移至溪畔，讼师李阿柳等人伙同王煌立诬告姓杨的。案情大白后，讼师及诬告者即被惩办。

另一起案件同样曲折。乞丐蔡阿灶死了，其弟阿尾控告说，蔡阿灶是因卖地争价，被买主陈兴觐打死的。蓝鼎元亲自下去调查，得知蔡阿灶是因病而死，他便传讯蔡阿灶的另两个弟弟阿完与阿辰，他们说出了真情。原来是讼师陈兴泰为了争买蔡阿灶的厝地，趁蔡阿灶病死，收养并煽动阿尾控告原买主陈兴觐。陈兴泰狡辩说，他没收养阿尾，是陈兴觐收养了阿辰和阿完。

蓝鼎元说："这不难分辨。他们兄弟同在庙中乞食，阿辰、阿完面如菜色，饥饿所致；阿尾面色红润，是饱食的表现，若不是兴泰诱养又是什么？"他的分析令人信服，惊动左右，陈兴泰也不敢再狡辩了。

（以上三则由芗城区卢奕醒根据漳浦县张兆基材料整理）

九、陈淳（陈北溪）的传说

陈淳（1159—1223年），字安卿，漳州府龙溪县游仙乡龙洲里（今芗城区浦南镇香州社）人。因世居九龙江北溪之滨，又称北溪先生。陈淳为人恬静，略有口吃，不喜交游，从未任过官职，但宋史却为其立传。他素仰朱熹学问为人，宋元宗绍熙元年（1190年），朱熹出守漳州，抱“十年愿见而不可得之诚”求见，学益得力。熹逢人则赞之：“南来，我道喜得陈淳”。庆元五年（1199年）再谒朱熹于考亭，朱称“如已见本原，所阙者下学之功尔”。他尊从师教，又身体力行，孝顺双亲，友爱弟妹，和睦宗族。他直接继承朱熹学说，为疏释、阐述程朱理学，贬斥佛学与陆学，作出杰出贡献。嘉定十六年（1222年）被授为安溪主簿，未就任而殁，享年六十四岁。著有《北溪字义》《论孟学庸义》《礼诗女学》《北溪大全集》五十卷、《严陵讲义》等。善画，民间流传许多他的故事。

1. 香州社的传说

宋朝时漳州北郊溪园社边一个小社有个陈秀才，祖先乐善好施，疏财仗义，把自己的产业都慢慢地变卖掉了，到秀才的手里只留下几亩薄田。陈秀才的家境不好，但是社里人有了难处，开口向他求援，他却从来没有让人家失望过。秀才家的生活尽管有些捉襟见肘，但夫妻安分守己，相亲相爱，日子过得平稳。

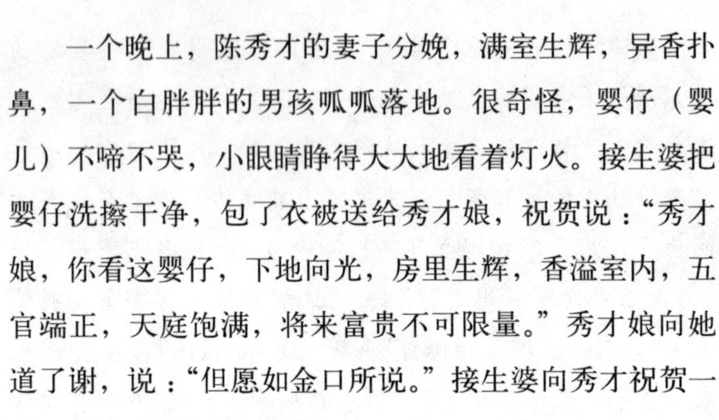

一个晚上，陈秀才的妻子分娩，满室生辉，异香扑鼻，一个白胖胖的男孩呱呱落地。很奇怪，婴仔（婴儿）不啼不哭，小眼睛睁得大大地看着灯火。接生婆把婴仔洗擦干净，包了衣被送给秀才娘，祝贺说："秀才娘，你看这婴仔，下地向光，房里生辉，香溢室内，五官端正，天庭饱满，将来富贵不可限量。"秀才娘向她道了谢，说："但愿如金口所说。"接生婆向秀才祝贺一番，秀才也很高兴。

婴仔出世，社里人闻到香气，奔走相询。到外社挑水的人也闻着了，草多的地方香气更浓，不管是苦草仔或刺苋都气味芬芳。百草香了三天，家长觉得奇怪，查问人们有没有发现奇事，才知道陈秀才家里婴仔出生，这一下家长心里明白，是天上的星君投胎，将来贵不可量。陈氏家长请社里的长辈来商议，把社名叫作"香州"。

婴仔满月，来祝贺的人非常多，大家都想亲眼看看婴仔，把陈秀才忙得顾了东头顾不了西头。晚上秀才宴请长辈，请家长给婴仔命名，家长说："婴仔在九龙江北溪出生，就叫陈北溪吧，取义九龙腾飞，将来发迹。"以后陈北溪入学读书，名淳字安卿，成名后，学者仍喜称他为北溪先生。

香州社在陈北溪出生后，人丁兴旺。这里有个渡口，同安（今长泰县）人要到漳州城，大部分要从此过渡，所以渡口就叫香州渡，溪园社也叫香州溪园。现在，香州渡被洪水冲刷已废，如今仅存香州寨门、香州桥和香州桥石碑一块。

（芗城区林大奇、陈侨森讲述，杨惠民整理）

2. 画稿当嫁妆

相传陈北溪平时一贫如洗、生活艰苦，但志趣高尚，为人豪爽，笃志苦读。那些有钱的财主高价向他求画，出价一张千金，而陈北溪却不为所动。平时作画卖出的钱，大部分作为与两三知己朋友的茶酒之用。他没有兄弟，唯一的小妹要出嫁时，家里穷得叮当响，没有钱备办（准备）嫁妆，急得没办法，只好应胞妹的要求，将平时所画的旧画分装在三只竹箱里作为嫁妆。

婚后第四天，他妹妹依俗例回娘家做客（省亲），陈北溪只准备一些简单的饭菜给他们吃，就叫他们吃饱饭快快回家。他说："不是我贪庀（悭吝、吝啬、小气）、罃（不会）做人，我只担心亲家母呒（不）知道竹箱里字画的宝贵价值，一时气恼，将它们都烧了，这就大事不好了！快快回去，有福气，三大箱，没福气，三大张！"

北溪的妹妹不很在意。未料，她婆婆是个势利的人，在儿媳回娘家做客时，果然照例把嫁妆拿出来让邻居和亲朋戚友观看、想展煌（显示、自夸荣耀）。可是打开竹箱一看，既没有金银珠宝，也没有布匹衣料，尽

是一些被她认为是废纸的字画。她不禁目瞪口呆、面红耳赤、大发脾气，高声骂道：“真狼狈，拿这些只能在阴间当纸钱用的东西，也好意思作为嫁妆！这些什么画，放在家里占位，擦尻川（屁股）嫌脏，留它做什么！”一气之下，她干脆将所有字画都拿到灶脚（伙房），放入灶洞，要放一把火将它们都烧了。

幸亏她的后生（儿子）和媳妇回来得早，一进大门，看见烟火，三步并成两步走，才从灶前救出三幅画没有被烧掉。北溪的妹妹说：“这三竹笼字画，是我家的无价之宝，哥哥多年精心辛苦画出来的佳作，过去有人愿意花千金要求买一幅画，哥哥都没答应，如今放火烧了，实在太可惜了。”她婆婆不懂这些字画的宝贵，怒气未消，还絮絮叨叨念个不停，不断埋怨。妹妹也只好忍气吞声，不多说什么了。

回房一看，三幅画分别画着太阳、花猫和月亮，幸而还完整，她当即妥善收藏起来。还剩下三大张！她暗暗庆幸没有被全部烧毁，也惊叹哥哥的话如此灵验，自己竟如此没有福气。

过了不久，正值秋收时节，整天阴雨连绵。几乎所有农家抢收回来的稻谷都是澹糊糊（湿漉漉）的，有的很快不是发芽就是生菇臭涪（发霉腐烂），唯独北溪妹妹家里收割的稻谷堆放到厅堂上，很快就凋（干燥）了，而且从来没有老鼠偷吃粮食。妹妹的婆婆和丈夫都感到十分奇怪，妹妹指着墙壁上的两幅画，说："你们就看看它们，就知道是什么原因了！"

他们抬头一看，只见墙壁上的太阳图正放射着万丈光芒和无穷的热量，难怪潮湿的稻谷会迅速干燥，而另一张画上的花猫目光炯炯有神，正威严地注视着整个大厅，所有鼠辈们不全部被吓跑才怪哩。这时他们才知影（晓得）亲家翁那些被烧掉的画作的神奇功效，是有钱无处买的无价之宝，但是这时候后悔已经太迟了。

那天晚上，北溪的妹妹又把那张月亮图挂在墙壁上，整个房间立即明亮得像白天一样，根本不需要点灯照明。她对查埔人（丈夫）说："我阿兄（哥哥）还曾吩咐过我，竹箱中还有一幅图画金，一幅图画银，需要时，只要叫一声'金来'或'银来'它们马上会掉出金块或银块，可以保证我们一辈子受用无穷，可惜现在全烧掉了，我们已经没有机会享受这种福份啦！"

陈北溪的画灵活奇妙，变化万千，可惜它已经失传于世了。

（芗城区卢奕醒综合，龙海市杨澍、芗城区黄江滨、龙文区林跃生整理）

3. 蔗粕画画

传说陈北溪的画笔是支神笔，画树可以开花结果，画鸟会婉转啼鸣，画龙会腾云驾雾，漳州至今尚有"陈

北溪好字画”这句俗语。朱文公在做漳州知州时，很想得到他的一幅画，可是没有机会当面说。

有一天，朱文公听说陈淳入城来，住在东桥亭的佛祖庙内，离府衙不远，他就换上便服，不骑马，不坐轿，也不带跟班，自己一个人带上一幅上等的白绢，兴冲冲地走出府衙去求他作画。见了面以后，朱文公就要求陈淳画一幅明月图送他。陈淳见他平民打扮，就答应他过几天来拿。

过了两天，朱熹就迫不及待地派差役去取画，北溪先生听说是知州要的，他就不想画了。衙役苦苦哀求，他担心衙役挨骂，勉强答应过几天再来。又过了四五天，虽有几次作画，但都是替别人画的，朱文公的白绢仍放着不动。他看天上只是一弯新月，还朦朦胧胧挂在淡云里，看不真切，认为时机未到，叫衙役过几天再来。

朱文公天天记挂那明月图，等得心焦，又派人催讨。陈淳抬头看天，月亮还没有十分圆满，就依然说还要再等几天。差役等得不耐烦，就对北溪先生说：“陈先生，我到此多次了，请看在我老爷对你仰慕多年的份上，赶快将画画好，让我回去吧！”陈北溪说：“别着急，再过几天，我就画了。”又过几天，差役见他仍旧不画，又请求说：“陈先生，如果你确实事忙、不能画，请把绢布还给我，以便我回去交差复命。”陈北溪经不起衙役的一再恳求，就取出白绢挂在墙上，眼睛望着天边的月牙注视了好久，然后从地上捡起一块蔗粕，把它丢进墨盘里，蘸满墨汁，再用两个手指头轻轻夹起，信笔在白绢上钩画了几笔。洗完手，就卷起白绢，叫差役带回交给朱文公。

这差役在归途中左右为难，这样用甘蔗粕潦潦草草画几笔，算什么有价值的名画，有什么稀罕！等了十几天，拿这种不像样的东西回去，免不了挨骂，还不如到街上随便买一幅，说不定更能讨得知州大人的欢心。想到做到，于是，他顺道拐到路旁的书坊里买了一幅《花好月圆图》回去交差。

不料朱文公接过图一看，闷声不响，忽然大吼一声："这是陈先生亲手画的吗？"衙役毫不迟疑，立即回答："是的，的确是陈先生画的！"朱文公气得瞪眼吹喙须（胡须），狠狠地拍桌说："可恶的东西，你敢骗我？陈先生会画这种俗气的东西么？快把陈先生的画交出来，不然我一定要打你十大板！"差役见隐瞒不住，怕尻川（屁股）被打得皮破血流，只好一五一十地把经过如实讲出来，并从怀里取出真画献给朱文公。

朱文公接过白绢，展开一看，满脸笑容，连声呵佬（夸奖、赞扬）说："好，真正好！这才是我想要的真正的好画，你为什么早不交出来呢？"差役一听，急忙拭去满头大汗，惊喜地问道："老爷，这是陈先生用甘蔗

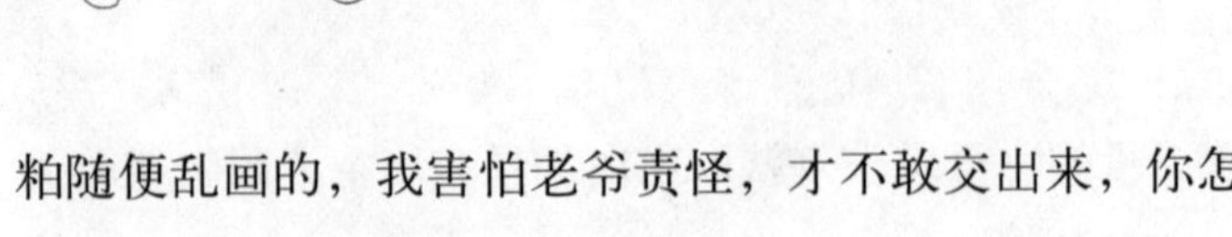

粕随便乱画的，我害怕老爷责怪，才不敢交出来，你怎么会喜欢这种东西呢？”

朱文公只顾欣赏图画，笑而不答。差役说：“早知如此，我一回来就交给老爷，也省得花冤枉钱，又要尻川痛！”朱文公听差役这么一说，又好气又好笑，怜悯地说：“你明天晚上到内厅来看，你就明白这幅画的神妙。”

第二天晚上，差役准时来到府衙内厅，只见朱文公早将画悬挂在墙壁上，月亮虽只是一钩上弦月，但却放射出淡淡的美丽而柔和的清辉，而绢布上那一撮一撮的墨汁，竟变作一只只麻雀。朱文公抓了一把稻谷撒在地上，叫一声：“麻雀飞下来吃谷子吧！”麻雀就乖乖地跳到地上来抢吃稻谷，稍为一算竟有二十多只之多；谷子吃光了，朱文公轻轻叫一声，麻雀竟又全部飞归原位，绢布上仍旧是原来的那种斑斑墨迹。朱文公说：“要不是催得太急，画成满月就更好了！”

差役看得眼花缭乱，吐着舌头说：“确实是幅神画呀！”

（芗城区卢奕醒综合，龙海市杨澍、华安县黄超云、龙文区林跃生整理）

4. 没猫也没加令

闽南谚语常用“没猫也没加令（鸟名，即八哥）”，来形容什么东西也没有了。这句话的来源是这样的。

自从陈北溪先生陪嫁的三大箱笼画稿被亲家母烧掉

后，妹妹回娘家哭哭啼啼地告诉哥哥。北溪先生疼爱妹妹，又送两幅画给她，叮嘱她说："这两幅画，一次只能单独挂一幅，一定不能同时挂起来。千万要记住。"妹妹听了，点头答应了。

回家后，她很是珍惜地把画藏在红漆木箱里，交代她丈夫说："这两幅画，是阮（我）哥哥送给我的传家宝。我不在时，你千万别同时挂起来看。"她丈夫嘴上答应好，心里却暗自猜想，究竟画了什么，为什么这样神秘？

有一天，他趁妻子不在，偷偷打开红漆木箱，取出一幅画，挂在室内独自欣赏。原来画的是：柳树荫里一只加令鸟，乌黑的毛羽锃亮锃亮的，侧头睨望着青天，正要展翅腾飞。画得真神！他觉得真有趣，一时兴起，就想看看另一幅画的是什么。他把另一幅又挂起来。这幅画的是：在牡丹花丛里，伏着一只金丝猫，双目紧紧地盯着一只蝴蝶，正要扑上去。两幅画同时挂在两边墙上，这妹夫左边看看加令鸟，右边看看金丝猫，越看越有趣，看得入神了。他对着加令鸟吹着口哨；又对着金丝猫，装出老鼠的"吱吱"叫声。忽然间，加令鸟转过头来对他叫道："阿兄，你好！阿兄，你好！"飞出画面，落在地上，蹦蹦跳，东啄一下，西啄一下，寻找东西吃。这时妹夫惊呆了，画上鸟儿竟然活了！忽然间，身后一道白光，一只金丝猫"喵——"一声，从画上扑

下来，两只锋利的前爪一下子就抓住了加令鸟。可怜的小鸟“扑楞扑楞”地在地下挣扎着，嘴里还哀叫道：“阿兄，救我！阿兄，救我！”

北溪先生的妹夫一时不知所措，脑子里一闪念：不好，赶快抢救加令！于是，他不加思索地立刻从门后拿出扁担，朝金丝猫打去，不料一失手打在猫的头上，只听见猫儿一声惨叫，四脚朝天躺在地上一动也不动了，而那只加令鸟也早给猫爪撕裂了，没法救活。这下子，他愣住了，金丝猫死了，加令鸟也死了，真是痛心极了，他竟像小孩子一样坐在地上嚎啕大哭起来。这时，他的妻子刚好回家来，赶紧跑进屋来问出了什么事，只见她丈夫一把眼泪、一把鼻涕地哭诉道：“没猫也没加令了，没猫也没加令了！”

（华安县陈土粪讲述，叶腾凤整理）

5. 北溪先生再画也无这只猫

自从画上的金丝猫被打死后，家里老鼠可闹得凶哩！糟塌五谷，咬伤鸡雏，啃坏了箱笼，连衣裳也给老鼠拖去垫窝，闹得全家人畜不得安宁。北溪先生的妹夫经常懊悔，哭得十分伤心。他妻子就好言劝慰说：“别哭了，别哭了！过几天就是阮哥哥的生日，我们回娘家拜寿，央求他老人家再画一只猫给我们就是了。”

北溪先生生日这一天，小夫妻俩欢欢喜喜地回娘家去祝寿。娘子乘小轿，妹夫提着竹篮，在轿后跟着，竹篮里面放着一对猪蹄膀和几斤面线。

拜完寿，一家人正高高兴兴地团聚饮酒时，妹妹就对哥哥诉说：婆婆家里老鼠闹得非常凶，偷吃五谷杂粮不算，连藏在箱笼里的石榴裙子也给咬破了几个大洞，弄得今天都没办法穿一件合身衣衫前来拜寿。

北溪先生一听，捋着五绺须，笑呵呵地说："别急，别烦恼！等你们明天要回去时，我送你们一只最好最好的猫，可以吧？"

妹妹抿着嘴笑，高兴地对丈夫点头，妹夫会意，也就放心地开怀畅饮，尽情叙谈了。

第二天清晨，妹夫、妹妹要告辞回家了。北溪先生举着他们昨天带来的竹篮子，笑眯眯地说："竹篮里装着一只你们所要的猫，再找也没有了，这是最好的，路上要小心点，可别让它半路跑了！"妹夫千恩万谢地接过竹篮，妹妹临上轿时，也回头再交代自己丈夫说："路上不要掀开篮盖，等回到家再看。"

小轿前头走，妹夫后边跟，走呀走，走呀走，走到半路上，妹夫觉得不对劲，竹篮怎么轻轻的，到底有没有猫呢？他越想越怀疑，禁不住偷偷地掀开竹篮盖，往里面瞄了一眼，不料"嗤"地一声，一只白肚皮的黑猫从里面窜了出来，撒开四腿沿着田野跑进丛林中去了。

拿掉篮盖一看，竹篮里只剩下一张白纸。他后悔不已，捶胸顿足，只好叫娘子回轿，央求哥哥再画一只猫送给他们。

北溪先生听妹妹说，猫仔半路上跑掉了，不免惋惜地说：“这是我画的最好的一只猫！”妹妹、妹夫央告老人家再给画一张，北溪先生摇头叹息说：“凡事不可强求，我再画也没这只猫好了。”

所以，漳州一带便流传这句歇后语：“陈北溪先生再画——也无这只猫。”

6. 画鼬送鸡

第二年，北溪先生听说妹妹生了一个胖娃娃，正在“坐月子”(分娩)，因为家境贫寒，家中没钱给她买鸡做“月内”(月子)，补养身子骨。于是，他就铺开宣纸，蘸足浓墨，大笔一挥，画好了，就放在一个破旧的竹篮里，把盖子盖紧，叫小儿子给姑姑送去，千叮咛，万嘱咐，半道上千万别偷看，一定要送到姑姑家里才能打开。

小孩子家懂得什么？他提着竹篮子上路了，因为爸爸有交代，他不敢打开看。来到姑姑家门口，他不敢迈步跨进姑姑的大门，他总觉得篮子里空空的，一点份量也没有，要是篮子里什么都没有，拿着空篮子见姑姑，多漏气（寒碜、丢脸）！人家一问起来，你送什么来？我要怎么回答呀！他躲在门前一株大榕树后，悄悄地打开篮盖往里看一眼，想先弄明白。只见竹篮里除了一张白纸，什么也没有。小孩子急了，爸爸怎么送张白纸给姑姑做“月内”呀？他把卷着的宣纸打开，“唰——”地一声，从中窜出一只大黄鼬（黄鼠狼），跳进草丛里，转眼就逃得无影无踪了。小孩子可吓哭了，只好哭哭啼啼地进门跟姑姑说去。

姑姑看见他哭得那么惨，就给他揩干鼻涕眼泪，安慰他说：“乖孩子，别哭了，你总算把爸爸交代的东西送到姑姑家门口，没在半路上给跑了。姑姑赏你。”回头她对丈夫说：“明天天一亮，你到门口榕树后看看有什么东西。”第二天，在榕树底下，真的拾到一只肥鸡，是黄鼬叼来的。以后，黄鼬天天都叼来一只鸡，北溪先生的妹妹做“月内”就不愁没鸡吃了。

后来，人们偶尔还会在大榕树下拣到一两只鸡，据说那也是北溪先生画的那只大黄鼬叼来的。

7. 草鞋印草鱼

北溪先生擅长丹青，却从不轻易为人作画，特别是不肯为达官贵人作画，凭你有多少钱也买不到“神笔陈北溪先生”的一张字画。给画不给画，全凭先生心里的

高兴不高兴了。

有一年，龙溪知县大老爷慕名派师爷坐船到香州，登门送上一份厚礼，请先生作画。北溪先生执意不受礼，师爷也不勉强，只是死皮赖脸地定要先生挥笔作画。师爷把一大张宣纸摊开案上，叫下人磨一海碗墨汁，鼓动三寸不烂之舌，好说歹说非要先生赐画不可，否则就坐等不走。

北溪先生心里老大不乐意，气鼓鼓地瞪着大眼坐在一旁，只是不动笔。师爷也好耐性，仍是坐着不动身，一直磨到吃午饭时间，大家都饿得肚子“咕噜咕噜”直叫了。北溪先生心里盘算，今天看来不画，他是不肯干休的了，这种俗吏难缠，也罢，就随便应付他一张，不给题款也就是了。想好，他眼珠四下一转，见门口地上有一双烂草鞋，不知是哪位农哥扔下的。他说：“也好，我就捡来当画笔吧。”

于是，他就到门口把这双烂草鞋捡回来，放在墨碗里蘸一蘸，提起来，“啪啪”两声，就在白白的宣纸上印下两只草鞋印，顺手在淋漓的墨迹上勾画拨弄几下，然后把宣纸一卷，就叫师爷：“拿走吧。”师爷一看，肚皮都气炸了，白白糟蹋一张宣纸不算，连县太老爷的面子也不知道要搁哪里去了。这叫什么画呀！

北溪先生也没好气地应声：“一对草鱼献老爷。”师爷一挥手，喝声“走！”头也不回地出门了，下人赶紧

将宣纸一卷，也跟着走了。北溪先生看见这两人气急败坏的狼狈相，不禁开怀大笑起来，最后这一手，直是神来之笔啊！痛快，痛快！

师爷坐在船上，越想越生气：这个酸儒，想不到是这么死硬，一点面子也不给。我在老爷面前夸下海口，回去又怎么交代呢？忽然，他看见那张被草鞋印脏、墨迹泼污了的宣纸，还卷得好好的，放在案几上。他不由得怒从心上起、恶向胆边生，抓起宣纸一抖，口出恶言："这画的是什么鸟？"谁知，这张宣纸一抖开，两尾两尺来长的大草鱼，马上落在船舱里，活蹦乱跳地翻腾跳跃着。奇迹竟然出现了，神笔陈北溪果真名不虚传。

师爷大声叫道："还不赶快给我把鱼逮住！还愣着看什么？"这一声吼，才把几个下人叫醒了，他们七手八脚、乱做一气地争着抓鱼，有谁知道这两只草鱼，多鲜活有劲啊！"噌，噌"，鱼跃起几尺高，"噌，噌"两声，又都跳进九龙江里，在江中泛起了两圈水花，再也不见踪迹了。师爷只好站在船头干瞪眼。

（以上三则由芗城区林国璋讲述，王雄铮整理）

8. 赤榕倒影

有一回，正是"六月天，七月火"的大热天气。北溪先生路过田间，见农民在烈日下弯腰插秧，个个满头

大汗。北溪先生见农民辛苦，有心帮忙。回到家里，他对着门外一株老榕树，看了又看，瞧了又瞧，相了好半天，这才展开画纸，画了一幅“赤榕图”。图上的赤榕树，长着密密的叶子，枝干低垂，枝桠上还飘动着又长又好看的长须。

北溪先生带着这幅“赤榕图”来到田地里，把它送给农民。大家非常欢喜，把它挂在一杆竹竿上，插到田头。那赤榕的影子倒映在田里，一大片的田地都被树荫遮蔽，大家在田地里插秧，就凉快多了。

这以后，大家到田地里插秧，或从事其他劳动，人们走到哪里，大家就把“赤榕图”挂到哪里，谁也不再担心赤日炎炎曝晒的辛苦了，都从心底里感激老画家的深情厚意。

9. 满扇冷风

从前，漳州有个姓贾的财主，早年用钱买官，曾捞到一个六品的头衔。晚年退休回漳，胸无点墨，斗大的字识不了一箩筐，只懂得阿谀奉承、吹牛拍马，名声十分不好。朱熹先生和陈北溪都很鄙视这种人。但是，贾财主偏偏爱假斯文，听说朱文公向陈北溪求得一幅《一钩新月图》，竟能满室清辉，他慕名也想求一幅画来冒充风雅。

正好，这时有个姓苏的商人送给他一把苏州白扇，他就让一个奴才带着白扇去请陈北溪画个扇面。

这个奴才，极端势利，脚踩马屎仗官势，以为自己是“宰相门下七品官”。见到陈北溪，他又叫又嚷，限时限刻要陈北溪先生画好扇面，态度非常傲慢。陈北溪对他瞧都不瞧，睬也不睬。

过了三天，那奴才奉命来取扇，一进门，见主人的白扇原封不动被撂在桌角，还沾上一层灰尘，就大喊大叫：“老伙仔（老头儿），扇子怎么没有画好？”

“这几天没画兴。”陈北溪冷冷地应道。

“没画兴？好！再限你三天，如果还不画，就把你拿送衙门究问。”说完，气势汹汹地走了。

贾财主听奴才禀报后，看板面（情势），知道用硬的是不行的，陈北溪名气大，惹不得。他只好另派一个奴才，叫他去找陈北溪先生软磨硬缠。

又过了三天，新派的奴才强装笑脸，好话说了一大堆，还装可怜相，说如果先生不肯给画，他得挨几十大板，打个半死。

陈北溪先生听得好不耐烦，如何应付这个厚脸皮的财主呢？他一直思索着。这时，他站了起来，打开画室窗门，一阵北风从窗外吹进来。突然，他受到启发，灵机一动，有了主意。他顺手从桌上抓起一块桌布，丢进墨盘，然后用两个指头夹起，在苏州白扇上，就势一旋

转，绘了一股旋风，然后又在旋风下点点缀缀，画些随风摇曳的草木，就交来人带回去。

贾财主得到陈北溪的墨宝，兴高采烈。可是，刚打开扇子，想看一看画得怎么样，谁知一股狂风从扇中呼啸而起，把满屋子的花瓶瓷架全都掀翻，浮雕屏风逐个吹倒，连人也被刮得站不住脚。贾财主只好赶紧把扇合起来，把它藏进楠木柜中。

这年夏天，贾财主做六十大寿，正是五月端午，骄阳似火，天热得很，人人满头大汗。贾财主想起了苏州白扇，就从柜中取出来，正想在客人面前吹吹牛、散散热。没想到扇子才打开一半，一股旋风就平地而起，满厅灯烛熄灭，酒瓶杯盘随风转，杯破、盘碎、桌倒、椅翻，一片漆黑。客人们受到惊吓，纷纷告退，怨声不断。贾财主当众出丑，颜面尽失，只好自认晦气。从此，他再也不敢把扇打开了，后来，扇子也不知去向。

陈北溪好字画，传说还很多，只是一代传一代，有的已经失传了。

（以上二则由芗城区丁呆讲述，金宗整理）

10. 半个圣人

南宋绍熙初年，朱熹到漳州做知州，陈北溪了解到这位理学泰斗的学问与为人，十分敬重。有一天，他带上自己写的一卷《自警诗》作为见面礼物，前往谒见。

朱子读诗后，交谈甚欢，他知道北溪先生对理学也很有研究，相见恨晚。于是，朱子就敞开胸怀对北溪先生说："做学问，首先得从'根源'两字下工夫，凡看道理，都要穷究其根源、来处，切不可人云亦云，道听途说，牵强附会，随声附和。我到这里，还不曾把这番道理说给别人听，今天都向先生说了。"北溪先生也恭恭敬敬地回答说："我一定遵循先生的教诲，认真从'根源'二字下工夫。"

事后，朱熹十分快慰地对同僚说："我这次南来漳州，不虚此行，我很高兴，能为理学界发现陈安卿（北溪先生的字）这样的一个人才。"他极口称赞陈安卿善于提问。有的门人有疑问，请教朱子，朱子不回答，都叫其问陈安卿，看他是怎么思考，怎么回答的。

有一天，朱子在公务清闲时，专程到香州陈淳家去回访。见他一间茅庐，四墙萧条，果是清寒。陈淳见老师光临，十分热情招待，也只是一杯清茶而已。他既不讲客套话，也没表现局促不安，仍然像以往一样，虚心向夫子讨教。到了吃午饭时，也只是几盘蔬菜一碗汤，粗茶淡饭，一点荤腥也没有。见陈淳态度十分坦然，朱熹心里不禁喟叹道："孔夫子从前称赞颜回说：'回也，穷居陋巷。一箪食，一瓢饮，不改其志趣也。'安卿正是这样一个圣贤之人啊！"

朱熹边吃饭，边想着心思。这时一只小母鸡从门外溜进来，在饭桌底下觅食。陈淳一见这只鸡，立即局促不安，一下子涨红到了脖子，再三抱歉地向朱子申明："这是邻居的母鸡，否则今日也不会如此怠慢夫子了。"说罢，还赶紧起身把母鸡赶出大门。

朱熹听了，不禁哑然失笑，立即更正他对北溪先生的印象。他自言自语说："陈淳受世俗的影响也很深，他只能算是'半个圣人'了。"

（以上由芗城区林国璋讲述，王雄铮整理）

十、谢瑄樵的传说

谢琯樵（1811—1864 年），名颖苏，初字管樵，后改为琯樵，别号懒云、云樵、懒樵等。清代生于诏安县书画世家。父声鹤琴棋书画名噪于世，诗集《雪谿诗钞》行世。樵早慧，师从名家沈锦川成绘事，后益发勤奋，终独树一帜，饮誉画坛。清咸丰元年（1851 年）后多次渡海赴台，执教于台南的海东书院和板桥林氏家塾，与文坛画界人士多方切磋，艺益精进。兰竹、花鸟、山水，靡不超妙，笔力雄健、蔚然浑秀，为台闽人士所珍拱、日本人所敬重。其诗“负奇气”，其书法“冶米（南宫）颜（鲁公）于一炉”，别创一体，不愧是位诗书画三绝的艺术宗匠、诏安画派巨擘。

1. 画鸭换鸭

谢琯樵住在诏安县北门外妈祖庙前笋庄。这座笋庄一面临溪，里面有亭台楼阁，花草树木。大门坐东向西，门外就是妈祖庙前市场。有一日，谢琯樵走出门外，看见一个农民在卖番鸭，一时动心，便问：“一只鸭要卖多少钱？”农民说：“一只一钱银。”

谢琯樵听了，没说什么，便走进笋庄去。过了一会儿，他画了一幅鸭出来，走到鸭摊前，说：“比比看，这两只像不像？”众人围了过来，只见纸上画着两只鸭，旁边有一个鸭篓仔。众人都称赞比真鸭还好。谢琯樵问农民："怎样？"农民说："果真比我的鸭还要有灵气呀！"谢琯樵说："你说画得好，就送给你。你拣两只活鸭给我就好。"农民说："我两只鸭值两钱银，你一张纸就要换两只鸭？"谢琯樵说："我这张画市价值十两银。你拿十两银请我画，我还不画哩。"说着，他瞟了对面当店老板一眼，众人七嘴八舌劝说农民："傻瓜！别人求都求不着，你还不要！"

这时，从当店那边过来一个人，走到农民身边，凑上耳朵，"吱吱呱呱"说了一番，农民听了，说："好，换！"忙拣了两只番鸭，送给谢琯樵。谢琯樵一手接过鸭，一手把画交给农民。对着众人说："王右军写字换鹅，我今日画鸭换鸭，哈哈哈！"边笑边走进笋庄去。

谢琯樵一进去，许多人要向农民买画。刚才和农民讲细声话的那个人大喝一声："许老板早就买定了，谁敢相争？"众人只好走开。当店老板交出十两银，换来了谢琯樵的一幅画，得意洋洋。农民也笑了，说："想不到一张纸值得换两只鸭！"

第二日，农民放落鸭担，就拣两只肥鸭来敲笋庄的门。一个书童出来，问明情况后，说："先生出门访友去了。"农民说："我把鸭交给你，等先生回来我再来拿画。"书童笑着说："先生昨日兴头上，画鸭换鸭，今后不会再换了。"农民只好摇头摆耳地回到摊上去。

2. 画“百鸟归巢图”

那一年，太后又要过寿诞了。皇帝和文武百官都忙着准备贺礼。忽然，太后召见皇帝，说今年的贺礼要专点一幅巨画。皇帝想，京城的画家多得很，要一幅画还不容易。可是，太后说，北京、南京、上海的名画家，年年贡画，她看厌了，这次要一幅画面新鲜、画艺高超的新画。皇帝立刻召宰相商量。宰相盘算了一会儿，说：“除非诏安谢琯樵。”他如此这般地奏说一番，皇帝说：“准奏！立即宣召谢琯樵进京。”

钦差奉旨出京，千山万水来到诏安城。诏安知县亲自到笋庄通知谢琯樵到县堂接旨。

谢琯樵说：“我无做官，不受调遣，不敢接旨；但画画是好事，我又不曾去过北京，我去就是。”第二日，他收拾好行李，带着书童樵青，悄悄上京。

谢琯樵来到北京城，住进迎宾驿馆，刚刚上床休息，宰相就派差官来见，还送上一幅内用的上等的画绫。谢琯樵并没有热情接待，只随手把画绫往床架板上一搁了事。差官回报宰相，宰相也无办法。

隔了几天，宰相的差官又来，谢琯樵照样不予理睬。隔了几日，又催一次……

宰相担心误了太后寿期，想再催谢琯樵速画，又怕谢琯樵赌气不画，想来想去，只好派大师爷亲自登门拜访。大师爷甜言蜜语，毕恭毕敬，谢琯樵只好泡茶招待，因为书童失手掀翻茶碗，倒了一桌茶水，谢琯樵伸手从床架板上拿下那幅画绫拭桌子，大师爷大惊，说：“这是上等画绫呀！”

谢琯樵说：“这茶水也是上等的呀！”

大师爷说：“我回去禀明相爷，另送一幅来吧。”

谢琯樵连说不必，大师爷见话不投机，就告辞了。谢琯樵每天出门游览名胜古迹，拜访文人学士，吟诗作画，这幅太后要的画就是没有动手。

宰相无法，只好穿便服亲自来迎宾驿馆看看，恰好谢琯樵已出门。宰相吩咐驿丞在谢琯樵面前只叫师爷，不准叫相爷，这时候见谢琯樵匆匆忙忙进来，对书童附耳讲了什么，书童便走了出去。谢琯樵这才与众人招呼，宰相见谢琯樵相貌堂堂，倒也肃然起敬。不多久，书童扛了一把长甘蔗进来，谢琯樵向大家介绍说：“这是福建土产，我最爱吃，所以叫书童去买来。”他请大家吃，大家婉谢了。他于是脱下长衫，摆开架势，大吃特吃甘蔗。

这时候，书童的墨磨好了。谢琯樵命书童将画绫钉在墙壁上。宰相知道谢琯樵画兴已来，心中暗喜，恐怕墨汁不够，自己动手赶快磨起墨来。

谢琯樵嘴里吃甘蔗，眼睛却盯着墙上的画绫，突然，喊了声：“墨汁。”书童和宰相齐声应道：“来了！”书童搬来茶几，宰相忙把墨海移到茶几上。

“突”的一声，谢琯樵把一块蔗渣，蘸了墨汁，飞快地抛向墙上的画绫，画绫上即时留下一块墨迹。“突，突、突”一连串的蘸了墨汁的甘蔗块抛向画绫，画绫上出现了密密麻麻的墨迹。大家又惊又疑，就连精通书画的宰相也莫名其妙。

不久，谢琯樵停止投掷甘蔗块了。他匆匆从寝室拿着一团毛茸茸的东西，往墨海里蘸饱了墨汁，“砰”的一声掷去，画绫上即时出现一团蜂窝状的墨迹. 大家感到惊讶异常。

此时谢琯樵喊了声：“樵青，拿笔！”书童应“是”，连忙从内房端出一个笔盒和一个墨砚、一碗清水。谢琯樵拿出两支笔，略洗一下，蘸了墨汁走近墙下，书童捧着墨砚跟随在他身边。谢琯樵又撇又点，有时停笔凝思，有时迅笔疾书。画好，换另一支笔，题了“百鸟归巢”四个字，署了款，盖了印章，然后洗手更衣。

众人看了画绫上那成百块蔗渣的墨迹，竟成了成百只麻雀，每一只都活泼逼真，神情和姿势各不相同。刚才用那个毛茸茸东西抛印的墨团，竟成了一个归鸟争奔的鸟巢，加上旁边的树枝和用淡淡茶水晕染而成的烟霞，仿佛使人置身在暮霭沉沉、倦鸟归林的景象之中，众人无不叫好。

谢琯樵谦虚地向大家请教。宰相说：“这种画法，岂但从未见过，连听也没有听过，这幅画运笔有神、有韵，布局新颖，意趣盎然，配上这手颜体的题字，堪称瑰宝。倘能加上恭祝太后万寿的题词，则先生平步青云，指日可待矣。”

谢琯樵说：“小生系僻壤草民，乘兴作画，无意青云，多谢指教了。”

师爷又问：“不见先生用色，何以画上黄烟冉冉？”

谢琯樵说：“师爷忘了小生擦拭桌上茶水的事么？”

宰相听了说：“果然是梅改倒枝由败笔，落花水面皆文章，难得！难得！只是先生不肯加题寿词，他日悔之晚矣。”

谢琯樵听后大觉刺耳，忙命摘下画绫，交给宰相。当晚即偕书童离开驿馆，住进小旅店，天明离开北京，往别处游玩去了。

第二天，皇帝看见《百鸟归巢图》，甚是欢喜，传旨宣召谢琯樵，要面授官职。但到驿馆一问，他已不知去向了。

3. 三难学台

谢琯樵画的《百鸟归巢图》虽然没有献寿的题词，但活泼新颖，太后十分赏识。皇帝想，这样的人才岂可不想法搜罗在身边！恰好新任福建提督学政徐某陛见辞行，皇帝便嘱咐他好好罗致谢琯樵，先交朋友，后日再

荐入朝廷。

徐大人到福州接任后，第一件事便问有无谢琯樵其人。师爷说："是有个谢琯樵，在省城卖画。"学政便下一道谕文，叫差役传谢琯樵来见。

其时谢琯樵寄寓某处，每日求画的人不计其数。这一天，忽然来了差官，说是奉新任徐学政谕请见。求画的人都觉得好大的面子。谁知谢琯樵打开谕文，见写着"管樵"二字，便说："小生姓谢，不姓管，不敢冒姓奉召，请退回大人。"差官说："大人新来乍到，偶尔笔误，请先生包涵。"谢琯樵说："烦你上覆学台：姓管名樵不是我，就行啦。"差官只好回去覆命。学政换了一道谕文，谁知谢琯樵再次拒绝，说："小生一介布衣，礼不受召。小生若强颜前往，难免趋炎附势之嫌，还请上覆大人三思为是。"

徐学政见谢琯樵恃才傲物，心里厌恶："本院堂堂钦命提督学政，两次传宣于你可谓身价百倍矣，竟敢如此狂妄！"本想发作，忽然想到皇上亲口嘱咐，倘不稍示谦恭，恐负圣意。于是宣谕："择定吉日，本院前往谢琯樵寓所拜访。"

谢琯樵接到消息，心想：两次拒绝传宣，他还要来见面，看来是有点诚意。只是要杀杀他的官威，不要让他小看八闽文士。他立即找朋友商量，作了一番准备。

到了择定的日子，徐学政乘坐八抬官轿，全副仪仗执事，前呼后拥，鸣锣开道，直趋谢琯樵寓所。正要下轿，师爷来报，谢琯樵不在此处了。徐大人慌忙住轿，勘问：“你们不是说住这里吗？”师爷说：“昨晚还在，只是今天搬走了。”徐大人和亲随一齐上前，只见门外贴一纸条，上写：“鄙人乔迁××坊××巷底，索画君子，请移贵步。谢琯樵启事。”徐大人心知谢琯樵有意作弄，但只好隐忍不发，传命：“转道谢琯樵新寓。”转身上轿，继续威风凛凛而行。

来到××坊巷口，师爷禀请住轿步行。徐大人问：“到了吗？”师爷说：“还没到，前面路窄，官轿抬不进去，只好步行。”徐大人想，今天既已劳师动众，怎可半途而废？为了皇上御口特旨，只得一忍再忍，下轿步行。于是传命：官轿和仪仗执事，当街停扎，其余人众随他步入坊巷。徐学政慢移方步，两手扶住玉带，一晃一晃地走进坊道。亲随们簇拥两边，缓缓地来到一道小巷口。小巷阴暗，路面高低不平。师爷带路，学政一颠一跛，好不容易走到巷底，果见一所光洁雅致的民房，门楼外贴了一张红纸，上写：“谢琯樵画寓。”

此时，谢琯樵早已衣冠整齐地站在门口恭候了，一见学政，抢先行礼。徐大人对他的恶作剧虽然记挂在心，但看见他谦恭有礼，诚挚相迎，又见他生得眉清目秀，风流潇洒，不由得产生好感，随谢琯樵走进庭院。寒暄已毕，谢琯樵先问：“不知大人莅临寒舍，有何贵

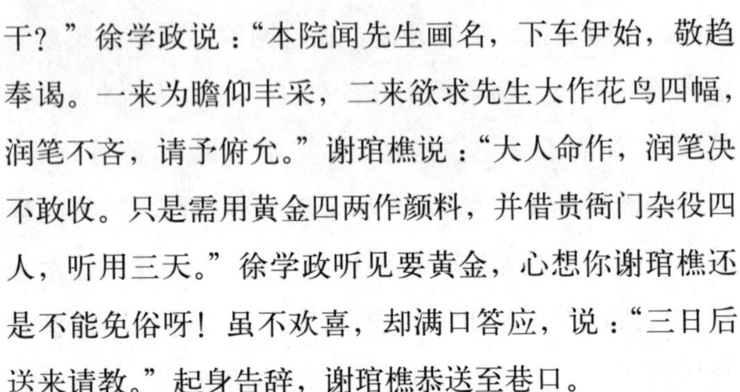

干？”徐学政说：“本院闻先生画名，下车伊始，敬趋奉谒。一来为瞻仰丰采，二来欲求先生大作花鸟四幅，润笔不吝，请予俯允。”谢琯樵说：“大人命作，润笔决不敢收。只是需用黄金四两作颜料，并借贵衙门杂役四人，听用三天。”徐学政听见要黄金，心想你谢琯樵还是不能免俗呀！虽不欢喜，却满口答应，说：“三日后送来请教。”起身告辞，谢琯樵恭送至巷口。

徐学政穿过坊道，走出街口，见人山人海围观，心里好生不乐，便赶紧上轿，前呼后拥而去。三日后备了四两黄金，命四个杂役带去谢琯樵寓所听命。

谢琯樵收下黄金，就叫四个杂役把四两黄金磨成金粉。四名杂役磨了三天，才全部磨成。这时，谢琯樵刚画好墨稿，就令人把金粉撒上，但见春夏秋冬四幅名花俊鸟，金碧辉煌。因为金粉未干，画不能卷收，谢琯樵就叫四个杂役两手横拱，张开画面，一人拿一幅画，慢慢走回去。

一路上行人轰动，万众围观，都说从没见过这样的画。四名杂役，挨挨挤挤，走走停停，直到傍晚，才送到学政衙门。徐大人命人将画挂上厅堂，但见金光闪烁、满壁生辉。学政这才佩服樵琯的确才识非凡，难怪皇上着意搜罗呢。

次日，总督、巡抚，将军和布、按二司听说有此画，都到学政衙门观赏，省城名士也纷纷登门瞻仰拜读。徐学政得意洋洋，忙碌了好几天。等他稍得闲暇，打算第二次登门拜访时，师爷却带来消息：“谢琯樵已于几天前回诏安去了。”

（以上三则由诏安县谢镇江讲述，谢继东整理）

后　记

20 世纪 90 年代，神州大地，全国上下，各省、市县、乡镇，都曾开展一次规模浩大的搜集、抢救民间文学（故事传说、歌谣与谚语）的活动，人数之多、范围之广，前所未有，号称“修筑民族文化的万里长城”。我们幸逢其盛，参与其中，取得一些可喜的成果，全市共搜集、整理、编印出五十多册的《民间文学集成》。我们为尽己所能、贡献微薄力量而感到欣慰与自豪。

然而，无可讳言，由于时间短、人手不足、水平有限，文稿较为粗糙，未尽如人意；加上当时的要求仅是“原汁原味，保持原始面目”，因此，难免文稿不够简练与过于口语化；更为遗憾的是，印数极少，无法在更大范围内广征意见，接受广大父老乡亲的检验。

我们感激大龙树（厦门）文化传媒有限公司慧眼识珠，理解这批民族文化遗产的宝贵价值，约请我们着手选编这套《漳州民间故事丛书》，丛书分为历史人物、旅游景点、名优特产、民谚俗语、系列故事等五种，共七册，并予投资付梓，由吉林出版集团有限责任公司出版。这给我们巨大的支持与鼓舞！我们尽管年事已高，仍不辞辛劳，阅读大量的原始材料，从中挑选精华，并修补加工、铺平理顺，用将近一年时间，才完成选编任务。我们用双手将它们奉献给广大读者，欢迎批评指正！但愿这笔丰厚而珍贵的文化遗产能得到完美的传承。

在丛书的选编过程中，承蒙张叔言、李锋、夏利瑛、许荣勇、黄江辉、陈展木、吴勤、张大伟、郭锦标、陈展木、严国良、陈绍雄、陈进昌、黄金山、李云章、饶秀峰、

郑益和、陈圣典、李森昌、兰臻、庄温英、刘锡安，还有香港的吴东南、林广兆、沈文川、戴建评、林绍奋、林明琛等先生、女士，分别以各种不同形式提供宝贵的支持与鼓励。尤其是年近九旬的吴东南先生和年逾八十的林广兆先生为了家乡的文教事业，仍奔走呼号、慷慨解囊，令人感动；漳州市的老领导、中共中央台湾工作办公室、国务院台湾事务办公室常务副主任郑立中先生在百忙中为本丛书撰写总序；江西坤先生为本丛书题签；张亚清、翁福、何池、杨西北、吴东南等先生分别为各册撰写序言，为本丛书增辉添彩；黄灶顺先生赶画插图，市、县旅游局、博物馆等单位、个人热心提供精美照片；沈顺添、林兆明、林长华、唐崧、林艺谋、黄荣才、陈明杰、张永忠等作者及时惠供新稿；香港漳州同乡总会与香港华安同乡会、香港漳州二中校友会等捐资购书赠送家乡有关文教单位。对方方面面的关心支持，在此谨致衷心的感谢！

同时，我们也要将此丛书献给搜集、整理、编辑《漳州及各县（市、区）、乡镇民间文学（故事、歌谣、谚语）三套集成》的参与者们，我们永远难以忘却那段并肩度过的峥嵘岁月，永远铭记你们为传承民族文化遗产所付出的辛劳！

由于通联地址变迁等原因，我们无法再逐一征求各原整理者的意见，错漏在所难免，敬祈谅解。因不少整理者近况、住址不详，无法联系，见本书后，请发函与1471480724@qq.com电子邮箱联系，以便转致薄酬。

卢奕醒　郑炳炎

二零一三年五月于漳州

漳州民間故事叢書

江丙坤 敬題

漳州民间故事丛书

闽地多雄杰

漳州历史名人传说（上）

卢奕醒　郑炳炎　编

吉林出版集团有限责任公司

图书在版编目（CIP）数据

闽地多雄杰：漳州历史名人传说：全 2 册 / 卢奕醒，郑炳炎编．-- 长春：吉林出版集团有限责任公司，2014.5

（漳州民间故事丛书）

ISBN 978-7-5534-4321-8

Ⅰ．①闽… Ⅱ．①卢… ②郑… Ⅲ．①民间故事－作品集－漳州市 Ⅳ．① I277.3

中国版本图书馆 CIP 数据核字 (2014) 第 067291 号

书名：闽地多雄杰：漳州历史名人传说（上）
Mindi Duo Xiongjie: Zhangzhou Lishi Mingren Chuanshuo

编　写　卢奕醒 郑炳炎
策　划　大龙树（厦门）文化传媒有限公司
责任编辑　李婷婷
责任校对　金依莎
封面设计　陈氏设计室 chen-design.com
插　图　黄灶顺
开　本　880mm × 1092mm　1/32
字　数　152 千字
印　张　8.375
版　次　2014 年 5 月第 1 版
印　次　2014 年 5 月第 1 次印刷
出　版　吉林出版集团有限责任公司
发　行　吉林出版集团有限责任公司
地　址　长春市人民大街 4646 号
邮编：130021
电　话　总编办：0431-86029858
发行科：0431-88029836
印　刷　金玺彩印有限公司
ISBN 978-7-5534-4321-8　　上下册定价：45.00 元

总序

漳州是国家历史文化名城、中国优秀旅游城市、国家园林城市、国家卫生城市，著名的侨乡和台胞主要祖居地之一。她历史悠久、物华天宝、人杰地灵、文化灿烂，素有“海滨邹鲁”“ 花果之乡”之美誉。我有幸曾在漳州工作多年，深感漳州的每一项成果，都凝聚着四百多万龙江儿女的汗水与智慧；漳州山美水美文化更美，特别是大量的民间故事，宛如一颗颗明珠串连起人们对美好生活及传统文化的向往与继承！

大龙树（厦门）文化传媒有限公司能够组织出版《漳州民间故事丛书》，是很有眼光的善举，功德无量。大量娓娓动听的民间故事，是历代先民口口相传、搜集整理、演绎提炼而成的。它讴歌真、善、美，鞭挞假、恶、丑，具有浓郁的生活气息、乡土芬芳和感人的艺术魅力。它是历史的见证、优秀的民族传统文化的精华，传承、宣扬这些宝贵的非物质文化遗产，很有意义。卢奕醒、郑炳炎两位老先生，长期从事民间文学工作，虽年逾古稀，犹不辞辛劳，拾贝撷珠，编书付梓，难能可贵，精神可嘉！相信这套丛书一定会得到广大读者的欢迎与喜爱。

潮平两岸阔，风正一帆悬。漳州与宝岛台湾一衣带水、

“五缘”情深。早在史前冰河时期，“东山陆桥”多次露出海面，使两岸连为一体；明清时期，漳州先民携妻带子、引亲呼朋、结社同行，举族迁徙宝岛台湾，曾成为一大社会景观。乡土语言习俗、故事传说、歌谣、谚语等，也一并伴随流入台湾，并世代承袭下来。本丛书的出版，可促进两岸文化交流，增进两岸乡亲的互相了解与认同，以及对故土的思念与眷恋。

因此，我热烈祝贺《漳州民间故事丛书》的出版！

祝愿漳州民间文学之花开得更加绚丽多彩！

祝愿漳州各项事业更加蒸蒸日上、灿烂辉煌！

祝愿漳州的父老乡亲更加幸福美满、顺达安康！

序

漳州人杰地灵，物华天宝，历史上曾出现许多名人，并留下许多历史名人的足迹。他们是不同时代的风流人物，在历代民众中产生了广泛的影响，因而留下了许多神奇的故事和感人的传说，就像九龙江水世代长流，经久不息。卢奕醒和郑炳炎两位先生共同选编的《闽地多雄杰——漳州历史名人传说》，把这些故事和传说汇集起来，编成专辑，这是保存和传承漳州历史文化的一大善举，可嘉可叹，可喜可贺！

《闽地多雄杰——漳州历史名人传说》主要收集唐宋明清历代二十余位漳州历史名人的故事和传说一百六十多篇，其中有祖籍漳州的历代名人，如林震、黄道周、颜思齐、蔡新、吴凤、蓝氏三雄等人的故事；也有经略漳州的历代功臣宿将，如陈元光、朱熹、戚继光、郑成功等人的传说；还有一些文人学者的传说。这些故事和传说在历史事实的基础上，通过历代民众的集体创作、加工、演绎和神化，因而显得环环紧扣，起伏跌宕、丰富多彩、娓娓动听。尽管其中有不少情节是想象和推理的，但从总体上来看，它是历史真实生活的反映，弘扬的是祛恶扬善、扶正祛邪、歌颂公理、主持正义、爱国爱民、激扬向上的“主

旋律”。读之阅之品之，既可从中窥视历史烟云的变化，亦可接受历史文化的熏陶，真可谓是善哉乐哉，一举两得！

历史文化的传承，需要一批热心人。他们不为名不为利，就是要把上辈人流传下来的故事，通过他们的认真广泛收集和加工整理，流传给下一代。《闽地多雄杰——漳州历史名人传说》中所有的故事，都是由许多这样的热心人口述，并由许多这样的热心人花费了许多心血予以整理加工而成。他们在口述、整理、编纂“历史雄杰”的过程中，也不知不觉地让自己成为了历史文化传承的雄杰，这是很值得人们引以为豪并敬而仰视的。

由于本书所编选的故事多数是由闽南民间人士口述整理而成，其中夹杂着不少闽南地方方言和俗语，体现出原汁原味的地方特色，相信外地读者不会因此而苛求。这也构成了此书一大特色，即《闽地多雄杰——漳州历史名人传说》不但留下了数百年的历史传说与故事，也留下了许多即将消逝的闽南地方方言与俗语。这理当为今人所赞赏，并为后人所庆幸的。

一些口述与整理本书故事的热心者，业已进入迟暮之年，有的已经作古。他们中有的人在临终之前，还不忘把

自己搜集和整理的书稿，托付知心的友人，交代他们一定要流传下去。他们所盼望的是，即使社会已进入现代化的今天和明天，历史所流传下来的故事，不会因时代的变幻而为历史所湮没，使历史文化能够“长流水，不断线”。其热心可嘉，忠心可鉴，可歌可泣。历史应当向这些热心人致敬！向他们端端正正地行感戴礼！

是为序。

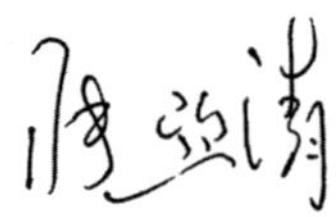

张亚清，系中国作家协会福建省分会会员，退休前任中共漳州市委宣传部副部长、《闽南日报》社社长，著有《九龙江·连家船》一书获省优秀文学作品奖，还出版过《读书札记》《团团想——我读中国四部古典名著》《谈古说今》《拾杂集》《即将逝去的船影》等书。

目　录

一、开漳将帅的传说

陈元光（657—711 年），字廷炬，号龙湖。祖上河东（今山西省）人，后迁居河南光州固始县。祖父陈克耕曾随唐太宗攻克临汾等郡，父陈政从征，因功得受玉钤卫翊府左郎将归德将军。唐高宗总章二年（669 年），陈政奉命出征，统领南行军总管。唐高宗仪凤二年（677 年）四月陈政病逝，陈元光代父领兵，恩威并施，平定闽南啸乱。

唐武则天垂拱二年（686年）十二月初九日，陈元光上疏奏请在泉州、潮州之间设漳州府获准，并受命为中郎将右鹰扬卫率府怀化大将军，兼漳州刺史。他举贤任能，率开漳将士披荆斩棘，辟地置屯，招收流亡，经营农业，积蓄粮食，通商惠工，兴贩陶冶，使生产发展，经济充裕；又剪除盗贼，奏立行台于四境，时常巡逻，强化治安；还创设学校，训诲士民，使“方数千里，无桴鼓之声，号称治平”。

唐睿宗景云二年（711年）十一月，粤东蛮獠犯境，陈元光率轻骑抵御，受伤阵亡，民间奉他为“开漳圣王”，著有《玉钤集》《龙湖集》。

1. 归德将军奉旨南征

唐朝初年，闽粤之间，从泉州到潮州一带，尚属化外，是一片未开发的蛮荒之地。这里居住的土著居民过着刀耕火种和狩猎生活，中原人称之为蛮獠百峒。唐高宗总章二年（669年），蛮獠首领苗自成、雷万兴率众造反，攻城掠地，烧杀抢掳，老百姓叫苦连天。潮州府向朝廷告急，请求派兵入闽平乱。

高宗皇帝审阅战报，龙心大怒，立刻下令调兵遣将、发兵征剿。兵部侍郎启奏说：“玉钤卫翊府的左郎

将、归德将军陈政，谋事谨慎、有勇有谋，此行非他莫属。”皇帝恩准，降旨封陈政为岭南行军总管，即日领兵征讨蛮獠。

陈政时年已五十四岁，自感年老多病，不堪重任，就上表辞谢。皇帝下诏勉励他说：“莫辞病，病则朕医；莫辞死，死则朕埋。”他无可推辞，只好遵旨率领一百二十员部将和三千六百名军校星夜出征。

陈政以文武全才、机智勇敢的许天正为先锋，沈世纪、林孔著为参军，李伯瑶、欧哲、张虎、马仁等为分营将，十三岁的儿子陈元光也随军出征。

他们星夜兼程，逢山开路，遇水搭桥，终于来到九龙江边。想不到这里依山面海、山高林密，蛮獠百峒分散在崇山峻岭之间，叫你看不到、抓不着，要想征剿更是不易；等你驻扎下来，蛮獠却突如其来，袭击你的营盘，抢劫你的粮食、兵器，神出鬼没，让你一刻也不得安宁。陈政很伤脑筋，苦苦想不出对付的良策来。

有一天，他忽然想起：前些日子在与前任地方官员曾镇守交割事务时，座间有一位儒将，一表人才，谈吐出众，听说是曾镇守的乘龙快婿，姓丁名儒，不但对闽南一带的地理民情非常熟悉，对蛮獠的情况习俗也了如指掌。他认为这是个难得的人才，决定亲自登门求教。

这丁儒字学道，是淄州济阳人。他精通经史，喜欢吟咏诗词。麟德年间，随老丈人来到闽南。六年来，他

对地方情况深入考查，正想施展抱负，未料岳父又要离任携眷北归，真有点舍不得离开。家人忙着收拾行装，他却只顾饮酒作诗，不动声色，心里盘算着要怎么办。

有一天，家人忽然来报："归德将军来访。"他心中一喜，急忙出门迎接，一见面就笑着主动询问道："将军近日军务繁忙，讨伐蛮獠战事可否顺利？"

陈政苦笑着摇头道："实不相瞒，真难啊！蛮獠难以对付，叫我束手无策，今日特来移座就教。"

丁儒谦逊地说："不敢，不敢，晚辈才疏学浅，不敢造次。不过，依愚之见，对付蛮獠应以智取，不可力剿，要恩威齐下，剿抚并作，攻心为上，使蛮獠心知感激，方能安定边陲。"

陈政一听大喜，急忙靠前聆听，两人侃侃而谈直至深夜。第二天，归德将军恳切地请丁儒担任军咨祭酒（高级参谋），他也痛快地答应下来。

丁儒到军中视事数日后，就提请归德将军凭借九龙江天险，在北溪东岸插柳为营，屯兵建堡。他说："这里正当溪海交汇之处，两山夹峙，波涛激涌，易守难攻。据此，进可以攻，退可以守，蛮獠难以偷袭骚扰，将士在此安营扎寨，可以高枕无忧矣。"于是，陈政就下令唐军在北溪开始屯垦，假装不再进军了。后来，人们就把这条北溪叫作"柳营江"。

（芗城区啸华、卢奕醒整理）

2. 陈政渡溪西

唐高宗诏令陈政带兵平定泉潮之间的南蛮啸乱，十三岁的陈元光随父南征。官兵行至九龙江边的柳营，看见两山夹江对峙，山形如狮似象，雄伟矗立；江面波涛汹涌，后浪追逐前浪，排浪拍岸，声如闷雷，水花飞溅，太阳照着金光闪闪，好一幅秀丽的山水图！官兵们一路劳累，至此都精神为之一振，很快地安营扎寨。

陈政将军与曾镇守交接后，致力整顿内务，准备将来艰苦征战。哪知道南蛮苗自成、雷万兴两首领早有准备，纠集一万多个蛮兵蛮将，气势汹汹地前来，准备顽抗。

陈将军看见南蛮战将剽悍，蛮兵蛮将都身佩刀剑，带着强弓药箭。他知道他们以狩猎为生，精于射击，与虎豹生死搏斗十分勇敢，虽是乌合之众，却锐不可挡。他估计没有足够的兵力难以取胜，就采纳前锋分营将李伯瑶的骄兵之计，一面沿江竖柳为营，表示不再进取，麻痹对方；一面派人上京向皇帝请求增兵支援。

南蛮看见唐军守着柳营按兵不动，以为怯战，就放心地设宴狂欢畅饮。有的袒胸露背手捧大碗酒狂饮，叫着“痛快痛快，再干一碗”；有的离席蹲在地上，紧一阵慢一阵呕吐不止；有的发酒疯，高叫“打过江去，不把官兵杀得片甲不留不是好汉！”苗、雷首领指着波涛汹涌的宽阔江面说：“要有船和木筏才能渡江作战。”雷首领说：“打仗要有勇有谋，项羽力能拔山，还是败在韩

信的手里。我们需打听官兵运粮通道，狠狠地把它扼断，看他们能呆多久！”众人都信服地点头，听从他的号令。

唐兵援军到了，陈将军以为兵马还是比南蛮少，正面渡江胜负难料。人地两疏，一时也想不出对策。晚上，他心烦意乱，迷迷糊糊趴在桌上睡了。他梦见土地公拄着龙头拐杖，招手叫他走近，眼前出现一湾绿色的江水，对岸山林茂盛。土地公掷下拐杖，化成一条青龙。他跨上龙身，飞到对岸跌落山下。一觉惊醒，他如有所悟，连夜请军师丁儒来商议对策。

军师说：“南蛮兵多将猛，要出奇兵制胜。”陈将军把梦里的情况说了，军师说：“天人指点，请沿江往上找偷渡的渡口。”

探子找到游仙乡九龙里松州保溪西湾香州渡口（今浦南镇溪园渡口附近），军师实地察看后禀告陈政。将军高兴地说：“天助我也！”两人兴奋地很快商定作战计划。

第二天，陈政升帐，众将礼毕。陈政即点马仁和卢如金要如此如此，许天正、李伯瑶、沈世纪要这般这般，各人领了将令立即行动，其余将领也都有具体安排。

为了掩护行动，丁儒带着老弱官兵在柳营前张灯结彩，晚上灯火辉煌；巡逻兵刀枪闪亮，来往穿梭，蛮兵以为唐营在办什么喜事。起更时，陈政亲率中军和五路兵马先后出发，人含枚，马摘铃，马蹄裹布，悄悄地往

松州走去。

海龙王得到消息后，忖度镇守潭内的九龙江龙王平时见识较少，喜欢捉弄人，雨天就兴风作浪，把船家吓得三魂出窍，七魄升天；有时还掀翻船只，让鱼虾水卒尝尝人肉的味道。于是，他特地下令："陈政王爷要渡江，一定要保护好，出了事要砍头！"潭内龙王不敢怠慢，亲自出马，确保江面风平浪静；还用脊背顶住木筏，让陈将军的兵马顺利完成偷渡。百姓说："陈政渡溪西，龙王背木排。"

官兵渡过九龙江，由向导领着沿小路疾行。四更将尽，队伍进入树林里隐蔽起来，就地休息。而这时的唐军大营却是煮饭的炊烟袅袅，旌旗迎风飘扬，人来人往，川流不息，蛮兵蛮将的眼睛都被骗过了，没有觉察唐军的行动。

晚上，忽然一声炮响，鼓声阵阵，杀声震天，火光映红天际。官兵从三个方面向南蛮的大帐压过去，蛮兵蛮将从睡梦中惊醒，慌里慌张仓惶应战，因是乌合之众，早已乱成一锅粥。官兵的武器长短配合，钩镰枪最好用：上刺人身，下钩马腿和人的足踝，杀得南蛮人仰马翻，哀爹叫娘。

蛮将中有三个勇士最勇猛：二猛穿着短裤衩，拿着长刀，"呀呀"地吼叫。他拨开刺来的长枪，抢过去，一刀结束了一个官兵的性命。李伯瑶看见二猛勇如猛

虎，立即冲杀过来助战。他避过了二猛劈过来的横刀，依势抖个斗大的枪花，刺向二猛的咽喉；二猛正要闪身，露出右边空当，李伯瑶中途变招，一枪搠中二猛的右肩；瞅个准，再回马一枪，把二猛的眼球挑出来，再补一枪，要了他的性命。

在西北方，陈政的副将、宣威将军许天正力战大猛和三猛，刀光剑影，险恶至极。李伯瑶又前去助战，一枪逼开三猛。许天正少了个对手，立施杀手，左手虚刺一剑，右手即挥剑把大猛的脑袋削落在地。李伯瑶和三猛交手不上三回合，也一枪结果他的性命。

在东北方，沈世纪带着方阵，横冲直撞，如入无人之境，杀得蛮兵四散逃走。原来放开的东南面，南蛮的败兵刚走不上几里路，山上一声炮响，旌旗招展，马仁已在前面堵住去路，卢如金从后面杀出，前后杀声连天。陈政看见蛮兵蛮将尸横遍野，士无斗志，就传下将令：降者免死。蛮兵蛮将又饥又累，纷纷投降。不愿降者，慌不择路，有的跌落陷坑，有的被绳子绊倒，搭钩不是钩住衣服就是扎进皮肉，一个个被拉去捆绑起来。

这一战，蛮兵蛮将死伤过半，被俘众多，个别侥幸逃脱，苗雷两首领不知去向，官兵大获全胜。

有人主张说，蛮人难以制服，干脆把俘虏全部杀掉。陈政也听说过蛮人凶暴狡狯，却也知道他们性情豪爽重义，被欺侮时才蛮性发作，一时难以决断。丁儒和

许天正则坚决主张要像诸葛孔明七擒孟获那样，对蛮人，攻心是上策，不得已才用兵。丁儒还提出：对蛮人一要划土地给他们居住和耕种；二要派人教会他们耕种土地和种植作物的方法；三是不要让他们交赋税，不出徭役。

丁儒从俘虏中挑选了几个小头目，带他们到大营面见陈将军。陈政以礼相待，宣布了几条招抚措施。小头目泪流满脸，跪下来说："我们被汉人欺压得喘不过气来，被官家逼得活不下去，因此聚众反抗。将军不仅不杀我们，还给了我们生路，把我们当人看待，此恩此德如再生父母，我们不再反了。"

陈政说："皇恩浩荡，泽及万物。你等回去要劝解乡亲伙伴，归附者就是这样优惠处置；执迷不悟者，兵戎相见，那样无异于以卵击石，到时后悔也来不及了。"

小头目再三叩谢恩德，回去后广为宣达，众人均有归顺之意。陈政和龙溪县令商量后，在九龙江北溪西岸划出大片土地给归附的蛮民居住，称为"唐化里"。

官兵在打扫战场时，发现许多伤病人员。许天正略懂医术，他亲自为受伤的官兵包扎、疗伤，还说服下属为蛮兵蛮将看病、治疗。他说："王者之师，应该宣扬仁义，元恶当诛，其余要宽大为怀，以慰人心。"他的仁义之心和良善的举动深得民心。许多人一直以为他是军医而不是将军，所以普遍地尊称他为"许先生"。他逝世后，九龙里建成松州大庙，他也被当为祭祀的对象

之一，而不顾路途遥远专程来此向许先生求医问诊的善男信女更是不计其数。

陈政打了胜仗，移师九龙江西岸，以图进取。龙溪县令和各地派来的父老，带着猪羊鸡鸭、鱼鲜米酒等来犒劳三军。陈政又带领乡民开田建寨，发展经济。百姓为纪念将军，把九龙里松州保溪西湾的一座山称为“龙峙山”，又名“龙瑞山”。在松州大庙前流过的涧水上筑一座弯弯曲曲的石板桥，象征连结的木筏，称之为“水蛇过江”。通往宣威将军许天正墓的道路，也铺成一条像木筏的石路，称之为“蜈蚣出水”。

几十年后，陈元光写《候夜行师七唱》这首诗，回忆这段生活说：“一从长发离京城，侍父寒暄经万程。上吁玄天低吁地，朝瞻红日夜瞻星。诸军喜抵王师所，四顾伤为荆莽垌。群落妻奴凄泣声，俄然戎丑万交横。司空淑人频劝谕，英雄死义无求生。马皮远裹伏波骨，铜柱高标交趾惊。振旅龙江修战具，移文凤阙请增兵。”

（芗城区钟瑞春、何老尾、肖金太、徐荣华等讲述，杨惠民整理）

3. 陈政在九龙山（三则）

归德将军在柳营江站稳了脚跟后，安排军校就地屯垦，由军咨祭酒主持军中事务，自己带领一支兵马去攻打桃源峒。

（1）倒插竹

桃源峒在现今华安县境内仙都镇和湖林乡地界。陈政骑着高头大马，由兵将们前呼后拥着，带着大队人马浩浩荡荡地前进。一路上锣鼓喧天，旌旗蔽日，来到桃源峒前，安营扎寨，摆开决战的架势。

桃源峒主蓝飞很年轻，身强力壮、武艺高强，而且粗通兵法。他非常痛心节节失利，决心打败唐军，收复被占领的峒寨，重整畲族军威。探知陈政兵精将勇，他与军师商定，“不可力敌，只能智取”，又心生一计：派出一名老卒，送一份战书到陈政案前，约定三日后，两军摆下阵式比输赢。战书上写道：“唐军如能破我畲阵，甘愿献出畲山和百家畲峒，俯首归降，不再反叛。”

陈政看罢战书，冷冷一笑，心里想：你等鼠辈，纯属乌合之众，军行无伍，作战不知进退，不知兵法阵式，岂能摆阵？不过是个缓兵之计罢了。也好，我军自出京城后，连日行军作战，确也劳累，不如借机休整一番，等三日后，厮杀一场，管教他抱头鼠窜，望风而逃。于是，他信手提起朱砂笔批下四个字：“依期决战。”然后下密令，除巡逻放哨外，全军就地安营扎寨，休息三天。

瞭望的哨兵回报桃源峒主说：“唐军人卸甲、马下鞍。”常言道：气可鼓而不可泄。陈政下令休息，正应泄气之嫌。那桃源峒主听罢探报，即下令：“三更下山，

四更歼敌，务必人人奋勇，个个争先，不前者斩。”

陈政的将士们，自出京城后，日日行军；近来又天天打仗，现在将军下令休息，人人欢欣雀跃，纷纷倒头沉睡。待四更时分，军营唿哨四起，敌兵飞舞刀枪、高举竹木，见人就杀，见马就拉，哪肯放松？霎时间，营盘四处起火，唐军官兵仓惶应战，手忙脚乱，兵不及穿甲，马不及备鞍，乱成一团，丢盔弃甲，四散败逃。陈将军在李伯瑶、马仁等战将的簇拥下，乘上战马，拼死突围，横渡九龙江，往泉州方向奔逃。蓝飞挥刀，命令兵士随后紧追，前后堵截，左右夹击。直杀得天昏昏、地蒙蒙，双方激战了三天三夜，唐军才冲出重围。

傍晚时分，陈政收拾残兵败将，退到仙都地面，迎面一座高耸的大山挡住去路。抬头一看，此山绵延百里，高有千尺，十分险峻。一问，才知道这便是远近有名的九龙山。陈政马上命令抢占山头，堵塞路口。稍稍喘过一口气后，又令清点人马，发现只剩下一百单八骑，其余生死未卜，不禁流下伤心的眼泪。他命令先锋马仁立刻选择水草之地，连夜伐木安营，防止追兵突入。将士们摸黑造寨，哪管竹木的头尾，随砍随扎。

第二日黎明，陈政起身巡视营盘时，看见许多竹子都是倒插的。不料以后，这些夜里插的竹子竟然都活了过来，只是长出来枝叶都是向下生长的。这就是后来华安仙都的“三宝”之一——“倒插竹”的来历。民间流

传谚语说："蛮王机灵，陈政轻信，造宝马仁。"就是指这一段故事。

（2）四脚鱼

唐军兵将在梦中惊逃，粮草辎重全部丢弃，陈政只好命令唐军分兵把口，坚守山头。蛮兵几次冲杀都被打败，那峒主蓝飞知道陈政确是能征惯战，用兵得法，不敢强攻，采用围困断粮之计，想将唐军饿死在九龙山上。

那九龙山上有九龙湖，水草丰足，盛产鱼虾，只是缺少粮食而已。陈政一边派遣将领拉着绳子坠下悬崖入京求援，一边宰杀受伤的战马充饥度日。后来伤马吃光了，只好宰杀战马，借以苟延时日。最后只好捞鱼虾、挖树根吃了。

那年代，交通不便，警报报到京城后，又得调兵遣将，调拨粮食器械……早已过了一百天，九龙山上的战马全都杀了，救兵还是未到。

忽然有一天，九龙山下响起隆隆的炮声，人喊马嘶，烟尘四起。一群群的蛮兵挥舞刀枪，摇旗呐喊，陈政还以为蛮王下令要强攻九龙山了。但登高一望，才发现蛮兵们个个面向山外，远方烟尘中唐军旗帜飘闪，"陈"字帅旗鲜明耀眼、迎风招展。陈政知道是救兵来了，一百单八位战将也欢天喜地，恨不得立刻冲下山去和援军会师哩！但是一想到战将无坐骑，如何与敌军对

阵冲杀呢？大家面面相觑，束手无策，便伏跪在九龙湖畔，面向北土中原哭拜，祈求上天赐给战马，好去冲锋陷阵。

将士们的哭声感动了上苍。忽然间，九龙湖里的一种小鱼，竟然长出了四只脚，纷纷从湖中爬上岸来，一翻滚就变成一匹匹高头骏马，那扁平的小鱼尾也慢慢地变成战马的长尾巴了。将士们一见大喜，立即飞身跨上战马，挥舞手中刀枪，冲下山去，从蛮兵背后掩杀过去，奋勇杀敌。蛮兵猝不及防，死伤无数。陈政等人杀开一条血路，和援军胜利会师了。

据说直到今天，仙都地带的溪边湖里还生长着一种只有两寸长短的“四脚鱼”，这就是当年来不及变成龙马的四脚鱼的遗种。

（3）五雷宫

据说，唐皇接到陈政的通报，连夜召来兵部尚书，点来点去，派不出比陈政更能干的将领挂帅救援，只好求助于陈政的母亲魏氏了。因为她带过兵，上过阵，深有谋略，而且相信他们母子情深，一定能拼老命打败蛮獠，救出儿子，平定南方。

魏氏领旨后，由陈敏、陈敷充当左右大元帅，带着援兵日夜兼程向闽地进发。到浙江地面，陈敏、陈敷两位老将，由于经受不起军旅颠簸劳顿，又不服南方水

土，染病不起，命丧黄泉。魏太夫人虽年届古稀，仍强抑悲痛，揩干老泪，披盔戴甲，执掌帅印，快速行军，继续向泉州府进发。过了安溪龙涓，就直抵九龙山下的上苑地界。

桃源峒主将全部力量放在围困九龙山，上苑一带只有少数老卒看守粮草。魏氏挥兵攻掠，夺得不少粮草。桃源峒主急忙调拨强兵猛战，回救后方，依兵法守住上苑溪。打了三天三夜，双方死伤无数，却不分胜负。这时，魏氏的贴身丫头丁七娘自告奋勇要领队渡过上苑溪登山解围。

这丁七娘，你道是谁？原来她是樊梨花的师妹，黎山老母的关门弟子。一天，她母亲许氏在清漳河边洗衣，被上游飘来的彩蛋跳入口中，怀了身孕，生下女婴。刚好有一乞食婆讨饭，见了女婴便连声说有缘份，要收为徒儿。许氏便把女婴送与乞食婆，因为时在七月，取名七娘。这乞食婆不是别人，正是黎山老母所变，所以，七娘不但武艺高强，还兼有仙法。

七娘渡溪之后，桃源峒主的后路被抄，丢了粮草。蓝飞深知厉害，便准备先击败援军，再战陈政。丁七娘的女兵男勇被蛮兵团团围困，损失不少，身边仅存六名女将跟随护卫，其余的非死即伤。丁七娘看到蛮兵蛮将齐集周围，正是全歼敌兵的好时机，于是口中念念有词，即时调来天上的五雷，要轰击蛮兵。雷公雷婆应

召前来，降低云头一看，不好！七娘和蛮兵正缠斗在一起，一旦轰击，不是玉石俱焚么？

可是，丁七娘一心只想着要尽快解除九龙山的久围之困，确保唐皇社稷江山的一统，她紧念咒语催动五雷，决心和蛮兵同归于尽。只听霹雳一响，火光冲天，唐军与蛮兵尸首遍地。魏氏趁机率兵冲上九龙山，她们祖孙三代人胜利会师了。

魏氏回到上苑战地，论功行赏，七娘得了头功。为表彰她的功劳，魏氏还决定在七娘的升天处盖座庙宇以为纪念，内祀七娘和六位女将这七位姑娘，人称“五雷宫”。

五雷宫、四脚鱼和倒插竹，并称“仙都三宝”。

（华安县林文元讲述，林焘整理）

4. 陈元光智取飞鹅峒

仪凤二年（677 年），老帅病故，陈元光袭父职不久，广寇陈谦勾结峒旁雷万兴、蓝自成攻陷潮阳，潮州刺史常怀德请求陈元光援兵征讨。唐军长驱直进，连破数十座峒寨后，乘胜追击，渡过柳营江，翻越九龙岭，夜夺陈仓岭，晓发佛潭桥，收复了李澳川。在得仙桥畔，安扎中营后，就派数将去辟建“唐化里”，招抚溃散的蛮獠，使之安居乐业。

蛮獠酋长苗自成、雷万兴率领残余兵马望北溃逃，

妄图倚仗梁山天险，盘踞葵岗岭（今盘陀岭）继续顽抗。鹰扬将军陈元军奉命带领一支人马跟踪追击，来到大路店，只见一座蛮寨挡住去路，就安营扎寨，此处后人就叫“军营铺”。

这是一座建在山上的峒寨，名叫娘仔寨。此山活像一只展翅飞翔的天鹅，鹅头上有一块天然巨石，犹如鹅冠，两旁的圆石，就是鹅眼。只要敲击鹅冠石下的一只天然石鼓，整座山立即冉冉升起，悬浮在高空中，即便有千军万马，也只好仰望兴叹而无法攻击它。

娘仔寨的峒主是个女魔王，名叫金菁娘娘，峒寨女兵都叫她“娘仔妈”。她面若桃花，长相十分妖冶，生性淫逸，经常下山掳掠青年男子，供自己寻欢作乐。她凭借一身好武艺，又会妖法，横行乡里，成为当地的混世魔王。这次，蛮王苗自成、雷万兴兵败到此，她即夸下海口，定叫唐军片甲不留，保他们高枕无忧。这几天，她正秣马厉兵，准备迎战唐军。

这一天，唐军营里三声炮响，鹰扬将军和军师张赵胡率领唐军将士在飞鹅山下摆开阵势，命小将沈世纪出阵。只听得山寨上金鼓齐鸣，金菁娘娘带领一队女兵，打开寨门，冲下山来。只见她身着金盔金甲，腰挂青锋宝剑，骑着一只青毛狻猊，凶神毕露。她手摇一支白扇，轻佻地催兽向前，乜眼斜视唐军小将，只见他面白唇红，长得十分清标俊秀，身着银色战甲，更显得英

气勃勃，不免心中爱慕：好一个标致的中原小将，若能成亲结好，胜似神仙伴侣！于是，她眼挂微笑，娇声问道："来将何名？为何犯我山寨？"

沈世纪看到金菁娘娘出神地盯视他，不禁大怒，大声喝道："番婆听着，我乃大唐岭南行军总管、归德将军麾下先锋沈世纪，今奉命前来讨伐啸乱造反的蛮王苗自成、雷万兴，你若识时务，乖乖献寨投降，本将保你不死，也免峒寨生灵涂炭；若敢顽抗，扫平山寨，后悔晚矣。"

金菁娘娘一听，冷冷一笑说："小将休要夸口，若能赢得娘娘手中宝剑，我就束手就擒，否则拿你回寨，给娘娘洗脚，侍候娘娘一辈子，怎么样？"沈世纪一听勃然大怒，挺起手中银枪当胸刺来。金菁娘娘叫了一声"好枪法"，挽起一个剑花，剑光有如银练般迎上一拨，只听"当啷"一声，火星四溅。沈世纪叫声"好厉害！"赶紧收紧臂膀，变换枪法，一路梅花枪使出来，一枪紧似一枪，上下左右四个枪头，抖开有簸箕大小的一朵朵枪花。俗话说："枪怕摇头棍怕点。"沈世纪的枪尖如同烛影，闪闪发光，上、中、下三路，变化无常。金菁娘娘毫不怯战，只见她剑锋疾转，划出一个圈圈，又是一个个圈圈，大圈圈套着小圈圈，斜圈圈套着正圈圈，瞬息之间，无数剑圈朝着沈世纪套下来，看得观战的将士们眼花缭乱、目不暇接。只见男女两将各自抖擞

精神，奋力迎战，互相厮杀。两匹坐骑几次相交，四只手臂八条腿，像走马灯似的来回奔走。金鼓擂动，两边阵上的甲士各自为他们的主将助威呐喊，“杀呀”“好哇”，吼声震天。

沈世纪越战越勇，金菁娘娘毕竟是女流之辈，已杀得香汗淋漓、胳膊酸麻了。正待手摇白扇，使用妖法取胜，又恐伤害标致的小将，于心不忍。正犹豫间，沈世纪使出一招“白虹贯日”的刚劲枪法，当胸刺来，金菁娘娘叫声“不好!”，用一招“拨草寻蛇”的剑法架开，掉转狻猊奔入峡谷中去。沈世纪大吼一声：“蛮女往哪里逃？！”也拍马追入峡谷。陈元光见状，立即高叫：“沈将军小心中计！”金菁娘娘把沈世纪引入峡谷中，七弯八拐地，转眼间就不见踪迹了。

原来飞鹅山四周林密松翠，三面深沟环绕，道路迂回曲折，形成迷谷，进去容易出来难。不久，山上鼓声四起。沈世纪单身一人在原始森林中左冲右突，寻找出路，可是山路越走越崎岖，眼看夕阳徐徐西下，夜幕渐渐降落山岗，他越走越焦急。正当进退两难时，他忽然想起军师张赵胡临阵前的交代：“飞鹅山的地形复杂，但不管怎样山回路转，只要认准山顶上那块鹅冠巨石，它的鹅嘴总是朝向大路的，只要靠近它就能走出迷谷。”他登高眺望，一眼找到远处巍然耸立的鹅冠巨石。于是，他认准方向，觅路向前，果然走回到原来交战的

那块开阔地，见到正严守阵地等他归来的三百甲士。

见到沈世纪，军师张赵胡笑着对他说：“沈将军辛苦了！山人知道娘仔寨番女对你爱慕有加，不会对你下毒手，你一定会平安归来的。”沈世纪脸如火烧，但他说：“明日交战，我一定要杀掉这淫女蛮婆！”军师说：“若要如此，将军一定要改变尊容，令蛮女怯战，且要先探出飞鹅山的奥秘，才好对付她。”沈世纪点头称是，回营后即特制一个铁面具，上画豹眼红须、青面獠牙的模样，十分狰狞恐怖。他暗笑说：“明天给她一个好看!”

第二天清晨，金菁娘娘下山讨战，指名道姓要沈世纪出战。沈世纪即戴上假面具，换拿开山斧，出来迎战。金菁娘娘一见那凶神恶煞的模样，早已心惊胆战，沈世纪又二话不说，抡起开山斧，“劈劈叭”迎头猛砍三大斧，既猛又狠。金菁娘娘用剑勉强抵挡三下，震得虎口淌血，臂膀酸麻，只得败下阵来。沈世纪顺风扯旗，把开山斧一扬，喊一声：“杀——！”一千唐军掩杀过去，双方士卒展开一场白刃战，直杀得天昏地暗、鬼哭神嚎。

金菁娘娘见势不妙，急忙鸣金收兵，固守娘仔寨天险。沈世纪正要冲上山寨，山上飞石滚木，纷纷掷下，难以招架。又听见石鼓擂响，飞鹅山震晃一下，冉冉升起，像一大块乌云飘浮在天上。唐军将士无可奈何地仰望着，鹰扬将军也只好下令收兵回营再议。

军师张赵胡说：“飞鹅山有个活穴位，石鼓一响，整座山就会腾空而起，还会安全降落。对这座峒寨，只能智取，不能强攻。必须派一位智勇双全的人潜入寨中，找到并破了这个活穴，才能征服它。”

陈元光将军问：“派哪位将军去才合适？”沈世纪推荐说：“非智多星李伯瑶将军莫属了。”李伯瑶双手直摇，笑着推辞说：“不行，不行！我这一面胡须，金菁娘娘是不会看上的。”军师说：“刮净胡须，李将军依然是个白面书生、一表人才，去得，去得！此事就拜托李将军了。”于是，李伯瑶真的就刮了胡须，换上青衣皂帽，手持布幌，摇着响铃，化装成一名走江湖的相士，往飞鹅山去探听虚实了。

这一天，李伯瑶来到金刚山下，看见一座畲民的蛇王庙，便迈步进门去随喜一番，只见方丈室内，蒲团上有一老僧，正在闭目打坐。这位和尚须眉皆白，有如罗汉风貌，不同凡俗。李伯瑶刚要上前施礼请教，只见老僧双目微启，两道寒光直射过来，声音洪亮地开口说道：“天朝将军请了。”

李伯瑶大吃一惊，连忙分辩说：“禅师错认了。小可只是个浪迹天涯的相士而已。”

和尚微微一笑说：“将军免惊。老僧能知过去未来，何况近在眼前之事呢？唐军近日与飞鹅峒主金菁娘娘交战，胜负未分，将军化装前来行事，目的岂非昭然若揭么？”

李伯瑶知道遇见得道高僧，无可隐瞒，就老老实实地自报姓名、来历，虚心地请教攻破飞鹅寨之良策。

老和尚深深地叹了一口气说："俗话说：'城门失火，殃及池鱼'，两军交战，必令生灵涂炭。老僧实不愿见人间相互杀戮，血染山河。将军破寨时若能网开一面，不伤害畲民百姓，老僧倒有一计，可供将军斟酌。"

李伯瑶恭恭敬敬地拱手站立说："敬请赐教。"

和尚说："飞鹅山有个活穴，若能给飞鹅放血，其则成为死鹅。将军附耳过来，如此这般，定能成事。"

李伯瑶听了，脸微微一红，深深鞠躬施礼说："小将聆教，永记在心。"

老和尚挥挥手说："将军好自为之，善有善报，恶有恶报，金菁娘娘的运数也已到头了。"

李伯瑶辞别老禅师时已胸有成竹，他信心百倍地迈开大步向娘仔寨继续进发。一路上，他敲着牛角筒，摇着铜响铃，高声叫道："相命、卜卦，能知过去未来，为人化解灾厄，使人逢凶化吉、遇难呈祥！"

他刚走近娘仔寨的寨门边，只听一通锣响，冲出一群蛮獠女兵，不由分说地把他捆绑起来，说他是唐军奸细，把他押解去见金菁娘娘。

金菁娘娘见李伯瑶气宇轩昂，十分潇洒，心中暗暗夸赞：真不愧是一位中原美男子。她爱慕之至，连忙含笑着亲自替李伯瑶松绑解绳说："先生恕罪，属下无知

鲁莽，得罪之处，望多海涵！”说罢，又是让座、又是上茶，十分殷勤地问：“先生何方人氏？为何来到敝处山寨？”

李伯瑶从容不迫地说：“在下河南固始人氏，自幼学习麻衣相法，并得异人指点，深悟其中三昧，从此浪迹天涯，四海为家。今途经贵寨，多有冒犯，还请寨主宽恕。”

金菁娘娘一听这位相士能预卜人的生死富贵、过去未来，就兴致勃勃地请他替自己相个命。李伯瑶仔细地问了她的生辰八字，又认真地看了她的手相，就满口天干、地支地叨叨个不停，又闭目掐指算计一番，然后就尽讲奉承话，恭维金菁娘娘是贵人天命，将来一定会称王独霸天下，并能得到一位文武双全的如意郎君、缔结美满姻缘。这一番好话直说得金菁娘娘心花怒放，笑逐颜开，当即下令侍女们备办酒宴，为先生接风洗尘。

饮宴之间，金菁娘娘因牵挂军务，心情恍惚，眉宇间流露出焦虑与不安。李伯瑶明知故问，说：“在下善观气色。寨主眼宇间有股煞气，心事重重，定有为难之事，何妨告之一二，小可或能为寨主排解疑难。”

李伯瑶这么一问，金菁娘娘心里暖洋洋，感到知心体贴，便坦然说：“实不相瞒，近日唐军侵扰山寨，作战两日，胜负未分。大军压境，未免忧心忡忡。”

李伯瑶安慰金菁娘娘说：“飞鹅山地势险要，易守

难攻，寨主占尽天时地利的优势，若能上下同心，据险固守，必使唐军劳师无功，自行撤退。”金菁娘娘一听大喜，当即盛情邀请李伯瑶巡视飞鹅山，观察地形，议论对策。

李伯瑶站在后山之巅俯瞰飞鹅山，地形犹如一只正要展翅腾飞的大天鹅，满山的青松翠柏，更像它身上长着的毛绒绒的羽毛。他不由得衷心赞美说：“好一座飞鹅山，真乃是藏龙卧虎之地。”金菁娘娘亲昵地问道：“先生也精通地理风水吗？”李伯瑶谦逊地说：“略知一二。”

“那么，能不能请先生指出飞鹅山风水的不足之处呢？”金菁娘娘问。李伯瑶一听，正中下怀，就趁机进言：“天鹅需要浮水，这座飞鹅山五行缺水。”金菁娘娘一听，惊呼：“先生真乃神人，山寨果真缺水，饮水都得从远处挑来。要怎样才能改变山寨地脉呢？”

李伯瑶用手一指，近处一条长长的石路，正阻挡着从远处金刚山流下的一股清泉，就说：“只要在这石路下挖一条沟渠，把水引到这里就行了。”其实，他指的石路正是飞鹅山的鹅颈，也就是它的一个活穴：鹅颈截断，天鹅还能活吗？金菁娘娘不知是计，信以为真，竟断然决定说：“就照先生的指点办，定使天鹅得水、寨人解渴。”

金菁娘娘与李伯瑶越谈越投机，爱慕之情如火燃烧。当晚饮酒之时，她吐露了真情，说：“先生如不嫌

弃，愿结连理，今后携手同心治理山寨，共图大事。”

李伯瑶也虚情假意地满口答应道：“既蒙寨主错爱，乃是我三生有幸，此情此恩，终生不忘。但婚姻大事，必须选择吉日良辰为好。”金菁娘娘满心欢喜，应道：“这是理所当然！”

于是，两人席间定情，择定当月十五日良辰成婚。第二天，金菁娘娘即请李伯瑶亲临指挥，让寨民和女兵们从远处金刚山开始挖掘渠道，把石路截断，把溪水引过来。鹅颈一被截断，顿时天昏地暗，整座飞鹅山震动不已，鹅颈下涌出红黄色的血水，汩汩流进沟渠中，天鹅已变成一只死鹅，再也不能腾飞了。李伯瑶一见大功告成，就趁机悄悄地溜回唐军大营去了。

金菁娘娘被震声惊醒，赶到挖渠工地，只见血水流淌，她知道出祸事了，急问军师何在，都说不见了，这才恍然大悟，上了唐军奸细的当，破了飞鹅穴。她立即跨上青毛狻猊，手持宝剑与白扇，追下山来。

赶到大路口，只有一块巨石挡道，不见李伯瑶。她一面咬牙切齿地咒骂：“好你个李伯瑶，你这狗狼养的，若被老娘碰见，非挖你的心、剥你的皮不可！”一面拔出青锋宝剑向巨石猛刺过去，竟把一块岩心给钩了出来。后来人们把这巨石叫做“娘仔妈的试剑石。”

李伯瑶在路口见金菁娘娘追来，叫苦不迭，急忙蹑脚闪到道边拔腿飞奔。青毛狻猊眼尖，大吼一声，金菁

娘娘也瞥见了。真是“仇人见面，分外眼红”，只听见她怒喝一声：“李伯瑶，看你往哪里逃？快把脑袋给我留下来！”说罢，一夹青兽，猛追前来。

李伯瑶赤手空拳，胯下无骑，狼狈不堪地向军营铺飞奔。金菁娘娘唯恐他逃回大营，难以捉拿，就将白扇一扇，口念秘诀，只见一团巨型毒蜂向李伯瑶猛扑过去。

正在危急时刻，山岗丛林间，一声“无量佛”，卷起一阵狂风，毒蜂纷纷落地而亡。一位青面红须的道长随风飘落地面。他相貌奇特，坐在大金龟上，头戴道冠，身着八卦衣，手执珍珠旗，高声喝道：“飞鹅峒寨主休得无礼！吾乃大唐岭南行军总管、归德将军的军师张赵胡，李伯瑶将军是我派去破飞鹅山活穴的，‘冤有头，债有主’，有何关节尽管找我算账吧！”

金菁娘娘见此情景，简直火冒三丈，肺都要气炸了。她也回敬一句：“找你算账就找你算账！”说着，白扇一摇，口念秘诀，只见万把钢刀像雨点般从高空降落。张赵胡军师一见，哈哈大笑，说：“小孩子变的戏法，何足惧哉！”他把珍珠旗一举，“疾——”地一声，万把钢刀霎时间全部折断，变成纸片纷纷落地。

金菁娘娘大惊失色，待要转骑逃走，只见张赵胡把珍珠旗一扬，一面天罗地网从高空落下，把金菁娘娘连同她的青毛狻猊牢牢罩住。张赵胡高声叫道：“女寨主，山人劝你，还是投降吧！汉畲并非冤家对头，我们可以

化干戈为玉帛。”金菁娘娘恨恨地咒骂说：“我头可断，血可流，你免想我会投降的！”

这时，鹰扬将军得到李伯瑶报讯，率领众将官冲出大营，将金菁娘娘团团围住。军师张赵胡说：“不可伤她生命，网开一面，让她去吧！”珍珠旗一扬，收回天罗地网。金菁娘娘满面羞容，拍打着青毛兽落荒而逃。

张赵胡见金菁娘娘逃得无影无踪了，不禁开怀大笑，说：“天有好生之德。当年诸葛军师七擒七纵孟获，成为千古美谈。两军交战，不以杀戮为胜，应以攻心为上。”他转身问陈元光：“主帅，不知李将军今在何处？”鹰扬将军说：“他已率领一支人马径取飞鹅山娘仔寨去了。”

当金菁娘娘逃回飞鹅峒时，只见山上插满唐军旗帜，李伯瑶身穿盔甲，威风凛凛地站在鹅冠石上，满面笑容地高喊：“金菁娘娘请了，你要履行盟约，上山来成婚吗？”金菁娘娘一听这话，羞愤交加，气得口吐鲜血，拨转青兽，狂奔而去。

她漫无目的地跑到海边，上天无路，下海无门，无处寄身，只好仰天长叹：“天亡我也，一棋失着终成千古遗恨！罢、罢、罢。”她大叫三声，自刎身亡。死后她变成了穿山甲，在梁山上钻洞栖身。迄今，飞鹅山上还有小庙祭祀娘仔妈哩。

（漳浦县李林昌讲述，啸华整理）

5. 陈元光宴前欲斩婿

有一天，陈元光的军队在中营欢饮庆功酒，并为陈元光庆贺生日。众将官们欢欢喜喜，边喝酒边谈论着争取全面胜利的宏伟计划。

那时候，陈元光的大女儿陈怀珠已嫁给军中的一名勇将、老将军卢如金的儿子卢伯道。这卢伯道生来一表人才，智勇双全，立下了不少功劳。

这时候，卢伯道与岳父正坐在同一酒桌上饮酒。宴席上早已按照漳州的风俗摆满了四盘十二碗菜肴，一碗特殊的“金凤朝阳”菜，用一只煮熟了的大阉鸡切割成块，每块鸡肉的皮互相牵连，完整地放在盘子上，像一只俯卧着的公鸡。

按照风俗，宴会开始，大家祝酒过后，必须由本席上的长辈或主请的贵宾，亲自把鸡头拨转方向，众人才可以动筷子夹菜。

这时，宴席上的鸡头正对着卢伯道，他照俗例把鸡头一拨，就放下筷子，站起来请大家饮酒。酒过初巡，那盘鸡肉却原封不动，大家互相对视，不敢轻易动筷。

陈元光知道漳州还有个敬老的风俗，要等本席最年长的前辈带头动筷，以图吉利。他就首先提起筷子来夹起一块鸡肉，可是没想到这鸡肉块块相连，怎么夹也夹不起来。陈元光望着女婿，希望女婿能够助筷，扯断鸡块。

可是卢伯道只顾喝酒谈笑，根本没有助筷的意思。其他的将官们因为不敢冒犯“以疏越亲”的礼节，只好望着卢伯道将军，心中发急。

突然，陈元光脸色一沉，喝令武士把卢伯道绑出辕门，听令处斩！众将军大惊失色，猜不透是什么原因惹起将军如此动怒，要在宴前辕门斩婿？全营的将士都慌忙纷纷离席，跪地为卢伯道求情，请陈将军息怒宽恕。

陈元光站起身来，对众将士说：“诸位有所不知，我已经隐忍了很长的时间了，这小子自以为是我的女婿，就目中无人、目无军法，每次出战，全然不顾全军弟兄的安危和全局的胜负，争功好胜，好出风头，好几次都险些误了战机，幸亏众将士齐心协力，才不致误事。我早就想要将他治罪，奈因军师和司马等长辈们屡次为他求情、解释，说这小子英勇善战，并无居功自傲、仗势违纪的事实。我看在老前辈的面上，才没有惩治他。今天酒席上的一举一动，却正好暴露了他骄傲自满、目中无人的嘴脸，连我夹鸡块，他都不愿助一臂之力，只顾得意忘形，夸耀自己。这就应了古人的一句俗语：席上不助筷，阵上不助力。说明在战时，他是不会跟大家一起齐心协力去打击敌人的！今天我一定要先把他斩了，以正军法。”

大家这才明白陈元光为何突然发怒的原因。卢伯道被他的岳父一阵训斥，也不得不低头认罪。

众将官讨保无效，眼看卢伯道就要遭殃、身首异处了，别驾许天正急中生智，赶忙离席飞报陈元光的祖母魏太夫人，请她老人家出面为曾孙女婿求情。

陈元光将军见祖母魏太夫人在众人的搀扶下直上中军帐，慌忙跪下迎接。魏太夫人怒容满面，老泪横流，要孙儿陈将军看在她老婆子的份上，宽恕曾孙女婿卢伯道。陈元光见状，恐怕老祖母气坏了身体，加上眼看着众将士众口齐声对他一再苦苦哀求，泪水止不住流淌满脸，只好侧过面去，挥了挥手，说："既然如此，暂且留下这个违反军法的罪人的一条生命，让他戴罪立功，以观后效。但死罪虽免，活罪难逃，必须重打四十军棍，以儆效尤！"

卢伯道被押回中军帐前，伏地谢恩，乖乖地接受了四十军棍的处罚。陈元光看在眼里，痛在心里。一盘"丹凤朝阳"的名菜引起的斩将风波，终于平息了，但陈元光严于治军、铁面无私的动人故事，却从此在民间久久地流传开来，直到现在。

（云霄县陈阿桂讲述，方群达整理）

6. 缅怀杨校尉

陈元光等人平日公务繁忙，但也不忘经常到龙溪县苦草镇松州保的军营进行巡视。一天，他观看了演练武

艺、厚赏了官兵后，特别关怀询问为国捐躯的府兵校尉杨统家属的情况。府兵队正宋用说："杨将军的家属已迁居淘洋社（今长泰县)，离苦草镇几十里路，不知近况。"陈元光打听不到杨校尉的情况，有点不高兴地说："才几十里路嘛，并不很远，往来方便，要经常关心，有紧要事立即派人到绥安去向我禀报。"并即刻吩咐队正詹英带些银两去探望杨校尉的家属。

原来，杨统是隋文帝杨坚的后裔，杨坚的儿子杨广弑父杀兄，登上皇帝宝座。他贪婪无道，为了到江都（今扬州）看琼花，不惜巨资开凿大运河，加重百姓负担；还巧立名目频繁摊派各种徭役赋税，搞得民不聊生，各地纷纷起义反抗。大业十四年（618 年）三月，宇文化及在江都杀了杨广。太原的李渊率众灭了隋朝，建立大唐王朝，其子李世民又剪除了群雄，一统天下。隋朝的皇族四散流落，过了四五十年，才重新繁衍起来。

唐高宗时，杨统官任玉钤卫昭信校尉。总章二年(669 年)，泉潮之间的南蛮骚乱，他随陈政将军入闽绥靖，立了许多战功。仪凤二年（677 年)，陈元光率领大军征讨蛮獠苗自成、雷万兴伙同粤寇陈谦的叛乱，杨统随陈元光入潮，驰骋沙场，叱咤风云，同甘苦、共患难，并肩作战。有一次，陈谦偷袭唐军大营，杨统为掩护陈元光，独当一面、浴血奋战，被敌军团团围困数

层，仍顽强抵抗。无奈好汉敌不过人多，他终因身负重伤，力竭而亡。

平息了陈谦的叛乱后，陈元光奏请朝廷论功行赏，抚恤阵亡将士，恩赐杨统的子孙袭荫武职，但仍常常缅怀杨校尉的功绩。他说："杨将军从光州万里迢迢入闽平乱，行军时我们互相扶持，战场上互相呼应支援，情同手足，休戚与共，如今他已为国捐躯，我们再也看不到他了，但他的英雄气概气贯长虹，留芳千古，我们永远不会忘记他。"他的话引起将士们的共鸣。

他又说："南蛮凶顽至极，元凶刚诛，余恶又起，桃源峒的南蛮逃入山林，蠢蠢欲动，若坐船顺流而下，个把时辰就可直达苦草镇，我们不能麻痹松懈呀！宋、钟两位将军，你们要带领大家常备不懈，勿忘练武，一旦有事，才不会措手不及。我们的李伯瑶将军的祖父李靖，有勇有谋，率兵消灭号称控弦百余万的东突厥；高祖皇帝李渊和太宗李世民，曾在陈列开国功臣事迹的凌烟阁举行庆功酒宴，一个亲自弹琵琶，一个翩翩起舞，官民同欢通宵达旦；卫国公病殁，皇上还赐陪葬昭陵，旌表其功绩。我们上下同心，一定战无不胜！"众人听了他的话，无不热血沸腾。

陈元光巡视后，全体将士更勤奋练兵，南蛮不敢轻举妄动，地方出现社会安定、经济发展、百姓安居乐业的局面。水潮社的族人在石鼓山北特地开拓一条路来练

习骑马射箭，俗称“马路”；后松州书院东北面也开辟一大片空地作为“跑马场”，专供跑马射箭之用。

（芗城区杨茂松、钟瑞春等讲述，杨惠民整理）

7. 陈元光血战大峙原

在唐代景云二年（711 年），漳州刺史陈元光已近天命之年。一天，他和种氏夫人在燕翼宫里闲谈。陈将军对着镜子慨叹说：“未老先衰，两鬓斑白，皤然一老翁了。”他回顾自己的戎马一生：从总章二年（669 年）开始，那时他刚刚十三岁，就跟随父亲、归德将军陈政入闽征战了，几年后，终于平定了“绥安之乱”；仪凤二年（677 年），他父亲积劳成疾，不幸逝世了，那年他才二十一岁，就代领父职，主领岭南行军总管事，实施“胡越百家和好”的政策，对汉畲两家一视同仁，共同开发闽南，号称治平。他的夫人种氏就是这时迎娶的。五十八姓军校也都在那时在闽南落籍，互为婚配。

垂拱二年（686 年），他刚三十岁，就上表给朝廷请求建置漳州。垂拱四年（688 年），朝廷恩准，同时委派他兼任漳州刺史，到现在又过了二十三年了。虽然四境安宁，人民生活太平，但是自感心力不济，若再身兼军政二职，戍守边疆，责任重大，唯恐有负圣恩，到时候吃罪不起。

贤惠的种氏夫人注视着自己所敬重的官人，当年是个神采奕奕、体格魁梧的青年将领，现在确实日渐消瘦，显得老态龙钟了。她十分怜惜地说："将军操劳一生，现在总算功成名就了，何不及时引退，把军政大事交给别人去治理。我们也好在燕翼宫里安度晚年哩！"陈元光听罢，点头称是，连说："知我者，夫人也。我已经下了退隐的决心。"于是由种夫人替他挑灯，陈元光连夜在案前拟奏疏，请求自行引退。

第二天，他跟诸将领讲明心志，在未奉诏恩准之前，暂请别驾许天正代理州事。许天正、李伯瑶、沈世纪、马仁诸将同时百般劝解，他也不改初衷。交代了军政大事后，他就带领自己一手提拔的司马马仁和几十名亲兵，到半径山自己的祖母魏太夫人的茔地去结庐守墓了。

陈元光一生最敬重自己的祖母魏太夫人，因为她不仅出身在名宦世家，而且是个文武全才的巾帼英雄。她年轻时，就跟丈夫陈克耕随李世民南征北战，打过天下。当陈政、陈元光被包围在九龙山时，虽然已年届古稀，但是她还亲自披挂上阵，带领五十八姓的兵马前来救援解围。陈元光一身的文韬武略，都是祖母传授的。所以，他写诗《半径题石》纪念祖母，并且两次为祖母结庐守墓，以尽孝道。

谁知就在这年的冬天，广东潮州的蛮寇朱艾等人又蠢蠢欲动，啸聚作乱。朱艾就是三十年前在葵岗岭下被

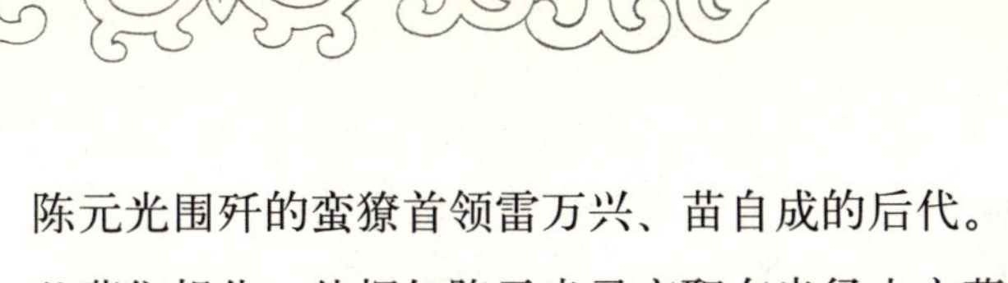

陈元光围歼的蛮獠首领雷万兴、苗自成的后代。他要为父辈们报仇。他探知陈元光已离职在半径山守墓，于是就派大将蓝奉高带领一支人马，悄悄地来到拜岳山，企图偷袭西林，骚扰漳州。

陈元光早在建州以后，就在四境建立行台，派兵驻守，不时巡逻，一有动静，立刻报警。这四处行台：一是漳州的游仙乡松州堡（今浦南、华安一带），上游直抵龙岩的苦草镇；二是漳州的安仁乡南诏堡，下游直抵潮州的揭阳县；三是常乐里的佛潭桥，直抵沙湾里的太母山；四是平和的大峰山（即灵通岩），回入清宁里的卢溪堡，上游直抵太平岭。

景云二年（711 年），辛亥岁十一月初五凌晨，西路南诏堡的探马星夜报警：潮州蛮寇要侵扰漳州，前军已抵拜岳山。陈元光一听，一面马上带领马仁和轻骑几十人去堵截敌军；一面派人去西林通报许天正，带援军速来接应。

半径山滨海，离拜岳山不远。拂晓前，陈元光将军的轻骑就赶到拜岳山，正和蓝奉高带领的衔枚疾走的蛮獠兵遇个正着。两军当即摆开阵势，准备交战。陈元光将军头戴金冠，颌下一派花白五绺须，身穿紫红绣花战袍，脚着皂靴，悬壶挂弓，佩一柄宝剑，使一杆银杆枪，骑在一匹银鬃烈马上，威风凛凛地大喝一声：“呔！何方蛮寇，目无王法，胆敢偷袭漳州？鹰扬将军

在此，还不快快下马受降！”那名蛮将身穿黑盔黑甲，胯下一匹乌骓马，手中挥舞一支乌龙刀。看他脸如锅底，满脸络腮胡，虎背熊腰，相貌十分凶恶。一听见对阵的就是漳州刺史陈元光，不禁仰天哈哈大笑道："这真是冤家路窄，我蓝奉高正要找你报三十年前葵岗岭之战苗、雷两老将被杀之仇咧。"

当下两匹马同时向前对冲，两马过鞍，蓝奉高一个顺风扯旗，挥刀劈头砍下，陈元光双手举枪架开，只听"当啷"一声，火星四溅。陈将军身躯微微一侧，心中暗道：好膂力，不可等闲视之。马仁在一旁掠阵，高声叫唤："陈将军，小心！"

两马再次相交，陈将军抖擞精神，奋力迎战。四条臂膀八条腿，像走马灯似的不停转动，厮杀起来。陈将军毕竟上了年纪，招架不住，渐渐松懈下来。蓝奉高正当壮年，越战越勇，一刀猛过一刀。马仁唯恐主帅有失，赶紧拍马上前迎战，三匹马战成一团。两边掠阵的军校和蛮獠兵齐声呐喊助威。

蓝奉高见陈元光人少可欺，挥刀喝声："孩儿们杀啊！"蛮獠兵围拥而上，把陈元光、马仁以及几十名亲兵团团围住。这一场混战直杀得昏天黑地，日月无光。从黎明杀到午时，援兵还不见来到。这时，只见蓝奉高使一个刀劈华山之式，照陈元光当头劈来，陈元光把枪一横，一下推过去，谁知气力不济，蓝奉高的这一刀

正砍在他的护心镜上，把护心镜砍个粉碎。陈元光大叫一声，口喷鲜血，伏鞍而走。马仁一面大叫："休伤吾主！"迎上前奋力抵住蓝奉高，一面高声对下属叫喊："你们快快保护陈将军冲出重围，休要管我！！"剩下的二十多骑拼死力护着陈元光冲杀出去。

马仁拼死缠住蓝奉高，一心希望陈元光能冲出重围：人只要横下一条心来，死都不怕还怕什么？马仁眼都杀红了，越战越勇；蓝奉高一心想要追杀陈元光，却脱不了身，只好狠下杀手，先斩了马仁再说。马仁到底体力单薄些，缺乏耐力，不堪久战。蓝奉高看出破绽，一刀砍下了马仁的头颅来。然而，没想到没头的马仁却仍旧稳坐马上，双手举枪猛刺过来。蓝奉高一见胆战心寒，大吃一惊，竟被无头将军刺伤，跌落尘埃。

再说二十名骑士拼死护着陈元光冲出重围，最后都战死了，只剩下陈元光将军一人跃马渡过漳江，冲上大峙原。这时唐军旌旗招展，许天正等人正率领援军赶来。鹰扬将军陈元光这时才放心地回马转身眺望漳江南岸，此时此刻拜岳山战场上的杀声早已停止，陈将军一想到忠心耿耿的马仁肯定已经壮烈成仁了，不禁悲恸万分，血涌心头，突然"哇"地一声，一口口鲜血喷射出来，溅满了战袍，登时气绝身亡，但他的手中依旧紧握银枪，端坐在马鞍之上。许天正等人来到跟前，看见鹰扬将军跃马横枪、威风凛凛的姿态，以为他还活着哩。

陈元光将军不幸阵亡，闽南百姓无不痛哭流涕，披麻戴孝来哭祭他。将校们追思鹰扬将军，对他崇敬至极，就按陈将军的遗容捏塑成神像，在绥安溪大峙原上建立庙宇，供奉在庙中，春秋祭祀之。

唐先天元年（712 年），陈元光将军的儿子陈珦服丧期满，接任漳州刺史，立志代父报仇。开元三年（715 年），陈珦率领参军卢如金等勇武，衔枚疾驰，奇袭蛮峒，手刃前阵中逃离的蛮獠首领蓝奉高，荡平贼巢，夺回被劫掠的御赐丹书铁券。

贞元二年（786 年），漳州迁治龙溪，公议奉敕将陈将军的遗体改葬在新州治之北九龙里松州堡猴坑的高坡上，春秋享祭。

（芗城区叶国庆、李林昌、林焘讲述，溥静整理）

8. 开辟松州书院

龙溪县桃源峒的南蛮骚乱已经平息了，社会稳定、经济发展。可是生活在浦南宏道坑一带的南蛮目不识丁、结绳记事、划画计数，而且固执愚昧、猜忌多疑，因此汉人多予鄙视，纠纷不断。而松州、浦西一带，民风剽悍，尚武好斗，一言不合，常引起斗殴、甚至械斗，有了伤亡就很难收拾。这些事使龙溪县令席宏深感头痛。如何敦化民俗、教化南蛮？县令多次筹谋，不得

善策。

陈元光也了解这些情况。他在斟酌治漳方略时就说："治漳之要则在兴庠序，此乃救时之急务。"许天正也认为"欲兴庠序，要选址创办书院"。

于是，陈元光就令席宏陪同许天正到松州堡实地察看了几个地方。他们一致认为松州堡是水陆交通枢纽，交通便利，村边的九龙江北溪可以贯通南北，驾舟上游可达苦草镇（今龙岩市），下经龙溪县可直入大海。而从泉州通往闽西南的汉唐古道，也是从附近的揭鸿岭盘旋而过。北去数里就是跨越九龙江的香州渡口，军事上具有重要的地位。松州堡作为一个重要的军事营垒，已建立巡逻行台，随着战事的逐渐平息，可以建立文化教育中心。他们商议后决定报请在石鼓山南、松州猫仔洞这个地方（今松州威惠庙后殿）创办一座书院。

说干就干。席县令很快就雇请了工匠把猫仔洞的石头打下来建造书院。远近百姓听到消息，也都倍受鼓舞，大家同心协力，精心筹划、精心施工，书院很快就建好了，并命名为"松州书院"，博学书文的别驾许天正被委派亲自兼任书院的官吏文学，负责兴学育才。陈元光的祖母听说书院建成，也十分高兴，亲自训示：生员要以招收入闽的军校子弟为主，兼收松州、浦西一带的士绅和南蛮的子弟。

这所书院是八闽（福建古称七闽，建置漳州后改称

八闽）最早设置的学校之一，因此郑重其事地举办过开办典礼，邀请众多贵客佳宾光临视导。各地官员、士绅闻讯也都纷纷主动赶来观赏祝贺。到了吉日，各路宾客汇聚书院，丰姿儒雅、细语轻声、其乐融融，共盼书院培育英才、敦化士俗。这番热闹，使得中奉大夫兼岭南行军团练副使许天正、军咨祭酒佐郡承事郎丁儒和龙溪县令席宏等忙得应接不暇。

陈元光也亲自带着他九岁的儿子陈珦前来入学。他对许天正说："此子非执戈戟之士，乃台院秀儒也。拜你为师，望予栽培。"许天正果然悉心教诲，陈珦也不负所望 。他聪颖活泼，经文过目不忘，才冠乡邑，十五岁（万岁通天元年，公元 696 年）举明经及第授翰林承旨直学士，成为闽省登第的第一人，被留在朝廷为官。后武则天专权，他不愿为官，请求回绥安侍奉父母，武后准奏。

席宏钦佩陈珦的人品与学问，聘请他到松州主持书院工作。他登上讲坛，开讲儒家孔子学说，把“忠孝礼义”讲得头头是道。他严肃训示所有学员："为子弟者，入则孝，出则悌，谨而信，泛爱众，而亲仁。行有余力，则以学文。"又说："君子务本，本立道生。孝悌也者，其为仁之本矣！今之孝者，谓能养焉。犬马皆能有养，何以别乎？孝敬也者，百般善举，孝为首也。不知孝者，如犬豕耳。"过后，陈珦自号“松州”。

景云二年（711 年）陈元光被蓝奉高刃伤而卒，为国捐躯，陈珦庐墓三年，起服后率兵袭击蛮峒，杀了蓝奉高，出任漳州刺史，继承父志治理漳州二十五年。后看到朝廷风云变幻、厌烦宦海生涯，乞归侍奉母亲，唐开元二十五年（737 年）朝廷恩准他致仕退隐。他又到松州书院执教，还在龙溪永安里购置一庄，让母亲种氏居住，侍母至孝。种氏病殁，葬于高陂山（今芗城浦南石鼓山），几十年后，其孙陈漠奉敕也与陈元光骨殖合葬于此。

（芗城区杨茂松、钟瑞春等讲述，杨惠民整理）

9. 陈元光归家

唐朝景云二年（711 年），陈元光将军为国捐躯后，龙溪县令为纪念将军父子在龙溪县平息南蛮骚乱之功，淳化民俗之德，特选了靠近揭鸿军营，受过苗、雷骚扰的浦西保（今华安丰山乡后壁沟）建庙塑像，让将军等人享受人间祀饷、百姓缅怀的殊荣。浦西大庙建成后，历任的县官每年都要率领大小官员到大庙举行春秋两祭。

贞元二年（786 年），漳州州署从漳浦李澳川迁到龙溪县，皇帝敕有司把陈元光的骨殖改葬在松州堡石鼓山的山坡上，又在山下建松州大庙。

在石鼓山上，各种精灵山妖众多，其中有一个猫仔精已修炼千年，十分伶俐。建庙时，因为它居住的猫仔洞的石头被拆去建庙，没有住的地方，只好跑到龙峙山去修炼。龙峙山的南面有一个虎硿洞，住着一只老虎精，已经修炼成人形，他一心只想得道成正果，从来不问世间事。有一天，猫仔精跑去拜访他，气愤地诉说了自己的身世与遭遇，老虎精听了，只劝他专诚修炼，不要功亏一篑。可是老虎精的儿孙却都替猫仔精抱不平。他们不对山君说一声，就找机会下山到松州堡去找陈元光后裔的麻烦，不是叼走了鸡鸭，就是咬死了猪羊。有一次，小虎还和黑牯牛打一架，把黑牯牛打得遍体鳞伤。

牲畜不安宁，陈元光的后裔就到松州大庙里烧香，请陈元光治一治山君。陈元光知道这是老虎精的儿孙在作祟，就派神将去告知山君，要他严加管束小辈们。事后，陈元光听说松州一带不但有猫仔精、老虎精，还有公鸡精、猪母精等妖怪。这些妖怪，不骚扰百姓的，陈元光就让他们安居修炼；为非作歹的，不得已才把他们除掉。但是有的山妖的儿孙不服气，经常出来生事报复，势如野草烧不尽，春来又发芽，陈元光为此也非常伤脑筋。他认为自己坐镇浦西，与松州大庙有相当距离，往来不便，要怎么管松州那边的事呢？

而在松州大庙建成后，县官们依然按老规矩到浦西大庙举办春秋两祭，陈将军也非常有意见，他埋怨县官

们死脑筋，照着老皇历办事。皇帝给我了新家，却是看得见够不着，让我有新家住不进去，真是本末颠倒，岂有此理！有一次，县官带着全副执事和浩浩荡荡的队伍，鸣锣开道，来到九龙江边，要坐船过渡到浦西大庙去秋祭。陈元光很生气，就叫神兵去阻止，兴风作浪，让正驶到江心的船不是左右摇摆，就是上下颠簸，把县官和整船的人吓得灵魂出窍，都急忙跪下来祈求将军神灵保佑，风浪才慢慢平息。

祭过陈将军，县官回到县城，反复思量，感到浦西路途遥远，过渡确实不便，就禀告州府和观察使，要求将春秋两祭改到松州大庙。为了让大庙费用充足、香火旺盛、祀祭丰厚，还把浦西堡坐落于北溪西岸的光坪、双溪、浦南等村社改属松州堡。得到许可后，选了黄道吉日，把浦西大庙的神像都请到松州大庙。从此，松州、浦南一带，妖怪不敢公然作恶，出现四境平安、五谷丰登、六畜兴旺的升平景象，当地百姓称为“陈将军归家坐镇松州，保百姓安宁”。

（芗城区钟瑞春口述，杨惠民整理）

10. 石烛和羊

浦南陈元光墓地前立着两根石柱，高约两米，而它们的上端都断了顶尖，这是为什么呢？

原来，这两根石柱是两根石烛，是在祭祀圣王陈元光时为作守灵用的。石柱建成后，当地百姓发觉，每天早晨，他们的田地里总是一片狼藉，作物被啃掉一大片，细看又都是羊留下的齿痕与脚印。谁家这么缺德，怎么老放羊儿连夜出来糟蹋庄稼呢？村民们决定想方设法把这偷吃作物的羊抓到。

夜幕降临了，几个村民约好躲在墓地四周的树丛中，想看看到底是谁家的羊。

天色越来越暗，四周的景色都渐渐变得模糊不清。突然，墓地上那两根石柱亮了起来，顶尖上火焰腾腾，就如两根真正的蜡烛。更奇的是，原先趴在墓地两边的石羊好像听到命令一样，都从地上站立起来，毫不犹豫地一头钻进墓地周围的庄稼地，大吃大嚼起来。石羊的食量相当大，一刻仔久（一会儿）的工夫，一大片地的作物就被啃掉一大半。一更二更三更……五更鸡啼叫时，石柱上的烛火渐渐地弱下来，两头石羊忙又趴回原地。烛火完全熄灭了，天已微明，墓地及其四周的一切又都恢复原状。

村民们至此才发觉石柱和羊与庄稼的关系：石柱一亮，羊便复活；羊一复活，便吃庄稼。村民们商议后，只好忍痛把石柱的尖顶凿断，让它们不再是烛，而只能是柱了。

之后，村民们都说：圣王果然非同凡响，他的墓地

插一根石烛会亮，石羊也会活呢。

（芗城区李虾琴讲述，黄江嫔整理）

11. 碧山岩神石歼群贼

在台北市的内湖地区，有一座山峰叫碧山，山的尖峰上屹立着一座规模宏大、金碧辉煌的庙宇，叫做“碧山岩”，又称“尖峰开漳圣王庙”。宝殿内奉祀着三尊神像，这就是开漳圣王陈元光和他的得力部将辅胜卫国公李伯瑶以及辅顺将军马仁的塑像。据说，这座庙的神灵非常显赫灵感，庇护万民，所以香火十分旺盛，一年四季香客络绎不绝，尤其是从春节到开漳圣王诞辰日（农历二月十六日）这段期间，每日都有数以万计的善男信女们，从周围数百里慕名而来，虔诚地顶礼膜拜，朝山敬香。

碧山岩不仅是个古迹、名胜圣地，还是台北市风光明媚的旅游观光的最佳景点。碧山岩的圣迹是一块神石，这里还流传着一个脍炙人口的神奇传说。

相传，自从靖海侯施琅将军统一台澎以后，闽南各县氏族宗亲也都纷纷携眷渡海去开发宝岛。康熙末年，漳州有一户姓黄的老乡，带领老婆、孩子们，也飘洋过海来到台北，想在这里找个地方定居垦荒。他们这家人是虔诚地膜拜开漳圣王的，泛舟渡海时，他们身上都佩

戴开漳圣王的香火袋，祈望圣王能保庇他们一切顺利，合家平安。经过台湾海峡时，虽然遇到了狂涛骇浪，但是他们一路虔诚的祷告，终于战胜惊涛骇浪，化险为夷，顺利平安地登上了宝岛台湾的海岸。

而当他们一家人要在台北安下家来时，他们也没有忘记天天祈祷，求圣王指引他们找到一处好地，能够安家谋生开垦耕种。他们坚信，圣王会带领他们闯过一道道难关，让他们创造美好的生活的。

有一次，他们偶然经过碧山的尖峰，忽然听见一阵阵十分清晰的“嗡嗡”的声响，他们正在寻找声音的来源时，儿子大声惊叫说：“我们可能遇见大蜂群了，小心别惹它们生气，不然就会被叮得头肿肉痛的。”

做父亲的有丰富经历，他停下脚步，仔细观察，静心谛听。他终于发现，这“嗡嗡”的声音是从一块巨大的石笋底下的一个小洞里发出的。他是学过堪舆术的，懂得看风水，他认定这个小洞是一个极佳的地理——“蜂巢穴”，最适合安神座、建庙宇，将来会传千年香火的。于是，他就将身上佩戴的开漳圣王的香火袋，恭恭敬敬地挂在石洞中，烧香祷告说：“神明若保佑我在这里开基传宗，将来兴旺发达起来，一定为神明建造大庙。”

到了清朝乾隆十六年（1751 年）时，碧山尖峰山下已经有五个姓，即黄、郭、林、简、郑的村民聚居。他们勤勤恳恳地生产劳动，发展经济，开发这片山区，过

着安居乐业的生活。可是，人世间总有些不遂心的事。有一天，这里忽然窜来了一股土匪，他们明火执仗，杀人放火，无所不为，闹得人心惶惶，民不聊生，村民叫苦连天，胆战心惊，只能默默地祷告开漳圣王保庇。

这一天，这伙强盗又来到尖峰山下聚集，他们计议要实施一次大规模的洗劫行动。忽然间，尖顶山头放射出万道金光。强盗们看到后，都莫名其妙，惊慌失措，不知是祸还是福。这时，突然又听见战鼓齐鸣，杀声震天，仿佛有千军万马从山前山后、山上山下包围过来，这伙穷凶极恶的强盗们不知道发生什么事，顿时惊得半死，丧魂落魂。正在这时，他们看见山尖上巨大的石笋，霹雳一声，天崩地裂一样，突然裂成三大块，中间那块巨石，化为开漳圣王的金身，金冠铠甲，威风凛凛，怒目注视这些宵小们。左右两块大石，化为辅胜卫国公李伯瑶和辅顺将军马仁，气宇轩昂，神圣不可侵犯。

只见马仁将军举手把宝刀一挥，一个强盗头目的人头就滚落在地下了。其余喽罗们见状吓破了胆，立即抱头鼠窜，四处逃命，连滚带爬地往山下溜。这时，一阵飞沙走石又向匪徒们迎面扑来，这伙恶贯满盈的强盗一个也没能逃过神明的惩罚。

黄、郭、林、简、郑这五姓的族亲们，许多人都亲眼看见开漳圣王显灵，歼灭了这帮顽匪。为了感谢圣王的大恩大德，他们一起商议在神石原址建立一座石室小

庙，用神石雕刻了三位尊神的塑像，让附近各地的居民天天都能前来祭祀膜拜，祈求保佑赐福，合境平安。

果然神恩浩荡，有求必应，病者得愈，失物复得，赐福消灾。于是，这个庙的香火越来越旺盛，几次扩大规模建制，逐渐形成今日一片欣欣向荣的景象。

（台北市章甫志讲述，王少华记录整理）

二、朱熹（朱文公）的传说

宋代著名理学家朱熹（1130—1200 年），字元晦，谥名文，故称朱文公，或称朱子，晚年号晦翁。祖籍徽州婺源，生于南剑州尤溪。高宗绍兴十八年（1148 年）进士，授泉州同安主簿。淳熙十六年（1189 年）二月，光宗即位，改知漳州。绍熙元年（1190 年）四月廿四日至任，以节民力、易风俗为首务，革除漳属未知礼教之弊。绍熙二年四月廿九离任。庆元六年（1200 年）卒，年七十一。朱

熹登第五十载，任地方官仅七年半，立朝时间更短，生平主要从事著述与讲学，是宋代理学集大成者。有《楚辞集注》《诗集传》等；生前即著有《晦庵先生文集》陆续增补达百余卷；《宋史》有传。

1. 朱熹入漳

据说，朱熹到漳州上任知州是搭船从北溪来的。船行驶到九龙江北溪与西溪的交汇处狮象马嘴口时，正兴致勃勃地观赏两岸气势雄伟的山势和秀丽的风光，船老大对他说："你们读书人很会做诗写字，我出个上联让你对对看，要是能对得上，我就不收你的渡船钱。"朱熹笑了笑，说："你说说看。"

老翁就清了清嗓子，念道："𠂤𠂤（音：伊歪）双捁（划，摇）桨。"

这下可难住了朱文公。这"𠂤𠂤"两个音还只是听人们说过，还不知道怎样写呢，而且下一句要对什么也一时想不起来。他突然感到：九龙江的地形山势如狮头、似象首，漳州的人这么不简单，一个白发苍苍的船老大就能出如此难题，年轻有学识的人那就更可想而知了，看来漳州知州的这个官一定是不好当的。

正想着，船已到码头，船老大准备抛锚了。朱文公

看到他熟练的干脆利落的动作，受到启发，随口答出下联："悉率到漳州。"

船老大听了高兴地说："好，好，对得好！我就不收你的船费了。"朱熹坚持要付钱。他说："虽然好不容易对出来了，但是字还是写不出来，我还是要回去好好想想。"

后来，朱文公通过认真细想和分析，想到这是开门和关门的声音，就把门字拆开，分别作为两个字来表达这个意思。

（芗城区许田讲述，边惠心整理）

2. 重建漳州衙署

朱文公到任后，四处察看漳州的地形地势，他看到芝山的地形像只老鼠，就把来漳路上，在船上产生的那种紧张畏惧心理放松下来。他想："难怪漳州历任官员都做不好、做不长久，这种地形决定了这里的人们办事都不善坚持，喜欢老虎头老鼠尾……好办，不用怕了。"

他看到杨老巷杨锦风的家是块龙地，探知他们要盖房子，就决定把漳州衙署拆掉重建。同时开工，同时上中梁。快竣工时，他把红朱笔往杨家方向一丢，嘴里叨念着说："偏龙香，正龙甜。"从此，漳州衙署越来越有起色，而杨家却慢慢平淡下去了。

漳州原来有座开元寺，规模很大，和尚的道法也很高，历任知州一到任都要去拜访。朱文公没有及时往访，和尚不高兴，就作法，引大水要淹漳州州衙。朱文公一看洪水的流向，不是从低处涨到高处，而是从高处直往低处泻下来，一直冲向州衙。他吩咐左右把州衙的牌匾拆下来，任水飘流，然后叫人大声喊叫："漳州衙署被大水淹了！"不久，洪水就开始逐渐退了下去。朱文公再吩咐手下人把一袋粗糠倒进水中，跟着一路察看，发现洪水是从芝山下的一口七星井里溢出来的。州衙的牌匾顺水流到这里，掉进井里，被搁在井腰处。朱文公终于搞清了原来是开元寺和尚作法搞的鬼。

开元寺和尚为什么会有这么高的道法呢？朱文公通过私访暗察，知道这和尚初来漳州时，芝山顶上有只白猴，每天坐在一丛竹林下，张着嘴吸吮着竹尖上滴下来的甘露。他把白猴抓来锁住，学着它的样子，天天坐到竹丛下吸吮甘露，身体变得越来越好，还学会了行道作法。

有一天，朱熹带上一些礼物，前去拜访这个和尚，和他无所不谈，成为朋友，一有时间就去找他下棋谈天。过了些日子，朱文公对和尚说："我们经常在山上走动，我出钱在山上盖个凉亭，也可作为歇脚休息的地方。"和尚答应了。朱文公就叫人备料开始动工，亭子搭盖一半，朱文公说还缺少几根竹料，和尚不以为意，说："山上竹子那么多，你叫人随便去砍就行。"朱文公

就趁机叫人把那根会滴甘露的竹子砍下来。

从此，和尚就没有甘露吸吮，一天一天消瘦下去了，最后终于病倒咽了气，漳州也因此平静得多了。芝山上的那个亭子后几经改建扩建，就叫甘露亭。

注：芝山，在城的西北隅，是龙溪的主山，初名登高山，后改名紫芝山，芝山是其俗称。山上有三亭：仰止亭（俗呼老鼠亭）、万寿亭（俗称威镇亭）和甘露亭，均为明代所建。

（芗城区许田、边惠心搜集，卢奕醒整理）

3. 断蛙池的传说

相传在南宋绍熙年间，朱熹朱文公在漳州当知州，也就是太守。他是一个大理学家，一有时间就要注解经文，著书立说，批注四书、五经，集宋代理学之大成。因州衙周围居民众多，人声嘈杂，吵吵闹闹很不安静，他就到府学东南另租一所比较偏僻清静的民房居住，想专心用功做学问。

没想到这房子前面有一个丽藻池，冬天干得像龟壳一样，池上可以行人，可是春夏之时，雨水充足，整个池塘里充满了水，鱼虾、蛙蛇，孵化繁衍，日头一落山，池中的青蛙就像唱歌一样，“咯咯咯”地彻夜叫个不停，吵得他心烦意乱、心思不宁，气得写了一首《闻蛙》诗：“两枢盛怒斗春池，群吠同声彻晓帷，等是一场狼藉事，更无人与问官私。”以宣泄他的情绪，但是，

蛙声却有增无减。怎么办呢？

有一天，他忽然想到：唐朝文学家韩愈在广东潮州当刺史时，曾经写过一篇著名作品《祭鳄鱼》文，将侵害百姓的鳄鱼都赶走了，为千古绝响，自己为什么不能也写一篇《祭青蛙》的文章将青蛙赶走呢？

于是，他就静下心来绞尽脑汁，终于写出了一篇祭文。他很高兴地叫书童去准备了一些如死胡蝇、蚂蚱、蚯蚓等作为祭品，到池边去宣读祭文；祭文宣读后还要当场烧掉，然后往池塘里丢下祭品，要青蛙按照他的命令，吃了祭物后，立刻离开丽藻池，到别处去生活，不得再骚扰吵闹。

那书童见朱文公交代得郑重其事，口头应着“遵命”，心里却觉得好笑。他想：青蛙是不懂事的小动物，对它们念什么祭文，念完还要烧掉，它们怎么可能乖乖听话？懂得你的什么命令？一走到池边，他就清清采采（随便马虎应付）地将那祭文揉成一团，连同一包死胡蝇、蚂蚱、蚯蚓等所谓祭品一起掷入池中，什么话也不说，就回去复命了。

朱文公听完书童的报告，心里高兴，他以为当晚就可以安静地写书了。谁知池塘里的青蛙饱吃一顿后，并没有安静下来，一到天黑叫得更卖力、更起劲，声音更响亮。朱文公很生气地将书童叫来责问，说：“夫子在此解经，代圣人立言，你有没有照读我的祭文？转达我

的命令？”书童担心受罚，就回答说：“我已经照办了，谁知道它们为什么不肯听从命令呢？”

朱文公当即再写了一张勒令，并用厚纸板剪了很多纸枷，叫书童再去池边宣读，并说：“你要告诉青蛙，限三天内搬出池塘，如再不听话，知州就要罚它们带枷示戒了。”书童看见朱文公气得嘴乌面土（嘴唇发黑、脸色铁青），不敢再违抗命令，就到池边很认真地照本宣科，并点火把勒令烧了。果然，这天晚上，池塘里静悄悄的，一点蛙声也没有了。

第二日天光（天亮），人们看到丽藻池中许多青蛙扛着纸枷，翻着白肚，四脚朝天，浮在水面，非常可怜，就赶快报告朱文公。朱文公到池边一看，也心中不忍。他觉得很奇怪：死去的青蛙为什么都睁着双眼，好像有什么冤枉似的？

这天晚上，朱文公梦见一只大青蛙跪在他的床前，禀告说：“老大人，你为官清正，远近闻名，我们都很钦敬你。可是这一次，你却事前没有明白告示，就命令罚我们带上纸枷，还驱赶我们，这种做法难道合理吗？”说完大叫一声，竟把朱文公惊醒了。

朱文公细想梦中情况，料定书童第一次没有遵照他的命令去宣读祭文。他就把书童叫到面前，详细地询问宣读祭文的经过。书童老实承认没有按照朱文公的话去做。朱文公气得直跳跤顿蹄（因焦急或发怒而捶胸顿

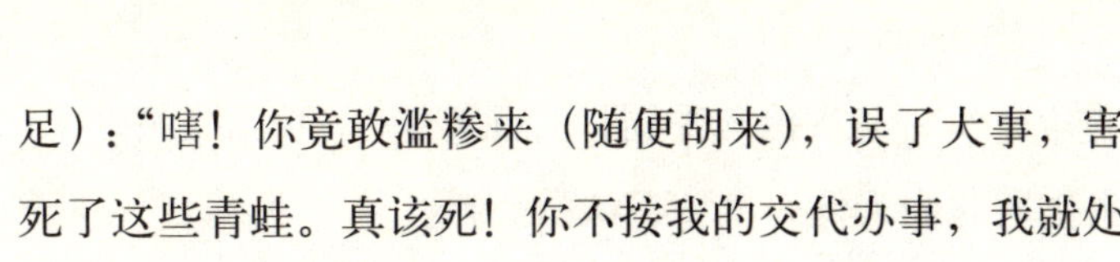

足）："嗐！你竟敢滥糁来（随便胡来），误了大事，害死了这些青蛙。真该死！你不按我的交代办事，我就处罚了青蛙，这不是不教而诛吗？难怪青蛙们死不瞑目！"

朱文公想了想，深深后悔自己失于查察，让青蛙受罪，就又写了一篇自责文，并对书童说："你快去丽藻池边，对青蛙们说，我宽赦他们了，叫它们快快离开这个池塘，到别处去安心过日子，不要再在这里吵闹扰乱吧！"

自此以后，这个池塘里再也听不到蛙声了，但别处却发现白颈的青蛙，人们都说那是带过枷的青蛙的后代。为了纪念朱文公，人们就将丽藻池改称为断蛙池。

宽恕了青蛙以后，朱文公心情沉重，闷闷不乐。他想到书童没有按他的话去做，可能没有好结局，就把书童叫来，给了一包银子，叹了一口气说："你自取罪过，恐怕已经没法解救了。我给你路费，你赶快回家去吧！"书童不知自己罪过有多大，哭哭啼啼地回到了家，第二天没病没痛就死在家里。所以，漳州有句民谚，叫做"小人犯上，不出三日"，就是指这件事。

4. 塔口庵的来历

宋绍熙元年（1190 年），朱文公以直宝文阁院学士的头衔接任"知漳州事"，当了漳州的地方长官。当时，漳州社会风气十分不好，老百姓当中，不知礼教，不遵

守法纪，作奸犯科的事很普遍。他下决心好好治理整顿，不取得良好成绩决不离开。

不到一年工夫，漳州的民风民俗大变。老百姓嫁娶丧葬都能够按古礼施行，犯法行凶的人少了，进书院学舍接受教诲、知书识礼的人也多了。朱文公奏明朝廷，又减免了属县无名税赋七百万，减轻了黎民百姓的负担，漳州社会政清人和，百姓安居乐业。当时人们都“呵佬”（赞扬、夸奖）：漳州经过紫阳教化，已经逐渐变成“海滨邹鲁”。

但是，有一件事却使朱文公伤透了脑筋：尽管官府严加科罚，漳州北门地区北桥亭至北廓顶的中段这一带接连发生淫秽无耻的案件，在光天化日之下，不少人公然大大方方地讨契兄、找姘头，甚至叔嫂、婶侄也做出乱人伦、没天理的见笑事来。怎样禁，也禁不止，怎样罚，也罚不怕。歪风邪气有增无减，善良百姓厌恶痛恨，怨声载道。

朱文公素有圣贤之名，一向关心百姓生活，他怎能容忍歪风邪气长久盛行？他决心追根究底，查明原因。

有一天，他化装成了老百姓的模样，走出州衙，来到案件最多的地方察看民情。他边走边看，看到家家户户门户洞开，从街上就可以清清楚楚地看到厝底内所有的人的一举一动；查某人（妇女）站在家门口看过路人，大白天抛头露面满街走，当街打情骂俏，无拘无

束，根本不讲什么礼数，更不知什么叫羞耻。朱文公感到很惊奇，皱紧眉头，边走边摇头。

朱文公一连几天，在北桥街一带走街串巷，调查了解，都没有什么结果。

有一天，他走到北桥街的中段，看见路边有一口井，许多人在井边洗衣物，有的还打水回家饮用。附近有一座小庙，红墙绿瓦倒也素雅清静。他就放轻脚步跨进庙门，只见一间斗室，佛龛下有一位青瞑（盲人）和尚正在蒲团上打坐。这个和尚白须垂眉、气度不凡。朱文公不由得心生敬意。他便诚心诚意地走上前去，坐在一旁，向和尚请教说："敢问大师，此间民俗怎么会如此淫邪放荡？"

青瞑和尚只说："请大人从庙前向南，再把街道的地形踏勘一遍便知。"

朱文公走出庙门，只见门前的这一口井，两条岔路分别伸向左右两边的后方。沿着北桥街一直往前走，快到北桥亭时，又看到两条岔路分别向左右两边展开。他一再观察周围的地理形势，越看越感到不对头，想了半天，才恍然大悟：噢，原来这是条人形街，北桥亭好像是一个人的头部，亭前的公府街和硕仁桥街这两条岔路（今统称南昌路）就像是一个人伸开的双臂，北桥小庙前的两条岔路，又正像人伸开的两条腿，整个地形简直就像一个人仰面朝天地躺着。

朱文公回到小庙向青瞑和尚说了他的看法，那和尚说："对了，像个人，而且是个女人。庙前的这口七星井就是'美人穴'！"朱文公听后，不觉叹气说："啊，原来如此！"

朱文公向青瞑和尚请教整治"美人穴"的办法。和尚请他留宿一暝（晚上），第二天清早观看动静，自会分晓。

第二天清早，天还未大亮，庙门口就人声嘈杂。朱文公急忙起床，出门一看，只见井台前许多少年家（年轻人）和查某人挤在一起打水，他们边打水，边说笑，打打闹闹一阵子后，才把一担担的水挑回家去，供煮饮洗涤之用。

和尚告诉朱文公说："井是美人穴，水是桃花水，逐日挑此桃花水饮用，怎不做出伤风败俗的事来呢？"和尚的话一语道破天机，点醒了朱文公，他坚定地点了点头说："好，我有办法了！"说完，他就辞别和尚回州衙去。

事后，朱文公就叫人召集了一批打石师傅，在这口井上建造了一座尖尖的小石塔，封闭了这口井，使北桥的百姓再也不能饮用这口井的水，而改到山顶巷的那口井去挑水喝。

朱文公又叫人特制一种"竹隔仔"，规定家家户户都要买来挂在大门口，使内外有别，查某人可以站在厝

内看街，过路人却看不到厝内的动静。

朱文公又下令，查某人上街，头上都要罩一块蓝底花纹的头巾，不能轻易抛头露面，手里还要拄一支鸠头的拐杖，有人胆敢拦路调戏，可以打他个狗血淋头，这就是后来人们所称的“文公巾”和“文公拐”。

朱文公还规定，缠脚的查某人每只高跟鞋底，只准钉一根铁钉，走起路来只能规规矩矩，走得太快，鞋跟自会掉落。朱文公用这些办法有效地转变了漳州的民风。

北桥的那座小庙自从门前有了那座石塔后，就被改名为“塔口庵”，后来，连这一带街道也叫“塔口庵”了。

5. 朱文公使飞瓦

朱文公在漳州做官时，竭力主张要“节民力，易风俗”。他热心创办书院，施行教化，达到移风易俗的目的。他在任上，想找个幽静山林在公余时间多读些书，发现漳州城南乡的白云岩风景秀丽，就想搬到那里住下来。

白云岩在漳州城东南二十华里，跟九龙江北岸的石头山云洞岩遥遥相望，号称姊妹山。这两座山，一座是土山，一座是石山。白云岩上，古树参天，清静幽雅，风景如画。朱文公自号晦翁，在这里读书写书做学问，著书立说，批注《论语》《大学》《中庸》《孟子》这四部被称为《四书》的书，来这里向他请教的人络绎不

绝，应接不暇。他决定接受人们的请求，在山上修建一座书院。

可是，白云岩坡陡路险，石径崎岖，要搬运砖瓦上山并不容易，有困难。朱文公虽然是州官，但他一向奉公守法、清正廉洁，不像那些贪官污吏财大气粗、鱼肉百姓。虽然那时正是农闲时节，他也不想请各村头人抓工派款，强迫百姓白出力，将瓦片代运上山。他为节省民力，少花钱财办好事，绞尽脑汁想了多日，终于想出了一个能使老百姓欢欢喜喜地、自愿免费代搬砖瓦的办法。

有一天，天高气爽，正是秋游的好季节。他事先将平时省吃俭用的积蓄拿去购买了一批砖瓦，叫人运到白云山下，然后派出家丁到南乡各农村四处散布消息，说知州朱熹朱大人决定于九月九日重阳节，在白云山上使飞瓦，让那些砖瓦从山脚飞到岩顶，欢迎观看。知州的话，谁能不信？再加上平日里，漳州的百姓都十分敬仰朱文公，听到消息，都以为是件奇事：朱大人是个文官，他怎么能像变魔术那样使砖瓦从山脚飞上岩顶呢？消息一传十、十传百，愈传愈远。重阳节那天，不论男女老幼都好奇地从石码、南靖、长泰，四面八方向白云岩下聚拢，非要亲自到白云岩，亲眼看看朱文公表演绝技不可。白云山下，人沓人（人山人海），水泄不通，盛况空前，比赴圩日还更加闹热滚滚（热闹非凡）。

这时候，只见朱文公的家丁分头把守在各个路口，

和和气气地对人们说："诸位乡亲既要上山看使飞瓦，请顺便带一二块砖瓦上山好吗？"大家都很高兴地满口答应："这有什么困难？要看知州表演，我们当然愿意照办！"说着，大家争先恐后立即行动，你搬几块砖，我拿几块瓦，有说有笑、你追我赶，向山上走去。没到一顿饭工夫，山脚下堆放着的一大堆砖瓦就被搬运一空，全部整整齐齐地堆放到山顶上早就安排好的地点。大家都在大树下歇困（休息），耐心地等待朱文公出来表演。

倚昼（日近中午）时，人们开始有点不耐烦了。这时，朱文公穿着朴素的粗布衣，从寺庙里慢步走出来和大家相见。他满面春风，笑盈盈地对大家拱手说："乡亲们，大家辛苦了！我要在山上建座书院，给各地学子讲课。今天劳烦你们大家伸手大力相助，让这一大堆砖瓦不长翅膀就都飞上山来，书院不日就可动土了。今天你们都亲自参加表演，也亲眼看到使飞瓦，非常感谢大家！"他边说边拱手向大家再三致谢。

大家突然明白：朱文公用了计谋，让他们都上当了。但由于大家平时都十分尊敬和热爱他，认为他是爱民如子的好清官，听了他的话，也明白他不是为了自己，而是要为地方谋福利，才使出这样一个小手段。他没有强迫大家，大家都是自觉自愿、欢欢喜喜地去做，一点也不觉得累。

一个老人站出来，高声地说出了大家的心里话："朱大人要为百姓办事，叫我们搬几个砖瓦，应该应该，不用客气啦!"人们都纷纷附和，高声地喊着："是啊，不用客气啦!"阵阵喊声，彼此呼应。然后，人们成群结伴，欢欢喜喜、有说有笑地下山回家，一路上笑声不绝!

6. 石螺无尾虾红壳

朱文公在白云岩上新建好的紫阳书院不分日夜写书解经，但他的日常生活却十分节俭朴素，一日三餐都只是山蔬野菜、粗茶淡饭。他和蔼可亲，平易近人，不会"气头"（装神气、讲派头），一点也没摆官架子，所以乡民上山砍柴时，都喜欢到书院内喝喝茶、歇歇脚，有时听他讲经释道，有时和他闲谈聊天，"讲古嗑仙"（讲故事，闲聊天），十分亲热，书院里时常传出欢乐的笑声。

有一天，几位上山拾柴的农民见他生活朴素，日食清淡简单，就很热情地将带来配午饭的煮熟了的石螺和虾仔，分一半送给他品尝。朱文公想推辞，又唯恐却之不恭，让人生气，就再三致谢后接受了下来。他已经好久没有吃过鲜味了，觉得特别适意可口，吃得津津有味，还"呒甘"（舍不得）"一气"（一下子）全部吃完。他暗暗地叨念：在这山里，如果能长出这种东西，天天有这种美味，那该多好呀！说完，他就把吃剩下来的已

经夹掉尾巴的熟石螺和红壳虾仔全部倒进洗砚池和山涧中，说："让你们再去生活吧！"

不料，他的话果真灵验，过了不久，那些已被夹掉尾巴的熟石螺和煮熟了的红壳虾仔，竟然都在洗砚池和山涧中活了过来了，而且还繁衍了起来。直到现在，人们到白云岩去游玩，还可以在洗砚池和其他山涧中找到无尾石螺和红壳虾仔。

人们都说，这是宋代朱文公放生的那些熟石螺和熟虾仔复活过来后繁衍的后代。

（以上四则龙海市杨澍搜集，卢奕醒整理）

7. 感化老虎

朱文公在漳州任职期间，热心创办书院，施行教化，号召各属县大办教育。在漳州南郊白云岩建了紫阳书院后，他又到南靖金山的鹅仙洞选址建了学舍，收了陈怀、张漫、林和、李古、谢谱、韩园、简泰、刘能、王远、黄齐等十位学子。白天，他自己做学问，让学子们开荒种菜，晚上才开始讲学。除了讲《四书》《五经》等经典著作外，还传授"读书六法"的经验和讲解他对"人与自然关系"的看法。

一天晚上，他讲完《曹风·下泉》后说："根据我几十年来的读书体会，概括起来有六条，第一，要循序渐

进；第二，要熟读精思；第三，要虚心涵泳；第四，要切己体察；第五，要着紧用力；第六，要居敬持志。”

朱文公在讲“读书六法”时，引经据典，穿插历史典故，结合鹅仙洞的传说，讲东晋大书法家王羲之刻苦学书法、誓墓辞官、与谢安等人兰亭赋诗、写《黄庭经》换白鹅的故事，鼓励学子们以前贤为榜样，刻苦用功，争取早日考中举人。

谈到“人与自然要和谐相处”，他先检讨了自己驱逐青蛙的过错，说：“人类要有仁爱之心、博爱的胸怀，才能与大自然和平共处。就拿老虎来说吧。老虎是森林之王、百兽之首，你不伤害它，它就不会伤害你。它若要伤害你，那一定是它还没有被人类的善行感化、还没有被书经里的知识感化……”

学子们被朱文公横溢的才华所折服，个个睁大眼睛，注视着他腹有诗书气自雄的身姿，听得如醉如痴……

学舍外，风停树静，连蝉儿也不敢鸣唱，似乎也在聆听朱文公的谆谆教诲。

据说，鹅髻山中有只老虎，那天晚上也来到学舍旁，想等学子们放学睡觉后再去猪栏里偷一头猪。谁知听着、听着，它被朱文公从容儒雅的风度与气质和不凡的谈吐所感化，听完“人与自然要和谐相处”后，它突然大吼一声，摇头摆尾钻进树林里去了。

刘能、王远、黄齐等听到虎啸声，担心猪被老虎叼走，赶忙站起身想去猪栏看看。朱文公摆摆手说："稍安勿躁，稍安勿躁！那老虎是来旁听我们上课的。"

学子们莫名其妙："老虎也能听课吗？"朱文公说："你们想想看，如果它是来偷猪，会故意大吼一声吗？"学子们想想也有道理，便纷纷重新坐下安心听课。

朱文公说："那只老虎有灵性。它一定是躲在学舍外听了很久的课，被感化了，所以才大吼一声，表示忏悔。不信，你们看看，它以后再也不会来偷猪了。"

果然，从此以后，鹅仙洞再也没有发现过老虎的踪迹。人们说："朱文公神威，连老虎也被感化了！"

8. 地理仙

朱文公在鹅仙洞建学舍时，金山乡后眷村的卢员外曾慷慨解囊，捐钱百贯。他为求世代发达、子孙兴旺，还特地到鹅仙洞来找上知天文、下知地理的朱文公帮助他察看祖宗阴宅的风水。

朱文公被缠不过，只好抽空下山，到后眷村一带为卢员外寻找"宝地"，并在河墘村的通坑河边找到一处"下水金狮"的宝穴。卢员外高兴得唱歌弄曲、热情宴请朱文公。宴席中，卢员外问起何时可动工修造墓穴。朱文公说："下水金狮性子急躁，下葬祖先骨骸不能太

快也不能太慢，要选准三种时辰才能下葬‘金斗瓮’(用来盛骨灰的陶瓮)。”

卢员外急问是哪三种时辰？朱文公说：“时辰非固定甲子，要抢抓机遇。机遇有三个：一是碰到人戴铁斗笠；二是看见鱼上树；三是看到人骑马、马骑人。其中一有机遇就应立即下葬金斗瓮，切莫错失良机；如若错失良机，就会弄巧成拙，必须慎重再慎重。”

卢员外送朱文公上鹅仙洞后，马上派家人在“下水金狮”处挖墓穴，并派人把远山的祖父母的金斗瓮取出，抱到新挖的墓穴前，待机下葬。一切准备就绪，卢员外便派出生肖不与日子相克的家人，到大路口去捕捉“机遇”，叮嘱一有迹像吻合，马上回报。

第一天，没有吻合的迹像。

第二天，阵雨初晴。几个家人发现通往龙岩的官道上来了一个农夫，把一口铁锅顶举在头上遮雨。一个家人叫道：“喂！现在雨停了，还不赶快把铁锅放下来？”那农夫道：“放下来不好拿。”那家人道：“你真笨，你不会用挑的吗？”说完还热心地帮他取下铁锅，折一根粗树枝给他当扁担，扯几把青藤给他编罗筐，让他一头装铁锅，一头装石头挑回家。那农夫连声感谢而去，家人还在后面讥笑他脑袋瓜不灵活。

家人晚上回家，向员外禀报遇见农夫举铁锅的事。卢员外连夜上鹅仙洞禀报。朱文公一听摇头叹息：“可

惜可惜！戴铁锅不就是像戴铁斗笠吗？”卢员外茅塞顿开，徒唤奈何。

第三天，卢员外亲自出马，带领家丁守在大路边，仔细观察每个来往行人。晌午时分，通坑河边来了一个渔夫，问卢员外：“要不要买鱼？现捕现卖的，很新鲜！”卢员外生活简朴，平时咬姜蘸盐，哪舍得花钱买鱼买肉呀。于是，他摆了摆手，连话都懒得回应。到了中午，烈日炎炎，渔夫见无人买鱼，就将活鱼开膛破肚后挂在树枝上晒，要晒作鱼干，直到太阳下山才收拾回家。

卢员外等了一整天，也没见一条活鱼爬上树，只好怏怏回去禀报朱文公。朱文公又是一声长叹：“可惜可惜，那鱼晒在树枝上不就是‘鱼上树’吗？你脑筋怎么这样不开窍呀？”卢员外扼腕悔叹。

第四天，卢员外下定决心亲自再次寻找“机遇”，不获“机遇”决不收兵。他叫家人抬了一张八仙桌和一把大交椅，坐到大路旁，一边喝茶一边观察动静。到了中午，员外肚子实在太饿了，跑到附近的店铺吃点心，嘱咐下人继续注意等待“机遇”。

卢员外刚走，大路上就来了一个邻村的村民，他正为“七月半”节“普渡”做准备，要到金山圩买一只“御马”回来祭鬼魂。这“御马”是用白纸与篾条糊制的，纸马上骑着一个纸人。他肩上扛着“御马”，见那么多人围坐在八仙桌旁，很奇怪，就走近问道：“你

们坐在这里干什么呀？”家丁们见他扛着祭鬼魂的“御马”，嫌晦气，慌忙摆手叫他赶快走开。

卢员外惦记着“机遇”，本想吃完点心马上赶回来，没想到遇见一个多年未见的朋友请他喝酒，贪杯耽搁，待他回来已超过时辰了。家丁们七嘴八舌地禀报刚才遇见的情景。卢员外大叫一声：“那就是‘人骑马，马骑人’呀！”火速叫家丁到通坑将他祖父母的“金斗瓮”下葬“下水金狮”宝穴。

谁承想，“金斗瓮”刚放入墓穴，就发出一声闷响，随即升腾起一股白色烟雾，吓得家丁们急忙闭上眼睛四处逃窜。待到烟散音绝，家丁们睁开眼睛，只见墓穴里涌出一股滚烫的泉水……

从此，鹅仙洞下的通坑就有了温泉。这温泉至今还在汩汩流淌，使通坑成了一处理想的温泉疗养胜地，引来许许多多的游客和附近村民来此泡澡淋浴。

卢员外哭丧着脸，跑到鹅仙洞。朱文公听罢他的禀报，安慰说：“员外福薄，难得宝穴。误了时辰，难以挽回了。幸好宝穴涌温泉，也算做了天大的功德。好自为之吧，你的子孙后代将来也许还会发迹的。”

（以上两则由南靖县谢新鎏搜集整理）

9. 点破蜈蚣穴

相传朱熹在任漳州府知州期间，有一次到长泰县大鸬鹚一带察看民情。走到距离埔尾社还有百把步远的地方，轿夫的步伐就开始有点乱，越走越慢、摇摇晃晃的。朱熹心中疑惑，即问："怎么啦？"轿夫应道："……大人有所不知，这个地方叫大鸬鹚，有座金色院，非同一般，自古至今，武官到此要下马，文官要下轿，无一例外……"朱熹在轿里沉思片刻，不相信这种说法，说："岂有此理！"他不肯下轿，命轿夫继续前进！

可是，没走多远，只听"叭啦"一声，轿杆断了。朱熹心想：难道这金色院的地理真的那么好，不下轿就会断轿杆？我一定要下轿察看清楚。

朱熹随即下轿，在金色院四周转了一圈，详细察看地形地势。他发现金色院周围是一只蜈蚣地形，而庙正好建在蜈蚣的头上，它的身后有一条略高的垄形良田，全部种植麦子，麦子随风摇摆，真像一只活蜈蚣。

朱熹看完地形后来到埔尾社，凑巧遇见一位老人。便问他："这地方土壤肥沃，为何不种水稻而种麦子呢？水稻的产量与价值不是比麦子高吗？"老人答道："土地虽然肥沃，种稻也比种麦好，只因常年缺水，这里哪能种水稻呢？"

朱熹心中有数，就说："这好办。只要从上头溪仔墘开始造陂，修一条水圳，就可把水引到这里来灌溉，

把麦地改成稻田，何愁缺水呢？”他下令组织民众动手开渠引水，还具体指导，把水渠修在“蜈蚣”的脊背上。

水渠挖成后，流了三天三夜的红水，听说这就是蜈蚣的血水。从此，“蜈蚣穴”被破了，活蜈蚣变成了死蜈蚣了。人们把这条水渠叫做“官陂圳”。官陂圳开成竣工后，金色院周围的田地都种上水稻，农民丰产增收，皆大欢喜。

金色院这座庵庙的地势变得越来越低，房间里面越来越潮湿，尼姑们都不敢继续住下去了，除病死的外，都远走高飞。年长日久，房屋也倒塌了，金色院一带变成了一片良田。而官陂圳几经移改变动，现在的圳路（渠道）已不是原先的圳路，但叫法却一直沿袭到如今。

（长泰县汤桂芳讲述，洪亮整理）

10. 石改右，铁圈树

朱熹在漳州当了一年多的知州，为老百姓做了许多好事，受到人们的拥戴。后来他要卸任离开漳州了，便微服到处走走看看，体察民情，也听听人们对他任内的所作所为有何评论。

一天，他来到北溪蓬州社，偶遇一个老翁，闲谈中，老翁不无惋惜地说：“朱文公朱大人为官清正，廉洁奉公，是多年少见的好官，十分难得。可是，仙人打

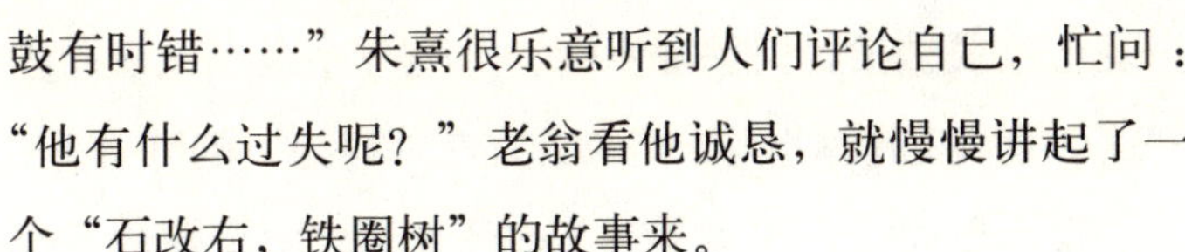

鼓有时错……”朱熹很乐意听到人们评论自已，忙问：“他有什么过失呢？”老翁看他诚恳，就慢慢讲起了一个“石改右，铁圈树”的故事来。

原来在九龙江北溪沿岸的两个小村庄，一村姓石，一村姓右。姓石的这村庄有个农夫名叫石有德，祖上遗下一块宝地——龙祉凤祥，此地种树能出名贵树木，种花能吐放异香。邻村姓右的一个财主，看在眼里，想在心里，眼珠一转，便在这块地上的四棵松柏树上作文章。他趁人不备，悄悄地在松柏树头圈上了铁圈，又在田埂地界石碑上偷偷地将“石”字改成“右”字。

三年后，财主眼见时机成熟，就蛮不讲理地到处宣称这块宝地是他家祖传的财产，是体谅石家困难才借给石家耕种的，现在是到了收回自己管理的时候了，妄想霸占这块宝地。石有德到处与他评理，但公说公有理，婆说婆有理，谁也说不赢，只好告到漳州府衙。

朱文公接到双方的诉状后，认真审读，觉得右财主的诉状言之凿凿，而石农户却无凭无据，辩解无力，就传双方到堂当面对质。

朱文公让双方各自亮出契据，却难断真假。便问：“你们双方一人讲一号话，可还有什么凭证？”石农户说：“这块地是祖上遗留下来的，全村人都知道，可传他们来作证。”

右财主说：“前辈曾交代，这块地上的四棵松柏，

根部都有铁圈为记，界碑上也有右字为凭。不信，大人可派人发掘查验。”

朱熹派衙役前往挖出石碑，剥了树皮，果真如右财主所述，就把那块地判归右财主所有。石有德哑吧吃黄连——有苦无处诉。

朱文公听了老翁的故事，略有所思，他完全没有料到右财主为了达到不可告人的目的，竟使出了卑鄙无耻的手段。他回衙后，立即组织深入细致的调查，重审此案，想方设法找到篡改石碑的打石师傅，让他讲出实情。石农户终于讨回了公道，朱熹也问心无愧地安然离开了漳州。

（龙文区林跃生搜集整理）

11. 朱熹改诗

宋代，漳州的南山寺里有两个和尚，一个姓李，一个姓王，他们平时都喜欢吟诗作对子。

仲夏，有一天下午，这两个和尚在九龙江畔散步，正巧知州朱熹朱大人身着微服也来到这里观赏风光。骤然间，狂风骤起，雷电交加，大雨滂沱。两个和尚急忙跑回到寺里，朱熹也跟着到寺内避雨。

和尚从寺内高处向外眺望，但见平日如一条碧绸般的九龙江，刹那间江浪滔滔；环顾群山，雨雾蒙蒙，好

一派自然风光，引起了和尚的诗兴。姓李的和尚指着九龙江吟道：“风吹江水千层浪”；姓王的和尚略加思索，接口咏道：“雨打山坡万点疤”。

他们正在自鸣得意的时候，突然听到一个声音：“你们的对子中‘千’和‘万’两个字用得不妥帖。”

两个和尚不禁惊奇，即问：“不妥在哪里？请施主赐教指点。”

朱熹微笑着答道：“九龙江不是大海洋，怎能说它的波浪为‘千层’呢？再说把雨打留下的疤痕，称作‘万点’，也嫌别扭。依我看，把‘千层’改为‘层层’，把‘万点’，改为‘点点’，岂不更好？”

两个和尚被朱熹的睿智和高见所折服，连称“好，好!”

过后，他们深感自己学识肤浅，便孜孜不倦地勤读诗书了。

（芗城区郑炳炎搜集整理）

12. 与陈北溪的交情（两则）

大画家陈淳人称“北溪先生”，是个穷教书先生。朱熹到漳州任知州时曾慕名拜见他，结为师友，两人感情很好，民间流传着不少关于他们深厚交情的故事。

（1）做官要爱民如子

有一次，听说朱熹要到学堂里来看望教书先生，同行们都很兴奋，有的急忙穿好新衣服，有的还准备好礼物要迎接他。唯独北溪先生不畏权势，抱着无所谓的态度，仍旧穿着破旧的衣服参加见面。这时，北溪先生特地端来一盆清水，要让知州大人洗面；拿来一面镜子，要让知州大人照看尊容；还抱来一个小孩要让知州大人瞧瞧抱抱。

朱熹朱文公大人聪明绝顶，他当然深知北溪先生的意思。他婉言谢绝了所有教书先生的礼物，还逢人便说："北溪先生给我的提醒很好，他是要我做官要清如水，办案要明如镜，对漳州的老百姓要爱民如子啊!"

（2）与陈北溪和诗

有一天，朱熹轻装便服去拜访陈北溪。傍晚，北溪先生留他吃饭。因为家穷，又没事先准备，桌上一碟溪鱼就算佳肴了。陈北溪过意不去，就写了一首小诗给朱熹，表达歉意。诗是这样写的：

一碟葱姜一碟鱼，呼童捧出且踌躇；
若还不是知情者，谁肯烦翁下草庐？

朱熹看过这首诗大有感触，就随即和他一首：

漫谈麦饭与姜鱼，姜养丹田麦养脾。
饭后试登墙上看，民间尚有未炊时。

朱熹的诗不但对主人的饭菜表示赞赏，认为对健康有益，而且关怀劳苦群众，感慨有些人连三餐也顾不上呢!

（龙文区黄水明讲述，洪吉人整理）

三、长泰状元林震的传说

林震（1388—1448 年），字敦声，长泰县善化里（今枋洋乡）林墩村人氏。家贫母早逝，因聪明颖悟，读书过目不忘，受老师唐泰（字师廓，又称东里先生）赏识。永乐十八年（1420 年）庚子秋闱赴省乡试中举；宣德五年（1430 年）庚戌春闱，赴京会试，中试为贡士，又参加殿试，考取一甲第一名，是漳州在历史上出过的唯一的状元，赐进士及第，留京师任翰林院修撰，主持校勘历朝史书和

编撰本朝实录，供职七年，因体弱多病告归，读书自娱，终年四十九岁。

1. 观灯产子，震惊乡里

明朝洪武年间，长泰善化里产坑有一农户名叫林春芳，平日勤耕为食，纺织为衣。他的发妻张氏秀女，身怀六甲。正月初十半夜，林张氏梦见观音菩萨降临在她的床前，左手拿着一支含苞待放的莲花，右手举起送子白玉香钟，扬手指示说："庶子张氏秀女听着，你家祖辈行善积德，为人忠诚，克己待人，扶贫济困，今可得贵子。但须记住，麟儿临水降生，日后必有大贵，好自为之。"言罢隐去。

林张氏一觉醒来，把梦中情景告知丈夫，丈夫也不理解。事有凑巧，他岳父家正派人来催女儿回家作客，赶赴上元观灯，畅叙天伦之乐。本来这正月正是林张氏临盆之期，他们不敢出门，但既是岳家来请，不敢推托。林春芳禀报了父母之后，立即到林墩圩雇把轿子，送张氏回娘家。

林张氏的娘家在长泰县的人和里溪园社，是个好地方：东面靠着龙津溪可直通石码，西边有锦江港红花夹岸，村社是个莲花宝地吉穴。

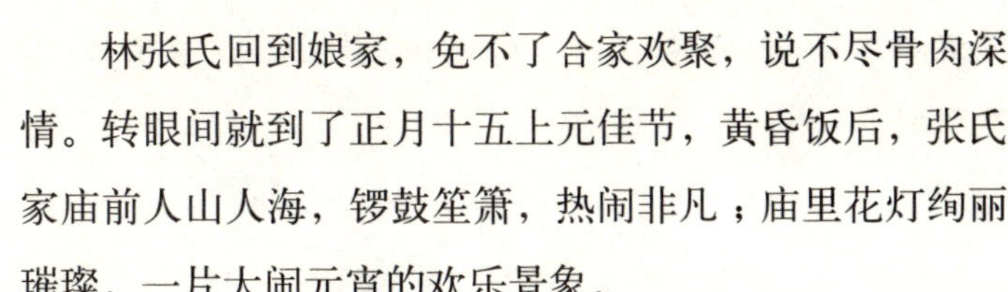

林张氏回到娘家，免不了合家欢聚，说不尽骨肉深情。转眼间就到了正月十五上元佳节，黄昏饭后，张氏家庙前人山人海，锣鼓笙箫，热闹非凡；庙里花灯绚丽璀璨，一片大闹元宵的欢乐景象。

张氏秀女跟着兄嫂、弟妹早就混杂在人群中赏灯。突然她感到有白光一闪，掠入腹中，顿时腹痛难忍。父兄急着要扶她回家，她却实在寸步难行，顺势靠在墙角蹲下。不久，婴儿就要降生了，嫂嫂弟妹连忙把她团团围住。天井口一阵大风，厅里花灯全部熄灭，人们大叫“奇怪”，只听见婴儿“哇哇哇”三声啼叫。人们在黑暗中摸索搜寻，乱成一团。张氏的家兄张振华立即脱下外衣裹包婴儿，快步冲出庙门。

倒也奇怪，这时庙里花灯立即一齐恢复光亮。村里的族长说声：“灵气不要被外人抢去，快把婴儿夺回来！”人们大喊大叫冲出门外，把住路口，要把婴儿抓回来过秤脱气。张振华无路可跑，只好抱着婴儿跳入莲花池中，婴儿本是鲇鲯鱼神降凡，下水后，正是如鱼得水，活蹦乱跳的，张振华用尽力气好不容易才抱住，涉水上池岸，躲得无影无踪。这时候，上年纪的人说：“算了，初生婴儿下水也是活不成了。”大家才不再追赶，各自回庙里观灯。

这个奇闻震动了县城里外，张家也极大地震惊，就给婴儿取名“震”字。待到入塾启蒙，启蒙师另起表字

“敦声”，寓意“林墩声望”。

（长泰县张银锥搜集整理）

2. 哑女开口，喜结良缘

林震的父亲家境穷困。为了把林震培养成人，七岁时，他就被送到长泰县城南溪园社三房角，寄养在舅父张振华家中。

当时城关塘边社有个唐望后员外，家财万贯，单生一女，容貌出众，聪明伶俐，可惜到五岁还不会说话。唐员外急得到处求神问卜。有一天，来了个卜卦先生，唐望后以礼相待，恳求先生给女儿卜命。先生问了生辰，闭目屈指，妙算之后，连声道喜：“妙哉！妙哉！贵女贵女，真贵女也！”唐老夫妻惊奇地问：“先生，贵在哪里？小女今年五岁了，还不会说话，这喜从何说起？”先生呷了一口茶说：“天时地利也，唐小姐是天神投胎，贵家降生，该属先福后贵，来来来，备上文房四宝，写个留联，日后应验。”家人速备笔墨纸砚，先生挥笔书写：“头戴斗，脚踏狗，主人到，便开口。”写毕，便起身告辞。

这一年，长泰县风调雨顺，五谷丰登，万民欢庆。秋后，林春芳到岳父家帮助收租、粜谷。有一天，林震塾馆放假，跟着父亲到塘边社收租粜谷。这天早上，唐

小姐早饭后独个儿在厅堂静坐，目不转睛地注视着大门外。她家的大黄狗正伏睡在门槛旁边，看着小主人。

这时，林震父子来到塘边社口，天上突然下起了瓢泼大雨。林震急忙拿起一个大谷斗，戴在头上，当作斗笠遮雨，边跑还边念："天公有灵，大雨快停。"一口气冲进唐家大门里，左脚一跨进门就踩着大黄狗。大黄狗猛地跳起来，张开嘴巴要咬林震，唐小姐看在眼里，急得连忙开口大声喊出："别咬了，别咬了，好黄狗！"唐老夫妇听到小女喊叫，急忙赶出来，看到自己的女儿正对着一个男孩子点头微笑，老两口恍然大悟，欢笑地喊道："主人到了，主人到了。"

这时，林春芳也进了厅堂，看到这般情景感到茫然，急问："这是为什么？"唐员外欣喜地说："亲家啊！我们望眼欲穿呀！终于盼到今天这个大喜的日子。来来来，我们为小两口订亲吧！"

林春芳一时惊愕，忙说："不不不，这亲家是从何说起的？我家是山村小户，不敢高攀啊！"唐员外转身到内堂拿来卜卦先生写的"留联"给林春芳看，恭恭敬敬地说："我家小女，今年五岁，还不会讲话。平日里不言不语，今天小公子头顶谷斗跨进大门，脚踏着大黄狗，小女终于开口了，应验了卜卦先生的预言，这真是天赐良缘啊！"

林春芳恍然大悟，欣喜地点头说："确实是天生一

对、地造一双呀！”立即令孩子拜见岳父岳母大人，林震上前施礼："岳父母在上，受小婿一拜！”唐员外夫妇哈哈大笑，也让小姐拜见公公。唐家满堂欢声笑语。

（长泰县刘锡安搜集整理）

3. 童生续联，得遇良师（两则）

林震自幼天资聪明，在乡间塾馆启蒙，一目直下十行，塾师才教读《三字经》，林震就把《千字文》《百家姓》背得滚瓜烂熟，《幼学琼林》则是无师自通，尤其好诵《声律启蒙》，影响了同馆的蒙童不安心读好《三字经》。塾师到林震舅家声称“不敢领教”，张振华只好叫林震在家自读。

林震的舅父家中没有几本可读的书本，林震闲不住，就带着农具下田，帮助舅父种菜浇水。

张振华怕误了孩子前程，急忙托人把他送到县邑南门朱文公祠学馆读书。馆里《四书》《五经》、诸子百家书籍齐备，林震大开眼界。读不到两年就遇上县邑童子试，林震年纪才八九岁，是县里最小的蒙童，又生出了新鲜的传闻。

（1）文具店还谑老大

有一天林震上街到一家店铺里添买笔墨文具。店东

杨老大，为人诙谐好谑，见林震矫捷伶俐，稚气逗人，知是应试童生，就故意调笑，说："一品狼毫价钱昂贵，只卖给登榜的童生。"林震说："犹未进场，岂能辨出榜前榜后？"杨老大说："我先与你假试，出上联一句，你能续上，即赠此管狼毫，否则恕不出售。"林震说："好。"老大即把毛笔放在林震脚下，随口说："童生、童生，缺此一笔不是生。"（生字底下少一笔是牛字，含蓄地调笑他是牛犊子。）

林震一听很生气，立即拾起毛笔，在柜台上饱蘸墨汁，朝老大左肩上缀上一点，对老大说："老大、老大，多这一点难为大。"大字右上角多一点是犬字，林震回骂他是狗，引起了围观的客人哄堂大笑。店老大啼笑皆非，只得按诺言把"一品狼毫笔"赠与林震。

（2）闯学闹得遇名师

林震童试后，放心嬉游，路过大夫第，听到院子里清朗的读书声，不觉神往，想驻足谛听，又觉得断断续续听不分明，因此索性从二门走进，倚在廊沿柱旁窃听。这一来，引起了课堂上的学生频频回首，交头接耳，好像马蜂出窝，"嗡嗡"地响，课堂规矩一时乱了。教书先生唐泰学风严整有素，立即出堂下阶来劝林震。

先生说："此乃学府重地，何方村童扰我学规，速去！"林震说："出师之口，益人之智，老夫子何至吝惜

耶？请教老师解析‘孟母三迁’之典故，小人即返矣!”

老先生听到林震言语顶撞，心火上升；但听到他问“孟母三迁”的典故，觉得这孩子怀才似锥，几欲脱颖而出。他有心试探其才华，便问说：“孺子好读，能对否？”林震答说：“曾经启蒙，但未求得贤师指点，唯恐联句渎亵师长。”先生略一沉思，诵曰：“舌软物，齿硬物，软物非是硬物玩。”含意是：你这童稚幼嫩不是我老先生的对手。

林震仰起头看见先生抚着胡须微笑，即景应对：“眉先生，须后生，先生不如后生长。”含意是：你虽尊贵能为，但必定有后起之秀超越于你。这一酬续，语句铿锵，使东里先生大为震动，赏识林震是一颗未开镌的玉璞，若听其湮没，未免可惜，由此收林震入闱授教。

另一传说，唐泰无嗣，林震成他的螟蛉子，“大夫第”后来改称为“状元第”，这是后话。

（长泰县卢泽民讲述，黄贵整理）

4. 秋闱乡试，七人同榜

林震考中秀才后，转眼永乐十八年（1420年）秋试在即。东里先生指点林震等八名生员赴省考试。辛勤学子尊师守训：按年岁论，长幼序列出门，霞坂村林[illegible]年长，尊为学兄，下推是陈信宗、吴成、王麟、许显、陈

先暨、林震，年纪最小的姚瑟才十八岁。

三更过后取道钦化里出行，一路有说有笑，经过十里黄土，东方发白时已到朝天岭侧，循序慢步拾级登上崎岖古道，仰看两侧石壁苍藤古木，秋涧滴獗凄切悚人。将要登上岭巅，忽闻一阵腥风，前头林瞑惊叫："老虎挡路！"大家举目一观，乌罗皂（乌黑的意思）的一只老虎坐在岭巅路旁眈视路口，不由骨骼都酥软了。林震说："我们满腹经纶，浩然正气，可以飞跑闯过去。"林瞑也大胆起来，抢步登上岭巅，放开大步就跑，大家穿梭般地跟上。这一来，激怒了老虎，将身一扑，从崖上跳下，按倒姚瑟叼起就逃。七个人一口气跑到天色大亮，已进入龙溪县界，才发现少了姚瑟，不由得放声大哭一阵。古人云："大难不死，必有后福。"七人赶上乡试，全部考中举人。

七人中举回来，知县陈愚早就接到漳州府驰文旌表。特意在县邑明伦堂设宴，连东里先生一起，为七人接风洗尘。宴罢之后，陈知县命摆仪仗出门，前头仪牌"肃静""回避"，鸣锣开道，带引新科举人到邑西紫极宫朝拜太祖神位谢恩。祭拜完毕，林震名列举人第六，乃七人之首，被推举吟诗答谢，亦是理所当然。林震遂恭写七律一首，呈上父母官及师尊求教。两位大人眉开眼笑，欣赏后改动末尾两句。东里先生把"焚香祷祝华封寿'改为"心香每祝华封寿"；陈大人把"万乘之尊

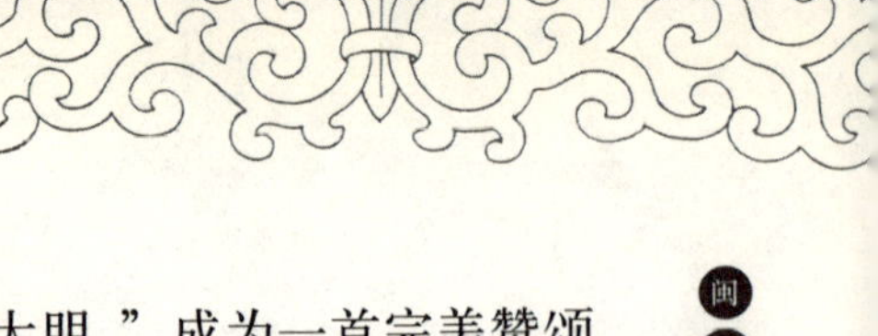

统大明”改为“万载乾坤属大明。”成为一首完美赞颂本朝的律诗。命工匠制成大横幅，与前贤解元黄文史一首七律成双对挂。

《游紫极宫》 林震

仙子乘鸾上太清，孤山空鹤唳蓬瀛。
玄都观里琴三弄，南岳楼前笛一声。
钟动客窗惊晓梦，月移花架过西庭。
心香每祝华封寿，万载乾坤属大明。

《游紫极宫》 黄文史

紫极岿岿耸太清，清风明月照莲瀛。
天香每袭琼琚佩，仙洞时闻丝竹声。
百里春风花县满，九霄云驭鹤还庭。
我来窗下观周易，时睹辰光日月明。

嗣后，漳州府对此一科举子先后选聘司职，东里先生对林震说：“予之胸腹，有九天揽月之概，岂能甘心作吏?”林震秉遵师训，不断攻读经史，等待机会赴京考试。

（长泰县施向智、叶素藻讲述，黄贵整理）

5. 曷山求梦，海底摸针

长泰五大名山之首曷山，山巅突兀高耸，常有云雾缭绕，当地人称为王尖。王尖顶有座全部用石料筑成的小庙，门楣凿刻着“第一名山”四个字，庙里雕刻着八仙神像，俗人称为仙公，神龛上雕刻着“天衢云路”的匾额。

自古形成俗例，每逢九月九日登高节，成年男子三五成群，虔心诚意跋涉登上王尖，朝拜石庙里的“仙公”，并在庙里住宿求圆仙梦，预卜人生吉凶祸福。

林震完婚后，岳家父母相继过世，心中闷闷不乐，不觉随着人群，陟登曷山，寄望神明指示前景。大凡心中有事，用心过急，往往难于入梦，林震忧心忡忡，辗转反侧，直到庙里雄鸡三唱。林震张开眼睛观看，四周的人都熟睡如泥，庙里长明灯闪烁摇晃，八位仙人似在渡海。再定神细看，不由得大吃一惊，那神龛上横匾上，白天参拜时明明是“天衢云路”四字，如今怎么变成“海底摸针”？莫非是对我求问前景作指示么？难道我只能是个举人？

无梦也罢，不如归去。他起身收拾行包，趁着东方破晓，晨光照路，匆匆下山。山道崎岖，石阶半明半暗，三步一颠，五步一跳，身上青衫被荆棘划破多处。回到家时，日近中午，肚里像轱辘般响着，进了大厅，见房门前一只靠椅，就坐下来喘气。妻子看他狼狈归

来，也不敢多问，蹲下去拈起青衫下摆，就说："相公，你把那根针拿来，妾身为你缝补。"

"我无心去'摸针'也！"

"那针插在房门红纸上，伸手可拿到，难道连举手都不会么？"

林震转身抬头一看，门联"福海寿山"的"海"字底下插着带线的针，就伸手摘下来交与妻子，高兴得不由双手握住妻子的手臂，说："娘子！有了，我能考中进士！"林震转忧为喜，把求梦情景说了一遍，说："海底摸针原来唾手可得，误了这科，还有下科，东隅已逝，桑榆非晚，看来前程仍是有望。"唐氏唯望丈夫安心读书，补完青衫，随即奉出午餐供丈夫选食。

（长泰县黄贵讲述，林吉士整理）

6. 文裘造访，林震让科

话说江西省赣州府有一位举子沈文裘，是个能人。其所能者，除具备江西人所特有的"命卜星相术"外，还饱读四书五经、诸子百家，堪天舆地无不通晓，立誓非状元不中。他为何如此固执？因为江西赣水天生有鱼，特别是鲢鱼幼苗畅销江南各道。早有先例，省内谁考中状元，就可以执掌赣江取利，一生荣华富贵享之不尽。

可是天不作美，沈文裘自三十多岁中举之后，会试

连续三科未中，已经四十出头仍不善罢甘休。当他得知长泰七人秋闱乡试全部中举，就认为是人杰地灵。经深入打听，他推测林震是个状元之材。决心先人一步，到长泰找他，与他约定“谁考？谁让？”

沈文袭不辞长途跋涉，来到长泰县南门外拜访林震。相见礼毕，奉茶叙坐。经过一番论答酬韵，已知林震才智非凡。沈文袭说明来意，表示非元不中的矢志。林震听到要自己“让科”，心里犹豫不决。沈举子进一步说：“年兄年纪尚轻，等待十年五年犹可。在下已及不惑之年，本科是来不及了，下去亦是只有三科，就年逾半百，请让与三科如何？”林震为人谦恭礼让，过意不去，就说：“也罢，一期促迫、三期太冗，小弟就二期不考，让年兄飞黄腾达如何？”

沈文袭心里盘算：二期也好，不信不能考中！就不再反复商讨，起身拜别去了。也是他命不该“元”，永乐二十二年（1424 年）甲辰科邢宽中元，宣德二年（1427 年）丁未科马愉鳌头独占，林震同窗、龙溪谢琏得第三名的探花。沈文袭算白领了两科人情，心中不甘罢休，夜以继日攻读经史不歇，而且练就双管齐下的蝇头小楷，准备三年再考。

再说，林震自父亲过世后家道日下，心中忧郁，守孝三年，他又让科给江西举子六年，对于科举念头已消去一半。自曷山求梦回来，得知同窗谢琏高中一甲探

花，遂又萌生进取信念。眼看明年宣德五年（1430年），庚戌会试转瞬就到，日食尚靠禀膳发补，哪有盘缠赴京？时届年关送神，不由焚香祷告灶神，借诗解愁。诗曰：

一杯清茶一炷香，奉送吾神上九天。
玉皇若问人间事，只说文章不值钱。

迎春之日，师友团拜恭贺新禧，林嗥看见林震题诗，告知东里先生。东里先生连忙到县衙报请拨“学租银”作盘缠；师友之间又凑足银两资助。林震就整备行装，并约来族弟林加巽帮挑行李，拜别师友启程。林嗥盛情送林震出十里长亭，临别赠言说：“昔日孔圣先师，教诲三千弟子，得七十二贤人。于今东里先生门下，已有谢年兄类出一甲探花，望贤弟能独占鳌头，吾辈学闱生辉，愿已足也。”林震谢道：“小弟谨记年兄教诲，亦望祖先庇荫，能名登黄榜是幸。”话毕，挥泪拜别林嗥，同着族弟登程去了。

（长泰县吴硕今、施师实讲述，黄贵整理）

7. 上京赴考，妙笔生辉

林震中举后，于明初宣德五年（1430 年）八月十二日，偕同老师、家童一行三人，从泉州湾乘船北上，入京参加考试。船行至浙江省温州市港口，不期又遇到江西省赣州府审半山社沈文裘也要上京应试，便同船北上。久别重逢，一路上亲如兄弟，交谈中，论述才学，相称高才。九月十四日，船至京城港口。上岸后，各自找馆舍安息，不在话下。

本科总主考官为礼部尚书董荣，其祖籍是福建省长泰县董溪头村，是林震的外舅公，副总主考是吏部侍郎沈祈生，其祖籍是江西省赣州府审半山，是沈文裘的伯父。林、沈双方都认真分析对方，精心研究争夺状元的对策。沈祈生最后采取文、巧、破三个争夺办法，以应付万一。董荣则定策为：轻装上阵，见题行事，遇软要谨慎，硬来四两拨千斤。

十月十日为龙时吉日，开科举试。朝里大学殿，五更就灯火辉煌，卫律森严。主考官登台就座，门官宣告进场，分发试题。考试题目为“在一尺正方纸上，书写三千个单字”，评试考质规定：一、三千个单字不重复；二、以交卷先后论试；三、精灵英才不受三千字限制。

监考官宣布开考，各考生都紧张答卷，唯有林震迟迟不见动笔。他转眼看沈文裘，左右双手执笔，紧张疾书。林震自感在硬功上比不上沈文裘，决定以四两破千

斤，就在卷上写下：“一笔化三千”五字。写毕，立即起位交卷，名列第一。不多时，沈文裘也交了卷。他如数写上三千个单字，名列第二。

第二天开封阅卷，经半个月紧张地评审，林震和沈文裘并列为科头。十一月初一日，主考官员集中评议。总主考官董荣和副主考官沈祈生，为争夺第一名，都倾注全力，气氛十分紧张。其余主考官员，内心各靠其主，自然成了福建、江西两大帮派夺元阵势。

这时，沈祈生迫不及待地先站出来说：“林举子虽然先交卷，但只写了五个字，沈举子双手挥笔，文墨雅丽，当封状元及第。”董荣接着说：“沈举子虽然能双手快笔疾书，但刻板呆滞，不如林举子机智聪敏，善能变化。此等人才十分难得，理当夺魁。”

沈祈生哪肯作罢？他争辩说：“沈举子是苦练成才，三千字工整无误，正合本科试题要求。”董荣回驳说：“万夫匹力，不如一言道破，精灵英才，难道不合试题要求吗？”

正副主考官争辩不休。主考部官员提议，将两名并列呈交皇上殿试定夺，全体赞同。

（长泰县刘锡安搜集整理）

8. 殿试定元，状元游街

十一月初四日，本科主考官呈送答卷，皇上开封查阅，只见沈文裘答卷三千个单字果真完整，真是苦练成才；林震卷上只写“一笔化三千”，三千字来往于一笔，确系精灵英才。但历来科举状元只能一名，宣德皇帝经反复思考，决定亲自面试钦定，即令太监传旨，十一月初八五更，上朝殿试定本科状元。

皇令下达，福建、江西官员各自聚集献策，董、沈两家更是废寝忘食、绞尽脑汁商议应试办法，精心研讨击败对方的妙计。沈文裘决定殿试时采取“捷足先登”的办法；林震即定策为“迎风而行”。

十一月初八日五更上朝，宣德皇帝登坐龙台，文武百官分列左右两旁。林震、沈文裘肃立台前，太监宣旨，殿试开始。

帝问：“世上何物最重？”沈文裘抢答：“世上唯山与海最重，不可计量。”林震应答：“世上唯皇上玉口金言最重，皇上玉口一动，可移山填海，威力不可估量。”

帝又问：“世上何物最轻？”沈又抢答：“世上灯芯草最轻，采集一担仅有数斤。”林马上应答：“世上蜘蛛丝最轻，我朝国土这么大，灯芯草可采集数船，而采遍全国，蜘蛛丝不足一担！”

帝微笑再问：“何物最珍贵？”沈再急应：“世上金玉最珍贵。”林答：“世上玉玺最珍贵。”

宣德帝龙颜大悦，高声笑道："林震果真是奇才呀！三题显露才华，体现出对国忠而爱，对君敬而亲，好，就定林震为状元，沈文裘为榜眼。"董荣一听，急示林震跪地谢恩。太监宣旨退朝。沈祈生和沈文裘虽然心中不服，也只好悻悻退朝。

沈文裘对林震附耳说："仁兄，这科你中，下科我中。"林震答道："这科我中。下科我胞弟中。"就因这句话，气得沈文裘连续三夜合不上眼，因此，他下决心用第三个"破"字，一定要和林震对抗到底。

话说沈文裘自殿试落元后，满腹怒气。那一天，忽听街上鼓乐喧天，书童禀报："公子，外面是新科状元游街，观众人山人海。"沈文裘急步上街，在长安街的十字通道上卧倒挡道。开道先锋官急报状元："大人，前面有人横卧街中挡住去路。"林震心中有数，令护拥壮士左右分开待令，单骑白马至沈文裘身前，厉声喊道："该死疯汉，快滚开，否则踏成肉酱。"

沈文裘竟围住马头，不肯放过，口中高声叫喊："江西一块铁。"意思是说江西西方属金，如铁桶一般坚固。

林震从容不迫地回击道："福建火炉热。"含义是福建南方属火，火能熔铁。

沈文裘再喊："真金不怕火。"

林震也不示弱，提高声调喊道："见火便销蚀。"同时厉声叫喊："沈文裘，再不闪开，休怪无情！"说着

扬鞭纵马，辔头一提，冲出人群，扬长而去。

沈文裘眼看斗不过林震，连滚带爬，钻到人群中去。

此后，沈文裘与林震便结下不解之仇。他耿耿于怀，去向伯父沈祈生请教并直言：“我决心三弃：一弃下科争元，二弃入翰林院的资格俸禄，三弃当六品以上官职，只求到长泰县任七品县令，不报复林震，破败长泰地理，誓不为人。”沈祈生也怀恨在心，便支持沈文裘的决定。

（长泰县刘锡安搜集整理）

9. 沈文裘之死

话说沈文裘不甘心失败，自愿放弃在京城翰林院当官的美差，带着地理师陈晓地和天象师蔡天观两个人，千里迢迢到长泰来当县令，精心策划计谋，一心一意要寻找机会破败长泰的地理。他设计夜盗南门佛祖庙菩萨头上的夜明宝珠，陷害林震的舅舅张振华；查勘县后书院，火焚人脉石笋，挖渠破舟，使龙船宝石失灵，一听说天柱山上有一龙二凤三狮四象五虎六麒麟等风水宝穴，还亲自组织人马，爬上去要搞破坏。只要能损害林震的名声与政绩、破坏林震故里风水的事，他都会绞尽脑汁，不择手段、不惜代价去做。

但是，“人算不如天算”。经历一系列的失败，他自

知天意难违，即草草收拾行装，赴朝天岭过角美下船，准备回到江西赣州去。

三匹鞍马及随从一路上时风时雨，加上山路崎岖，费了好大工夫才爬到朝天岭上。沈文袭勒马回头，正要再望一眼美丽长泰的山山水水，忽听得山巅上传来急促的狺狺狗吠声。文袭一惊，忙举头回顾，只见陈晓地和蔡天观这两位地理师和天象师也急匆匆地赶来，天象师抬头观望天相；地理师下鞍摆罗庚测地脉。

只听见沈文袭“呀”的一声，手指山巅的一块石头说：“那不是一只石狗吗？”

话音刚落，天象师即侃侃而谈：“按天星方位，此石狗应是天将杨戬的哮天狗的化身。”地理师也忙插话：“此狗坐西北面东南，守着朝天岭路口，乃长泰城东大门的看门狗，难怪长泰城能风调雨顺、长治久安。”

这时狗吠声加剧，好像是在咒骂沈文袭之罪行。吠声阵阵，沈文袭被搅得心乱如麻，众人你一言我一语，更使他“杂糟”（烦躁），他叫随从打掉狗眼。可怜石狗双眼流出的血泪如注，据传流了七天七夜，在大石上流出了两道深深的泪痕。

石狗的吠声传向四方，刚好天成山观音巡游路过，听到石狗悲痛的吠声，掐指一算：原来是六十年前天池鲇鲏鱼精转世凡间作孽于此。观音口里念念有词，柳枝一拂，就回观音庙内去了。

再说沈文裘见随从把石狗双目打掉，心头略为轻松，即令众人从速上马赶路。

时至午夜，沈文裘座船已驶向茫茫大海。此刻他独自在前舱闭目养神，一道白光劈窗而入，一声震耳的闷雷把他从迷梦中惊醒，窗外狂风暴雨、惊涛骇浪，船几乎被海浪吞没。

天象师、地理师经不起风浪颠簸晃荡，从后舱滚到前舱，紧紧抱住沈文裘的大腿，要求他快快跪拜上苍保庇全船人员平安无事。沈文裘自知罪孽深重，年数该尽；但心存侥幸，正想拖着二师爬上甲板跪拜时，一个遮天巨浪盖顶而来，把沈天裘和他的二师等人通通卷入海中、送到鱼腹里去了。

（长泰县庄振泰搜集整理）

10. 林震屿的传说

现在龙海市港尾镇白塘村附近的海上有一座小岛屿叫林震屿。

为何港尾白塘附近的小岛屿会以长泰的林震为名呢？这要从林震少年时的一段经历说起。

林震小时候父母双亡，跟哥哥相依为命。哥哥起先很疼爱这个弟弟，因为他聪明好学，六七岁时就能把《三字经》背得滚瓜烂熟，还能背诵不少唐诗宋词；可

是林震体质差，七八岁时还没有五岁孩子的身高，并且浑身长满疥疮，臭头烂耳。过门不久的嫂嫂很讨厌他，成天逼着丈夫把林震赶出家门，甚至威胁说，如不把林震赶出去，她就要亲自动手把林震杀死。哥哥看看弟弟那副样子，也真是恶心，被逼无奈，只好同意抛弃弟弟。

有一天，哥哥骗林震说："我要到很远的地方去给财主家干活赚钱，你也一起去吧。"林震当然怕离开哥哥。于是，兄弟俩带了些柴米油盐和衣服，林震还带了自己读的书就上路了。兄弟俩来到港尾白塘的海边，雇了一只船，渡海到海中的一座小岛上去。兄弟俩把东西搬上小岛，找了一个石洞，安置好东西。哥哥叫林震先在洞里休息，借口出去找水，便偷偷乘船溜走了。

林震等了很久，不见哥哥回来，跑出来一看，来时的那条船不见了，林震知道被哥哥骗了。他坐在海边喊爹哭娘，哭了很久很久。可是哭又有什么用呢？后来，他只好在这荒岛上住了下来。幸好哥哥给他留下不少的柴米油盐，够他吃一段日子。

林震住的这个洞从外面看并不大，里面却很宽敞。洞的深处有一个不很大的水潭，潭水是淡的。水潭边有一些蛇蜕和蛇骨，看来原来住着毒蛇，后来有的死了，有的跑了。林震住进来后，吃的、洗的都用这水潭里的水，过了一段时间，他身上的疥疮竟然渐渐少了，原来流脓水的地方也不流脓了，溃烂的地方也逐渐结疤了。

林震好不高兴啊，这给他增添了活下来的信心。

他白天到海滩边捕捉鱼虾螺蚌来充饥，晚上点着火把或就着月光认真读书，没有纸笔就以沙滩做纸，以树枝做笔，练习写字做文章。这样日复一日，月复一月，年复一年，大概过了两三年，林震不仅身上的疥疮全好了，身体也长高长壮了，原来瘦弱不堪、臭头烂耳的林震已成为一个相貌堂堂、体格健壮的美男子。同时，他的学识也更加丰富了。

后来，有一只渔船遇到风暴，来不及进港避风，被刮到小岛边。船上的渔民发现了林震。风暴过后，林震帮渔民修好了船只，乘船离开小岛，回到大陆。林震也不回到长泰的哥哥家，而是依靠舅舅的帮助，到处拜师求学。后来终于考中进士，并在殿试时“一笔化三千”，以他的聪明和机敏，获得皇帝的喜爱，中了状元。

后来，人们就把林震住过的这个小岛叫做“林震屿”，以示纪念。

（龙海市李承德讲述，林兆明整理）

四、林釪（林阁老）的传说

林釬（1578—1636 年），字实甫，号鹤昭，漳州东乡蓝田南坪村东口社洞口山人，万历丙辰（1616 年）进士，授翰林院编修。天启时，任国子监司业。崇祯年间升为礼部侍郎兼侍读学士，得崇祯皇帝朱由检器重，拜东阁大学士，民间俗称林阁老。为人刚正忠烈，淡泊平和，学问渊博，才智过人。崇祯皇帝曾亲笔题词："班首銮波，宫袍绿染犀云；名高蕊院，清流黎火殷月。"崇祯九年（1636 年）因劳得疾而终，谥文穆。

1. 林釬出世

传说林阁老是天上文曲星投胎转世的。他的祖籍是山西汾州西河郡，祖先不知何时迁到福建金门，后来又迁来漳州的洞口村。他的母亲是洞口村北面黄坑村陈氏。那一年元宵，村里祠堂修理竣工，族长绅士商量决定隆重庆贺。全村家家户户张灯结彩，祠堂内，灯烛辉煌，香烟缭绕，供桌上排满全猪全羊鸡鸭鱼肉和发糕米粿；祠堂外，演戏唱曲，摆摊设担，热闹非凡。所有人家还按照习俗惯例点了“斗灯”，象征人丁兴旺。

那时候，陈氏已怀胎十月，由于没有临产预感，她也像其他人一样赶回黄坑娘家去看热闹。心里想：离家这么近，腹中若有异样，马上回家也还来得及。

谁知正当她与众亲友坐在一起观灯看戏时，突然肚子疼痛。她不敢迟缓，即刻起身回家。刚走到黄坑村社口檎树下，婴儿就呱呱坠地了。说来也很奇怪，就在这时，黄坑全村“斗灯”尽熄。族长见状，知道有贵人出世，很快就查出是谁家生子。他认为外姓的亲戚在本村生孩子，会拔掉他们的地气、财气，即刻叫人暗中找机会将这个刚出世的孩儿掐死。幸亏林釬的舅舅不知从哪儿得悉了消息，三步并作两步从小路抢先赶回家，抱起婴儿一口气跑到洞口村林家，林釬才幸免于难。

2. 土地公看学堂

大多数会“出头”的人，小时候都长得很不显眼。童年林釪臭头烂耳，鼻孔下常垂挂着两行青黄的鼻涕。洞口村以前是个小村，村里没有私塾学堂，林釪每天要到邻近的南坪村去读书。学堂的塾师觉得他父母是弱房小姓，长得又丑，便瞧不起他，经常叫他做勤杂。

有一年八月中秋，其他学生都放假了，单独留下他看顾学堂。林釪还是孩子，外面那么热闹，他怎么能安心呆在学堂里呢？他灵机一动，大声喊一声：“土地公，你给我看学堂，我出去玩了。”

谁知道他刚到庙口就碰到了老师。老师骂他：“你怎么跑出来玩，学堂叫谁看管？”

“我叫土地公替我看管。”林釪沉着地回应说。

“说鬼话，土地公怎会替你看管学堂？”

“真的，我叫土地公看管，不信你回去看看。”

老师回到学堂门口，看见果真有一位外表和土地公一模一样的老公公坐在学堂内。他心里抖地一跳，跌了一跤，爬起来一看，那个老公公却不见了。

（以上二则由龙文区林长发讲述，芗城区柯鸿基、李文辉整理）

3. 鸭蛋考“通窍”

传说林阁老早年在塔山岩读书。有一次，老师对众学生说：“今日不考四书五经内的题目，也不考春夏秋冬的命题作文，只考‘通窍’二字，看你们开窍不开窍。”说完便在桌上铺一张纸，放上三粒鸭蛋，要学生用这三粒鸭蛋答出三个官名和三味中草药名。

学生们听了都傻了眼，一个个瞪大眼睛，你看我来我看你，没有一个能答得上来。这时，只见一个臭头烂耳、拖着两条鼻涕的学生向前跨了一步，先向老师行个礼，说声“进士”，伸手就抓起一粒鸭蛋往桌面一敲；又念“提督”，伸手再抓一粒鸭蛋往桌上一敲；再把三粒鸭蛋都抓起来往桌上一敲，口中念着“总督”；顺手把三粒鸭蛋都扫落地上，口念：“熟地”；又蹲下拾起一粒蛋壳，双手捧着对老师说：“枳壳”；最后将所有的鸭蛋壳，都拾起放在桌上，向老师行个礼，正要转身走回座位。老师叫住他，问：“还有一味呢？”他不慌不忙地回头对老师说：“剩壳（中药神曲）嘛！”

老师大喜过望，连声称赞道：“通，通，通！”并向其他学生说：“读书要灵活，要能说出自家见解来，以通为妙。”

这个臭头烂耳的学生就是林釬，从此，他备受老师器重。

4. 妙对胜表兄

林釬早年家境贫寒，父早丧，与母相依为命，日子过得十分艰难，每逢灾年或青黄不接的季节，经常到表兄家中告借。

有一日，家里实在揭不开锅，母亲叫他到表兄家中借米。表兄欺他贫穷，故意为难他说："今日要借米不难，但需听我一项。"林釬心想：只要肯借，就是十项也答应。于是，他对表兄说："请表兄说一说，是要我从你哪一项？"

他表兄说："你是读书人，就做个对子吧！"接着又说："如果对中了，就借你，如果对不中，从今以后，你就别再来借啦！"林釬无奈，只得答应。

他表兄以放在庭院中晒太阳的棉被为题，念道："棉借棉借棉棉借。"（闽南方言"棉借"即"棉絮"，"棉棉借"的意思是你借了又再借，有借无还，还要再借，没完没了。）林釬听罢，明白了表兄讥讽他家贫如洗。于是，他立刻以放在庭边墙脚的一墩石磨为喻答道："磨胎磨胎磨磨胎。"（闽南方言"磨胎"与"莫推"谐音。）对得工整巧妙，以物对物，以硬对软，妙趣横生。

表兄听后，心里暗想：果然才华横溢，名不虚传，将来定有出人头地的日子，得罪不得，说不定以后还要仰仗他哩！于是，立刻起身以礼相待。

5. 船上戏书生

有一年，林阁老回乡省亲，未过假期就接到皇帝的圣旨，要他立刻进京当秋试大总裁。他为了避免惊动地方官员，决定微服从漳州搭船进京。

恰巧同船中也有几位举子要上京应试。林釬见他们举止轻浮，纵饮狂欢，吟诗作赋，旁若无人，实在忍不住，便对他们说："诸位都是上京应试的举子，一定都是满腹经纶，老朽这里有个小小的对子，只有上联，一时想不出下联，有劳哪位帮老朽对上。"众举子正在兴头上，得意洋洋，一听此言，齐声说："都要上京应试了，难道连你这乡下佬出的对子也对不上？"林釬笑吟吟地答道："也是也是！"

于是他念道："有（方言，虚、空、没有之意）蟹迎笼，腹内无膏。"

这时，众举子个个面面相觑，搜肠刮肚，谁也对不上来。有的开箱找书，有的急着翻书页，都想找个句子凑上哩。

林阁老看在眼里，笑呵呵地说："诸位不必费心了，老朽已经想起来了。这下联应该是：'瘦蛏厚壳，面外敷土'。"说罢哈哈大笑。

这一笑点醒了众举子。当他们明白了这是在讽刺他们华而不实、腹中无物时，个个怒从胆边生，一齐扑向船头，要打林釬。

这时，艄公刚好回船，大喝一声："诸位不得无礼！"众举子哪里肯听？还是直扑船头。艄公连忙上前阻拦道："你们真是瞎了眼。这位乃是当今万岁钦点的本科秋试大总裁林阁老林大人！"

众举子一听，犹如五雷轰顶，一齐瘫痪在船上。

（以上三则龙文区黄荣奎讲述，黄建侯整理）

6. 重修小姐墓

明朝时，漳州有个姓金的知府，浙江人。他生有一个千金，自幼苦读诗书，满腹经纶，到了十八岁那年，生得花枝招展，十分惹人喜爱。她多才多艺，为了寻找如意郎君，就作对求偶，可是连续三年，没人对得上。她忧郁过度，以至抱病而死。金大人悲痛欲绝，将金小姐埋葬于芝山山麓，并按小姐遗嘱，把上联刻在墓碑上作为纪念。

林釬早年在漳州府求学，跟同学往芝山仰止亭踏青。当他们兴致勃勃地到山后游玩时，突然发现一座坟墓，墓碑上只写着"檐前铁马风动更更吼"的上联，下联却留着空白。大家议论纷纷，有的说："这是金知府大人千金之墓。"有的说："听说当时金小姐发誓过，谁能对上此对就嫁给谁！""是啊，因为没人对上，她忧郁而死，后来才刻上此联以为纪念。""那我们给对看

看，谁能工整地对上下联，保证能高中。”

大家跃跃欲试。这时，林釬不慌不忙，沉思片刻，就拾起一块碎瓦片，在石碑的空白处题上：“堂上木鱼水静夜夜啼。”大家都拍手叫好！

瞬间，狂风大作。大家惊嚷：“金小姐显灵找夫婿来了，快跑！”林釬如梦初醒，也跟随大家，一口气跑回家中。

从那以后，林釬仿佛感到，金小姐每天晚上都会出现在他眼前，帮助他做功课。

有一天，朦胧中，金小姐仿佛又来了。她笑嘻嘻地对林釬说：“相公，我看你近几天大有进展，想出个对子让你对对看，不知相公有兴趣否？”“你尽管说来。”

金小姐指着脚上弓鞋道：“弓鞋绣金菊，朝朝踏露花不凋。”林釬思考再三，一时对不出来。一眨眼，小姐不见了，林釬刚要嚷叫：“小姐留步！”突然一只夜猫子咬着老鼠从墙上跳下——“嘣”地一声，林釬惊醒过来。

转眼，童生们都纷纷到省道台考举人，林釬也前去应试，取得优异成绩。面试时，当主考官手持纸扇出题：“纸扇画玉梅，日日狂风蕊常在。”林釬突然想起金小姐托的梦，高兴地答道：“弓鞋绣金菊，朝朝踏露花不凋。”主考官点了点头：“好口才，好内才。”

后来，林釬登科及第。他为了感谢金小姐指点，还重新修建了金小姐墓。

7. 还钱石

林釬未赴考之前，家甚贫寒，单靠其父赶鸭群、卖蛋糊口。好在娶妻杨氏精心照料，才能认真攻读诗书。

有一次，他的老丈人生日，他带上杨氏平日纺纱所积蓄的一串铜钱往榜山给岳父拜寿。来到镇头宫时，九龙江西溪潮水正涨，众人挨挨挤挤，刚跨上船，不料他的整串铜钱“扑通”一声掉落水中。他左思右想，没有良策，只好硬着头皮，两袖清风拜寿去。走到岳父家时，其亲友、连襟早已到达，而且个个出手不凡，厚礼献寿。林釬受到亲戚朋友冷嘲热讽，自觉惭愧，气愤至极跑回家，立志求取功名。

朝廷大比之年，林釬与其表弟陈天定前往京城赴考，镇头宫乃上京必经之道，当他到渡口，刚要开船时，舵公认得他曾掉落铜钱，唤他上船，可是船里几位举子看他个子瘦，想为难他，说：“这位相公，你也想上京赴考？那我们出个对子，你若对得上再上船，对不上就别想上船吧。”林釬爽快地答应，说：“好！”

一位童生见他年纪较大，就称他老大：“老大，老大，你大不成大，大上多一点。”林釬会意：“你敢骂我老犬？”就不客气地说：“童生，童生，该生不该生，生下少一横。”（暗讽他们是“童牛）。另一位童生指着船说：“载载载童生。”林釬说：“朝朝朝天子。”大家见他出口不凡，不敢得罪他，让他上了船。

万历丙辰（1616 年）科金榜题名，林釬一甲三名，中了探花，皇上御赐他回乡竖旗拜祖。林釬回到镇头宫时，潮已退，林釬刚要上岸，见一串铜钱正搁在水中一大石上，他仔细看了看，认得是当年下船时掉下之宝，不禁感慨地说："昔日人穷铜钱也遁，今朝衣锦铜钱再现。"

这石头，后人称"还钱石"，今仍在九龙江中，"还钱石"故事也一代代留传。

（以上二则龙文区黄阿怀讲述，林跃生整理）

8. 还乡平社怨

古时候，洞口林村是一个很小的村庄，只有几十户人家，相邻的蓝田村是个上千户的大村庄。两村水田连水田、旱地连旱地，道路相通，鸡犬相闻。蓝田村自以为人多势大，经常欺侮洞口林村，而洞口林村的人敢怒不敢言，两社之间结下了很深的仇怨。

这一年，林釬敕封东阁大学士，回乡省亲。洞口林村的人很高兴，都到林釬家拜贺。村里的家长趁机告状说："阁老大人，咱们村经常受蓝田村欺侮，咱们是小社，他们是大社，咱们不敢还手。如今，你荣宗耀祖，有权有势，也该替咱们村出一口气。"村里的人也纷纷诉苦抱怨。

林阁老详细了解情况后，也认为蓝田村人做得太过

分。但是，他想：以我现在的权势，训斥几句蓝田村人，他们当然不敢怎么样，但是，一旦我死后，恐怕蓝田村会再欺侮洞口林村。这样，社怨就不能彻底消除，子孙后代还会为社怨而结仇，应该想办法彻底消除两社的仇怨。

第二天，林阁老遍发请帖，邀请附近十几个社的家长到洞口林村吃酒。蓝田社家长接到请帖，吓得手脚发抖。平时他们村人欺侮洞口林村，他总是睁一眼闭一眼。如今，林釬回来，一定是摆“鸿门宴”，要是去了，肯定遭殃，要是不去，又害怕得罪阁老大人。思量再三，他只好硬着头皮赴宴。

林家大厅里，摆了两桌酒席，林阁老与十几位家长坐着喝酒讲话。林阁老详细地询问了各社的民情和生产情况，问到蓝田社家长时，阁老说：“听说蓝田村经常欺侮洞口林村，有没有这回事呀？”阁老还举了一些事实，附近几社的家长也证明确有其事，并且纷纷指责蓝田村人不讲理。蓝田社家长急得面红耳赤，连连说：“我回去一定查办。”林阁老说：“过去的事就算了。我今天请大家来的意思，并不是要责备谁、处罚谁，而是希望各社家长回去好好约束本社村民，大家要和睦相处，不要大鱼吃小鱼。”各位家长都表示一定要听阁老的话。蓝田社家长发誓说：“以后蓝田村人如果再欺负洞口林村的人，就让他断子绝孙。”林阁老见各位家长

都表了态，就趁机提议说：“各位家长，趁今天这个机会，大家对天发誓，立下规约，免得以后闹事纠纷。”各社家长都同意。

林阁老命人摆下三牲礼品，斟酒点香，然后各社家长手拈香束，双腿跪地，发誓道：“皇天在上，后土在下，今天，洞口林村和蓝田村等十几社家长在此发誓：自此以后，各村和睦相处，荣辱与共，不再互相欺侮。若有违背，天打五雷轰，绝子绝孙绝后嗣。”

自此以后，各村和睦相处，多年积下的社怨也被化解消除了。

（龙海市林兆明搜集整理）

9. 不让鼎缸铸钱

林釬当上国子监（太学）司业，正是太监魏忠贤得势掌握大权的时候。国子监内有铜鼎、铜缸等器皿，魏忠贤贪心眼红，心中暗想：如果把这些铜器拿来铸铜钱，不是可获得一笔大财吗？他回到家中，就冥思苦想如何把这些铜器弄到手。

他叫亲信给林釬送去金银礼品，不料被退回来；他又托林釬好友来劝林釬，并许愿要给林釬封官，林釬说自己才疏学浅不敢高攀。后来他又威胁林釬说：“你胆敢违抗我的旨意，是没有好下场的。”

林釬置之不理，并说："铜鼎铜缸是国子监所有的朝廷之物，怎能随意挪作他用？"硬是不肯给阉党魏忠贤私自拿去铸铜钱。结果，魏忠贤也无可奈何他。

10. 力阻孔庙陪祀

魏忠贤想仗着皇帝对他的宠信，建立生祠，把自己和他父亲的雕像供在太学里，与孔子一样接受人们的祭祀朝拜，并以此来压制朝中官员。

他叫监生陆万龄带着重金和事先写好的文书到林釬家中，要求林釬签字支持他的做法。结果又遭到了林釬的强烈反对。林釬说："若照这样做，今后每年孔子生日，皇上去太学拜师，皇上在下面拜，奴才却与孔子坐在上面接受朝拜，岂不成了君拜奴了吗？如此颠倒，成何体统？"

魏忠贤听了暴跳如雷，怀恨在心，就在皇帝面前说了林釬许多坏话。皇帝轻信谗言，降旨调林釬去担任没有实权的闲职。林釬不计较个人得失，从容自若地离开朝廷。

11. 桥上出对与衙爷抱磨

崇祯皇帝时，林阁老看不惯官场混浊，挂冠归乡，隐居在瑞竹岩，吟诗作对。有时闲来无事，还喜欢手提

钓竿，到梧桥溪港边垂钓作乐。

有一次，他身穿蓑衣、头戴斗笠，蹲在河边正钓得出神，一位教学先生身穿长衫、脚穿布鞋，来到河边。河水浅，底可见，既无桥又无路，脱鞋涉水，又怕麻烦，他对林釬说："这位老伯，你铺几个石头，让小生过河好吗？"

林釬看他的模样，便试探地问："你是个教学先生？"

"是！"

"既是教学先生，铺路不难，但有个条件！"

"什么条件？"

"我作个对，你若对得上，我就铺路让你过去，不然，我就不做无用功。"

"可以，可以！"教学先生以为这是小事一桩，满口答应。

林釬出对子，道："婆媳同临盆，未知先生子先生孙。"

先生听了，悟出双关含意，知道这是在巧妙地骂他是儿子、孙子，脸红耳赤、张口结舌，灰溜溜地走了。

又有一次，知府大人请客，叫一个衙役送请柬给林阁老。衙役来到梧桥边，见一老人在河边钓鱼，就大声吆喝道："老伙仔，我奉府太爷之命有事要去见林阁老，他住在哪里？快背我过河去！"

这时林釬专心垂钓，又在思考一句诗句，没有及时回答。谁知衙役脚踏马屎傍官气，竟然抢下林釬的钓

杆、踩坏他的渔笼，虎声豹声地说："你爱肉痛是吗？误我公事，抓你问罪！"

林釬看他一眼，假装耳聋，沉住气，卷起裤腿，背他过河，然后抄小路赶回家，穿上官服，等着他到来。衙役到后，头也不敢抬，就呈上府太爷的请柬。林釬看完，摇了摇头问："知府大人真的要借官帽？""是的。"

他叫衙役在厅边等候，然后走进后院，叫人拿来一块红布，把一个旧石磨的上唇包扎起来，抬到堂前对衙役说："你老爷要向我借帽，你就把它扛回去吧。"还说："这是宝物，路上不能放下来，放下来倘有损坏，你可担当不起。"衙役连声应："是、是！"

衙役离开林府后，扛起"相帽"走了，越走越觉得沉重。他想停不敢停，想歇也不敢歇，想唉声叹气又怕人家笑话，真是道不尽的艰苦，说不出的狼狈，气喘吁吁，好不容易才扛到府衙，累得满头大汗。他未曾到过京城，不知相帽的样子，以为相帽镶满金丝珠宝才这样沉重。

他禀告知府大人说："大人要借的相帽已经取回来了。"

"什么？"知府不明白他的意思，问。

"你不是向林阁老借相帽吗？我已带回来了。"衙役回答。

"你发疯了！我哪敢大胆向阁老借相帽？"知府说道，"莫非你对阁老有非礼之举？"

知府叫衙役把它轻轻放下，掀开红布一看，原来是一块石磨，上书八字："衙役无礼，罚扛石磨"。

知府问明了经过情况，不敢怠慢，第二天就带着衙役扛着石磨到林阁老家中去赔礼请罪。

（以上三则由龙文区黄阿怀讲述，林跃生整理）

12. 林阁老与医生对诗

民间都称林釬为林阁老。他年老告退，衣锦返乡，在家颐养天年。闲暇无事，他觉得非常孤寂烦闷。有一天，他独坐饮酒，很感无聊，又诗兴勃发，希望找个伴，吟诗做对。

他对书童说："你到门前去，若有书生经过，就请他进来。"那书童有点背耳，没有听清楚，书生误听为医生，就呆呆地站在家门口守候。好不容易才看到一位医生迎面走来，他立即迎上前去，说："林阁老要请你进去！"

医生以为阁老欠安，不敢怠慢，就跟着进府。林阁老以为是书生来了，贵客临门，就笑微微，吩咐备酒招待，诚心诚意地说："先生请坐！只因老夫独酌无聊，特请先生来陪饮几杯，也好做对吟诗。"

医生听了，丈二和尚摸不着头脑，忙起身打躬作揖说："小人以为阁老叫我来行医，原来是叫我来吟诗，

这我可是不会的。”阁老听了，方知书童误请来一位医生。但来者便是客，他当即热情挽留，说：“先生何必客气，既来之则安之嘛，吃酒猜拳，吟诗做对，都是很有趣味的事呀！”盛情难却，医生只好陪坐。

酒过三杯，阁老看见大厅旁边有一支凉伞，就先出一令：“绿顶三凉伞（‘伞’与‘散’同音）。”医生勉强对道：“金丝万应膏。”阁老听他用药名做对，不够文雅，摇摇头，说：“这是药名，不太好。请随我到凉亭去乘凉，再慢慢对诗。”

阁老在前，医生在后，两人来到花园里的凉亭。稍坐片刻，阁老触景生情，又出一令，吟道：“避暑游竹径。”医生想了想，答道：“防寒用柴胡。”

阁老见他又用药名，心中不高兴，皱着眉头说：“不要用药名。”这时，他回头看见墙头上一片红艳艳的石榴花盛开怒放，就脱口而出，吟道：“墙头榴吐血。”

医生误听为“肠头瘤出血”，就惊叫一声说：“这病确实难医，只有用茯苓补脾。”

阁老听了，不觉生气，怒骂一声：“放屁！”医生说：“放屁是下元空虚，可以用芡实补中气。”

阁老更生气了，大声喊起来：“赶出去！”医生又误解，起身答道：“感时气？若是感冒引起，要加三片生姜，二粒黑枣，多煎一遍，服后第二天就好了！”

林阁老听后，气得一句话都说不出来，就不顾礼

数，不辞而别，自己转身走入内堂去了。那个医生被弄得莫名其妙，扫兴而归。

（龙海市杨澍搜集，芗城区卢奕醒整理）

13. 失职吞金

俗语说：“智者千虑，必有一失”。林阁老虽然是才高八斗，学富五车，精明练达，但是每天日理万机，难免有所疏忽之处。在题报授郑芝龙职务时，就受当地缙绅蒙蔽、附会其说。

有一天，林阁老在皇帝身边侍讲，皇上偶然问一句：“郑芝龙，郑一官，是一个人还是两个人呢？”林釬一听，心头一震，认为一定有人背后向皇帝密奏其事了，不敢贸然回答是或不是，只能说：“臣待罪京师，乡里的事情，不能详知，容查实回奏。”

他回府一查，果然发现问题。原来郑芝龙年轻时追随颜思齐海上为盗，本名郑一官。颜思齐去宝岛台湾后，群盗无首，十八猛结义金兰，在聚义厅前摆香案，用卜杯推举首领，结果郑一官连得上杯，被举为首领，凑巧此时聚义厅前，不多不少结出十八只灵芝，群盗认为这是天示吉兆，就都取“芝”字为名字，以芝龙、芝虎、芝豹、芝彪……依次排列十八条好汉。郑一官就这样改名为郑芝龙了。

林釬不查则已，一查大吃一惊，自己竟然附会缙绅们的妄奏，以“义士郑芝龙收郑一官有功，题请授职。”哪有自己降伏自己而立功受奖的理由呢？这明明是欺君谎报之罪，他深感惭愧，懊悔不已，认为自己的失职是不可宽恕的，就毅然吞金自杀了。

第二天，左右奏报林阁老吞金自尽的消息，皇帝没有料到林阁老的自尊心和责任感如此之强，嗟叹不已，就御赐“文穆”的谥号厚葬之。

（龙文区林长发讲述柯鸿基、李文辉整理）

五、杨联芳与颜继祖的传说

杨联芳，字蘅苑，原籍南靖，自幼丧父，随母返龙溪颜厝顶半林社居住。禀性颖异，书过目成诵。明万历廿九年（1601年）进士，知杭州，后升贵州按察使。正直不避权贵，执法不阿，为忌者所中，致仕林下三十年，不得遂志，贬官告退。他乐于助人，深得民望。年八七卒，有《诸经纂注》。

颜继祖，字绳其，号同兰，龙溪县颜厝镇下宫社人。明万历四十七年（1619年）进士，历任工部、吏部给事中，累迁太常少卿，以右佥都御史巡抚山东。站在东林党一边与魏忠贤“阉党”进行坚决斗争。崇祯十一年（1638年）为抗击清军入侵兵陷济南，被杨嗣昌罗织失机罪下狱弃市，成为皇朝军事惨败的替罪羊。生前著有《双鱼集尺牍》《又红堂诗集》。

杨联芳死于天启七年（1627年），颜继祖在崇祯元年（1628年）后始当尚书，两人不可能有尖锐的直接交锋。漳州民间将颜继祖作为反面人物编造不少故事反衬杨联芳的形象，并非史实。

1. 马岭读书

杨联芳原本是南靖人，他出生不久后，老父亲就死了。他就跟着老母回到了漳州城南乡顶半林村，和外嬷（外祖母）住在一起，依靠他的阿兄上山打柴过日子。

他的阿兄深感一家几代人都不识字，经常受人欺负，很痛苦，就决心克服各种困难，栽培小弟入学读书。

当时，顶半林社非常小，没有村塾。杨联芳每天都要带着书包和饭菜，到离家三四里外的马岭竹仔桥头的私塾里去读书。阿兄担心他贪玩或逃学，每次打柴回来，都要顺便拐到私塾里去看他。

杨联芳从小资质聪慧，学习勤奋，书读过一遍就能记住了，而且很肯动脑筋，有钻研精神。有一次，先生外出归来，看见许多学生正围成一圈，一个麻袋被捆扎得严严实实，一个人在里面一伸一蜷不断蠕动，不能轻易解脱。一问才知道是杨联芳上厕所时，看到粪坑里的屎尝虫（蛆虫）没手没脚，蠕动爬行跑得很快，他感到很奇怪，想弄明白其中的原因，就叫同学帮他拿来一只麻袋，自己钻进去，叫人把袋口扎好，再推倒在地，让他亲自体验一下蛆虫伸缩蠕动的感觉与原因。先生知道他是在做试验，也就不予阻止，而是站着旁边看着他。

不料，他的阿兄这时刚好前来巡视，看见他在玩这种把戏，变猴弄（玩花样、耍花招），十分生气，立即上前解开麻袋，揪出联芳，气愤地对先生说："我们一家人，早出晚归，克勤克俭，艰苦度日，让他入学读书，只望他上进成才，将来取得一官半职，光宗耀祖。哪里想到他竟如此贪玩废学，嬉戏耍闹，枉费了我们的一片苦心。现在，我要带他回家，帮我种田做工，赚钱谋生。"说着，拉着联芳

就要走。

先生连忙伸手劝阻说："呣嗵（不可），呣嗵！令弟聪明智慧，这是他在研究蛆虫蠕动行进的原理，实在不是贪玩嬉戏，请让他继续就学，他将来有发迹之望。我也不收他的学费，你放心好了。"

联芳的阿兄还是不放心。先生说："你如若不相信，明后天有一个考官要到漳州府主持考试，按常例，他都会在木棉庵歇轿，让轿夫用膳。你可让联芳事先写好一篇文章，到时候呈送给他看看。如果考官说写得好，就让令弟在这里继续免费就学，不然，你再让他停学，叫他回去做工也还来得及。"

联芳的阿兄听了，认为这话有理，但又担心先生偏爱，拿平时联芳做过或先生改过的文章来应付，不够真实，不能算数，就对先生说："先生一片好意，我自然乐于从命，只是那文章的题目须由我亲自来出才好。"

先生明知他认字不多，难出好题目，但又无法阻拦，只好答应。联芳的阿兄拿出书本来，随便挑几个笔画很多的字做题目，以为这些字小弟一定认不得，看他怎样做文章。可是，没想到杨联芳聪慧灵敏，提起笔来随机应变，就题发挥，一挥而就，没到一刻仔（一会儿）工夫就写好了一篇文章交给他阿兄。

过两日，果然有一个主考官在木棉庵前停轿。联芳的阿兄当即把联芳的文章呈上，请求审阅，问他将来是

否能考中。主考官检阅以后，把文章从轿窗抛出，说："最多是三甲。"联芳的阿兄听后，满心欢喜，说："有一甲就很满足了，哪用中三甲！"

主考官问："他的先生叫什么名？出这种不通顺的题目，真该训斥！"联芳的阿兄忙说："这题目不是先生出的。是我担心他们作假，翻着书本随便找几个字凑成的。"主考这才平息怒火不再追究。从此，联芳继续就学。

2. 冢山寄鞋

老母亲和阿兄省吃俭用，让联芳继续读书，使联芳十分感动，他决心要成为一位文武双全的人才。每天上学读书时，他都要挑上一大担土砖和瓦片到学堂里去，放学回家时才再挑回来。过些日子，两头还要再各添上一块砖，持续增加重量，以锻炼体魄。日积月累，联芳后来果然既满腹经纶又身强力壮，挑三百多斤重担还能健步如飞，成为文武双全之才。

杨联芳还很节俭。到学堂去读书时，老母亲特地做一双新鞋给他穿，他总是呣甘（舍不得）穿。上学时，他赤着脚，提着鞋，从顶半林一直走到马岭社口，在池塘边洗好脚，才穿上鞋子到学堂去读书。放学时，走到社口，他又将鞋子脱下来，赤着脚走回家去。

有一天，隔壁社（邻村）演戏，杨联芳和许多小伙伴同齐（一起）去看戏，途中经过一个“冢仔山”（乱坟堆），他又把鞋子脱下来，藏在路边的刺把（荆棘）丛中，才赤着脚到社里去看戏。他的阿舅庄公随后赶来，听见坟堆里两个小鬼在低声讲话。一个问：“今晚社里在演戏，要不要去看？”一个应着：“今晚杨老爷有一双靴寄在我们这里，我们要替他看管好，去不成了。”他阿舅听见了，知道杨联芳将来会出头，有出息，就将女儿许配给他，帮助他读书上进。

杨联芳在明朝万历廿九年（1601 年）间，果然考中了二甲进士，在朝为官，后来升至翰林，做了杭州知府、贵州按察副使。他肯济困扶贫，替人打抱不平，受到人们的尊敬。告老回乡后，还替乡亲们做了许多好事，而且由于自幼养成劳动习惯，人老心不老，天天坚持亲自耕种田园，与农民同甘共苦，乐于助人，乡里人感激他，亲切地叫他“杨老爹”，将他在漳州居家的所在尊称为“杨老巷”，还在巷仔口立了一个祠，叫做“杨副使祠”。

3. 雨夜逐客

颜继祖却是另外一种人。他出生在漳州城南乡下宫村的一个富裕农户的家庭里，自幼娇生惯养、重富欺

贫、唯我独尊、目空一切。

有一次，他到广东潮州去赴考，路过鬼仔山，刚好遇到暴风雨，天色已经快暗下来了，他只好到路边的一间小屋去拍（敲）门，要求借宿避雨。主人姓刘名玄，是在这个地方读书的广东举人，待他一见如故，还特地叫家人准备酒菜，为他接风洗尘。但饭后一谈论起各人得意的文章，颜继祖很狂妄地随意评点起刘玄的文章来，使刘玄十分反感。

刘玄故意出一个题目，要颜继祖和他一起用一炷香的时间，各写出一篇文章来进行比较。他说："如果你的文章比我好，我甘愿拜你为师。要是比不过，我可要不客气地把你赶出去，不准你在这里留宿。"

颜继祖很自信地满口答应。于是，两个人就各自铺纸提笔，构思起作文来。只见刘玄奋笔疾书，不到一炷香工夫，就将文章一气呵成。而颜继祖冥思苦想，写写停停，直到一炷香时辰到了，才勉强成篇。

刘玄看到颜继祖的那种狼狈相，就冷笑说："如此迟钝，还敢在我面前夸海口！恕不接待，请出！"厝外风雨正狂，颜继祖再三赔礼谢罪，苦苦哀求刘玄让他避雨过夜，刘玄就是不肯答应。

颜继祖被赶出厝外，连夜冒雨跑了好几里路，淋了个半死，后来恰巧碰见一座古庙，才赶紧跑进去避雨。他浑身澹糊糊（湿漉漉），又冷又饿，好不容易才在庙里升起了一堆火取暖，还将湿透了的衣衫脱下来，绕挂在殿前的雕

龙柱上晾干。在火堆前，颜继祖朦朦胧胧地睡了过去。

从此，他和刘玄结下了深仇大恨，后来，他们同朝为官，颜继祖想方设法找机会对刘玄进行报复哩。

4. 青龙缠柱命

相传颜继祖在古庙里熟睡后，一直睡到日头晒尻川（屁股）还未醒过来。这时，有一位本地员外心事重重地走进庙里来烧香拜佛。这位员外姓白，家中有万贯家财，只有一个如花似玉的女儿。但是这个女儿一年比一年大了，却找不到囝婿（女婿）。说来也很奇怪，凡是上门来提亲的，一经下聘，男方就突然暴病身亡，一而再，再而三，十分灵验，弄得远近出名，没有人再敢上门提亲了。

白员外无办法，只好去请教算命先生。算命先生说："小姐是青龙缠柱的命，将来一定会大富大贵的。"

这日，大清早，雨过天晴。白员外一走进庙门，一抬头，就看见大殿上一件青衣正缠绕在龙柱上，灰堆旁边睡着一位年轻人。"青龙缠柱！莫不是算命先生的话应验了？"白员外非常高兴，赶紧叫醒颜继祖，问明了他的来历，然后就殷勤地邀请他到家里做客，盛情地招待他一番。

白员外把颜继祖安顿在厢房里歇困（休息），兴冲冲地走进内室，向夫人和小姐说了他的这次奇遇。一家

人都很欢喜。白员外当即叫管家去向颜继祖提亲。颜继祖喜出望外，满口答应。白员外怕夜长梦多，当晚就让颜继祖和小姐举办成亲仪式。

洞房花烛夜，颜继祖得意洋洋地正想掀开蚊帐上床安歇，可是忽然间，他像挨了一棒似的，肚疼如绞痧，满地乱打滚。家人赶紧将他抬到书房里去。一出房门，他的肚子马上就不痛了。一连三个晚上都是这样。颜继祖真是无名火烧三丈高。他想：我当真就这样没福分，不能与这个如花似玉的小姐同房？

这天晚上，他强忍着肚痛，拼死命掀开蚊帐，只见银光万点，原来有一只白凤凰正伏在蚊帐里哩！颜继祖这才明白了他不能上床的原因，他乖乖地退出洞房。

第二天，他禀告白员外说："小姐是位大贵人，只可与她认兄妹，不宜成婚配。"白员外一听，也大欢喜，就认颜继祖做契后生（义子）。后来颜继祖考中了三甲进士，将小姐进献给万历皇帝，被封为白妃。他也因此蒙恩得宠，官运亨通，被封为尚书，以后平步青云。

5. 拆厝与锯树

颜继祖在朝廷做大官，贪污舞弊，敲榨勒索，很快就成为大财主。他一方面在京城建起了堂皇的府第，尽情享受，一方面又叫人在家乡起大厝（修建大房子），

建花园，准备老来享福，颐养天年。

为了修建花园，他叫人到处搜集奇花异木，只要是被他看中意的花木，即使是参天大树，也要被连根掘起，不管花多少时间与劳力，也不管路途多么遥远，他都要设法把它们运回到颜家花园里来栽种。

迁移花木要经过大街小巷，有些树木高大，枝繁叶茂，旧时街道狭窄，有时免不了会碰着两旁的墙壁或厝角。颜府管家仗势欺人，常常指使家丁拆了人家的墙壁，掀翻人家的厝顶，或者锯掉了人家凸出来的厝檐，让花木顺利通过，若是他们的树枝不慎被打折了，他们还要叫厝主赔偿。很多人怕惹是生非，为着减少不必要的麻烦，不得不东挪西借，凑些银两，请客送礼或包个大红礼包，才得以息事宁人。被害的人家哭告无门，只好忍气吞声，自认倒霉。整个社里被搅吵得鸡飞狗跳，不得安宁。

乡民们无奈只好推选几个代表，到半林村去找已经告老还乡的杨联芳诉苦求救。杨联芳最恨为非作歹的人，尽管颜府势力大，他一点也不害怕。他叫家人去探听，一有颜府搬移花木的动静，就要马上来禀报。

有一天，颜府从卖花长福社（今百花村）买到了一株高大的玉兰树，颜府的管家为了敲诈勒索，故意叫人将这枞树横着运回府。村道哪有那么宽？若是碰到房厝的，厝主又没有及时陪笑脸苦苦哀求，再送上财礼，那

些如狼似虎的家丁就要动手拆房子，一点也不客气手软。

正在这时候，杨联芳亲自带领一班家丁，拿着刀斧、锯子来了。他站在十字路口，看到颜府的总管正在一个乡民的厝边指手划脚，高声吼喝（喊叫），喝令厝主：“要给红包还是要等人动手?”

他就挺身近前，大声问道：“到底有什么大不了的事情需要这样吵吵嚷嚷？”

家丁们一见是杨老爹，早已目瞪口呆，说不出话来。过好久才恳求说：“请杨老爹别管闲事吧！老尚书要将这枞玉兰树移到花园内去栽种，这些土墙挡住了路，过不去，我们正与他们讲道理哩！”

杨联芳只说一声：“这有何难？路窄树高，不能通过，只有锯树，哪有拆厝之理？”喊一声：“锯！”杨府家丁带领乡民一拥而上，砍的砍，锯的锯，三下五除二，一会儿工夫，把一棵参天大树又砍又锯，只剩下一段光溜溜的树身。

颜府总管见杨联芳亲自压阵，虽然很愤怒，但是连屁都不敢放，只是眼睁睁地看着，不敢阻拦。等到树锯光了，杨联芳才对颜府总管说：“现在只剩下一棵树身，很好通过，你们快扛回去，爱栽种在哪里就赶快去栽种吧！告诉颜尚书，都是自己的叔伯兄弟、父老乡亲，不要太为难他们了！”说完就辞别众人，自回半林村去。

颜府管家回府禀报实情，颜继祖只能忍气吞声，无

可奈何，不敢说什么，只交代总管说："今后凡事小心，切不可乱来。再惹杨老头生气，我就对你不客气！"这件事在乡里一传开，大家都拍手称快。

6. 死鹤唬人

颜继祖回乡省亲时，白妃送给他一只丹顶鹤，表示她的恩宠。可惜这一只仙鹤一带回到漳州来，大概是水土不服，很快就死了。本来死了一只鹤是一件很普通的事，埋了就算了。谁知道颜继祖鬼点子特别多，他眼珠子一转，就想出了一个歹主意，要嫁祸于人，借机向乡民敲榨一些田产来弥补自己的损失。

隔一天，他叫总管带着一群家丁拖着那只死鹤到南乡去到处唬人（虚张声势、夸大事实来吓唬人），还带着一大捆圈地用的田标。到村前村后，一找到一丘好田，就把那只死鹤放在这丘田地里，然后大声喊叫："这丘田是谁家的？"如果有人敢出来承认，他们立即吹胡子、瞪眼睛，气势汹汹地上前责问："皇妃赏赐给我家大人的仙鹤，你为什么将它打死在你的田地里？快去见我家大人，赔我们的仙鹤！"不管你怎样说理求情，就是不肯善罢甘休，非要你出钱赔款。

尚书府权大势大，他们要想强词夺理，任何人再有道理也与他们说不清楚。所以有些人故意躲闪避开，不

敢站出来承认土地是自己的。家丁们故意大声地叫问几次，见无人应答，就一唱一和地说："这明明是尚书府的财产，怎么会忘了，快把田标插上去吧！"就这样，一丘田拖过一丘田，强占了农民的一大片好田地。受害的乡民受到如此强抢豪夺，心如刀割，可又敢怒而不敢言。其他乡民也个个提心吊胆，生怕倒霉吃亏。许多人跑到半林村去向杨联芳诉苦，请他想办法替乡亲们排忧解难。

杨联芳听了乡民们的苦苦哀告，心中愤恨难平，就拿起他的铁烟吹（大烟筒管），装满了一锅烟，边走边抽，跟着乡民徒步来到下宫村。只见颜府的家丁还在一丘田地里大叫大喊："这田地是谁的？"杨联芳气冲心头，上前高声说："一只死鹤，埋了沤肥就是，在这里叫喊什么？这田地是我的乡亲开的。既然白鹤死在这田地里，我就拖回去了，你们尚书如果要讨的话，请他到半林村找我老杨，我就还给他。"说着，拖起死白鹤，头也不回地就走了。

颜府的家丁见他身大体壮，雄赳赳地拿着一支铁烟吹怒目相视，没有人敢上前阻拦。杨联芳走了一段路，才把死白鹤抛进溪中。颜府家丁无奈，只好回去把情况禀报颜尚书。颜继祖知道是杨联芳又一次出面为乡民做主，敢怒而不敢言，只将家丁痛斥一番，消气泄恨也就算了。南乡的人都更加呵佬（赞扬、夸奖）、尊敬杨联芳。

7. 公母进士

颜继祖在下宫村盖了一座大花园，里面亭台楼榭、假山石洞，十分华丽壮观，四时香花竞相开放，引来了成群的蜂蝶飞舞，还有新鲜美味的佳果，可供享用。但是，颜继祖却不准任何外人进花园去看风景，游玩观赏。如果不小心走进去，被捉到了，轻则吊打处罚，重则斩杀活埋，甚至连小孩子进去，都要重罚他们的家长。他们凭仗有官府做靠山，横行霸道，老百姓都把他们看成像吃人的虎豹豺狼，谁敢触犯？杨联芳两次出面主持公道，乡亲们都很高兴，都希望他想办法继续教训教训颜继祖，为民解恨申冤。

杨联芳有一个小孙子在私塾读书。有一天，有人故意使弄（怂恿）他讲："下宫村的尚书花园景致美不胜收，非常好玩，你一定要亲自去看一看。"不知道别人另有他意，有一次放学，小孙子就特地来到下宫村，趁花园大门没有人看守，偷偷地溜进去，到处尽情观赏，沉醉在美景之中，看得出神发呆。颜府的家丁发现后，把他抓起来，威胁着要打要罚，吓得他直哭。管家厉声审问他："你是什么人的孽子？怎么这样没有人教示，乱闯他人花园，违反朝廷禁令？老实说出来！"杨联芳的孙儿回答说："我的父母并不出名，我的阿公却是逐人（人人）都认识他。""谁？快说！""半林杨联芳，人人叫他杨老爹。"管家吓了一跳，怒气全消，不敢刁

难，放他回家。

在花园门口，围观看闹热的乡民很多。大家都痛恨颜尚书，就鼓动说："你回去要告诉你阿公，颜继祖的人把你抓去，要打要罚。他们还说什么他的进士是公的，你阿公的进士是母的，一定不肯善罢甘休。"

小孙儿无知，回到家里后真的问他阿公："阿公，进士真的有公的和母的吗？为什么颜继祖的进士是公的，你的进士却是母的呢？"杨联芳听后，也只是笑笑地点点头，他早已听说过，因为颜继祖经常欺侮乡亲，大家都很痛恨他。他知道这是乡亲们用话来刺激他，要他出面与颜继祖再较量一番。

有一天，杨联芳对他的小孙子说："走，我今天带你去颜继祖那里，看看究竟哪个进士是公的，哪个进士是母的。"他的孙子听后高兴得直拍手，说："好，好！今天就去看看哪一个进士是公的，哪一个进士是母的。"

早饭后，杨联芳就带着孙儿到下宫村去。颜继祖听了家丁的通报，知道"来者不善，善者不来"，杨联芳这个老头是不好惹的！就决定先避避风头，不敢接见。他让家丁回说："老爷今早就到漳州城内去，至今未归。"杨联芳只好先回去了。

第二天一早，他又去颜府拜访，管家仍然推说主人到漳州去还未回来。杨联芳笑着说："不忙，不忙。反正老夫已经告老返乡，闲着无事，我可以再来。"

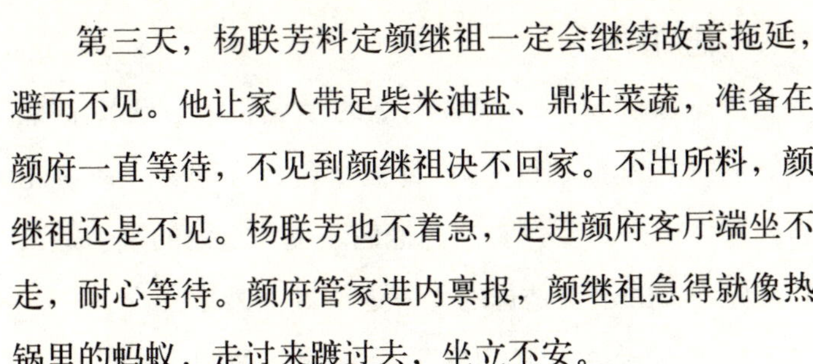

第三天，杨联芳料定颜继祖一定会继续故意拖延，避而不见。他让家人带足柴米油盐、鼎灶菜蔬，准备在颜府一直等待，不见到颜继祖决不回家。不出所料，颜继祖还是不见。杨联芳也不着急，走进颜府客厅端坐不走，耐心等待。颜府管家进内禀报，颜继祖急得就像热锅里的蚂蚁，走过来踱过去，坐立不安。

临近中午的时候，颜府的管家到大厅要给杨联芳祖孙准备午饭。杨联芳一再推辞说："免免，免免（不必，不必）。我们自己早有准备呢。"说着，就叫随来的家人，在大厅的墙壁下架起锅灶，烧起火来煮饭。由于带来的都是湿柴火，烧起来浓烟滚滚。不一会，整个大厅烟雾蒙蒙，厝内的人被熏得咳嗽不停，"目滓"（眼泪）直流。那洁白的墙壁、彩绘的门窗，也熏得"乌罗皂"（漆黑一片）。

颜府的管家看到势头不对，连忙上前央求道："杨大人啊，不必煮饭了，我吩咐底下人立即送来就是。"杨联芳坚决不依。不久，白白的墙壁已被熏出了一道道黑痕。管家急得都快哭了，说："杨大人啊，你看，白白的墙壁都被熏黑了！"杨联芳故作惊讶地说："啊，真的熏黑了？快，快，换个地方煮！"就这样，一顿饭还没有煮熟，四面白苍苍（洁白）的墙壁就都被熏得"乌罗皂"，不成样子了。

管家无奈，只好跑进内室去禀报颜继祖。颜继祖明知杨联芳是故意来找事的，更是不敢出来见面。杨联芳

见颜继祖还不出来，暗笑说："躲得过和尚躲不了庙，看你乌龟缩头到几时？！"他拉起小孙儿的手，说："走，到外面看看去！"

颜府的厅堂画花画鸟，金光闪闪；花园里的花影摇摆，很是清幽。杨联芳的小孙儿看到墙壁上、屋檐前，还有楹头厝角，竟都与别处不同，镶嵌着泥塑、木雕的虫鱼鸟兽、人物花卉，和根据一出出戏文精雕出来的、会移动的图像和机关布景，欢喜得直叫喊："阿公，你快看，这里的木偶人会踏车，那里泥将军会张弓射箭，还有小猫会钓鱼、老虎会追兔子，都像活的一样，会走会动，真有趣味！"

杨联芳说："这没有什么稀奇！都是利用弹簧条发动的，不是活的。你不信，我掼（敲打）几个下来给你看看，你就明白了！"说着，他就拿一只椅子垫脚，站上去，提起铁烟吹杆，把颜府厅堂和花园里的泥塑、木雕都掼得七零八落。

颜府的管家急忙跑入内室向颜继祖禀报："大人，你再不出去见面，大厅和花园就都要毁在杨老头的手里了！"颜继祖也心疼得要死。他沉思片刻，立即写了一封信交给快腿家丁，叫他快去请与杨联芳有交情的朋友前来解围。然后，他叫家丁令轿夫把他从花园后门抬出，踅（绕）到前门，只说是刚从漳州城里回来的。

见到杨联芳，颜继祖立即满脸陪笑说："啊，年兄

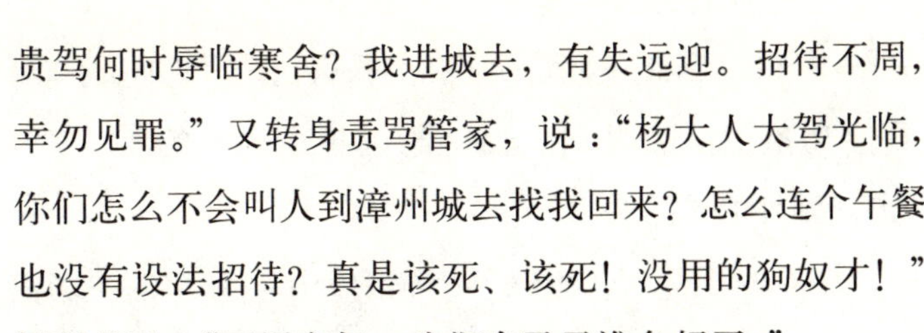

贵驾何时辱临寒舍？我进城去，有失远迎。招待不周，幸勿见罪。”又转身责骂管家，说：“杨大人大驾光临，你们怎么不会叫人到漳州城去找我回来？怎么连个午餐也没有设法招待？真是该死、该死！没用的狗奴才！”杨联芳说：“不用客气，我们自己已准备好了。”

颜继祖的友人也及时赶来说情。杨联芳这时才严正地对颜继祖说：“花园里的景致好，乡亲们进去观赏，原是一件好事，何必严令禁止，拘人罚款？如若再纵容恶奴仗势欺人，糟蹋乡亲，请勿怪老夫无情！”颜继祖听了，自觉理亏，连连拱手作拜，再三陪礼说：“下人荒谬，我失追究，请勿见怪！”

杨联芳达到了教训的目的，就告辞回家。公母进士的传说就这样在漳州一带传开了。

8. 穿红甲仔过江东桥

颜继祖请假返乡的期限满了，就选好了良辰吉日要回京城去。这日，漳州府的文武官员和地方绅士都赶到东门接官亭为他设宴饯行。杨联芳平时十分看不起颜继祖的为人，与他势不两立，这一次却出人意料地也来送行。他拉着颜继祖的手，十分热情地说：“颜大人啊，这次上京，不知何日才能再相见？带念我们既是同乡、又是同僚的份上，我理应多送你一程。”

送到港桥，颜继祖下轿辞行。杨联芳又说：“颜大人今日回朝是远别，大家理应送到江东桥，方成敬意。”颜继祖见杨联芳一反常态，不知道他葫芦里卖的是什么药，心里像十五个吊桶打水——七上八下，十分紧张。文武官员和绅士们不知就里，也只好陪伴同行。就这样，走了一程又一程，送了一段又一段，一直送到江东桥。

颜继祖再三辞谢，文武官员和绅士们也下轿和他作别。这时杨联芳快步上前，紧紧拉住颜继祖的手不放，说：“我们大家再步行送颜大人一段路，一起走过江东桥吧！”于是，他们两个人，肩并肩，手牵手地缓步前行，其他人也步行紧跟在后。大家心中都不明白，为什么今天杨联芳对颜继祖如此厚礼相待呢？

正在猜疑之中，大家都已走到桥中央，只见江东桥下北溪流水滚滚而来，浩浩荡荡地直奔九龙江入海处。这时，杨联芳突然紧紧抱住颜继祖，说：“好了，我们两人今天就一起从这里跳下江里，到水晶宫见龙王去吧！”颜继祖一听，吓得面如土色，说：“杨大人，莫非是开玩笑？有话好说！”众官员士绅也都上前劝阻。

杨联芳还是不放手，冷冷地说：“颜大人此番回乡省亲，老夫多有冒犯，罪不容恕。从锯断珍贵花木，埋了贵妃的死鹤，到小孙儿闯入颜府花园，违犯禁令，老夫又熏黑了贵府花厅，损坏了泥塑木雕装饰，一桩桩，一件件，颜大人必然切齿痛恨，牢记在心。今日颜大人返京回朝，

必不会善罢甘休，在圣上和贵妃的面前造黑擦白（胡编乱说），讲我歹话，置我于死地，我必成为罪不容赦的钦犯。与其将来受你栽赃诬陷，不如今日和你共赴清流，同归于尽，省得日后受罪！”说完，拉着颜继祖，就要往桥下跳。

颜继祖听杨联芳讲了这番话，一桩桩、一件件，将他平日的劣行，当着众官员和地方士绅的面揭得一干二净，羞得汗流浃背，只好再三求饶，说："杨大人德高望重，世人景仰，颜某受教良多，敬佩不已，岂敢怀恨在心？今日，我可指天发誓，回朝之后，决不搬弄是非，加害大人，不然天日可鉴，不得好死！”

杨联芳冷笑说："害人之心不可有，防人之心不可无。圣人教诲，听其言要观其行。你信誓旦旦，口说无凭。若要老夫放过你，你须依我亲笔立一纸文书为凭，还请文武百官以及地方缙绅共同作证，我才放心，否则我们只有同归于尽了。”

颜继祖贪生怕死，他唯恐真的被推下急流，断送了锦绣前程，就赶忙命家人递上纸笔，站在桥上奋笔疾书，写下拜杨联芳为师的礼帖一纸，并传给其他人一一签押见证。

杨联芳拿到颜继祖的亲笔文书后，才放心地松了手，头也不回地上轿回漳州城来了。他知道，有了这道文书，颜继祖承认了自己的过失，并且是杨联芳的学生，他就理所当然地应任由老师责骂与处罚，而不能再

无端地在皇上和贵妃面前黑白讲（胡说八道），进谗言、乱诬告了。

颜继祖狼狈不堪地登船启程，坐在船舱里，他的心还一直“扑通扑通”地剧跳不停哩！

这段故事很快就传遍了漳州一带，人们都将它叫做“穿红甲仔过江东桥”，至今还是民间的一桩笑谈。

9. 不是冤家不对头

相传颜继祖回京后不久，又干了一件大坏事：他篡改旨意，将他的冤家对头刘玄给害死了。

原来，颜继祖与刘玄两人年轻时曾因为比论文章而结了怨。万历四十七年（1619 年），他们同登进士榜。刘玄高中二甲，颜继祖原来是三甲中，文章毕竟差得多了，只是靠白妃的恩宠，皇帝才破格地把他提到二甲来，这样他才有资格在六部里站班。两人同朝为官，就更是水火互不相容了。

刘玄在广东鬼仔山读书时，曾经幸运地得到过一支宝竹，暝间时（晚上），它可以化成一只飞天白马，骑上它，可以随心所欲，不远万里，遨游太空。刘玄曾经用它载着皇帝，在元宵夜微服畅游苏州虎丘山，因此得到皇帝的宠爱。后来，皇上想跟他骑着飞马再游西湖，他怕违犯宫禁，不敢答应。

刘玄天天晚上都骑上竹芦马，从京城飞回广东家里跟妻子团聚。他妻子看见查埔人（丈夫）有本事、能千里归来，当然高兴，夜夜准备酒菜招待。夫妻俩的欢声笑语传到外间，引起婆婆的疑心，以为媳妇不守妇道，找其他男人寻欢取乐。她深夜前来查看，看到儿子与媳妇在一起，好像是在梦中，一点也不敢相信自己的眼睛。刘玄急忙向老母亲做解释，说："阿母仔，我是骑竹芦马飞回来的，天亮前还要飞回京城去早朝哩。"老母亲半信半疑。刘玄笑着说："母亲如若不信，请看厅堂供案上的绿竹！"

老夫人来到厅堂，供案上果真放有一节绿竹。老太太也想试一试飞马行空的滋味，就拿起绿竹，往胯下一夹，没想到却一点也见不到动静。原来，她把绿宝竹给玷污了。绿宝竹从此再也变不成竹芦马，再也飞不起来了。这一来，可真害死了刘玄。他事先没有告假，请皇上恩准他回乡省亲，擅离职守，犯下了欺君之罪。刘玄无法赶回京城，焦急得要命，只好连夜派了一名可靠的仆人，飞马入京向圣上禀报，请求宽赦。

刘玄一失踪，惊动了满朝文武。皇上当然不高兴，但心里却明白刘玄是到哪里去了。他叫颜继祖执笔写了一道赦旨，说："生也来，死也来。"希望刘玄迅速返京，不会论罪的。颜继祖一直找不到机会陷害刘玄，这下好了，他巧妙地篡改旨意，把圣旨改写成"生也刣

（杀），死也刣！”决不饶恕，要就地问斩。刘玄的亲信赶紧把消息报与刘玄知道，刘玄做梦也没有料到情况会如此严重，就吞金自杀了。

刘玄本是不该死的。他是被颜继祖巧设奸计、篡改旨意害死的，他当然死不瞑目。民间传说，他的冤魂含恨投胎转世，立意要报仇雪恨，这样，颜继祖的对头人——徐胡就出世了。

（以上九则故事均为龙海市杨澍搜集，芗城区卢奕醒整理）

六、黄道周的传说

黄道周（1585—1646 年），字幼平，又字幼玄，号石斋。生于漳浦县铜山所（今东山县）深井村。二十五岁时，奉母定居于漳浦县城东皋。他八岁就会作文，十四岁往广东博罗韩日缵家遍览异书。二十三岁父去世，二十四岁考中秀才后，开馆授徒。天启二年（1622 年），他三十八岁考中进士，选为庶吉士后授翰林编修，参与编修《国史实录》。因厌恶魏忠贤结党营私、陷害忠良，弃官返乡。崇祯三年（1630 年），魏忠贤受惩处后，应召上京复职，晋升

右中允。后为宰相钱龙锡冤狱，黄道周仗义执言，被连降三级。崇祯四年（1631 年），上疏乞休，因建言触怒皇帝，被贬斥为民，逐出都门。

崇祯九年（1636 年）至十五年（1642 年），多次复职升官皆因敢言甚至与皇帝争辩，连遭降职、革职。后以病告归。南明福王时官礼部尚书，再以病告归。唐王立，任吏部尚书兼兵部尚书，武英殿大学士。曾率师婺源抗击清军，兵败被执至江宁。虽经百般诱降，但大义凛然，宁死不屈，顺治三年（1646 年）三月五日慷慨就义于金陵（今南京）东华门，裂衿啮指，血书“纲常万古，节义春秋。天地知我，家人无忧。”终年六十二岁。

黄道周一生著述甚多，如经籍类《易本象》《大咸经》《三易洞玑》《易象正》《洪范明义》《诗表》《月令明义》《坊记集传》《儒行集传》《春秋揆略》《孝经集传》《孝经本赞》等；问业类《榕檀问业》《明诚堂问业》等；史学类《神宗实录》《懿畜编》等；杂著类《骈技别集》《兴元纪略》等；类书类《博物典汇》等；选编注订类《广名将传》等；诗作类《续离骚》《榕颂》《石斋逸诗》《明诚堂诗集》等；书信类《黄石斋先生尺牍》《大涤函书》等。《博物典汇》约廿卷七十二类，为“明类书中所罕见”“堪称明时类书中之上乘”，是研究古代科技与民族关系的重要史料。清代陈寿祺曾编成《明漳浦黄忠端公全集》五十卷刊印行世。

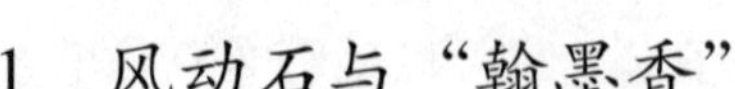

1. 风动石与“翰墨香”

传说孙悟空当年官封弼马温后，玉帝又命令他去管理蟠桃园。哪知道这猴子精最爱吃桃子，他一看见满园果树结满了又红、又大、又香甜的蟠桃，口水都流了三尺长，抓耳挠腮，忍不住，连忙把土地公支开，纵身跳到树上饱吃一顿。他自己偷吃还不够，还偷摘了一大袋蟠桃想捎回花果山，分给猴囝猴孙们尝尝。当他溜出南天门时，被天兵天将们发现了。他们就打斗起来，孙悟空一慌张，掉出几个蟠桃来。后来听说，其中一个掉在龙溪的云洞岩；另一个掉在长泰的天柱山，还有一个就掉在东山岛海边的悬崖上。年代一久，这蟠桃都变成了石头，直到现在，这些石桃都是红褐色的，可见当年是多么鲜红多汁。

话说这些大石桃都很有灵性，它们摆在石崖上，人们用手推，用脚蹬，摇来晃去的，就是谁也推不倒它，所以人们就称它们为“风动石”。

明朝末年，铜山风动石旁的渔村里，住有一户人家，家主人姓黄名嘉卿，当地人都称他“青原公”。他文武全才，胸怀大志，可惜生于乱世，郁郁不得志。妻子陈氏，在临产的前一天晚上，梦见风动石滚落到她的怀里，吓出一身汗来，醒来后，肚子就疼痛，顺利地生下一个小男孩。后来，这小男孩长大了，自号“石斋先生”，纪念他的母亲。

说来也怪，就在这孩子诞生时，风动石旁也长出了一株青翠的荔枝树苗，孩子日益成长，这荔枝树也越长越高。十年后，这孩子上学了，这荔枝树也第一次结出了三百六十颗又红艳、又大粒、又清甜的果实来。这些果实与众不同，夹着一股浓墨般的清香，青原公如获至宝，将其名为“翰墨香”。因儿子跟它同年生，它又正好结出三百六十颗果子，符合周天三百六十度的数据，他就给自己的儿子取名道周，字幼平，又字幼玄，以符合这个祥兆。

后来，道周先生考中进士，在朝为官，这株荔枝树越长越繁茂，而“翰墨香”这种珍奇的佳果也越结越多，远近闻名，还被写进了《荔枝谱》中，是八闽荔种中“味佳品高”的珍品。

南明隆武二年（1646 年），黄道周先生募兵北上抗清，兵败被俘，宁死不屈，在南京东华门慷慨就义。这株荔枝树也忽然枯死了，“翰墨香”就从此失传断种了。

清代诗人陈恭甫咏《翰墨香》七古一首，将黄道周先生的名字、学问与遭遇和这株荔枝的来历联系起来，说：“翰墨名香天下宝，花实周天通易道，花果曾同忠献松，祯祥孰若科名草”。黄道周与翰墨香名果一样，永垂史册，万古留芳。

（华安县潘耶也讲述，杨丽整理）

2. 少年苦学

黄道周出身贫苦，父母十分疼爱他。他也懂事，矢志苦学，五岁就能看懂《论语》，七岁时读《资治通鉴》，懂得许多道理。他常一个人挟着书本到野外大树下诵读，忘记了吃饭。

黄道周的家在风动石旁，家对面有一个海岛，叫东门塔屿。有一天，黄道周和哥哥黄道琛驾着一只小船，来到塔屿游玩，看到岛上鹰石洞、云山石室等处，风景优美，环境幽静，是个读书的好地方，就把被席搬过来，在这里住下。鹰石洞作为卧室，云山石室作为读书的地方。两个石洞内清幽洁净，两兄弟安心地在这里认真读书。后来，为纪念黄道周兄弟俩，石洞门口镌刻“云山石室”“石斋”字样。石室门口，清乾隆年间，巡抚潘思渠竖立了石华表。横匾写着：“黄石斋先生读书处”，对联“仰止高山已表儒林首出，溯游学海群推道岸先登”，至今犹存。

有一天，黄道周兄弟俩正聚精会神读《易经》。一只毛皮斑斓的大老虎慢慢地来到他们的身旁，昂着头、瞪着绿眼、趴在地上聆听他们琅琅读书。黄道周发现了这只大老虎后，他异常平静，一点也没有感到害怕，只是轻声地对老虎说：“我们兄弟在这里读书念经，你也来听，是不是？听得懂吗？快快走开，好吗？”老虎果

然点点头，俯首贴耳，夹起尾巴，悄悄地离开了。

黄道周十四岁时，为了开阔眼界，学习更多知识，他辞别父母，千里迢迢徒步到广东博罗去向韩日缵大夫请教求学。韩大夫看到这位少年远道而来，出语惊人，气概非凡，非常欢喜，带他游览博罗各地名胜古迹，还举办盛宴把他介绍给当地的文人墨客。

席间，有人提议他写一篇《罗浮山赋》，由于他平日已留意观察，胸有成竹，就不推辞，一挥而就，把博罗地区的罗山、浮山秀丽景色和迷人风光描绘得惟妙惟肖，有声有色，极富文采。韩大夫及一班文友看后齐声喝采："好！真是闽海才子！"从此，黄道周的名声就传遍了博罗地区。

（东山县孙英龙搜集整理）

3. 神童妙对惊四座

黄道周从广东博罗载誉归来，"闽海才子"名扬远近。漳浦县有个乡绅不很信服，认为农家子弟，小小年纪，能有多高的学问呢？他特地跑到东山城关来找黄道周，要出个题目考考他。

这位乡绅先去拜访青原公说明来意。青原公听了，就爽快地命道周出来会见客人。

道周见过乡绅后，就说："先生有何见教？"

乡绅笑说："久仰'闽海才子'大名，特来就教。我拟了一上联，想不出下联来，想请教才子对对。"

道周毫不介意地说："请出上联。"

"船载石头，石重船轻轻载重。"

道周不加思索地随声对道："尺量地面，地长尺短短量长。"

这位乡绅一听大为惊奇，本来他自炫学富五车，清高绝顶，想不到竟难不倒一个小小的孩童。就说："对得妙极，再来一联如何？水车车水水随车，车停水止。"

只见黄道周略思片刻，眉头一皱，又不慌不忙地答道："风扇扇风风出扇，扇动风生。"

乡绅听了，连声称赞，对青原公说："令郎才高八斗，令人佩服。"

从此黄道周的名声更加远扬，"闽海才子"名不虚传。

（芗城区陈家瑞讲述，张柏均整理）

4. 黄道周讨鱼

黄道周在东山石斋故里读书的时候，有一次，黄道周的阿爸钓鱼回来，竹排刚刚靠岸，就被渔霸以私自下海的罪名将鱼没收，黄道周听后非常气愤地说："我去讨来！"

渔霸听说小道周自己一人来讨鱼，很感意外，就叫

他入屋来问："猴仔囝（野孩子）你凭什么来讨鱼呀？"黄道周没应，却反问他："你凭什么没收我阿爸的鱼？"

渔霸一听"哼"了一声说："凭大爷的土王法，你敢不服气？快走，勿惹本大爷受气（生气）。"

小道周双手插腰说："要我走可以，将鱼还我就走。"

渔霸眼仁一转，奸笑着："嘿嘿，要鱼不难，大爷我出几道题考考你，若对得上就还你鱼，对不上快滚！"渔霸说完，叫人将鱼放在桌上。

小道周一听要出题让自己对，正合心意，忙说："好吧，你快出题。"

渔霸想了想，摇头晃脑地念起来："子不成子，了不成了，牵孙挂了小。"

小道周一听，知道这老姜公（畜牲）在骂自己是"孙"，忙回了一句："田不像田，电不像电，头歪尾翘天！"

渔霸一听，小道周将他比成乌龟，火一下浮起来，又念着："书生生书生字少一横。"小道周听他骂自己是牛，马上回了一句："大爷爷大大字加一点。"

渔霸听他骂自己是"犬"，心想自己堂堂大老爷同一个小杂种对骂有失脸面，就挖空心思地吟了一句："尺量地，地长尺短短量长。"小道周见他换了题，也随机应变地答着："船载水，水重船轻轻载重。"

渔霸一见这也难不倒他，两只狗眼一翻，叫人捧来一碗面条放到桌上，自己舀了一勺汤加到碗里，直加到

汤都要流出碗边，才对道周说："猴仔团，你若能将这碗面捧起来，又不泼掉一点汤地将面吃完，我就还你的鱼。"

小道周看着面想了想，就举起筷，夹了一团面条轻轻地一提，那碗满满的汤就降到小半碗，小道周这才捧起碗将汤饮干，然后稳稳地将面吃完，提起鱼篓。渔霸一见，直眼了，只好由小道周将鱼提走。

（东山县陈立群讲述，林贵福整理）

5. 黄道周测字

明朝末年，兵荒马乱，民不聊生。生活在水深火热中的老百姓苦不堪言，怨叹自己生辰八字不好，所以就很迷信相命先生，相命先生也就有了骗钱的机会。

有一天，铜山古城来了个测字先生，举着黄色的布幌子，上面写着"测得准"三个大字。他摇着铜铃响器，凭着三寸不烂之舌，走街串巷，胡掐乱算，骗了不少钱。这事让黄道周知道了，他想见识见识这个"测得准"到底有多少"本事"。

这天，他上街买"文房四宝"，恰好遇上"测得准"又在十字街头招摇行骗，公鸡般的嗓子大声嚷道："快来测字啊，吉凶祸福全知道，测不准不要钱！"

黄道周拨开人墙一看，有个书生正从"测得准"盛字卷的碗中信手拈起一个字卷。"测得准"接过来展开

一看，是个“串”字，就问道：“求测何事？”书生说：“测测乡试能否得中？”

“测得准”略微沉思了一下，面带喜色，连声说道：“恭喜，恭喜！这是个好字，保准你考中。”接着，他装腔作势地析字：“这‘串’字，上也中，下也中，连连高中，此次若考不中，下次也能中！”黄道周听后，心中暗笑，原来玩的是一语双关、含糊其词的把戏。只听“当啷”一声，“测得准”已经把得来的银元丢进盘中。

这时候，又来一个卷着裤筒的农夫。说来也巧，这农夫在盛字卷的碗里左挑右拣，也拈到个“串”字。黄道周暗自叫好：“看你又玩弄什么新花招？”只听见“测得准”又问求卜者：“请问求何事？”

农夫说要“问平安”。“测得准”两只鼠眼滴溜溜地朝农夫身上打量了一番，见他腿肚贴着一块膏药，就借题发挥，说：“不好，不好！你还有疾病染身。”这时，站在农夫身边的黄道周被气坏了，就上前质问：“同样一个‘串’字，怎会有好坏之分？”

“测得准”抬眼见是个书生气十足的青年，不把他放在眼里，振振有词地诡辩：“适才那书生拈‘串’字是随手拈来，而他却是用心挑拣的，‘心’上加‘串’，岂不为‘患’？他没有大病也有小疾！”这农夫前些日子腿肚痛，举步维艰，如今仍隐隐作痛，听他如此一说，连连点头：“说中了！先生果真名不虚传！”

黄道周思忖：这“测得准”无非是靠察颜观色、见

风使舵诈骗钱财，今天不让他当众出丑，更待何时？于是，他撩起袖子，盯准了那个碗中写着“串”字的纸卷拈了起来。“测得准”接纸展开一瞧，咦，又是一个“串”字，见是刚才提出过质疑的青年拈的，顿时慌了神。但他毕竟老谋深算，很快就又镇定下来，一边乜斜着眼睛看黄道周，一边问：“后生家（年轻人），求测何事？”黄道周不慌不忙答道：“也测个吉凶祸福。”

这“测得准”知道来者有意要为难他，眨了眨三角眼打量他一番，见他左腮稍微鼓起，料是患了风火牙肿。这下他可找到救命稻草了，就来了个投石问路：“你这个人呀，只因多嘴、爱管闲事，近日也有小疾。析这个‘串’字，乃‘口’、‘中’组合，所患病症心在口中无疑。”

黄道周听罢，差点没笑出声来。他佯装信服地微微点头，让“测得准”把话说完。然后，道周张口吐出一枚橄榄，当众说：“乡亲们，他自称‘测得准’，却将一枚含在口中的橄榄测为口中疾患，当众行骗，正是炮城失火——不攻自破呀！今后，大家切莫再上他的当了。”

“测得准”顿时狼狈不堪，张口结舌，恨不得地上有条缝好钻进去。围观者见“测得准”如此狼狈，无不捧腹哈哈大笑，相继散去。

从此，“测得准”再也没敢来铜山测字了。

（东山县林长春讲述，林长华整理）

6. 黄道周撒药籽

黄道周先生曾到平和灵通岩教书兼读书三年多，漳浦有个才子跟着他在一起苦读。后来漳浦才子家道兴隆，看到当时朝纲不振，百姓生活困苦，想到千里迢迢在此读书没有用，就放弃学业，飘洋过海到南洋去做生意了。两年后，他运载货物回到家乡，专程到灵通岩去看望道周先生。他看到道周先生依旧过着贫穷的生活，就劝老师看破官场，跟他一起去经商，过个比较宽裕的生活，不必如此艰辛，道周先生就是不同意。

漳浦人要给黄先生一些礼物，黄先生也不要。临别时，他对黄先生说："不然，我这次运回许多南洋货，你可叫人到漳浦码头运一些回来用。"黄道周同样不要。漳浦人看黄先生什么都不要，过意不去，就说："不然，你有什么需要我办的事，尽管说！"

黄道周先生想了想，才说："灵通岩是闽南名胜，气候暖和、四季长春，还有许多岩洞、山泉和名山胜景。山上虽有名贵的中草药，但不及南洋药材多。如有可能的话，就请你捎回些药籽，让我播种在此山上，造福子孙，我就十分感谢了。"

后来，漳浦人果然从南洋各地搜集、购买了许多中草药种子寄回家乡来给黄道周先生。黄先生非常高兴，找个好天气，亲自爬到山顶上，把药籽撒下。从此，灵

通山长出的中草药就更多更名贵了。

（平和县江济笼讲述，江坤长整理）

7. 征对拜师

明朝末年，平和县芦溪乡漳汀村出了个秀才，名叫赖继谨，他自幼聪颖好学，且有报国之志，颇得四乡群众爱戴。

有一年，村里设醮建坛，许多善男信女每天清早都去虔诚朝拜，他触景生情，作了一个对子，上联是："朝朝朝，朝朝拜，朝朝朝拜（其中第三和第九字'朝'念cháo，余六个'朝'字念zhāo）。"

他告诉哥哥，想以此征对求贤，哥哥也是个博学的秀才，他把对子琢磨了一番便同意了。于是，兄弟俩便把这个上联写在纸上，贴到大路边的凉亭上征对，还派了个后生子在那里守候。

有一天，黄道周正好路过这里，见亭柱上的征对颇有意思，便叫随行人员拿出笔墨，不加思索地在征对纸上写道："齐齐齐，齐齐戒，齐齐齐戒（其中第三和第九字'齐'念zhāi，其他六个'齐'字念qí）。"写完了又低声念了两遍，笑了笑便又上路。

守候的小伙子好奇地端详着这个陌生的过路人，看他写，听他念，等他走出凉亭，就急忙揭下对子，跑回

村里报告赖继谨。赖继谨见对得好，就急忙追赶。

当他知道对对的人是黄道周时，便跪下来拜道周为师。从此，他终生追随黄道周，不离不弃，师生关系极为密切。

（平和县叶活水搜集整理）

8. 黄道周教秀才打鬼

明天启年间，漳浦上坡村有位叫林清的秀才，白日种地，夜间常到石斋书院求黄道周赐教。林清途经一座山坡时，见坡上坟茔鳞次栉比，菅芒起伏，杂草丛生，满目凄凉，听说此处常闹鬼，他每每深夜至此，就内心发怵。

有一夜三更时分，他才从石斋书院回家。这时，天边挂着一弯残月，天色阴暗，寒风飕飕，蓑草瑟瑟，加上三两声孤枭夜啼，更显得阴森恐怖。林清本来心里就发毛，又听见背后响起“窸窸窣窣”的脚步声，仿佛有人追赶，更为惊骇。当他走到坟地时，在朦胧月色中，蓦然瞥见路旁的墓碑上兀立着黑影：一个吐舌、一个喷血。

“鬼！鬼！”林清想喊，但口中无声。他踉踉跄跄跑到家中，惊心难定，竟卧床不起。

黄道周见他多日不上门，特往探望。林清神情恹恹，将遇鬼之事细说一遍。黄道周听罢，捋着胡须哈哈

笑道："荒唐！荒唐！世上哪有什么神魔鬼蜮，那纯粹是种心境的体现罢了。凡人都有惧心，惧生疑，疑生鬼，勿信则无。"

林清道："学生亲眼看见，十分真切，怎么能说'不信则无'呢？我不明白，请老师指教。"

黄道周微笑着、幽默地说："以后夜行，不妨带根打狗棍，人怕鬼时鬼吓人，人不惧鬼时鬼惧人。世上实无鬼，今后若看见了就打，不要怕！"

林清铭记先生教诲，从此每逢走夜路，棍不离手。一个晚上，他又踏进坟地，忽然听见几声怪叫，路旁那两座坟茔的墓碑上，依然矗立着两个鬼影，他二话没说，举棍便打。

"仁兄，别打、别打！痛死我了！"

"你们是何人？为什么在此装神弄鬼？"

林清举棍又要狠狠打下去，忽然听见鬼说人话："小弟是大宇、二宙。仁兄恕罪！"

原来是同村林员外那两个孪生儿子，整天游手好闲、不愿读书，员外常以林清为榜样教训两子，他们嫉妒记恨，用这种办法吓唬林清，想不到今夜被痛打一顿。

林清打了"鬼"，心里十分赞赏佩服石斋先生"世上诚无鬼"的教导。

（漳浦县黄明山搜集整理）

9. “经筵”对皇帝讲课

明熹宗天启二年（1622年），黄道周三十八岁，考中进士及第，选为庶吉士，授予编修的官职，监修国史实录。那时有种叫“经筵”的讲席规定，就是定期给皇帝讲解经传史鉴。什么人有资格担任讲官，配给当今皇上讲课呢？上自阁部大学士、翰林院侍读学士、侍讲学士，以至崇政殿说书等官员都得轮流担任讲官，定期给皇上讲课。

给当今皇上讲课，这真是非同小可的大事，要是讲得不好，不是丢掉乌纱，便是掉了脑袋。所以一般御用文人轮到“经筵”讲席时，都是战战兢兢，诚惶诚恐地捧着经书，走到宫门口，膝盖头不由自主地就哆嗦发软，自觉自愿地用膝盖行走，爬到皇帝御前跪着讲读。

这一回，轮到黄道周担任“经筵”讲官，他对这种污辱人格、令斯文扫地的做法，早已十分不满了，今天他拼着一死，也要革除掉这种陈规陋习，令孔孟门徒扬眉吐气一番。只见他昂然七尺，手捧经书，昂首阔步地走到殿前，大声说道：“经筵道尊，代圣人立言，跪下膝行，不合礼仪。”说完，他昂首捧书，平步上殿。

当时阉党魏忠贤，人们尊称为“九千岁”，正独揽朝政，炙手可热，他坐在一旁，用冷冷的威慑的眼光狠狠瞪着黄道周。两旁陪侍着的其他官员登时都吓出一身冷汗来，但是黄道周却旁若无人，镇定自若地朗声讲读

经书，毫不为左右所动心。

熹宗皇帝对黄道周也无可奈何。黄道周真是铁骨铮铮，为封建时代的儒生树起一根铁脊梁。

（芗城区潘耶也讲述，韩玲玲整理）

10. 敢与皇帝辩是非

黄道周先生为官刚正不阿，不怕权势，嫉恶如仇，直言敢谏。哪怕是皇帝老子，他也敢与之大声辩个是非来，即使为此他屡遭降级、罢官，甚至下狱受刑，也至死不悔。

崇祯皇帝初即位时，也很想奋发有所作为。他当机立断地除掉魏忠贤和客氏，整顿了朝纲。但是他刚愎自用，喜怒无常，轻信妄断，为所欲为，结果又把朝政搞得一团糟。起先他还很器重黄道周，认为他刚正不阿、聪明能干，后来黄道周那种敢当面提意见、毫不留情面的作法刺伤了他的自尊心，他受不了，便逐渐疏远了黄道周。而那些善于阿谀逢迎，吹牛拍马的佞臣，互相勾结，欺上压下，营私舞弊，谋取了高官，掌握大权，成为崇祯皇帝的重臣。

在旧社会，朝廷都是标榜“以孝治天下”的。父母亲逝世了，叫“丁忧”，为了表示“最大的哀痛”，不论多大的官都得遵守制度，辞官回家，住在墓庐守孝三

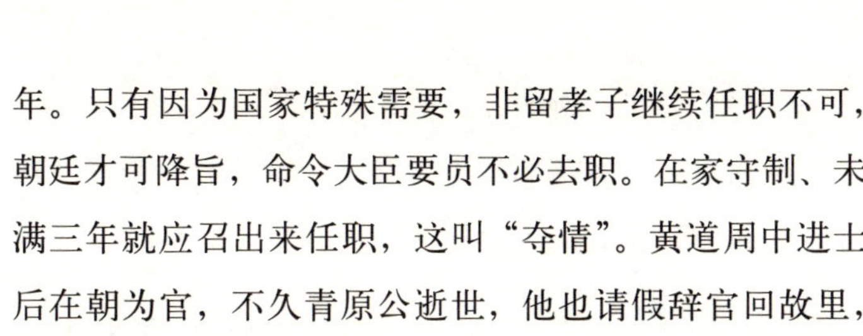

年。只有因为国家特殊需要，非留孝子继续任职不可，朝廷才可降旨，命令大臣要员不必去职。在家守制、未满三年就应召出来任职，这叫“夺情”。黄道周中进士后在朝为官，不久青原公逝世，他也请假辞官回故里，埋葬父亲于北山，亲自背土做坟，结庐守墓，不会宾客，不作诗文，不参加宴会，守制三年。

当时，一些人官迷心窍，死抓权势不放，唯恐辞官守制会丢了肥缺，千方百计托人走后门、说情面，请朝廷下令“夺情”，继续留任。大臣杨嗣昌父亲死了，本该“丁忧”，却因“夺情”入阁做了宰相。大官陈新甲的母亲死了，也因“夺情”起用为大总督。还有辽宁巡抚方一藻竟敢背着朝廷在“丁忧”期间跟清朝私下议和。这些人臭气相投，结党营私，祸国殃民，却都是国家重臣，黄道周看不顺眼，就连上三本，分别弹劾他们。

哪知道，崇祯皇帝却特别宠爱这伙人，他偏听偏信，认为军国大事只有他们才能胜任。在一次御前会议上，崇祯皇帝一味袒护杨嗣昌他们，替他们辩解；蓄意压制黄道周，说他因私人宿怨，有偏见，不为国家利益着想。为此，黄道周理直气壮地说：“要是人人都像这伙人呼群引类，个个搞‘夺情’，那么朝廷不就变成了罔顾孝悌人伦的世界吗？这不叫走邪径是什么？”崇祯皇帝听不入耳，叫黄道周退下，不准他再辩论下去了。黄道周不肯遵旨，大声疾呼分辩道：“臣今天若不把话

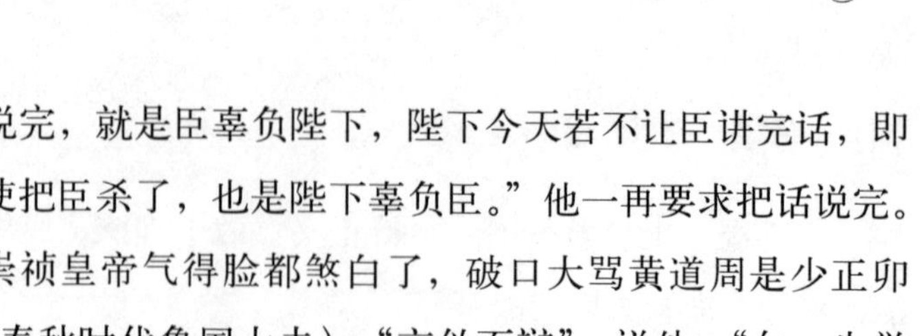

说完，就是臣辜负陛下，陛下今天若不让臣讲完话，即使把臣杀了，也是陛下辜负臣。”他一再要求把话说完。崇祯皇帝气得脸都煞白了，破口大骂黄道周是少正卯（春秋时代鲁国大夫），“言伪而辩”，说他：“尔一生学问只成佞口罢了。”命令他退出候旨。

但是，黄道周死也不肯退下，他听到皇上骂他是“少正卯”，便要求将“忠佞”二字剖析清楚。他抗辩说：“做臣子的人，在君主面前，独立敢言，如果叫做‘佞’，难道那些在君子面前尽讲阿谀奉承话的人，就算是‘忠’吗？如果君主把那些敢于争论是非、辩证邪正的人叫做‘佞’，那不是把那些顺着君主意旨、闭口不言、满脸堆笑的角色算是‘忠’吗？假如做君主的忠佞不分、邪正不明，怎能治理好国家呢？！”这简直是直言犯上了，崇祯皇帝暴跳如雷，干脆叫御侍们把黄道周叉了出去。然后戒谕众大臣说，黄道周如此放肆，应该严加惩诫。但是，黄道周直言敢谏，讲的毕竟是真话，皇帝自己护短，毕竟心有内疚，面子一时拉不下来，过后却也无可奈何，只能将黄道周降六级，贬为江西布政司都事了事。

（芗城区溥静讲述，王少岳整理）

11. 舍命救大臣

黄道周一生忠君爱国、主持正义、敢于直谏，民间流传着他舍命救大臣的故事。

明崇祯三年（1630 年）的一天，黄道周从浙江办完公事回到京城，看到人们都表情严肃地交头接耳，在议论什么事。这时，有一位朝臣偷偷地对他说："黄大人，你回来了，原大学士钱龙锡被皇上关进监牢，要治罪哩!"

黄道周大吃一惊，忙问："他犯了什么罪？"

这位朝臣叹了一口气说："辽东巡抚袁崇焕抗击后金进犯有战功，升兵部尚书，因他杀了阉党分子毛文龙，被魏忠贤余党诬为'图逆罪'，惨遭磔刑处死。袁崇焕是钱龙锡推荐的，所以钱大人受到株连，被抓进监狱，皇帝要把他处死哩。"这件事众大臣害怕惹祸，都没有一个敢出来说句公道话救救他。黄道周愤愤不平说："岂有此理，我就是要救他！"朝臣好意相劝："大人三思，皇上会加罪你的。"

黄道周这时虽然只担任右春坊右中允的小官，与钱大人也没有特别的交情，但他仍不顾一切地要救钱大人。夜深了，他躺在床上翻来覆去，又从床上爬起来，连夜写了为钱龙锡申辩的奏疏。

第二天早上，黄道周把奏疏呈送给崇祯皇帝。果然不出大家所料，崇祯帝看了奏疏，勃然大怒，立即下了

一道严旨斥责黄道周，硬说钱龙锡罪案已定，不要为他的罪责说情。

崇祯帝愤怒的大骂并没有使黄道周退缩，他是一个忠直的人，他想要救人就要救到底，就是自个吃罪也不怕。他又一次写了奏疏，劝崇祯要施行仁义，爱护与体恤大臣与战士，不要随便惩处。一朝之间，已有九个辅臣获重罪，以后有谁敢当辅臣？

谁知，黄道周的第二次奏疏，同样遭到崇祯帝的严词斥责。按说黄道周已尽力了，本应善罢甘休，但他不气馁、不退缩，认定钱大人是无辜的，下定决心，即使自己的生命有危险，也要去营救他。他又第三次写了奏疏，说钱龙锡、袁崇焕都是对朝廷有功劳的大臣，不顾他们过去的功劳，把他们严重处置，这样做不恰当。为了朝廷边防的安全，保护有功大臣，应该赦免钱龙锡的罪。

这下，可大大触怒了崇祯皇帝。他气愤地责骂黄道周狂肆妄议、曲庇罪臣，三番五次严旨斥责，还是一味用荒唐的理由来为罪臣辩护，一定要严厉处罚，降三级调用。

经过黄道周的舍命营救，钱龙锡被免予处死了，但黄道周自己也不得不走出朝门，被调到别处去当更小的官。原来劝告过黄道周的大臣对他说：“黄大人，我劝你，你偏不听。钱龙锡和你非亲非故，你何必自讨苦吃？！这不，现在你自己要受罪了。”

黄道周微笑着说："直言谏正，坚持正义，舍身救无辜的大臣，这正是我的心愿，即使我受罪了，也在所不惜。"

（东山县孙英龙搜集整理）

12. 怒斥贰臣洪承畴

崇祯十七年（1644年）三月间，闯王李自成攻进了北京城，明朝最后一个刚愎自用、不纳忠言的皇帝朱由检走投无路，只得在煤山上的一株老槐树上吊死了。

黄道周在福州拥立唐王朱聿键成立个小朝廷。可是军政大权实际上操纵在海盗出身的郑芝龙手中，这个老贼早就暗地里跟降清的贰臣洪承畴勾结上了。所以当清军大举进攻浙江、江西，逼近福建时，郑军将帅都袖手旁观，不肯发一兵一卒以共同抗清，急得唐王见到黄道周时，总是相对恸哭，束手无策。

黄道周眼看明朝大势已去，难以挽回，还是自告奋勇去募兵抗敌。十二月间，他率领自己的门生以及义民几千人北上增援安徽，由广信出衢州，进军至婺源，与攻占了安徽的清军正面交锋。由于孤军作战，寡不敌众，他在婺源的堂家坊明堂里一仗战败被俘。

在狱中，他悲愤地绝食七天却没有死，后来被用囚笼槛送到南京。清军统帅多尔衮十分钦佩黄道周忠心耿耿、德高望重，一心想劝降他，就把他跟一同被俘的学

生隔离开来，单独关在幽室中。还解除他身上的镣铐，生活上给予种种优待。他矢志不移，在监禁中度过自己的六十二岁生日。

多尔衮命令曾经跟黄道周同朝为官的降臣洪承畴去劝降黄道周。洪承畴深知黄道周脾气耿直，不敢冒昧去见他，就先派心腹人到狱中去劝黄道周的学生赖继瑾投降。赖继瑾断然回绝道："我们要跟随老师就义，谁要像你们无耻降敌而偷生？"还随手写了一副对联交来人带给洪承畴。对联写道：

史笔留芳，虽未成名终可法；
洪恩浩荡，不思报国反成仇。

上联表示自己敬慕并效法史可法的忠贞，万古留芳；下联讽刺洪承畴叛国投敌，遗臭万年。"成仇"与"承畴"谐音反义，绝妙讽刺。

洪承畴劝降失败，迫于主子多尔衮的命令，万般无奈，只好硬着头皮，改换青衣便帽，在一个深夜里，悄悄去幽室探望黄道周。

黄道周一眼就认出来者是洪承畴，心里更明了他的来意，但故意正襟危坐，闭目深思，装着不知道。洪承畴只好厚着脸皮先打招呼说："故人别来无恙？"黄道周目不旁视地问："你是何人？"洪承畴赶紧贴近说：

“南安洪享九洪承畴，特来拜会石斋年兄。”

黄道周一听“洪承畴”三字，勃然大怒，狠狠地打他一个大嘴巴，打得洪承畴面颊火辣辣地连退三步，他抚着脸颊指着黄道周说：“你……你……”却说不出话来。黄道周紧接话茬儿，愤恨地斥骂道：“我打你这冒名顶替的王八蛋！大明三边统制洪承畴早已在松山为国捐躯了，我朝先皇帝曾给他祭奠十六场，生荣死哀，名垂史册。你是什么东西，竟然如此大胆，深夜冒名前来胡诌？”说完，举手又要打下巴掌，弄得洪承畴开不了口，只好忍下一肚子羞愧，狼狈不堪地连忙掉头溜走了。

（华安县潘耶也讲述，杨丽整理）

13. 慷慨就义石头城

洪承畴灰溜溜地退出后，黄道周的门生赖继瑾托狱卒送来一封信交给老师。黄道周连信也没拆，就在信封后面提笔写下四句话：“蹈仁不死，履险若夷，有陨自天，舍命不渝。”一方面，他表明自己忠贞不贰，视死如归的决心，另一方面，也勉励门生成仁取义，舍命不渝。

多尔衮知道黄道周誓死拒降，决定处决他。消息传到狱所，狱吏和狱卒们都痛哭流涕，备下好酒好菜来为他饯行。黄道周知道自己的刑期已到，一边从容不迫地饮酒，一边平静微笑地对狱吏狱卒们说：“我求仁得仁，

慷慨就义，你们何必如此伤感呢？从前文山有诗云：'人生自古谁无死，留取丹心照汗青'。这不正是我一生的追求么！"

他的随侍老仆人一边垂泪听着，一边拿针线替他缝补衣裳，呜咽着说："这是老仆最后一次侍奉老爷了。"道周先生听了，笑笑地说："免哭，免哭，感激你伺候我一辈子，这回，我得先走了。"说完，他躺下睡觉，不一会儿鼾声大作，临刑前夕，他的心中了无挂碍。

第二天醒来，他平静地梳洗穿着完毕，忽然想起有几位当地故友求他墨宝，尚未给写。于是他铺下纸张，挥毫疾书，洋洋洒洒写下好几幅，题款留赠。写完了，他拂拂袖子，整整衣冠，舒一口气说："写完了，没事啦。"回首对行刑的人说："可以走啦！"他昂首挺胸走出牢门，迈步走向刑场。

这天正是隆武二年（1646 年）三月五日，当他走到东华门时，抬头望天，说道："这里离高皇帝陵寝较近，我就死在这里吧！"说完就坐在地上不肯起来了。监斩的清朝官员只好顺从他的要求，命令刽子手就地处决。这时，随侍的老仆人号啕："老爷、老爷，你就要归仙了，难道最后一刻，也不留一句话给老夫人吗？"老仆人满面泪痕跪下请求他留下遗言。黄道周略加思索，就撕裂衣襟，咬破手指头，用热血大书十六个字，交给老仆："纲常万古，节义千秋，天地知我，家人无忧！"

然后就闭目引首，从容就义了。等到他的门生蔡春溶、赖继谨、赵士超、毛玉洁等四人押上刑场时，黄道周先生已经身首异处了。他们抱着先生的首级齐声痛哭道："老师，请您的英魂稍等一会儿，我们马上追您来了！"他们催着刽子手们赶快行刑。

黄道周先生就义后，首级曾传送到安徽各地去示众，后来他的门生陆自岩花费千金，才购回首级，身首合葬在南京凤台门外五里地，立黄石为标记。过了几年，黄道周先生的长子和门生赵子壁才千里迢迢地来南京，扶灵柩归葬在漳浦县北山演武亭后边的祖坟旁，四君子也陪葬在黄先生的墓侧。

后人张若化有谒墓诗云：

"孝陵早护孤忠骨，
先陇方报义烈魂。"

又云：

"千秋魂魄应登此，
仿佛当年杖履音"。

（华安县潘耶也讲述，陈碧芬整理）

七、唐朝彝的传说

唐朝彝（1640—1698 年），字偕藻，漳浦县镇海卫（今东山县）人。少而孤，家贫。康熙丁未（1667 年）进士，历补御史，掌河南道，最终任宗人府丞。为官清正廉洁、刚正不阿，严于律己，为朝野所重，然未几告归，传康熙皇帝在文武百官面前，曾摘下御佩的金锁亲自给他挂上，故后来闽南民间老百姓都喜欢模仿佩戴这样的“天官锁”。著有《先后天卦图说》。

1. 爱哭的婴儿

唐朝彝是清朝康熙年间的一个大官，扬名漳州各县。他出生在漳浦县镇海卫（今东山），母亲姓吴，是南靖金山人。因为听地理先生说，吴氏祖祠荫外姓，怕外甥出头，吴氏的父母一直想生个男孩，却总生不出来，好几个女儿一生下来都被他们弄死了。后来他们岁数大了，手也软了，最后又生了个女儿，只好送给龙溪二十五都（今华安县）的一个小山村打铁坑的一户姓唐的庄稼汉当童养媳。

吴氏怀孕时，回到金山娘家，正碰上宗族祭祖。照俗例女人不许参加，但她看到宗祠里里外外热热闹闹，就好奇地偷偷跑去看。不料祭祖时突然放大铳，“砰砰”几声，震得她肚里胎儿滚动，赶回家去，一骨碌就把婴

儿生下来了。这时，满房里红艳艳地亮成一片，邻里都很惊奇，说这婴儿不寻常，将来一定会出人头地。可奇怪的是，这婴儿出生后，不知为何，动不动就哭个不停，好像受到什么委屈似的。更怪的是，他一哭，茅棚和房屋都会震得摇摇晃晃，真够吓人。

朝彝家很穷，父亲在山坳里没法度日，出生没几天，就背着他经过太平岭、爬过天宝大山，到龙溪讨生活。他沿途哭呀哭，大哭特哭，直哭到天宝大山下，才忽然不哭了，别人看他，还会眯着眼睛，咧着小嘴笑呢。

到了漳州后，住在登芳桥的母舅拨一间空厢房让他们栖身，借点钱给他父亲做豆干生意。后来唐家曾搬家到海澄去，最终定居在铜山。父亲去世后，他既孤且穷，过了几年苦日子。幸而他自幼聪颖过人，好读书。一个补鞋匠十分同情他，时常给予接济，让他能够安心读书，后来还帮他上京应考。康熙五年（1666 年）他取得举人资格，第二年又中试成贡士，再参加殿试，名列二甲，赐进士出身，那时他才二十八岁。

2. 吓倒了满仔官

清代，考进士、入翰林，要学满族文字。满文弯弯曲曲，像串钱贯，和汉字全不一样。后来，唐朝彝当了宗人府丞，所管的是皇帝宗族的生死、嫁娶、俸禄、封

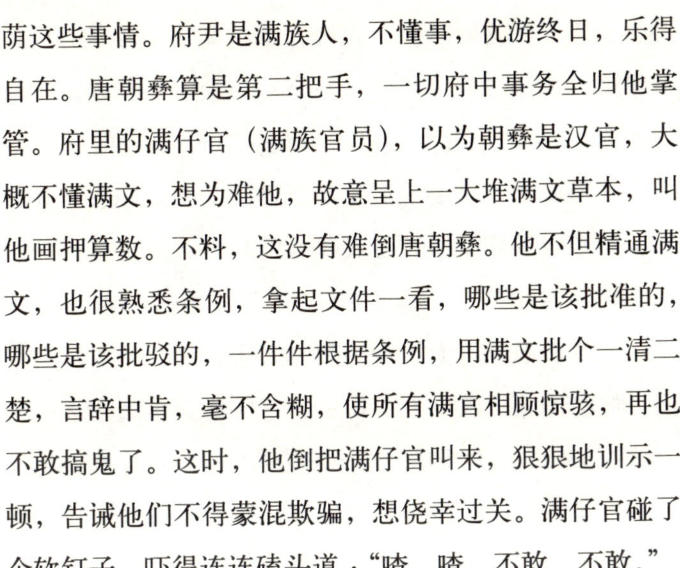

荫这些事情。府尹是满族人，不懂事，优游终日，乐得自在。唐朝彝算是第二把手，一切府中事务全归他掌管。府里的满仔官（满族官员），以为朝彝是汉官，大概不懂满文，想为难他，故意呈上一大堆满文草本，叫他画押算数。不料，这没有难倒唐朝彝。他不但精通满文，也很熟悉条例，拿起文件一看，哪些是该批准的，哪些是该批驳的，一件件根据条例，用满文批个一清二楚，言辞中肯，毫不含糊，使所有满官相顾惊骇，再也不敢搞鬼了。这时，他倒把满仔官叫来，狠狠地训示一顿，告诫他们不得蒙混欺骗，想侥幸过关。满仔官碰了个软钉子，吓得连连磕头道：“喳，喳，不敢、不敢。”

3. 拦街报恩

唐朝彝当官一贯清廉正直，两袖清风，从未贪取钱财、接受人家的礼物，为人和包公一模一样。整整三十年，他穷得没办法自己盖一座房子，住在京郊的一座简陋的草庐，只能勉强遮蔽风雨，缺钱花时，甚至连家里的衣服、玩器、杯具都拿去押给人家。有人嫌他呆，落得活受穷，他也不以为意。到了告老还乡时，还仍旧住着那破旧的房子，无钱修理。但是，他始终没有忘记当年曾帮助过他的那位补鞋匠。听说补鞋匠老得无法干活，穷得几乎没饭吃，他就时常登门拜访，想方设法救

济他。

有一次，唐朝彝坐在临街家门口晒太阳，一位新任的漳州知府，大摇大摆地坐着六人抬的大轿从街上经过，一阵仪仗，鸣锣开道，前呼后拥，好不威风！街上的人都躲得精光，只有唐朝彝还坐在那里纹丝不动。如狼似虎的衙役们认为他故意顶撞知府大人的仪仗，大胆无礼，狠狠地鞭打他，还把他抓进衙门去。

审问后，新知府才知道，这位白发苍苍的穷老头子原来曾经当过广西道御史、江南道御史、宗人府丞，还曾参加过九卿会议，面朝过康熙皇帝，来头可不小。而且他敢大胆直言、连当朝宰相都要让他三分。新知府自知闯了祸，怕朝彝参他一本，说他侮辱大臣，那就会丢失乌纱帽。

新知府当然连赔不是，恭恭敬敬地送唐朝彝回家，还答应接受他的任何处罚。随后还派一个师爷私下找他讲情，打听罚款的数额。唐朝彝就乐得顺水推舟，叫他问问补鞋匠的意见。补鞋匠说，知府欺侮人，做好做歹也要罚他白银二百五十两。唐朝彝就按这个数额叫知府认罚，然后把这笔款子转送给补鞋匠做养老金，补充他的生活费用。

（以上三则由芗城区唐长史讲述，黄超云整理）

4. 天官锁的由来

“天官锁，天官锁！孩子带，邪魔跑！大人带，去灾祸！老人带，寿数高！”

这个谚语，从清初落到民间，数百年来一直在闽南地区、宝岛台湾甚至东南亚华人居住区广泛流传着。一些年事稍高的老人，应该都还记得，也许还曾背诵过它。

天官锁是什么东西？从哪儿来？有什么用？何以值得人们这般传诵呢？下面就讲讲这个故事。

相传在清康熙年间，朝中奸臣当道，皇族内勾心斗角，矛盾重重。当时唐朝彝在皇城的宗人府当府尹，秉性耿直，不避权贵，招惹了许多皇族官员的忌妒，他们常常设计暗害他。唐朝彝并不畏惧，他依然镇静、沉着，在一团漆黑的环境中，依然尽心尽力办理着朝廷和民间的各种案件，为老百姓排忧解难。

唐朝彝耳朵里填得最满的是一个坏贝勒的罪行，心里头老是感到不自在。他恨不得马上找个机会为地方除暴安良。

在一个元宵夜晚，明月当空，皇城里的花灯大放光明。乡村里的姑娘们个个都换上一身洁净的衣裳，招群结伴，欢欢喜喜地进城来看热闹。

坏贝勒看到这群花枝招展的姑娘便色心大起，只见他把马鞭子一挥，闯进村妇群中，一见有点姿色的女子，有的调戏一番，有的命恶奴上前抢人！不上片刻工

夫，整个皇城就给闹得人仰马翻，来不及逃避的妇女一下子就被抢走了十多个。她们被带回府，任意奸淫，抗拒的全部惨遭杀害。

被抢走的女子的亲人愤恨万分，集结在府门前谩骂；一见尸首抛出，赶忙上前认尸，看到自己的骨肉惨死，怒不可遏，就哭哭啼啼地跑到官府去控告。

一告就告到宗人府的府堂上，唐朝彝一听，立即着手查办，他怒冲冲地把惊堂木一拍，根根毛发都竖起了来。他立即写封大红帖，婉转地把坏贝勒“请”至公堂，然后扳起铁青面孔，先打一顿，再审问口供，给判个偿命问斩。

此事被报呈康熙皇帝，康熙是个圆滑的家伙。他深知唐朝彝的个性刚直，说一不二，落在他手中的案件是唯讲国法而不讲私情的。又见奏章上列的罪名条条有理有据，无法正面庇护，反复想了好久，才批下：“六不杀”几行小字。

唐朝彝摊开一看，顺口念着：“单日不杀，双日不杀，露天不杀，着地不杀，城内不杀，城外不杀。”康熙想利用这些严苛的限制来刁难他老人家，开脱贝勒的死罪。然而，在聪明而又果敢的老人家面前，就是定出更多的条件也是无济于事的。

唐朝彝一回府，灵机一动，很快就想好办法。他叫家人夤夜在城内外做的交界点——月城门的中央，搭造

一个木棚隔着地，盖上芦蓬遮住天，候至深夜亥子相交、两日接际之时，把坏贝勒押到木棚上，一刀将他脑袋砍掉了。

唐朝彝杀了贝勒爷，却惹恼了皇族，他们扬言要唐朝彝偿命、满门抄斩。康熙知道了，又气又急，刚要发旨拿问，忽又想起，闽南一带，民心未稳，自己这把皇帝椅子还坐得不牢。沉吟些时候，他心眼一歪，随即改变主意，把老人家召进宫中，当着满朝文武大臣的面，像荷叶捧水珠似的，赐给唐朝彝一把黄盖伞和一幅"天官赐福"的题字，又把长期佩在自家身上的"天官锁"摘下，亲手挂在老人家的胸前，装着一付菩萨面孔，假惺惺地说："亲王要杀你，可借这块锁的保护，迅速离京，以免遭到暗算。"就这样连哄带吓，把老人家遣返漳州老家。

康熙这么一搞鬼花招，对当时摇摇欲倒的统治者来说，所起的作用可大了。一则，老人家一走，朝中再也没有人与他作梗，可减少亲族内愈来愈多的矛盾；二来，让老人家活着回去，好表现自己的圣迹，以此可收买民心；三则，也可缓和当时闽南一带地方百姓与清廷的对抗情绪。

话说唐朝彝他老人家斩了坏贝勒，老百姓的气咽下了，他带着那块大小官员见了都得下跪的"天官锁"，总算是一路平安返家了。

聪明的人仿制了这种锁，把它挂在孩子的胸前，表面上说降妖辟邪，实则在讥笑当时那些权奸！也希望着孩子长大，能像老人家一样，忠贞不屈，爱民如子。因而，一直到现在，闽南的许多小孩子还喜欢佩戴“天官锁”，这种习俗还流传到海峡彼岸的宝岛台湾。

（芗城区陈登科讲述，薛佰川整理）

5. 唐朝彝戏助补鞋匠

传说，唐朝彝在没当官的时候，家里十分贫穷，曾经因为少给鞋匠几文工钱，被鞋匠讪佋（讥讽嘲笑、戏谑、挖苦）。后来，他当官多年，告老返乡，到漳州游山玩水，安享幸福晚年。有一天，他散步走到补鞋匠的店前，见其仍操旧业，但生意比以前差多了，门前冷清。

唐朝彝想起往事，也觉好笑，就慢步走入店中，手撚（捋，用手搓转）长须，问道：“老师傅还在补鞋啊？”鞋匠抬头见是唐朝彝，想起往事，就觉得很见笑（羞愧、因笨拙被人笑话），连忙起立迎接，端茶让座，说：“是的，是的。老爷你还记得小的呀？”唐朝彝问：“你的生意为什么变得这样冷淡，没有以前那样红火呢？”鞋匠闻言，叹了一口气说：“啊，老爷不知，说来一言难尽。老伙仔（老年人）怎赶得上少年家（年轻人）脚勤手快，善于招徕顾客呀！”

唐朝彝本想戏谑他一番，开个玩笑。听他这一说，反觉可怜，便心生一计，既可助老鞋匠一臂之力，也给他一点小小的提醒与警戒，就说：“你这个店的招牌实在太旧、太不文雅了，更换一下就好啦！”鞋匠摇头叹气说：“我又穷又不认得字，怎么可能换招牌呢？”

不料，唐朝彝竟叫他立即拿大红联纸和毛笔墨砚来，要代他写个新招牌。鞋匠满心喜悦，连忙向别人借来毛笔墨砚，买了一大张大红门对纸摆在桌上，再卷起袖子，将墨磨得浓浓的。唐朝彝见准备妥当，就拿起笔来一挥而就，写出“童叟无欺、补旧如新”八个大字来。鞋匠不识字，不知其中奥妙，就欢天喜地将其贴在旧招牌上面。

人们看到鞋店换上了新店招牌，并且是唐朝彝写的，都以为这鞋匠与唐朝彝有交情，鞋破了都乐意到这间店里来修补，这店铺就又门庭若市，生意开始逐渐兴隆起来。后来，一位文人到店里补鞋，指着招牌说：“唐老爷这下子可帮了你的大忙，有了这块新招牌，你的生意不怕不会很快好起来。”

鞋匠想起往事，觉得唐朝彝宽宏大量，大人不记小人过。他也吸取教训，从此不再看不起穷苦人了。

（龙海市杨澍搜集，芗城区卢奕醒整理）

6. 唐朝彝巧惩贪官

清朝康熙年间，唐朝彝斩了强抢民女的贝勒，告老还乡，回到漳州城。

有一天，唐朝彝听说当年贫困时的故交、老邻居豆腐阿三已搬回金门岛，便乘车搭船去找他。

唐老头走了半天，见前面有道河，河边竖着一块木牌写着“金门渡”，以为一定有渡船，就向河边一个垂钓的老头打听。那老头上下打量他一番，指着上头路口芦苇丛里，说：“就在那里！”

唐朝彝按渔翁指的方向找去，只见芦苇丛边果然有只渡船。他上前正要跨上渡船，却见艄公站在船头横眉竖眼喝道：“慢！”

唐朝彝心想：这是怎么回事？难道搭渡也要有讲究？便打拱说：“艄公，我是来搭渡的。”

“搭渡，搭渡！也不打听打听，这是金门皇帝渡，要过渡钱二两五。”艄公说着伸出手来。

“啊！过一次渡，渡钱要二两五？”唐朝彝不禁倒吸了一口气，天下竟有这么贵的渡钱？竟有这么蛮不讲理的艄公？还自称什么“皇帝渡”呢！继而一想，二两五就二两五，先过渡再说吧。

唐朝彝过了渡，进入县城，找到老邻居豆腐阿三。豆腐阿三已四十多岁，穷得连老婆也娶不起，还是孤零

零的一个人，每天忙着磨豆腐、卖豆腐。

二十多年不见，他乡相逢倍感亲切。谈着谈着，话题自然转到这金门“皇帝渡”的事来。唐朝彝仔细打听，这才知道：原来这“皇帝渡”是金门县令陈龙所设。陈龙是郑国姓的部将，投降清朝后，被派为金门总兵。他原是泼皮无赖出身，贪得无厌，当上总兵后，地皮刮了三寸，捐税加了三成，而且私设“皇帝渡”“皇帝戏”，专门敲诈百姓钱财。就连阿三这样的穷小贩，县衙内每天要吃好几板豆腐，也从来不给钱。金门百姓怨声载道、咬牙切齿，痛骂他是吃人肉、喝人血的虎豹豺狼。

听了阿三的话，唐朝彝怒不可遏，要是往昔，他非扔下火签，立即把贪官抓来法办不可，但如今手里无权，该如何惩处这个贪官呢？他想了想，想出一个既能警告贪官又能帮助阿三的妙计来。

他拿出十两纹银交给阿三，说：“今日老朋友相聚，何不办一桌酒席、请一台戏热闹热闹？”

阿三双手乱摇，忙说：“办酒席可以，戏班可请不得!”

唐朝彝问：“戏班为何请不得？”

阿三说：“这金门皇帝戏一台收银六两四，只能任由戏班高兴演啥你就看啥，不准点戏文，一点就不演。这如何请得，谁请谁呕气！”

唐朝彝说：“这有何难，咱不点他的戏文不就得了!”

阿三怕碍着唐朝彝的兴致，只好硬着头皮办了席、请了戏。

戏班一向倚仗总兵当后台，靠山硬，磨磨蹭蹭，直到掌灯时分才开台，正要唱戏，唐朝彝故意在台前吆喝道："戏班主，怎么不送戏目来点戏？"

戏班主一听，十分恼怒道："你这瞎了狗眼的老头子，想点戏？也不打听打听我这金门皇帝戏是你点得的么？"

唐朝彝也不相让，冷冷地说："是我出钱雇你唱戏作乐的，我不点戏谁点？"

就这样，触犯了戏班主，戏班主怒气冲冲地吩咐手下"收锣"，"打点回家。"

唐朝彝也不讲什么，只有豆腐阿三跳脚顿蹄说："我早就提醒您，这戏点不得，你偏不听。如今闹得个鸡飞蛋打，花了六两四银子，看不成戏还受气！"

唐朝彝说："让他们回去吧！过几天他们不但要加倍赔钱，还得白唱几天戏！"

这一晚，唐朝彝和豆腐阿三抵足而眠，老朋友谈了半宿话，越谈越热乎。

第二天临别，唐朝彝留下一把纸折扇，交代阿三顶着这把扇去见陈总兵，如此如此，可惩治一下这些贪官污吏。

豆腐阿三果然来到总兵府衙前，顶着折扇指名要见陈龙。陈龙让衙役唤他进去，豆腐阿三却坚持着不开中

门迎接不进去。

陈龙觉得蹊跷，小小卖豆腐的有这么大的口气，莫非有什么奥秘不成？好吧！开中门就开中门，你豆腐阿三如果没有什么法术，呆会儿我就让你吃苦头。于是，他就下令开中门。只见豆腐阿三头上顶着一支白折扇，扇上有京兆尹唐朝彝的朱印。陈龙一见忙下堂相接，把豆腐阿三请入后堂细叙。

陈龙问豆腐阿三："这唐大人的折扇如何会在你的手里？"

豆腐阿三洋洋得意地说："唐大人与我乃患难至交的老兄弟，他的纸扇怎么不可落在我手里？"

"唐朝彝老大人啥时来过金门？"

"昨天来探望我这老兄弟，今早才返漳州去。"

"唐大人临行前可有留下什么言语？"

"唐老兄十分高兴，他说他这次来金门才知道这里既有'皇帝渡'，也有'皇帝戏'。当然就有皇帝啦！他老兄说要上表启奏圣上，今后逢年过节可就近来金门朝圣，省得长途跋涉。"

陈龙一听，脸色吓得煞白。他想：唐朝彝这老头子可是惹不得呀！他说到做到，连贝勒都敢杀，我这小小的总兵算什么？更何况我是从郑成功手下叛降而来，皇帝对我尚存疑虑戒心，如果唐老头的奏章呈上京城，我岂不被判个谋反大逆而九族全诛么？陈龙越想越害怕，

只好堆下笑脸，低声下气，求豆腐阿三去漳州求唐朝彝别把金门的“皇帝渡”“皇帝戏”的事启奏圣上，他愿意从今以后，撤消“皇帝渡”和“皇帝戏”，并在豆腐阿三门前唱三天三暝（夜）大戏赔个大礼。

阿三笑笑说：“我豆腐阿三倒也很想去漳州见见我的老大哥，可我这卖豆腐的一天不叫卖就得饿肚皮，怎么去？”

陈龙一听，心想：我陈龙大半辈子敲人家的竹杠，没想到今天反让一个卖豆腐的给敲了竹杠！事到如今，花钱买命要紧，也就顾不得很多了，他忙问豆腐阿三：“到漳州找唐大人需带多少银两？”

阿三想了想，伸出一根指头说：“起码得有这个数。”

陈龙一见，忙问：“一百两？”豆腐阿三摇摇手，心想：哪要这么多？只要有十两银子就够去一趟漳州呀。陈龙见阿三摇手，心想：是啊，这图谋不轨的罪名，岂可只用一百两银子就想了事？忙又问：“一千？”豆腐阿三一听，差得更远了，把头摇得像拨浪鼓似的。这陈龙一见，吓坏了，一千还不肯，赶忙跪在地上叩着头说：“阿三兄弟，可怜可怜我一家大小几条生命吧，我愿意出一万两的路费，请……请你……求求唐大人饶了我这一回……”

这阿三一听，也吓了一跳，心想：乖乖，我如再不答应，他说不定还会趴在地上叫我亲爹、加码到十万

呢？好了，得饶人处且饶人，这一万两银子反正也是他的不义之财，我就大大方方地收下啦！

陈龙见豆腐阿三收了银票，就问阿三啥时动身去漳州。陈三搔搔头，故作为难地说：“还是去不得呀！”

“为啥去不得？”陈龙有点焦急了。

“我去求唐大哥是可以，”豆腐阿三故意卖关子，说：“我与你非亲非故，总不能说是得了你一万两银子才替你求情呀！”

“啊！……”

“唐大哥的倔脾气你是知道的，弄不好连我都得陪你到监狱去活受罪！”

“那……那……你就说我们是拜把兄弟吧！”陈龙也想不出什么好点子，只好说这个。

“不行，不行，我称唐大哥是大哥，总不能称你是二哥，这样唐大哥会生气的。”

“这……这……”陈龙实在说不出什么好点子来了。正当他急得像热锅上蚂蚁时，屏风后跑出了陈夫人，在陈龙耳边嘟嘟囔囔地说了几句，陈龙一听高兴地手舞足蹈起来：“好办法，好办法！”拉着豆腐阿三的手说：“老弟，这下我可要高攀您了。”

豆腐阿三反倒被弄得丈二和尚摸不着头脑。陈龙这才说：“我有个胞妹，叫陈霞，尚未许人，如不嫌弃，就让我做主许配给你，咱们就是郎舅关系，唐大人该不

会不给你这个面子了吧？”

“不，不，不，这我豆腐阿三可高攀不起。”豆腐阿三还要推辞，陈龙早已吩咐衙役张灯结彩，当天就为姑爷完婚！

原来陈龙胞妹叫陈霞。早年，在陈龙未得志时，也是个村姑，勤于桑麻、纺织。自被接到金门总兵府衙后，仍不改素志，且经常劝阻哥哥别忘过去苦日子、鱼肉百姓。陈龙几次想把她许配给手下的官吏，谁知陈霞一个也不中意，甚至发誓死也不嫁给那些贪官污吏。因此耽搁到三十多岁还未许人。陈霞见豆腐阿三天天送豆腐入府衙，经常受欺侮，倒也十分同情；又见阿三勤劳忠厚，经常悄悄周济一二。这事陈龙当然不知道，可怎能瞒得过陈夫人？如今事急了，倒是陈夫人帮了丈夫出了个好主意。

其实这一切都在唐朝彝的预料之中。那夜促膝畅谈，抵足而眠，阿三早已把一切情况告诉了唐朝彝。唐朝彝也就设下了这个机关，导演了这出好戏。

第二天，豆腐阿三告别了妻子陈霞，果然搭船到漳州拜见了唐朝彝。当然上本之说只是威胁陈龙而已，并非当真。如今豆腐阿三得到资助，成了家，而陈龙受到了警戒，也稍稍收敛了贪赃劣行，唐朝彝也就不再计较了。他吩咐豆腐阿三继续做点生意、多行善事，切勿和陈龙过分来往，以免往后受累。

据说阿三后来成了个商行老板，时常赈贫修路，为乡亲们做了不少好事。

（龙文区黄步文讲述，金宗整理）

7. 与黄梧比大

唐朝彝这个“天官”要告老返乡，漳州府、龙溪县两衙大大小小官员都派专人在东门外打探，准备唐老头轿一到，就请到接官亭驿站接风洗尘。

谁知唐朝彝这老头的脾气与人不同，他不喜欢人家逢迎巴结。因此不走陆路，走水道。船头不排仪仗，不撑黄盖伞，自己也不穿官服，悄悄把船靠到新桥头春轮埕的江岸下，悄悄地回到老家——破大厝住下了，这才让老管家唐兴通知府、县官员一律免参。

府、县官员一听，大家乐得顺水推舟，省得拜见麻烦。独有一个黄公爷心里不服。他心里嘀咕着：哼，这倔老头只是小小的京兆尹，摆什么臭架子，见我黄公爷，说不定还得趴在地上叩几个响头呢！——想着想着，他争强好胜的兴头又冒了出来：对，你想避，我偏找上门，看你再往哪儿避？

这黄公爷越想越美，于是就下了一道命令：全副执事，出西门外到新桥头唐村去拜访唐老头，比比谁的官大？

这黄公爷又是什么角色？为什么有这般豪兴？

原来，这黄公爷姓黄单名一个梧字，当年还是国姓爷标下的一名将官。顺治十六年（1659 年），国姓爷率部北征，留他和几员将领守护闽南，谁知在清兵抵达侧霞岭时，竟卖主求荣、献了福建地图，引清兵入闽，使清兵顺利偷袭了国姓爷的根基，切断了国姓爷的退路。

清朝顺治皇帝一高兴，赏给黄梧十三支王令，管辖泉州各路兵马，官封“一等海澄公”。黄梧这小人，一旦当了大官，狂妄自大，不可一世。他强行霸占探花街，改称为公爷街，又顺势强占了谢探花的府第，处处炫耀他的官阶，在漳州称王称霸。

这次唐朝彝回漳州来，他怎么按捺得住？总觉得应该在唐老头面前炫耀一番，叫他今后不敢小看他黄公爷。

唐朝彝虽然在京当官多年，但对黄梧这种鼠辈小人一向嗤之以鼻。听说黄梧摆着全付执事，乘着八抬大轿来了。他觉得与这种朝秦暮楚的小人来往有失斯文，就让唐兴在大门外挡驾。

黄梧前呼后拥、气势汹汹地来到春轮埕，唐兴就挡驾说：“禀公台大老爷，敝主人外出未回，多有怠慢，改日造府回拜。”

“不在家？好，老子改日再来。”黄梧觉得十分扫兴，悻悻而回。

过了三四日，黄梧又想起了这件事，又摆起全副执事，抬着十三把王令，又威风凛凛找上门来，到唐家门

外才发现唐府铁将军把门，全家外出了。

两次扑空，黄梧以为唐老头自知官卑职微，不敢相见，更加得意忘形，更想要让唐老头当众出丑，显示显示自己的威风。

回府后，他派了一个当差的，送一张名片，邀请唐老头端午节在九江上观赏龙舟竞渡。

到了端午节这天，黄梧密令满城文武官员朝服齐整汇集九龙江边，与民同乐，共赏龙舟竞渡的壮观场面。官员们纷纷到江边雇上彩船，装点得花花绿绿，还定下酒席，准备携妻带眷在游船上玩个痛快。黄公爷的彩船更是富丽堂皇，船头上摆着仪仗队，船舱中供着十三把王令，准备待唐老头来到时，让他见识见识这黄公爷的威风。

哪知道黄梧从早晨辰时下船，直等到将近午刻，还见不到唐老头到江边来。

唐朝彝溜了吗？没溜。那天接到黄梧的请帖，他心中暗暗地感到可笑：黄梧这小子太不自量力，我为了顾全你的面子，一再回避忍让，你竟得寸进尺，以为我好欺侮？真是小人得志，忘乎所以……

唐老太太见黄梧如此步步进逼，也十分不平，但还是劝老头子说："君子不与小人计较，你还是再回避回避吧！"唐老头捋着长须微笑说："到时我自有主张！"

他事先交代唐兴预备了两只大木桶，装上污泥秽

水，又雇人拾些破砖乱瓦胡乱地摆在门口。到端午节这一天午初时刻，唐老头命唐兴把御赐黄盖伞撑起，在府门口晒晒太阳，又附着唐兴耳朵如此这般地交代一番。

这唐府的破大厝是在江边，站在江上船中，远远就可见到。文武官员一见唐府撑起皇家的黄盖伞，急急忙忙地舍船登岸，趋往朝见，只见唐老头穿着一件打了补丁的破长衫，胸前佩着御赐的“天官锁”，坐在一只破交椅上看书。大家一想不妙，他不穿官服马褂，众官却官服马褂朝拜，于礼不合。于是，忙退向江边，向看赛龙舟的闲人借破长衫穿。

这黄梧在大彩船里等得心焦，急令当差前往打探。当差回禀：唐府门口竖着皇家黄盖伞，众官都纷纷前往朝拜了。

黄梧一听，大吃一惊。自己原想用十三支王令压倒唐老头，谁知他手里竟然还有这一法宝？只好喝令众人相随上岸参拜。

这黄梧原是武士出身，十分鲁莽。来到唐府门外，推金倒玉跪下便拜。哪知一跪下去，“哎哟”一声，差点连眼泪都滴下来。低头一看，原来是跪在乱砖碎瓦上，膝盖头跪破了，血水都渗出来。刚爬起来，又觉得衣衫沉甸甸的，裤管湿漉漉的，再低头细看，满地都是污泥秽水，无奈何，只得又跪了下去，呈上手本。

原来，唐老头让唐兴伺候着，当黄梧一上岸，就把

两只大桶里的污泥秽水倒到乱砖碎瓦中。唐朝彝见黄梧跪在地上，他才挥挥手说："免参！"掉头转入府里去了。

黄公爷原想跟唐老头比一比谁的官儿大，当场奚落羞辱他一番，没料到反受奚落，羞得满脸通红，无心观赏龙舟竞渡，灰溜溜地回府去了。

（龙文区黄步文讲述，黄韵昊整理）

8. 黄梧诬告唐朝彝

黄梧原来要对唐朝彝耍威风，哪知反而沾了一身污秽水，丢尽脸面，回来时顿生恶念，要置唐朝彝于死地，睡觉时也想着如何搞阴谋。

唐朝彝为官清正廉洁，与人相处和睦，一时没有把柄可抓。黄梧只好忍着一口气，频繁地登门拜访，欢头喜脸，送钱送物，播撒烟雾。唐朝彝知道这是"黄鼠狼给鸡拜年"，心里暗暗发笑。但是，也不得不小心应付，送来的钱物，都婉言谢绝。

苍蝇总是见缝下蛆。黄梧趁唐夫人做生日之机，送上两盆埋藏着金子的花卉，说是增添好日子的气氛。唐朝彝不知是计，就点头留下了。

黄梧眼看唐朝彝中计，心里很高兴，派人带着诬告信赶往京城，送到当年被唐朝彝处死的坏贝勒的父母家里，鼓动他们为儿子报仇，趁机陷害唐朝彝。

皇帝接过亲王转交的黄梧的信，看完半信半疑，派了得力的官员到漳州密查。

钦差大人在漳州忙了十几天，回京向皇帝据实奏明，唐朝彝生活清贫，唐母和唐夫人在家织布。由于生活一时碰到意外，把唐夫人的衣裙拿去典当，有店铺的当票为证。他把当票呈上，接着说，唐大人没有利用皇上对他的恩宠胡作非为，更没有受贿赂巨款。至于十二盆花卉，是黄梧送的，唐大人不知道埋藏金子，早已转送给邻居。他还奏明黄梧在漳州滥用十三道金牌，作威作福，欺压百姓。

皇帝听了，感到唐朝彝穷而有志，说："唐卿清廉得像佛。"据说，唐朝彝没有后代由此而来。黄梧犯诬告罪本该处死，但皇帝为了安定明朝的降官降将的心，只对他降级使用，收回十二面金牌。

（芗城区李启其讲述，李宝山整理）

9. 义契番薯女

那是唐朝彝告老回龙溪后的一天中午。从南靖邦溪到漳州新桥头的帆船靠岸了，乘客纷纷上岸，奔向四方。一个年轻的少妇却仍呆坐在船舱里。老艄公觉得奇怪，上前询问。谁知不问还好，艄公一问，这少妇眼泪"啪嗒啪嗒"地掉了下来。

艄公好不容易才问清楚，这少妇是来漳州找唐朝彝唐大人的，第一次入城，不知该往哪儿走。

老艄公说："别的人我不一定知道，这唐大人的家我是知道的。"于是，艄公主动把这少妇带上岸，转到春轮埕，指着新社仔村口的一座破旧大屋，他说道："那就是唐大人家。"

少妇按老艄公指点，来到唐府大门口，正巧，唐府老仆唐兴正在大门外闲坐。他睁着老花眼认了半天，觉得有点脸熟，但又记不清在哪儿见过。等那少妇递上一只银戒指后，唐兴才恍然大悟，高兴地说："你是番薯女？请！请到屋里坐吧！"

原来，三年前，也是这样阳春三月的一天上午，唐朝彝带着唐兴沿着山路游览，走着走着，不觉来到圆山的半山坡，两个老头子早已累得舌干喉渴，气喘吁吁了。两人一摸口袋，这才发现没带半文钱，到哪儿去喝茶、吃点心呢？就在这时候，山下来了一个十五六岁的小姑娘，手提竹篮向山上走来。唐兴忙上前招呼："借问这位小姑娘，我们主仆两人，走得口渴喉咙干，哪里能讨点茶水润润喉？"

那小姑娘上下打量了一下这两位老人，笑眯眯地放下竹篮说："老伯伯如不嫌弃，这里有一钵番薯汤也可止止渴！"唐兴一听十分高兴，正要把竹篮接过来。

"慢！"唐朝彝拦住说："小姑娘，我们把番薯汤喝

了，你岂不会被父母打骂？”小姑娘摇摇头：“番薯汤是我们农家的粗俗食物，两位阿伯只管喝，等会儿我再走一趟，下山回去再拿就可以了。”

唐朝彝和唐兴喝着番薯汤觉得特别清甜可口，就一边吃一边和小姑娘拉开了家常。这才知道她是这山下邦溪村人家的童养媳，养父养母都已过世，只剩下未成亲的丈夫沈长根和她两人。如今，她就是上山给丈夫送点心的。唐朝彝又问起她家的地、她家的生活。

小姑娘指指山上一小块、一小块的旱地说：“穷人家，只有几块旱地种番薯，说有三升种地，其实地里还有九颗大石头。”“这够你们小两口吃么？”唐兴问。小姑娘还是摇摇头说：“那点番薯够不了三个月吃粮，还有九个月得靠上山砍柴换糠菜渡日子。”

唐朝彝听后觉得过意不去，对小姑娘说：“我们两个老头也没有什么东西好赠送。”说完，退下一只银戒指说：“只有这戒指给你留个纪念。”这小姑娘当然再三推辞。

唐兴告诉小姑娘：“这戒指值不了多少钱，只是上边镌刻我家大人的名字，往后如果有机会到漳州城，可凭这到我家大人府上歇歇脚。”小姑娘见他们那样诚意，只好将戒指收下了，挂在手指上。

如今事隔三年，小姑娘已变成小农妇了，难怪唐兴差点没认出来。唐兴把她带入府里拜见了唐朝彝。唐朝

彝一见："这不是当年的番薯女？"那番薯女早已按捺不住心里悲戚，抽抽搭搭地说："老阿伯，救救我家沈长根一命吧！"

唐朝彝让她坐下，叫她慢慢地说清有什么为难的事。番薯女这才揩干眼泪，把详细情况告诉唐朝彝大人。原来，她们邦溪的家长沈大有去年庆六十大寿，要每家每户都得出钱送寿礼。番薯女两口子连吃饭都有困难，哪来的钱送寿礼呢？又加上平时从来没有孝敬这个地头蛇，被沈家长捏了个罪名，说沈长根是个抗粮无赖，家有九石三升种，三代不纳粮。

南靖县老爷吴图图早就受了沈家长的孝敬礼，也不管青红皂白，出了签，派了差，到邦溪抓了沈长根，并把他投进了监牢待审。番薯女哭了几天，有冤无处诉，有苦没人知，想了几天，举目无亲，这才想起三年前曾赠给她一只银戒指的漳州老阿伯，于是就打点行李搭船来到漳州。

唐朝彝对番薯女的遭遇十分同情，可俗话说："无权难谋事。"唐大人尽管是告老的京官，但手中无权，空壳子京官有什么用呢？老管家见主人愁眉不展，早已猜出他的意思。他想了想，就附在老爷的耳边如此这般地讲了一番，唐朝彝大喜，连称好办法。回头吩咐唐兴，带番薯女到后堂拜见夫人。

唐兴带番薯女到后堂，向唐夫人说了自己的想法。

唐夫人见了番薯女朴实、憨厚，早有了几分疼爱，开口就问："孩子，如不嫌弃我们夫妻是穷空壳官，就认我当娘如何？"番薯女一听连忙跪下，口称："女儿拜见母亲大人！"唐兴高兴地拍手说："好了，好了，这下子姑爷沈长根有救了。"

第二天，唐夫人留住干女儿番薯女。唐兴跨着马，拿着食盒，向南靖县城赶去。路上熟人打招呼，唐兴故意大声说："奉唐老夫人差遣到南靖县监牢去探望姑爷。"这一招呼，一传十，十传百，说南靖县老爷吃了豹子胆，把唐朝彝的娇婿关在监牢里。

消息传入了县衙里。南靖县官吴图图一听，吓了一跳，这唐朝彝好惹的么？康熙皇上的皇亲都敢斩，我这小小的七品官不怕把前程丢了？吴县官连忙派人到监狱去向看守探听，唐老夫人的娇婿是哪一位？看守回报，唐兴大爷来监牢探望的姑爷就是邦溪那穷鬼沈长根。

县老爷吓出一身冷汗，他怎不知沈长根受冤负屈？但自己收了沈家长的礼，俗语说"吃人家的酒礼，为人家解洗。"不想这一回竟捅了马蜂窝了！他连忙请了王师爷商量对策。王师爷是个老讼棍，捋着老鼠须，两只咸蛔仔（盐浸海瓜子的俗称）眼珠转了转，想出个好办法。他说："老爷之所以捅了马蜂窝还不是为了'理'（谐音'礼）吗？如今我们认错赔个礼不就完了？"

县老爷摇摇头说："别的官老儿好说，这唐朝彝可

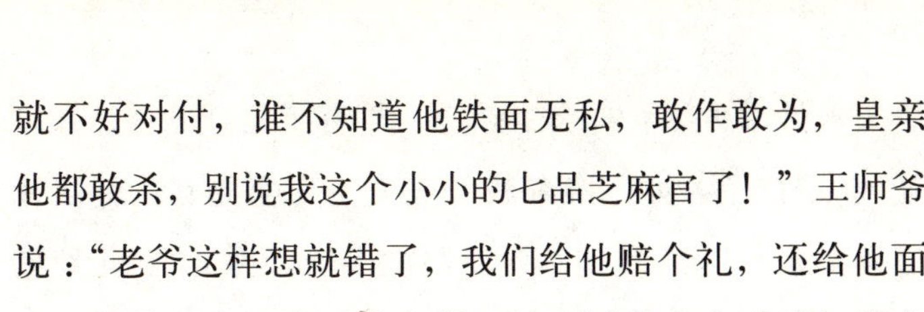

就不好对付，谁不知道他铁面无私，敢作敢为，皇亲他都敢杀，别说我这个小小的七品芝麻官了！”王师爷说：“老爷这样想就错了，我们给他赔个礼，还给他面子，如果不肯，他又能怎样？他不过是个有威无权的空壳子京官！”

“那么这个礼怎样赔法？”

“这还不好办，就用老爷的大轿到漳州把小姐接来县衙，放出沈长根，老爷摆桌酒席，亲自在席上向他们赔个礼，谅他沈长根夫妻不至于不给面子。”

“你估计有把握？”

“当然是十拿九稳。”

“为什么？”

“老爷你还不清楚吗？唐朝彝根本没有女儿，今天突然冒出了女儿、女婿，肯定是为替沈长根伸雪又不好当面干预，故而设下这‘唐兴探监认姑爷’，让老爷斟酌量处罢了。”

南靖县老爷吴图图果然用官轿请来了番薯女——如今番薯女已是唐家小姐，唐夫人又特意给她打扮了一下，并教她如何应酬，特别再三叮嘱说：“宰相家人七品官，你如今是唐府小姐，见了县官可不必下跪，走路眼睛向前，酒能喝几杯就算几杯……”

县老爷在后衙摆了家宴，让夫人也出来作陪。席上县老爷向沈长根和番薯女道了歉，讲了许多好话，并送

了一点礼，请番薯女喝了三杯酒，赠送白银三百两，请沈长根夫妻别责怪，并向唐大人美言一二。

这场喜剧性的赔礼，本可告一段落，谁知番薯女却问县老爷说："我家九石三升种田地不知作何处置？"这一问，县老爷却愣住了，他也明知沈家无什么"九石三升种"田地，如今回答什么好呢？说没有，既知没此田如何抓人？说有吗，可田地在哪里？还是王师爷机灵，他忙插嘴圆场说："唐小姐放心，此事三日后县老爷当亲自到邦溪村，责令沈家长归还就是。"

三日后，县官果然带领全班执事，鸣锣开道来到邦溪村，责令沈家长花红礼炮亲自到沈长根家道歉，并当面"归还"九石三升种田。这样，唐朝彝义契番薯女，沈家长害人反害己，赔了九石三升种好水田，南靖县老爷糊涂抓人糊涂放，成了漳州、南靖一带的笑谈，一直流传至今天。

（芗城区杨来水、南靖县简朝商讲述，青新、丹桔整理）

八、蔡新的传说

蔡新（1707—1800年），字次明，号葛山，漳浦县下布村人。三岁丧父，家境穷困，刻苦攻读，清雍正十年（1732年）考中举人，乾隆元年（1736年）考中进士，选为庶吉士，隔年授翰林院编修，自愿留在上书房辅导诸皇子读书，授为侍讲。乾隆十八年（1753年），归省探母侍奉十年，母逝返京，授刑部右侍郎，后兼兵部尚书、国子监事务。乾隆三十八年（1773年）改授礼部尚书兼四库全

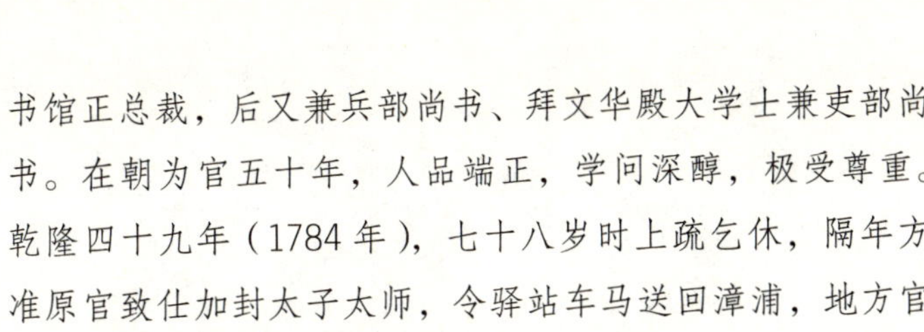

书馆正总裁，后又兼兵部尚书、拜文华殿大学士兼吏部尚书。在朝为官五十年，人品端正，学问深醇，极受尊重。乾隆四十九年（1784年），七十八岁时上疏乞休，隔年方准原官致仕加封太子太师，令驿站车马送回漳浦，地方官二十里以内照料护行。嘉庆四年（1800年）十二月在家病逝，享年九十三岁。著作有《辑斋诗文集》，精于书法。

1. 穷酸憨瓒时来运转

清朝雍正年间，漳浦的南门外下布村，有一个书生，姓蔡名新，小名叫瓒仔。他从小失去父亲，由寡母抚养成人，培养他读书，让他进了秀才。他虽然读了不少的书，但死记硬背，似通非通。所以，人们都叫他"憨瓒"。这个"憨瓒"，每个月都要到漳州大庙口来参加诗钟会，每次都是输给别人，但他却从来没有气馁，坚持每会必到。

有一天，蔡新背了大笠，穿上草鞋，要到漳州参加诗钟会，路过九龙岭下，走近卖汤圆的担边，想吃一碗汤圆再赶路。卖汤圆的老汉对他说："秀才！秀才！我有一个对子请你对。要是对得好，我请你吃汤圆不要钱。"蔡新听了满不在乎地说："什么对子？说说看吧！"因为漳州一带冬至那天，家家户户都有吃汤圆的

风俗，九龙岭下天天有汤圆卖，所以老汉说："九龙岭下日日冬至。"

蔡新刚听，以为无啥困难，仔细一想，可不简单啊！这里头既有节令又有地名，到哪里去找这样的句子来对呢？想了好久，想不出来，只好放下碗筷，付了钱，红着脸赶快离开了！从此以后，他每次到漳州，就带个饭团在路上当点心，再也不敢去吃汤圆了。

有一次，大家都在准备过年，蔡新坐在窗前读书。看到老婆买回来一只灯猴和一个鸡笼。他感到很新奇地问道："人家真巧啊！用竹子能编成这个样子，一个可放灯火碗（盛灯油的盘子），一个可以做鸡笼！"他老婆又好气又好笑地骂了一声："书呆子！人家把竹子砍劈成篾子，有用的拣起来，凑一凑，不就编成了么？你连这也不懂！"蔡新一听，深有体会地说："对呀！既然竹子可以编这么多东西，我以后做文章，不是也可以这样编凑么？好了，今后我有办法，不会再输了！"老婆这一骂，让蔡新开窍了。他赶快上前施了一个大礼说："多谢娘子指点！"

过了新年，又到了诗钟会的时间了，蔡新照旧背上大笠，穿上草鞋，来到漳州新桥大庙口。这时，大庙里已经来了许多人，大家开玩笑地对蔡新说："漳浦憨瓒，你又来了？"蔡新也笑着说："哼哼！此'层'不比那'层'（闽南话"层"与"瓒"同音）了！"真的，这次

赛诗钟他终于赢了，从此以后，再也没有人能赢过他。

大比科期快到了，蔡新整理应用的物品，到省城去参加举人的考试。从漳浦到福州，有几百里的路途，需要带一些路费。可是他的家境不好，哪来那么多的钱呢？他硬着头皮，去向舅舅求借。一路走来，快到舅舅的家，远远望去，他看到舅舅在门前散步。他想道：舅舅知道我要上省城去考试，总不会让我空手而归吧？

他加快脚步。可是，到了舅舅家，出来接待的却是舅母。蔡新刚说明来意，舅母就赶快说："你舅舅出门去做生意去了，家里的钱都是他掌管的，我手头没钱啊！"蔡新一听，马上意识到：舅舅躲起来不相见，一定是看不起我，一来认为我不长进，没出息；二来以为我借钱无办法还他，所以才不见我！他只好垂头丧气地辞别舅母回到家中，坐在窗前唉声叹气！他母亲刚好路过窗前，听见了他的声音，就问他："瓒仔，你怎么啦？"蔡新将舅舅不肯借钱的事讲了一遍，然后说："贫似虎，六亲畏惧啦！"他想再对个下联，但一时又对不出来。

他母亲安慰他说："不要紧，人家不借，我们就自己想办法吧！"她把自己积蓄下来的一些钱和首饰都拿出来，又捉来了一只饲养了多年的大阉鸡，对蔡新说："瓒仔，你把这些钱拿去当路费，节省一点用吧！"蔡新背起行李，挟了公鸡，马上登程上路，到福州去了。

到了福州，经过三场考试，蔡新中了举人。后来，又到京城去赴考，中了进士，在朝做官，当了宰相，皇上令他到广东去出巡。他顺路回家省亲，路过六鳌，看见六鳌海上，晚上渔船里的渔火点点，真是热闹，便触景生情，吟出了“六鳌海上夜夜元宵”的句子，刚好对上了当年“九龙岭下日日冬至”的对子。

再说漳浦的乡亲们听到蔡新要回乡省亲，都到十里外的地方去迎接他。蔡新坐在八抬大轿里，看到了今天衣锦还乡这么热闹的场面，想起从前上福州去考试时，孤独一人，冷冷清清，没有一个人来相送的情景，无限感慨，就吟出了“贵如龙，五族逢迎”句子，刚好对上了以前对不上的“贫似虎，六亲畏惧”的对子。

蔡新办完了公事，又探完了亲人，就辞别了舅舅，带着母亲和妻子回北京缴旨去了！

（龙海市郑调麟搜集整理）

2. 姐妹易嫁

蔡新与何小姐订婚后，有一次到官浔拜见丈人，何员外免不了以礼相待，请茶配麦芽膏（一种用糯米煮成的饴糖，是漳浦一带招待客人的常品）。何员外的大小姐拉着妹妹做伴，到大厅屏风后偷相未婚夫的容貌。只见他粗布长衫，貌不惊人，吃了麦芽膏，还用舌头舐着

"膏匙"，好像从未尝过这种滋味，显露一副贪馋相。大小姐原以为他是一个有名的才子，必然是颜如珠玉，衣冠楚楚，风度翩翩；现在看到的，却是穷酸十足，大失所望，于是便有悔婚之意。

从此以后，大小姐不断吵闹着要父亲解除婚约。何员外苦苦劝慰，说："读书人既不像武士魁梧威武，也没有优伶的貌似潘安，容貌平平有何奇怪呢？"妹妹也百般劝解，说："姐夫虽然貌不惊人，却是斯文端庄，才虽不外露却也对答如流；穿着不华丽却是整齐朴素；吮舔膏匙，那是不暴殄天物的节俭美德，至于科第前程若何，更不可貌相。"

大小姐悔婚之意已定，坚决不肯践约。何员外斥为忤逆，搬出"三从四德"妇道要她遵守。大小姐见父亲如此固执，索性大吵大闹，哭哭啼啼，弄得慈娘忧伤，肝肠寸断。小妹一再苦劝，惹得大小姐恼怒，竟骂她："你中意，你就嫁给他吧！"妹妹被这话气急了，脱口答道："父亲若要我嫁给他，我就嫁给他，有什么不好？"这话凑巧给何员外听见了。他是顾面子的人，认为悔婚有失声誉，听到此言，心中一动："姐妹易嫁，两厢情愿，外人不知底细，只知何府嫁女，决不会说三道四。"因此，就鼓励三小姐成就这个姻缘。三小姐体谅父母苦衷，对那个穷书生也不嫌弃，就应允了。

蔡新婚后夫妻恩爱，同甘共苦。经过刻苦攻读，蔡

新也终于考中进士出身，夫妻白头偕老，生活幸福美满。何大小姐眼见此情此景，懊悔不及。

（漳浦县郭嵩讲述，郭祖荣整理）

3. 蔡新拜寿

蔡新登科前曾在官浔村明山堂当塾师。他为人忠厚笃实，学识渊博，甚得学生家长的赞扬。后来，何员外托人为媒，把三女儿许配他。次年春，蔡新辞馆回家攻读，立冬后，择日到官浔迎亲、回下布拜堂成亲。

婚后翌年仲春某日，正是何员外花甲寿诞，夫妻徒步八十多里，赶赴官浔拜寿。将近官浔，蔡新心里踌躇了，他低声对妻子道："娘子，咱家道贫寒，没带半件体面寿礼为岳父大人贺寿，如何是好？"何氏娘子说："官人闭门谢客，日夜苦读，现在能够亲往祝寿，已是情深意重。我父通情达理，我娘爱屋及乌，决无责怪之意。"

夫妻谈论之间不觉来到横口桥。蔡新到桥下洗脚手，忽见溪底田螺遍布，一时喜从心来，说："娘子，你在桥边稍待一刻，我去拾些田螺当贺礼。"他脱下鞋袜和长衫，卷起长辫与长裤，涉足下水，抬头向妻子笑着说："田螺虽粗俗，但取意多子福禄，好彩头嘛。"不久，他拾了一大衣包田螺，兴冲冲地上岸偕妻子赶往官浔。

未入何府大门，远远就听见鼓乐、爆竹之声，夫妻

虽然风尘仆仆，总算不误良辰及时赶到。正欲入内，忽听两位同门（连襟）在厅内高声谈笑："三妹与三妹夫为何至今未到？""可能押送十分珍贵的寿礼，才姗姗来迟。"蔡新夫妻听到这些议论，互相对视，难以举足进府。

蔡新岳母乃贤淑妇人，看天已过午，大女婿、二女婿都已经吃完午饭，而三女儿夫妻却至今未到，不时派女婢到府门外探望。这时女婢入内禀报说："姑爷与三小姐不知为何在府外大榕树下闷坐。"何夫人一想，马上猜透三女婿心思，即刻亲自出门，亲切地一手拉着女婿，一手拉着女儿，从边门进入后堂，并嘱咐厨师备食给其充饥。

何姓一些亲堂帮工，看到蔡新这身衣着，认为不是远门亲戚就是挑担粗工，就叫他到磨坊土砻间，端来菜肴卤面，放在簸箕上叫他用膳。闽南风俗，富豪官宦之家办世事，凡是粗工轿夫之流，都是安排在簸箕上吃喝。三小姐看见丈夫受人如此藐视，十分愤慨，进入磨房拉着丈夫，埋怨说："官人，你怎么这样不争气，受人藐视竟无动于衷!"蔡新笑道："慈亲深情厚爱胜过鹿鸣锦座、琼林雅席，下人势利，世俗偏见，何用计较?"

此时，寿堂鼓乐喧天，鞭炮连响，拜寿仪式已在进行。大女婿、二女婿拜毕，各献珍贵寿礼。礼宾连续宣呼："三姑爷上堂拜寿。"家人在堂上看不到三姑爷，急

奔入内厢催促，只见他正忙着把写着“福”和“寿”的大红纸贴在两口小竹篓上。蔡新提着盛田螺的小篓上堂拜寿。满堂宾客不禁发出讥嘲笑声。

何氏族长冷笑道：“寿堂贺寿献田螺，世上蔡新你头一个！”何员外却毫无鄙视之意，微笑说：“三女婿专心攻读求上进，好不容易拨出宝贵时光前来贺寿，足见一片孝诚之心。至于礼物嘛，古人说得好：‘千里送鹅毛，物轻情义重。’”众宾客听后都赞扬寿翁为人豁达大度，但何氏一些族老豪亲对蔡新还是冷眼看待。

寿礼完毕，喜宴齐开，酒过三巡，何氏一位族老开口道：“听说三位姑爷皆出身书香门第，满腹经纶，何不乘此寿宴雅座，联席吟诗以助酒兴？”何员外一听此倡议，正中心怀，喜气洋洋道：“老夫三个女婿确是孔圣门生，今日能联席吟出佳句，确能为寿宴锦上添花。”他离席请族长起句。

族长摇晃着圆脑袋长辫子，吟道：“嫁女须求紫袍婿。”大女婿接道：“富贵贫穷天安排。”二女婿接下：“姻缘本是前生定。”蔡新接吟：“莫把炎凉作世态。”族长一听微露不悦之色，吟道：“借问谁是采芹人？”大女婿：“将相自古出豪第。”二女婿：“汗牛充栋需天时。”蔡新：“鱼跃龙门看来日。”何氏族长一时呆住，何员外默默地点头，赞扬三女婿胸怀宏广，贫不馁志。

这时，何氏族长又刁难蔡新，说：“三姑爷过去在

明山堂当塾师，堂前楹柱正缺一对联，现在请你写一联以添明山堂光彩，谅三姑爷不会推辞吧？”蔡新满口答应，叫家人端来文房四宝，大笔一挥，“嚓嚓嚓”一口气写下：“贫似虎六亲俱绝。”然后放下笔说：“献丑了，下联就请哪一位博学才子接吧！”

满堂宾客看着这独脚联，不禁停杯放箸，交头接耳，细声议论，有的赞赏这超群的书法，有的赞赏他敢于鞭挞人间的势利。那几位看不起贫士、穷亲的族长、连襟，深感汗颜、无地自容。

（漳浦县何泰盛讲述，许艺整理）

4. 蔡新歇古庙

话说蔡新偕妻子何小姐到官浔为岳父拜寿之后，要回下布村，夫妻双双急急赶路，何小姐乃玉叶千金之体，轻移莲步，走走停停，双腿如灌铅一样沉重，脚底磨起血泡。傍晚，蔡新夫妇方赶到三兜圩（今官浔镇春建村溪南西侧），见有一所庙宇，甚是庄严肃穆，便加快步子，入庙借宿。

三兜庙住持老僧慧诚和尚，这天对小僧说：“贫僧有事外出数日方回，如果有人来庙歇宿，尔等万勿怠慢，好好相待留宿，不得无礼。”小僧心不在焉答道：“遵师父之命。”但当蔡新夫妇上庙借宿时，小僧见他仅

一介寒儒，打扮俗气，无超凡风度，看不起他们，因此，便以粗茶淡菜、稀饭萝卜，让蔡新夫妇果腹。蔡新夫妻倒也感激不尽了。

饭后，小僧打开一房，说：“小庙拥挤，请客官此房就寝。”蔡新夫妇仔细察看房间，只觉阴气逼人，里面停放两具棺材，吓得何小姐丢了三魂七魄，不禁抽噎起来。蔡新说：“小师父，恳求另换房间，容小生夫妇度过五更。”小僧答：“遵师之嘱，别无他房可居。”蔡新夫妇只好自认晦气，无可奈何关门就寝。

何小姐劳累过度，加上精神紧张，无法入眠，三更过后，只听棺材“劈啪”有声，只见一白一黄两位穿长衫者对何小姐说：“在下为蔡大人守护廿年之久，今守期已满，向主人移交。”说完不见。何小姐身抖如筛糠，急忙推醒郎君，陈说其详。蔡新急将红朱笔抛掷棺头，然后壮着胆子打开棺盖，只见二棺装满金、银。两人喜出望外，夫妻相议后，复把棺材上盖，继续入睡。

原来，此房僵尸经常作祟，惊吓住客，因此无人敢在此房歇宿。翌晨，小僧前往探视，毫无动静，只见房内鼾声如牛吼，心中诧异，急忙叫醒：“两位贵人，必有厚福。”蔡新诡言：“此两口棺系我蔡祖公婆外出谋生亡故所留，昨夜亡魂托梦，遣小生运棺回祖籍。小生不日返庙运棺，以尽孝诚之心。”三兜庙小僧说：“本庙有约，无人认棺，不得私弃。既是贵人之祖，小僧禀报师

父发落，专候贵人驾临。”

慧诚和尚回庙后，听得小僧禀报，交代管好二棺，如有怠慢，严责不贷。

蔡新回至下布，告诉族人，蔡祖停棺，托梦小生运回，表示愿负责运棺、埋葬的全部费用。择定吉日，雇请吹鼓仪仗，浩浩荡荡地前往三兜庙。慧诚老僧移交二棺；蔡新迎至下布家中，暗中取出二棺中的银锭、黄金，再在棺中装入石块，祭奠数日后择地安葬。

据说，蔡新自得金银后，生活有了转机，更加发愤攻读了。

（漳浦县何海文讲述，何木整理）

5. 蔡新写门联

蔡新自娶了何员外的三小姐后，就辞去塾馆教职，在家攻读。翌年腊月尾牙（闽南风俗：腊月十六日是一年中最后祭拜客死鬼的日子）后，突然接到岳父的书信，叫他夫妻到官浔一趟，说是岳母很想念他们夫妻。蔡新明白，这是岳父母怕他家境拮据，要送些钱物给他们过年。十二月廿四，夫妻禀过了母亲、兄、嫂，双双赶往官浔。

何员外夫妇盛情款待三女婿，送了三十两银子给他们夫妻，而岳母却一意留女儿、女婿在家过年，并派人

到下布告知亲家母。

除夕前，家家户户都张贴着门联，到处是“爆竹声声除旧岁，桃符片片迎新春”的一派过年景象。何家四邻听说员外三女婿蔡新在何府过年，那些读书识字的人都知道蔡新书法超群，很多人都想求他写一副对联。可何员外老是挡驾，不让乡人向女婿求字。

十二月卅日早晨，何府家人何十二把三姑爷写的门联，端端正正地贴上大门。这时，许多人围在门口观看那龙飞凤舞的书法，发出一片“啧啧”的赞扬声。有个人拉着何十二附耳细说。何十二摆着手说：“这怕不好吧。”那人狡黠笑着：“我当谢谢老弟就是。”说着，三下五除二就把门联拆下取走。何十二入内笑着对蔡新道：“三姑爷，你写的门联刚贴上门就被乡人拆走，请你再写一副吧。”蔡新二话没说，挥笔又写了一副。这次，何十二刚到门口，手上的门联就被人抢走。这样，一次、两次、三次……

何员外来到书房，看到女婿还在写门联，笑道：“贤婿，咱府中内内外外门联不是都贴好了，为何还不休息呢？”何十二插话道：“乡人喜爱三姑爷的字，大门外的门联刚一贴上就被乡人取去，因此，三姑爷只好一再地写。”何员外气恼地说：“岂有此理，老夫出去把他们撵走。”蔡新笑道：“岳父不用生气，小婿写了一联，他们见字自然能自行退去。”

何员外离开书房，蔡新铺纸立即写了一联。何十二取了三姑爷写的怪联到门外，又有人围上来，何十二咧着嘴巴笑道："你们不要再拿了，你们看一看这副对联写什么。"

他把对联贴上，大家念着上联："福无双至"，下联："祸不单行"。大家都愣住了："何府怎么贴这样的门联？蔡姑爷莫非起憨，门对未写完，就叫十二把它拿出来贴？""不错，你看红纸还剩一大截未写哩！"大家议论纷纷，但谁也不要这副对联。

新年正月初一拂晓，村中鞭炮连天响。那些好奇的人，第一件事就是到何府门前看门联，但是门联已不是昨天那个晦气的句子，大家念道："福无双至今朝至；祸不单行昨夜行。"都称赞这门联写得好。

（漳浦县何泰盛口述，许艺整理）

6. 念诗戏三士

蔡新在丈人家过了年，初五早，何员外就叫他去海澄探望亲戚。

蔡新在家清贫惯了，虽是新年时节，衣着还是很朴素。到大埔要过马头圩渡，刚碰上三名穿绸挂缎着皮裘、头戴貂皮帽的书生也要过渡。这三书生看到蔡新穿着粗棉袍、布瓜帽，瘦细身子，像是个站柜台做买卖的

小伙计，蔑视地说：“喂，小伙计，我们三人赶时辰要到漳州考秀才，等我们过后你才过罢。”蔡新说：“这条渡船一次可以渡好几人，为什么要你们三人先过？”其中一个书生笑着说：“你要一起过也可以，先做一首诗给我们看看。”蔡新笑着说：“诗，我是会做，但我不识字，不会写，你们替我写好吗？”“好吧，你念我来写。”另一个说着就取出文房四宝来，说：“你念来。”

蔡新一脚踏在渡船头，笑着念：

“乞叩（音：克叩）木为舟，丬卜（音：乒乓）水中流。

𠁣𠃛（音：伊歪）双掊（划，摇）桨，彳亍（音：悉率）到漳州。”

那个执笔的书生抓耳搔腮写不出一个字来，他问同伴：“克叩、乒乓、伊歪、悉率”这几个字怎么写？另两个书生也不高明，白眼看天，也想不出一个字来。那老船夫在一旁看了，又好气又好笑，便讥笑说：“你们三个都是绣花枕头，看上去倒光彩，肚子里却塞满稻草，连一个字都写不出来，还想去考秀才？哼！我劝你们还是回家再读几年书吧！今天，我只渡这位先生过渡。”

（漳浦县林加宗口述，高聿占整理）

7. 岁暮遇知音

蔡新未第时，家境十分贫困。岁暮年终，家家户户

都买年货、贴春联、忙着祭祖过年。蔡新家里再怎样穷得无粮断炊，揭不开锅，也得写副春联，贴在门口，虚应故事呀。

这天，漳浦知县郑大人因为国泰民安，政务清闲，心境舒畅，趁年下无事，便服出巡，观察民情。一路走来，看见市景繁华，人群熙熙攘攘，争购年货；沿街对联无非是“天增岁月人增寿，春满乾坤福满庭”；“生意如同春意美，财源更比水源长”，诸如此类，虽了无新意，却呈现一派喜气洋洋的景象，心里高兴。

正经过一处陋巷，一副对联却吸引住他。他不免“咦”地一声，停下脚步观看。

只见上联写道：“鼠因粮尽搬家去”；下联是：“犬知主贫放胆眠”。

家境如此穷苦，一手字却写得龙飞凤舞，遒劲有力，他好奇地上前敲门。开门的是一个年轻的寒士，衣裳虽然褴褛，却掩盖不了内里俊秀英气。家徒四壁，破几上却堆放着书籍文稿，以及文房四宝。询问起来才知道他就是颇有名气的蔡新，郑知县阅览过他写的文章，真是锦心绣口，字字珠玑，顿生惜才之意，好言安慰他一番，鼓励他立志上进。

回衙后，郑知县立刻叫管家送上二十两白银以及粮食肉类，让蔡新宽心过年。

第二年，蔡新果然考中了秀才。

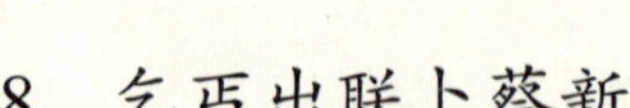

8. 乞丐出联卜蔡新

蔡新第一次落榜后，矢志苦读。一天，他正在提笔构思写文章，只听巷里有人吹洞箫，呜呜不已，吵得他写不下去。开门一看，原来是一个衣衫褴褛的老汉，背负着一个下身瘫痪、吹着洞箫的老妇人，沿街行乞。

蔡新好言劝乞丐夫妇说："我穷得跟你们也差不多了，无以为助，请你们到别处乞讨去，不要骚扰我读书作文。"

老乞丐一听这书生在刻苦攻书，就笑笑说："相公虽贫苦，不坠青云之志，可喜可贺。在下虽是褴褛小人，愿献上一联，相公若能对上，今科必有希望。"

蔡新恭恭敬敬地说："敬请赐教。"

乞丐吟道："夫负妇，洞箫吹奏夫负妇。三天后，请相公赐教。"一说完，径自背着老妇走了。

这对联看似简单，实不简单，前一个"夫负妇"是乞丐夫妇的行事，后一个"夫负妇"，却是箫声"呼呼呼"的谐音。眼前有什么恰当的事可作对呢？蔡新冥思苦想了两天两夜，头脑却是空空的对不出来。第三天清早，隔壁小庙里，又有人求签问卜，签筒摇得"妻卜妾"，吵得他更加心烦意乱，忍不住开门去庙里问个究竟。原来是个中年妇女，因无子嗣，丈夫要娶妾，她怕失宠而来求签问卜，由于所问的得不到上签，所以一直不停地摇着签筒。他一听，灵机一动，对上心头。

“妻卜妾，签筒落出妻卜妾。”

前一个“妻卜妾”是妇人求签的情景，后边一个也是谐音，对得贴切。

刚好这时乞丐来了，一听下联，赞不绝口：“相公神思敏捷，锦心绣口，今科必能高中。”

乾隆元年（1736 年）丙辰科，蔡新终于登进士及第。

9. 君臣风云会

蔡新中了秀才后，仍然苦读不已，希望能连中三元，金榜题名，光宗耀祖，扬名四海。不料那年秋闱不如意，他无颜归故里，就滞留在漳州，寄居在龙眼营的一间客栈里。为了糊口，他每日在府埕摆个测字相命摊，挂出一块布幌子，上面写着“二不准”三个大字。你道何谓“二不准”呢？原来他为人测字相命只有两次不准，一次是相一个寡妇，按她的命相，本该是个子孙满堂的富贵命，却落得鳏寡孤独的穷困命。另一个是为自己相命，本应是位列三公的一品当朝宰相，却是科场失意人，故而书写“二不准”，不像一般相士，自诩“张铁嘴”“李铁口”。

话说当时乾隆皇帝尚未即位，是当朝的储君。他爱游山玩水，私自下江南，微服私访，他想访得一位将来能辅佐他坐大位的宰相。这一天，正来到漳州府，经过

府埕，一眼便看见蔡新挂的“二不准”的招幌，自然被吸引住了，不免好奇地上前请教面相。蔡新一看此人天庭饱满，地阁方圆，凤眉龙目，气度非凡，心中一怔，赶忙起身请教尊姓大名，那人自称“高天赐”。蔡新一听“高天赐”三字，不禁大吃一惊，昊昊苍天所赐的，不是天子会是谁？但是，当今皇帝是雍正君，又怎会如此年轻？又为何微服私访到福建？心中狐疑，百思不得其解。乾隆爷见相士沉思不语，就催他谈相。

蔡新就说：“请尊驾高升三步。”乾隆爷就向前迈三步，果然是龙行虎步，丝毫不假。于是蔡新慌忙收拾起相书卦签以及文房四宝，顺笔在布幌上加一横，变成“三不准”，急急忙忙逃回龙眼营客栈去了。

谁知道乾隆君随后也跟进客房来了，满面笑容地问道：“先生何以这般吝言，不为在下相命呢？”蔡新知道难以躲过，为了避免惹是生非，就谨慎地关起房门，小声说道：“小人相尊驾必居九五之尊，不敢滥言，不敢妄断，故而回避。算是第三次相不准吧。”

乾隆爷听了，哈哈大笑，他见蔡新也十分投缘，就说：“在下也略知相术，愿为先生也相上一面，可乎？”蔡新连忙作揖敬礼说：“请赐言。”乾隆君说：“吾观先生今科无望，下科稍有成就，丙辰春闱才能得高中，信乎？”蔡新感谢金口玉言。

果然，乾隆元年（1736 年），蔡新登上龙虎榜！君

访臣来臣遇君，君臣在漳州风云会。

（以上三则漳浦县沈展堂讲述，戴志尧整理）

10. 官浔王公穿黄龙袍

蔡新自中进士后，深受乾隆君重用，真是青云直上，鹏程万里，曾有“一天游六部”的传闻。

那一年，乾隆君命蔡新伴驾，下江南察访民情，历经几省，不久，到了漳州府。漳州乃闽南胜地，鱼米之乡，花果之城，四时春意盎然，名胜古迹甚多。那一天，蔡新带乾隆君游木棉庵，瞻仰南宋时郑虎臣诛贾似道的遗址；接着，又带乾隆上九龙岭，眺望九龙江，讲述水仙花与九龙戏水的故事。

说着说着，蔡新忽转话题，奏道：“臣早年丧父，兄弟两人依靠寡母含辛茹苦入学读书，才能双双考中进士，而臣能上京赴考求取功名，全是岳父何翁独力支持。臣之岳父居住漳浦官浔村，离此不远。臣任职京都，伴于圣侧，无暇告假返籍省亲，今既将抵家门，可否屈驾敝第舍？并可顺途一览名山玳瑁胜景。”乾隆笑道：“爱卿有此孝义，朕岂无怜臣盼亲之心。”蔡新急忙谢恩，便带路下九龙岭，过马口溪到官浔。何员外接待贵宾与爱婿，备极热切丰盛。

次日，蔡新又带乾隆游明山堂“开漳圣王”庙，一

入大殿，乾隆便欲作揖行参拜礼，蔡新急上前阻拦。乾隆问以何故，蔡新道："岂不闻君臣有别，圣上乃当今明君，那有君拜臣之理？"乾隆默默点头道："有理。不过，此神爱国爱民，历经千辛万苦方建漳州一府。若没此神汗马功劳，岂有今日的八闽江山？其功浩大，朕该参拜。"蔡新听后，忽有所思，奏道："圣上礼参功臣，真是汉唐帝王所不能比拟的。依臣愚见，圣上把身上的黄龙袍、日月冠，披戴在神像上，那么，这位开漳圣王，里是臣，表是君，圣上拜拜也就无妨了。"乾隆听后道："卿言极是。"便立即脱下衣冠，交与蔡新披在"王公"身上，然后烧香点烛，君臣朝拜。

说也奇怪，礼拜后，蔡新竟脱不下神像上的黄龙袍。奏道："臣给圣上出了个馊主意，如今龙袍脱不下怎么办？臣真该死！"乾隆不信，伸手释衣，同样解不脱，就说："这也是此神有缘，朕就把黄龙袍赐给他，以示朕爱功臣之意吧！"

从此，官浔王公穿的不是别处王公穿的那种红蟒袍，而是双龙抢珠的御服黄龙袍。

（漳浦县何菜青讲述，许艺整理）

11. 君臣对诗（四则）

（1）雪对云

蔡新考中进士以后，在翰林院修书。

隆冬的一个早晨，乾隆在御花园里观看雪景，眼见落雪堆成的观音菩萨的体态，在朝阳的照射下，慢慢地融化为水了，便触景生情，即兴吟曰：

“雪塑观音日照化身归东海。”

可是，一时想不出下句来。

乾隆皇帝要两班文武官员给他对出下句来。大家冥思苦想，面面相觑，都对不出来。有人启奏皇上，说蔡新才学渊博，一定会对出下联来。皇上立即降旨翰林院蔡新，令他三天内对出下联。

蔡新接旨后日夜思索，到了第三天中午，还是没有想出好句来，他急得连饭都吃不下去，在院子里望天兴叹，看见朵朵飞云，随风飘逸，忽而集成了罗汉的形状，一时他来了灵感，遂对出了下句：

“云叠罗汉风吹移步往西天。”

他立即上金銮殿复旨。

乾隆皇帝听了蔡新所对的下句，龙心大喜，赐了蔡

新御酒三杯。

（芗城区郑炳炎搜集整理）

（2）稻草对竹枝

早春二月，在北国仍是千里冰封、万里雪飘的时候，而在闽南则到处碧水荡漾，鸟语花香。

蔡新陪着乾隆君来到漳浦梁山下，踏过绿草如茵的山野，穿过柳翠桃红的溪畔，看到农夫、农妇在田埂上将一捆捆禾苗甩到田中。

乾隆君俯身拾起秧束一看，原来是用老稻株捆住禾苗，他对蔡新道：

“稻草捆秧母拖囝。”

蔡新慢步苦思下联，忽见一老翁手提竹笋迎面而来，蔡新见那一串串竹笋，全是用竹枝削尖穿成，他灵感一动，对出了下联：

“竹枝穿笋公牵孙。”

（3）荷叶对蛛网

君臣来到下布蔡氏学堂前，见一口池塘水明如镜，

片片荷叶托着颗颗滚动的水珠在阳光下闪烁，池中成群的红鲤鱼摇头摆尾，荡起满池涟漪。

乾隆不禁吟道：

“水上荷叶鲤儿伞。”

蔡新边思边走，到学馆大门口，举目看见屋檐一只蜘蛛，飞梭走线巧织蛛网，便指着蛛网对乾隆君吟道：

“檐下蛛网门前帘。”

乾隆听后，点头连声说：“妙对！”

（以上二则由漳浦县洪添和讲述，洪镇谋整理）

（4）思乡与感恩

蔡新在乾隆皇帝还是太子时，曾充伴读，两人感情甚厚。到暮年，乾隆皇帝御笔题下“年老君臣似老朋”的诗匾送蔡新。

有一天，蔡新陪乾隆皇帝在御花园饮酒赏花，蔡新触景生情，倾诉他久离故乡、怀旧思亲的情绪。乾隆报以同情的微笑，一边戏而不谑地说：“要能即席对上我这句子，就准你告假回乡走一趟，如何？”一边提笔疾书：

“十口心思，思父、思母、思妻子。”

蔡新站在一旁，探头看了一眼，拱手啧啧称妙，真是一语道破了自己的心事，而且，拆“思”字作为主题，然后三思而为之，妙极了！沉吟一会，频频以手书写，然后照句子的点、逗、句，抑扬顿挫打拱作揖一边念道：

“寸身言谢，谢天、谢地、谢君王。”

乾隆皇帝大悦，蔡新如愿以偿。

（漳浦县郭祖柴讲述，李林昌整理）

12. 君臣问答（四则）

（1）耳朵与如来塑像

蔡新宰相以机智聪明、博学多才而获得乾隆皇帝的宠爱。

有一回，乾隆想试探蔡新是否对他忠诚，便道：“爱卿，人道耳大命长，你看呢？”蔡新马上瞥了乾隆一眼，见他那对耳朵像两片小木耳似的贴在脑门，心想，我要说耳小命短不是犯欺君之罪么？便笑道：“牛耳最大，可有劳无食，人家愿打则打，愿宰则宰，有什

么好呢？相反，龙耳最小，世间真龙天子，受万人朝拜，丰衣足食，福如东海，寿比南山！”乾隆听完，满意地颔首。

有一天，君臣踏进苏州一座禅院。乾隆指着菩萨问他：“如来眉宇间多一个疙瘩，爱卿能道出它的来历吗？”

蔡新道：“如来原先并无肉疙瘩，是个调皮儿童与他玩耍时给添上的。”乾隆感到很有趣味，要蔡相说出来龙去脉。

两千年前，当印度给如来塑造第一尊偶像时，如来很高兴，对一个在庙内玩耍的孩童说：“小顽皮，你能在我的塑像身上找出缺陷，我就随你用铁弹打一下。”小顽童从头到脚仔细观看了他的塑像造型，嘟哝道：“鼻孔那么小，指头那么粗，要挖鼻屎怎么伸得进去呀？”嘿，真的被聪明的顽童给挑出毛病来了。

如来说话算数，就给他一粒汤丸大的铁弹。谁知小顽童出手不凡，一打正中如来额头。如来眉宇间霎时凸起个疙瘩，痛得“嗷嗷”直叫。如来为吸取开玩笑的教训，迄今他手里还握着那粒铁丸呢！

“有趣、有趣！”乾隆禁不住哈哈大笑。

（漳浦县黄仲才讲述，黄明山整理）

（2）叩拜

乾隆皇帝由蔡新等人伴驾，御林军一路沿途暗中保护，身着便装，自京都出发，经山东、江苏、浙江而入福建，来到闽南，驻宿在漳州城。

一日清晨，他们从城内出发，要去游览千年古刹南山寺。经过九龙江西溪上面的通津桥，要跨过一个浮洲。这浮洲上面有条小巷，住着许多贫苦的人家，平时多以挖蚵为业。很多住户的查埔人（男人）用船到别处去运回一些刚收成的鲜蚵，让查某人（妇女）去西溪边剥壳挖蚵肉到街上去卖。这些查某人整日在家门口或九龙江边，有时坐着，有时用双脚跪在小凳子或石块上，用勤劳的双手剥开坚硬的蚵壳，从中取出蚵肉来。两只手挖过来、挖过去，远远看去就好像拱手作揖一样；而跪在江边搓洗衣服，更像点头叩拜的样子。

当乾隆皇帝出游路过这里时，从桥上远远看到江边妇女跪着叩拜的模样，就回头问蔡新说：“她们为什么这样频频叩拜呢？”蔡新明明知道那些妇女是在洗衣或挖蚵，但为了讨得皇帝的欢心，便故意撒谎奏道：“她们得知圣驾到此，特地跪在那里，叩拜皇上、恭迎圣驾哩！”皇帝听了心中欢喜，当即笑嘻嘻地对蔡新说：“漳州的老百姓真不错，知恩识礼，既然这样，朕就赐给这条小巷叫‘待御巷’吧！”

（龙海市杨澍搜集，芗城区卢奕醒整理）

（3）石尪

乾隆君一行由旧桥北岸徒步来到南岸的洲仔顶，往双庵左拐弯入驿路街，经万善庵而至上街，再由上街往岭兜社。

在岭兜社的后面，乾隆君看到明朝尚书潘荣之墓建得异常雄伟，墓前石笔、石狮、石马、石尪等，样样齐全。对这石尪的名称，乾隆君是知道的，但他明知故问："这石尪叫什么？"

蔡新尚未开口，同行的一位翰林却抢先回答说："这石尪叫仲翁。"乾隆君明知他是答错了，故意转问蔡新："翰林是否答对？"蔡新说："两个字没错，不过是讲颠倒了，应该叫翁仲，不叫仲翁。"乾隆君点头认可，跟着就又赋诗一首：

墓前翁仲作仲翁，只因窗前欠夫功；
枉你一身为林翰，贬去扬州任判通。

诗句故意把二、三、四句末两字颠倒过来，以仿效其错，那翰林被羞得无地自容。

（4）什么人最快乐

乾隆八旬寿辰，蔡新由家乡进京祝寿，乾隆君在宫中同乐园设宴款待。酒后闲谈中，乾隆君问起了世上什

么人最快乐，蔡新随口答道："会吃会拉的人最快乐。"

乾隆皇帝本来想：自己是至尊天子，穿的是绸缎锦袍，吃的是山珍海味，用的是金碗，睡的是玉床，妻妾成群，还有无数的宫妃服侍，蔡新一定会恭维他是世上最快乐的人，不料蔡新竟和他的想法不同。他觉得莫名其妙，问道："卿此言如何解释？"蔡新微笑说："凡是不能吃东西的人，肯定有病；而能吃东西又不会拉的人，亦是有病。身体如果有病，任你荣华富贵，哪有乐趣可享？！"

乾隆听完，哈哈大笑，称赞蔡新说得有理，特赐他人参一斤，锦缎三匹。

（以上二则由芗城区蔡庆麟搜集整理）

13. 御书赐福

在漳浦城关下布蔡新故居中厅上有一横匾，中央浮雕一镏金大"福"字，右署"乾隆御书"。这个"福"字的来历有这样一个传说：

乾隆四十一年（1776年），蔡相爷把下布的故居改成祠堂后，大儿子本俶上京向父亲汇报祠堂里的布置。

"禀父亲，祠堂按照你老人家指示修建。前厅上悬挂着六部尚书的荣匾；中厅上两旁高悬'进士'、'太子太傅'的荣匾；厅前挂着父亲书写的楹联。"

相爷一边听儿子的禀告，一边眯着双眼神游故里的旧居新宅，问道："中厅堂上挂什么呢？"

"是啊，挂什么好？我们兄弟商量后，认为最好是请万岁爷御笔题个字。"

"嗯，不错，有圣上御笔一书，老宅生辉矣！"

相爷心想请万岁爷题字，但万岁爷却从来没有给朝臣题过字，怎样请万岁爷挥笔呢？乾隆与蔡新既是君臣又是朋友，乾隆罢朝无事，经常来到与皇宫毗邻的相府，找蔡新弈棋，摆龙门阵。

这一天，乾隆又信步来到相府，他阻止家人通报，径直步入书斋。只见蔡新聚精会神在遨游翰苑，泛笔墨池，满地都是字纸。乾隆一声不响地拾起一看，是个"福"字，再拾一张，也是"福"。

"写这么多的'福'字，干什么？"蔡新闻声回头一看，见是乾隆，急跪下迎接："不知万岁驾到，有失远迎，老臣该死！"

"平身，免礼了。卿写这么多福字干什么？"

"启奏万岁，人们都说老臣福大，可我这个'福'怎么写也不好看，莫非老臣福份浅薄？"

乾隆笑道："卿是当朝首辅，怎说福份浅薄，你这'福'字，看来是田地小些。"乾隆提起大笔一挥，"唰唰"，一字遒劲挺拔的"福"字便跃然纸上。

蔡新朝乾隆拱手一拜，说："圣上赐福老臣，这一

字揉合柳、颜为一体，足以让老臣临摹十年矣。”

“哈哈哈！”乾隆听相爷要以他的字当法帖，大为飘飘然，放下狼毫连声大笑。

“跟朕去赏花吧！”他拉着蔡新步入后花园。蔡新就拿这御书“福”字，交给儿子带回漳浦，做成一块横匾，悬挂在第二进中厅楣梁上。

（漳浦县许艺讲述，高聿占整理）

14. 当玉带

蔡新告老回到家乡闽南，过着安逸的晚年生活。由于他淳朴厚道、和蔼可亲，所以早年的很多亲友都往来如故。

邻村有个叫阿春的，是蔡新少年时的好友。蔡新回归林下后，两人有来有往，好不亲热。不幸，两年前阿春病故，家中只剩下八十多岁的母亲和体弱的妻子，还有两个未成年的孩子，境况凄惨。为了生活，家中稍微值钱的东西都已当尽卖光。时近冬至，仅有的两条棉被仍当在“隆兴当店”，无法赎回。加上阿春治病欠人家的钱，债主讨得很凶，阿春嫂走投无路，只好再找蔡夫人资助。

蔡新在京当官数十年，告老回家，应该是可过神仙的日子，锦衣玉食，应有尽有，其实不然。相府固然堂

皇壮观，府中陈设也富丽大方，可是，蔡新不善于捞钱，回乡后又仗义疏财，如今他竟是财尽囊空。蔡夫人日夜不停地替人家织渔网，赚些工夫钱，作为日常零星之用。

那天上午，蔡夫人正织着渔网，阿春嫂骤然而至。观其容态，蔡夫人已略知其来意，忙客气让座，两人随意扯些闲话。因多次求助于蔡夫人，见她又忙于替人家织渔网，阿春嫂感到难以开口，便起身告辞。蔡夫人又一再问起来意，她才泪流满面，一五一十说出情由。蔡夫人尽情安慰，说今天把渔网织好，明日就凑上十两银子借她应用，并嘱咐阿春嫂："隆兴店杀人不用刀，快把棉被赎回来，以后与它往来不得。"阿春嫂谢过蔡夫人就回去了。

当天晚上，时近午夜，蔡新替友人办完了事情回到家，见夫人埋头织网、闷闷不乐，一问，才知道是为阿春嫂借钱事烦心。阿春嫂的处境，蔡新怎会不同情？看着夫人无夜无日地织渔网，他十分感慨，自言自语道："唉，堂堂一个相爷，竟无力帮助一个穷人过上几天像样的日子！"

他想了很久，对夫人道："你把渔网收起来吧，阿春嫂的借银，我明日设法付给。"

夫人知道丈夫身边没有钱，他为何反常地夸下海口？忙问道："她要的钱你都给？"

“都给！”蔡新斩钉般地答道。

“十两银子？”

“借给她一百两银子！”

“一百两银子？”

“不！干脆，借给她二百两，让她还清债务，全家过个像样的年！”蔡新说得那么肯定，蔡夫人依然不敢相信。

蔡新接着道：“把御赐的玉带交阿春嫂拿到隆兴店去典当，还怕当不上二百两银子吗？”

“当玉带？相爷把国宝也当了？”夫人惊讶地问。

蔡新说：“叫她不要说出玉带的由来，今后我们再设法赎回就行了。”夫人点了点头。

隔日午后，阿春嫂来到相府。蔡夫人把相爷的意思告诉她。阿春嫂哪里敢依？她怕玉带的来历被觉察，岂不伤及相爷的体面？就是顺利当了二百两银子，今后又怎有办法赎回？她再三推辞。怎奈蔡夫人真心相助，拿出玉带及玉盒当面交给阿春嫂。阿春嫂只得向夫人一谢再谢，才领受下来。

阿春嫂拿着玉带直奔隆兴当店。老板有事外出，掌柜一见玉带，知是宫廷之宝，喜出望外，就问：“要当多少银子？”阿春嫂说：“二百两可以吗？”

掌柜忙说：“可以，可以！”并立即交付银子。阿春嫂到相府回了话，就回家去了。

却说，隆兴当店的老板回店后，掌柜拿出玉带，在主人面前炫耀一番。老板是个行家，把玉带看了又看，连称“好货，好货”，拍着掌柜的肩头夸赞不已。忽然，他像想到了什么似的，问道：“谁拿来当的？”

掌柜答道：“阿春的妻子。”

“阿春家的？这玉带十成是皇家之宝，阿春他家哪来这种货色？”

玉带的来龙去脉，掌柜根本没有打听过，被老板问住了。于是他推测说：“阿春在世时，与蔡相爷很亲近，玉带会不会是相爷所赠？”

老板沉思了一会儿说：“这种贵重的东西，蔡新哪会随意送给别人？蔡新是不好惹的，要弄清玉带的底细。”

隆兴老板平时很怕蔡新。因为其他官绅他都有办法巴结，唯有蔡新无法亲近，这叫作正不见邪。

隆兴老板几次命人到阿春嫂家询问，证实玉带确是蔡新借给她典当的。他几个晚上睡不着觉，心想：典当皇家宝物，官府查问，吃罪不起！蔡新又不好对付。怎么办？若把玉带交还，阿春嫂还不起二百两银子，岂不是财物两空！他辗转思考，认为还是避开祸端，讨好相爷，把玉带当面奉还蔡新，二百两当银就算做个人情，不去提它了。

第二天，隆兴老板命家人带着玉带，一同来到相府。蔡新闻报，心中有数，传他进见。隆兴老板一进府

内，很不自在地向相爷请了安，便说："敝店的掌柜太不会做事，玉带是宫廷的宝物，竟识别不出，将它视为当物，大胆收下。"

"玉带？哪来的玉带？"蔡新问道。

隆兴老板献出玉带道："这是宫廷之物，除了相爷之外，谁能得到？"

蔡新听了，淡淡一笑说："这玉带并非我的。"

"不不……听说是阿春嫂向相爷夫人借来典当的。"隆兴老板支支吾吾地说。

"借的？哈哈，这不是成了一般的家私么？"

"这……"

"隆兴老板，你上门，所为何故？"蔡新语气严肃地问道。

"亲自把玉带奉还相爷！"隆兴老板双手捧起玉带欲递给蔡新。

"放肆！难道蔡某如此不长进，把钦赐玉带典了，如今还不起典金，竟勒索当店归还玉带！这样的事，传扬出去，叫我如何说起？"蔡新越说越气愤。

"这……我……该死，该死！"隆兴老板语无伦次地答道。

蔡新接着道："老板，你的福气不浅呀，收了这样的好货，将来可以发一笔大财！请你把玉带带回，好好收起来吧！"

隆兴老板还想讲什么，被蔡新辞客了。

隆兴老板垂头丧气地回到当店，一气之下，打了掌柜两个耳光，二话没说，进到内室就倒在床上。

掌柜打听了事情的经过，傍晚就悄悄地来到老板房里，商量对付的办法。

老板问他："你看，这事要如何了结？"

掌柜说："玉带是阿春嫂拿来的，把玉带交还给她，请她在相爷面前替我们说几句好话。"

"找阿春嫂？她会收回玉带吗？"

"只要我们不向她讨回二百两银子，玉带她怎么会不收呢？"

"就是怕她不收。她若肯收回玉带，我愿意再送二百两银子给她过年。"

掌柜理解主人的心情，即刻就要去阿春嫂家。老板拿出二百两银子和玉带让他带去，嘱咐道："无论如何，一定要叫阿春嫂收回玉带。"

当天晚上，掌柜带着玉带和二百两银子来到阿春嫂家，对阿春嫂说："玉带的由来，我实在不知道。我太冒失了。今晚特地把玉带带来，请你收回。二百两当银就算送给你家用吧！"

"这是为什么？"阿春嫂好像丈二和尚摸不着头脑，说道："当玉带是我情愿的。日后，自然备足银两向贵店赎回，掌柜何用挂心？还请你把玉带带回。"

掌柜着急道："误会，误会。你把玉带收起，不必拿银子来赎了。我店老板还特地叫我带来二百两银子，送给你作为年关费用。"

掌柜把二百两银子放在桌上，又打开玉带盒，现出闪闪发亮的玉带，说道："玉带在此，完好无损，请你查收。"

阿春嫂呆呆地望着桌上的玉带和银子，许久说不出一句话来。掌柜见她不再拒绝，忙告辞回去，等到阿春嫂追至门口，正要喊叫时，他已跑远了。回到屋里，阿春嫂对着玉带和银子发愣，她不明白掌柜的用心。

次日天刚亮，阿春嫂就带着玉带和银子到相府见相爷和夫人，把昨晚的经过告诉他们。蔡新夫妇互相对视了一下，然后，蔡新笑着对阿春嫂说："隆兴当店有的是不义之财，数年来你家也被他敲诈去不少的钱。掌柜既然送银子上门给你，你就把它收下作为年关费用。至于玉带，我们收起吧。"

阿春嫂怎样也不肯收下银子。蔡夫人插嘴道："相爷说得不错，你就把银子带回去吧！"经过相爷和夫人的一再劝说，阿春嫂才带着银子回家去了。

（诏安县沈汝淮搜集整理）

15. 蔡相爷送织筐

乾隆年间，诏安县北门外佛母堂边有位孙万胜，年轻时学过拳术枪棒，广交江湖豪杰，爱打抱不平，加上当朝一品宰相蔡新是他的姑表兄，后台硬朗，诏安知县既恨他三分，又怕他三分。

嘉庆初年，诏安知县贪赃枉法，把许多好人和孙万胜的一个好兄弟都关进监狱。孙万胜多方营救无效，一气之下，纠集了一些好汉兄弟，于深夜破牢而入，把监狱里全部囚犯和那个好兄弟一起劫走。囚犯如鸟出笼，四处逃散了。

天明，知县闻报，十分震惊，立即派出捕快四处缉捕。后来查明孙万胜是劫狱的首犯，准备抓捕他。

孙万胜闻风连夜逃到漳浦县蔡新府中，年已八十的蔡新会见了他，表面上骂他触犯大清刑律，罪该万死，背地里由家属做好做歹收容下来，让他居住亲族家中，隐蔽起来，暂避风头。

漳州府接到诏安县呈文，认为案情重大，疑是谋反，不敢擅自处理，转报抚台。不久，省巡抚大人派了大员到诏安彻底查办，以期水落石出，一网打尽。

大员路过漳浦县，顺便拜见告老回乡的蔡相。蔡相已知大员要查办案件，故意装做不知，双方见面，只谈了一些官场应酬话。临行时，蔡新取出织苎麻丝用的织筐，对大员说："这个织筐烦你带给我的姑母。"大员收

起织筐，辞别蔡相到诏安来。

大员到诏安县衙后，即把蔡相爷托带的织筐给他的姑母之事告诉知县，要知县陪同登门亲手交给她。知县一听，心内一怔，他知道蔡相的姑母就是案件首犯孙万胜的母亲。明知事情麻烦，但也只好陪同大员把织筐送上门去。

后来，大员和府、县三司对孙万胜案件以“罪证不足，免予追究”的判处，不了了之。

（诏安县商长春讲述，谢淇整理）

16. 珍珠粥和凤眼蚧

乾隆皇帝喜爱江南秀丽的山水、四季如春的景色，邀大学士蔡新一起南下畅游。

有一天，乾隆对蔡新说：“爱卿，朕阅过黄道周先生的《梁峰二山赋》，梁山真的胜过黄山、华山吗？现在我们既然来到梁山下，不登山必成终身遗憾。”蔡新满口答应陪同前往观赏。

次日，蔡新便带着乾隆和两名侍卫上了梁山。果然，山景正如前县令陈汝咸描写的：“闽漳山水多奇绝，晴烟缭绕梁峰高，春光澹澹鹿水阔，临水看山搜遗迹，上逼象纬参青天，金刚万仞嵯险峨。晋亭潇洒岚光薄，齐帝孤高雷雨垂，水晶坪气夜如虹，吴公坪上杜鹃

红……”

景色虽好难充饥。晌午后，乾隆腹中空虚几乎无法忍耐，勉强来到大士亭。看到亭外有一村姑在卖点心，就一屁股坐在长木凳，示意蔡新去买点心。蔡新叫村姑每人给一碗大麦粥、几碟咸麦蚧（咸制的小海螺）。乾隆接过碗，“哩哩罗罗”几口灌下喉，再啃了几个咸麦蚧，感到这种食品是平生从未尝过的美味。接连灌下三碗大麦粥，他不禁赞叹道：“想不到在这荒山野岭竟有此美味佳肴。”他转身问蔡新：“老先生，此美味叫何名堂？”蔡新眯着笑眼，点头低声说：“陛下，这是此地特产。”他指着粥碗里粒粒黄澄澄的大麦粥说：“这叫珍珠粥。”又指着碟子里的咸麦蚧说：“这是凤眼蚧。”“嗬！珍珠粥，凤眼蚧……”乾隆不停地叨念着。

据说，后来乾隆皇帝在北京想吃“珍珠粥”，而御膳房的师傅们总做不出他所赞赏过的那样美味。古道上的“大士亭”，传说由于乾隆皇帝在此吃过点心，人们便把它改称为“龙迹亭”。

（漳浦县高木讲述，高聿占整理）

17. 蔡相爷巧设芫荽宴

一天，漳州府突然来了一个马大人，此人来头可大喽，他是皇帝派来巡按八府的钦差大臣。漳州胡知府连

忙率领文武官员出城到接官亭迎接，拥入府衙。

胡知府调来全城最著名的厨师，用最快的速度备下了丰盛的宴席。山珍海味，一应俱全，马巡按当然坐上首席，知府自己坐在旁边殷勤招待，文武官员坐在下面作陪。知府说尽了奉承拍马的话，毕恭毕敬地向巡按敬酒。可是巡按自始至终紧绷着脸，一声不吭，既没有沾一口酒，也没动过一下箸。知府和陪席的众官员都惶恐不安，巡按大人突然站起来，把大袖一拂，不高兴地离席而去，只留下一句话："放了那么多芫荽，分明侮辱本官是一头病马！你们欺人太甚！"

第二天，马巡按检查府衙案卷，百般挑剔，处处指责，这也不是，那也不行，弄得全府衙上下人等，个个慌张，人人束手无措。向来威风凛凛的知府大人，这回也好像成了一只笨拙的缩头乌龟，只有挨骂的份儿，没有申辩的勇气。

一个幕僚提醒道："知府大人当年中进士时的主考官是蔡新蔡大人，他官至文华殿大学士兼吏部尚书，人人对他十分敬重，称他蔡相爷，乾隆皇帝对他也十分宠信；现在他带职告老还乡，皇帝还赋予督察地方事务等职。知府大人既是蔡相爷的门生，何不赶快亲自去恭请恩师蔡相爷来解围，否则，巡按大人这样处处找岔子，万一向朝廷胡乱奏报种种不是，到时大人乌纱帽恐怕难保!"

知府答道："我被弄得头昏脑胀，幸亏你提醒。现

在也只有这一着棋可挽回危局了。”说完，他即刻吩咐备轿，多带亲丁，连夜赶路。天亮前到达漳浦，片刻也顾不得休息，就急急忙忙赶到下布村晋见恩师蔡相爷。行了门生之礼，他就请求恩师移驾光临漳州城，为他解脱困境。蔡相爷听了胡知府所叙述的情况，明白原因，欣然同行，傍晚赶到漳州城。

翌日，蔡相爷吩咐胡知府备宴。知府即又调来最好的厨师，办料做菜。蔡相爷特地亲到厨房交代，必须如此这般操办。宴会地点仍然设在府衙，却是蔡相爷具名做东，放出请帖。马巡按哪敢怠慢，准时赴宴。但当他入席时，看到菜肴虽好，色香味俱佳，但每碗每盘却还是都放了些芫荽，他心里觉得非常不痛快，只是做声不得。

席上只有蔡相爷一个人明白，芫荽是我国很多地区公认的一种香菜，人们喜欢在各种菜肴上面放一些，搭配起来吃，别有风味；但在大西北地区，尤其是马巡按的家乡青海一带，人们却把芫荽种得又长又老，专做医治病马的草料。胡知府不知道青海的风俗习惯，本地厨师更是没有听说过这种事，他们以老办法用芫荽调味做菜，难怪钦差要误会有意羞辱他，所以处处与胡知府刁难作对。

宴席开始，蔡相爷以主人身份致欢迎词，他说：“马巡按是回教徒，他们的风俗与我们大家不同，我们

应该尊重。回教徒是不吃猪肉的，我已交代厨子专门精心制作一些牛肉菜肴，请马巡按尝尝。漳州有一部分人是不吃牛肉的，大家可以专拣没有牛肉的菜吃。当然马巡按也只好入乡随俗，尊重本地风俗习惯了。”

说着，他将一碗煮得烂熟烂熟而又清甜可口的牛排和一碗炒得又香又脆的牛肉片端到马巡按面前。马巡按连忙起立，连声道谢，但看到那上面撒着芫荽，他还是感到委屈，只是有苦难言。

蔡相爷看到马巡按面有难色，就接着说：“芫荽这东西，原产西域，是汉朝张骞出使西域时带回种子的，后从西北传入东南，一直受到广泛欢迎。它原叫做胡荽，后改名香荽，又因为茎叶疏松，叫作芫荽。它不但香气爽口，与美味佳肴拌着吃，更有独特的风味。它能促进食欲，帮助消化，消除胃气肠风，利尿通便，而且性温，具有止头痛和退热的功能，有利无弊。无论何方人氏，不管是信奉佛教还是信仰回教，一概可吃，食之无忌。所以我交代厨子要在菜中多放一些。诸位如果不是患有口臭、腋臭，或有脚气、金疮等症不宜食用之外，奉劝大家不妨放心多吃一些。”

蔡相爷见识广博，谈了芫荽的种种好处，举起酒杯说：“祝愿马巡按公事顺利，路途平安。祝胡知府及各位同僚一切顺遂。来，干杯！”说罢，一饮而尽，夹起伴有芫荽的大菜，大嚼起来。

马巡按大开眼界、大长知识，这才明白，芫荽不只是马药，还是人药，他也举箸夹起拌有芫荽的炒牛肉，吃得津津有味。各位官员开怀痛饮，宾主尽欢而散。

翌日，马巡按继续在府衙检查案卷。奇怪，这回他觉得什么案都办得很好，值得奏报皇上嘉奖。

（漳浦县李林昌搜集整理）

18. 蔡新题书甲乙斋

清乾隆年间，漳浦城里有一位手艺高超的补鞋师傅，远近闻名。每天，他提着补鞋工具箱到圩场上一摆，便认真地补起鞋来。为什么一位好鞋匠要上街补鞋？这说起来有一段缘由。

原来，这位补鞋师傅在城里原有一座先祖留下的房子，虽不算雅观，但也容得下一家数口，还可在门口经营补鞋活计。谁知他们的宗族要建祖祠，族长不管他服与不服，逼他搬迁，只几天时间就叫人强行拆掉他的房子。他请人写了张状纸告到县衙去。

谁知天下乌鸦一般黑。知县开堂审案时，不主持公道，还指责补鞋师傅无视族规，目无长辈，把他轰出公堂。补鞋师傅走投无路，只好到圩场摆摊。

这时，蔡新刚告老回乡，补鞋师傅想起早年与他有点交情，就想专程到他家拜访，望他能为穷人出点气。

但是妻子却反对："你们过去虽然认识，那时他未当官，时过数十年，人家如今是堂堂相爷，哪里还会认得你这个穷补鞋仔？"补鞋师傅觉得妻子说的虽有些道理，但拆房之事未了，还是想去碰碰运气。

补鞋师傅一到相府，蔡新看他的一身打扮，立即说："呵！这不是小鞋匠吗？哦，不对，现在是老师傅了。"他们一见如故。补鞋师傅见蔡新没架子，心先安了，便将族长如何强行拆厝，知县反而把他轰出公堂的经过，一一讲给蔡新听，恳请相爷为他做主。蔡新劝他把心放宽一点，慢慢商量，还留他吃了中午饭，送别时又送给他一些碎银子。

隔了两三天，蔡新忽然来到圩场找补鞋匠。补鞋师傅请相爷到家里喝茶，蔡新怕耽误他的补鞋生意，就说："这里坐坐也不错呀！"拉过工具箱坐下来，两人便交谈起来。以后，每隔几天，他又连来数次，都是谈古说今，从不提起要为老友"做主"的事。

一天，两人谈兴正浓时，忽听"哐哐"一阵马头锣声，一队人马簇拥着一台大轿，威风凛凛地走了过来。赶集的人纷纷回避。补鞋师傅正想站起来，蔡新低声对他说了几句，他也就又坐下继续补鞋。衙役见众人皆已回避，唯独这两个老头全不搭理，好不生气。一个衙役上前抓起蔡新的后领喝道："你这老头儿，是聋子吗？太爷要到东岳庙进香，竟敢大胆挡道。呔！"顺手一

推，将蔡新推翻在地。衙役禀报县太爷，县太爷命人把老头带回问罪。

到了东岳庙，县太爷仔细一查问，才知道抓来的老头是蔡新，吓得魂不附体，忙跪下请罪。蔡新道："不知者不为罪也！"却故意以手推腰，一看就知道是受了伤。县太爷全身打颤，忙问伤势如何？蔡新道："伤势不重，无须介意。"这时，县太爷也顾不得进香，轻手轻脚地把相爷搀扶上大轿，自己跟随在轿边，把蔡新护送回相府，并差随从请当地名医为蔡新诊治。蔡新又和颜悦色道："你只管回衙理事，我虽有轻伤，自会料理，不必再来探视。老夫要静养几天。"县官只得忐忑不安地回县衙去。

县太爷回到衙内，把经过告知夫人。夫人觉得事非同小可，即使相爷伤势不重，也不会就此罢休。何况近来常有民众向上司控告县太爷的罪过，此事更不可轻视。县太爷有心再去请罪，可是相爷已有言在先，说要静养几天，就不敢冒然前去。怎么办？最后，还是夫人出了主意："相爷既然与补鞋师傅那么亲热，何不登门拜托，请他到相府求情谢罪？"

可是，一提起补鞋师傅，县太爷又为难了。他想起两年前帮族长逼他拆厝的事，不无担心，但又无其他良策，只好厚着脸、带上厚礼，上补鞋师傅的家，请他向相爷求情。补鞋师傅是个老实人，见县太爷的一副可怜

相，心已先软了下来，又听他一番甜言蜜语，就满口答应帮忙。县太爷喜出望外，叫随从端出茶具，斟满了六杯热茶，亲手捧到补鞋师傅面前请他喝。补鞋师傅头一次受到这样的礼遇，两眼圆睁望着县太爷，连手都不敢碰到茶杯。县太爷一再叫请，不得已才喝了一杯。县太爷恳求他再喝，他无法推辞又喝了两杯，县太爷这才面露笑容，很有礼貌地告辞，说下午再登门静候佳音。

再说，蔡新被县官护送回府后，料定他会托补鞋师傅来说情。这天，补鞋师傅果然来了，蔡新便请他入座。补鞋师傅一开口，蔡新就反问他，道："你忘了拆厝之恨了？"补鞋师傅说："哪里会忘记？只是看到太爷的可怜相，我才答应替他向你求情。"蔡新又问他："太爷可曾请你喝茶？"补鞋师傅说："太爷亲手端上六杯。""你都喝了？"

"我本想只喝一杯，无奈太爷盛情难却，就喝了三杯。"

蔡新叹了一口气说："唉！你太过老实了。"补鞋师傅问："这怎么说？"蔡新道："你不知道，县令向我请罪，我避而不见，他怎能放下心呢？我料他一定会上门求你，这六杯茶，表示要奉送六百两礼银，喝他一杯，就是收下一百两，喝他三杯，就是只要三百两了。所以说，你太过老实了！"

补鞋师傅说："有这样的事？不过，也不能让太爷过于破费。"

蔡新说："老实人终究是老实人，你可知道，光你拆厝之事，县官赚多少银子？我的伤势不重，再吃一些药就可以了。太爷下午再找你时，你就说，我领了你的情，此事就此作罢。叫他好好在县衙办事。"

下午，县太爷命随从抬上三百两银子来到补鞋师傅家。补鞋师傅道："相爷说他领了我的情，叫你好好在县衙办事，此事就此作罢，你也不必挂心了。"县太爷满心欢喜，送过礼银，便回衙去了。

补鞋师傅到相府感谢相爷的帮助。蔡新问他："这些银子将作何用？"补鞋师傅想了想说："盖一座新房子和一间补鞋店，再不用到圩场经风受雨了。"蔡新打趣地说："那以后我们两人就可以在店内畅谈，不会再被衙役抓走了。"说得两人相视大笑起来。

房子落成后，蔡新为新开张的补鞋店亲手写了匾额"甲乙斋"三个字。补鞋师傅询问何意？蔡新道："甲字形像钻子，乙字形像鞋刀，皆是你丢不掉的随身之物。"补鞋师傅茅塞顿开，捧腹大笑。

（诏安县廖拱清讲述，沈汝淮整理）